잭과 천재들 2

잭과

Jack and the
Geniuses

천재들
2

깊고 어두운 바다 밑에서

빌 나이 · 그레고리 몬 지음
남길영 옮김

와이즈만 BOOKs

목차

일러두기

1. 옮긴이의 역주는 본문에 * 표시로 처리했습니다.

2. 이 책의 배경이 된 하와이 니호아섬은 문화적, 자연적 가치를 인정받아 2010년 유네스코
   세계복합유산으로 등재되었습니다.

3. 이야기 속에 나오는 발명품들과 기술은 실제 현실에 바탕을 두었으며 부록에서 자세히 소
   개하고 있습니다.

1
언더
플레인

비행기가 잔잔한 푸른 바다 위로 날아오르자 우뚝 솟은 니호아섬의 절벽이 한눈에 들어왔다. 하와이 말로 니호아는 '톱니 모양'이라는 뜻인데, 태평양에 들쑥날쑥 솟아 있는 그 잿빛 녹색의 거대한 바윗덩어리들은 마치 바다 괴물의 썩어 가는 이빨처럼 보였다. 우리를 태운 6인용 소형 비행기가 너무 낮게 날고 있었기에 나는 정말로, 진짜로, 괴물의 이빨 같은 그 바위에 부딪히지 않기를 간절히 바랐다. 나는 아마 대략 한 열다섯 번쯤, 안전벨트를 확인하고 또 확인했던 것 같다.

막강한 부를 축적한 컴퓨터 과학자이자 우리의 기장인 애슐리 호킹 박사가 비행기를 유유히 운행했지만, 그 섬에 둥지를 틀고 사는 새들이 이리저리 날아다녀서 좀 거슬렸다. 그러나 나는 그 새들이 검은 방울새인지 제비들인지 관심 없었다. 갑자기 날아든 독수리의 가슴팍이 내가 앉은 쪽의 창에 와서 부딪힐 뻔했지만, 그보다 나는 여전히 우리를 태운 비행기가 바위에 충돌할 것 같아서 불안했다. 그런 식으로 계속 비행을 하다가는 마치 새총에서 발사된 달걀마냥 맥없이 그 들쑥날쑥 솟아 있는 기암괴석에 가서 충돌하고 말 거라는 생각이 들었다.

비행기의 엔진 소리가 커졌다.

나의 위장이 뒤집어지는 것 같았다.

내 옆에는 나의 형, 매트가 무릎 위에 노트북을 펼쳐 놓고 눈을 부릅뜨고 정면을 똑바로 응시한 채 앉아 있었다. 나는 형의 어깨를 꽉 잡았다. 긴장을 한 탓인지 형의 어깨 근육이 바위처럼 뻣뻣하게 굳어 있었고 얼굴은 하얗다 못해 푸른빛이었다. "형?" 내가 물었다. "계속 이렇게 날지는 않겠지? 곧 멈추겠지?"

형은 거의 입술을 달싹거리기도 힘들어했다. "응, 부디, 그러길 바라." 형이 중얼거렸다.

나의 여자 형제, 아바는 우리 뒷줄에 앉아서 조종석 계기판 위에서 붉은색과 푸른색으로 번쩍이고 있는 숫자들을 쳐다보고 있었다. 그녀의 옆 이마에 툭 튀어나온 핏줄이 맥박에 따라 굵어졌다. 그녀는 내가 고개를 돌려 본인을 쳐다보고 있는 것도 눈치채지 못하고 있었다. 한편, 애슐리 호킹 박사는 어찌나 활짝 웃고 있는지 바로 뒤에 있는 내 좌석에서도 웃음꽃이 피어 있는 그녀의 옆얼굴이 보일 정도였다. 우리의 멘토이자, 괴짜 발명가로 유명한 헨리 위더스푼 박사님이—우리는 그분을 행크라고 부르지만—부조종석에 앉아서 나를 힐끗힐끗 돌아봤는데, 억지 미소를 짓다 보니 치아가 너무 많이 드러나 어색해 보였다. 우리의 긴장을 풀어 주려고 일부러 그러는 걸까? 만약 그랬다면 실패한 거다.

행크 박사의 몸이 애슐리 박사가 있는 쪽으로 조금 기울어졌다. 박사는 얼른 한쪽 손바닥을 좍 펴서는 조종석 천장을 짚었다. "이제는 좀 상승을 해야 하지 않을까요?"

"뭐라고요?" 호킹 박사가 물었다. "아니요! 물론 아니죠. 상승이라고요? 알고 계신 줄 알았는데요!"

"알고 있다니, 뭘요?"

호킹 박사는 조종대에서 손을 떼더니 원을 그리며 흔들었다. 그녀는 실망이 담긴 한숨을 내쉬었다. "이거, 당신 거 중에 하나잖아요."

"어떤 것 중의 하나라고요?" 행크 박사가 물었다.

"당신이 낸 아이디어 중에 하나라고요."

행크 박사는 의자에 앉은 채 기내를 죽 둘러보았다. 박사의 앙다문 입술이 한쪽으로 쏠려 주름이 접혔고 인상도 찌푸려졌다. 박사는 상당히 곤란해하는 눈치였다. 본인이 만든 발명품인지 아닌지를 구별하는 데 애를 먹는 사람은 헨리 위더스푼 박사가 유일할 것이다. 박사의 머릿속에선 마치 닭이 알을 낳듯 너무 많은 아이디어가 만들어지기 때문에 가끔은 깜빡깜빡 기억을 하지 못한다.

매트가 기다란 팔을 내뻗으며 가리켰다. "어어어… 절벽 아닌가요?"

"그게 뭔데?" 호킹 박사가 외쳤다.

우리는 바위 벽에서부터 축구장 몇 개 크기의 거리만큼도 떨어져 있지 않았다. "형은 이 비행기가 저 절벽을 피할 수 있을지 궁금해서 한 말 같은데요." 내가 말했다.

비행기 왼쪽 창밖으로, 섬에서는 제법 멀리 떨어진 한 지점에, 배 두 척이 커다란 선착장에 묶인 채 바다 위에 떠 있는 것이 눈에 들어왔다. 물은 밝은 파란빛을 띠고 수면은 유리처럼 매끄럽게 보였다. 어쩌면 우리가 그 선착장에 착륙할 수도 있겠지만, 그날 아침 비행기에 탑승할 때 수상 플랫폼 같은 건 전혀 보질 못했었다. 그리고 분명히 우리의 비행기는 수상 비행기도 아니었다. 그러니 사고를 면하기 위해서 우리가 선택할 수 있는 방법은 그 지점에서 급상승을 하거나, 왼쪽이나 오른쪽으로 얼른 방향을 트는 것이다. 애슐리 호킹 박사가 그중 하나를 고르지 않는다면, 우리는 곧바로 정면에 있는 절벽을 향해 날아갈 것이다. 비행기는 산산조각이 날 테고, 모든 신문에 이런 머리기사가 뜰 것이다. '네 명의 천재들, 톱니 절벽에 충돌해서 사망.'

물론, 나는 천재들 네 명에 못 들어간다. 그 네 명의 천재들에 포함되는 영광은 애슐리 호킹 박사의 것이다. 온 세상은 이미 많은 업적을 이룬 두 명의 천재 어른과 명석한 나의 형, 그리고 기발한 두뇌의 나의 여자 형제를 애도할 것이다. 그럼, 나는? 나에 관한 이야기가 기사 어딘가에 언급은 되겠지만, 비상한 천재라는 말은 없을 것 같다. 안타깝게도, 나는 평범한 머리를 가진 사람이다. 어쩌면 평균치보다 조금은 더 높을지도 모르지만, 그다지 많이 높지는 않을 테고, 설사 높다 해도 모두 노력을 통해서 얻은 것이다. 내가 저 천재들을 따라잡으려면 아주 열심히 노력을 해야 하고, 언제나 독서를 해야 한다.

자, 어쨌든, 물속에서부터 300미터 높이로 우뚝 솟아 우리 앞에 떡하니 버티고 있던 그 기괴한 절벽 얘기로 다시 돌아가 보자. 아마 밀레니엄 팔콘(스타워즈 운송 수단*)이었다면 그 순간에 급상승을 해서 회전에 성공할 수도 있지만, 우리의 비행기가 그럴 수 있을 것 같진 않았다. "호킹 박사님?"

"애슐리! 내가 이미 말했었잖아요. 애슐리, 그리고 이건 내가 당신을 동등하게 생각하지 않아서가 아니에요. 네, 그런 건 전혀 아니죠." 행크 박사의 말에 호킹 박사는 속웃음을 지어 보였다.

"저는 단순하게 이름으로 불리는 게 더 좋아요. 그리고 솔직히, 지성이 넘치는 행크 당신이 알 수 있을 거라 생각했는데요."

이제 행크 박사는 거의 공황 상태에 빠져서 마치 고장 난 스프링클러마냥, 고개를 이리저리 홱홱 돌렸다. "나는 모르겠어… 언제…."

갑자기 아바가 앞으로 몸을 숙이더니 천장에 있는 오렌지색 버튼을 가리켰다. 투명 플라스틱이 버튼을 덮고 있었다. "이거 진짜인가요?" 아바가 잔뜩 흥분 섞인 목소리로 말했다. "이게 정말 언더플레인(underplane)인가요?"

"그렇다니까!" 애슐리 박사는 계기판에 머리를 들이받는 시늉을 몇 번 하더니 천장에 있는 버튼을 올려다보았다. "저 애가 답을 찾아냈네요. 결국은!"

아바는 답을 찾아내서 안도했을지 모르지만, 나는 새롭게 알게 된 그 사실로 두려움만 두 배로 늘었다. "언더웨어(underwear)라고요? 그러니까 속옷으로 비행기를 만드셨다고요?" 내가 물었다.

입 밖으로 그 말이 나가자마자, 나는 내가 뭔가를 잘못 이해하고 있음을 깨달았다. 그러나 아무도 알아채지 못했다. 아니면 나를 놀리는 것조차 귀찮았을 수도. 그러나 속단은 이르다. 어쨌든 매트와 아바는 내가 저지르는 실수들을 기가 막히게 기억하고 있으니까 말이다.

"이게 언더플레인이라고요?" 행크 박사가 물었다. 놀란 박사의 눈썹이 한껏 치켜 올라가서 거의 이마 꼭대기에 닿을 정도였다. "당신이 정말 이 비행기를 만들었다고요?"

"네, 제가 만들었어요. 이미 그 얘기는 충분히 했고. 잭, 근데 네가 한 말이 맞아." 애슐리 박사가 내 얼굴을 똑바로 쳐다보려 몸을 홱 돌렸다. "지금 우리 거의 충돌할 것 같지, 그렇지?" 내가 고개를 끄덕였다. 박사가 그렇게 상황을 인식하고 있다니 그마나 다행인 일이었지만, 어쨌든 나는 박사가 비행기 방향을 빨리 틀기를 바랐다. "자, 모두 안전벨트를 착용했지요? 좋아요. 행크, 당신이 나서서 조종을 해 주시겠어요?"

"이미 시험 운항을 해 봤다고 했잖아요?"

"물론 했지요! 딱 한 번! 그때는 아주 멋지게 작동했어요. 자, 어서 직접 한번 해 보세요. 그 버튼을 누르세요. 자, 지금이요."

"시험 운항을 한 번밖에 안 했다고요?"

앉아 있는 두 박사들 사이로 계기판 화면 중앙에 보이는 숫자는 붉은빛을 깜빡거리며 빠른 속도로 점점 줄어들고 있었다. "네, 운항은 한 번 했었고. 시뮬레이션은 천 번은 했지요. 당신이 냈던 아이디어니까 자신감을 갖고 해 봐요, 행크! 바로 버튼을 눌러요." 애슐리 박사는 깜빡거리는 붉은 버튼을 가리켰다. 버튼의 숫자는 100, 그리고 99, 98로 계속 떨어지고 있었다.

"진짜, 나더러 지금 누르라고요? 100미터도 안 남았는데? 에베레스트산 등반 이후 이렇게 흥분이 되기는 처음이에요." 행크 박사는 주저했다.

매트는 절벽을 보고는 무슨 말을 중얼거렸다.

애슐리 박사는 만화책 주인공처럼 눈을 동그랗게 떴다.

아바가 무얼 하고 있었는지 그리고 무슨 생각을 하고 있었는지는 알 수 없었다.

그러나 분명한 것은 그냥 앉아서 기다리고 있을 시간이 없었다는 것. 나는 엉거주춤한 자세로 엉덩이를 들고는 오른발을 뻗어서 발목 높은 운동화의 뒤꿈치로 플라스틱 덮개를 재빨리 벗김과 동시에 오렌지색 버튼을 눌렀다.

애슐리 박사는 실망 섞인 긴 숨을 내뱉으며 "드디어 눌렀네."라고 말했다.

행크 박사는 오른손을 꺼내서 손가락을 펴더니 5부터 거꾸로 셌다. 잠시 후 엔진이 멎었다. 비행기가 이상하리만치 조용해져서 마치 갑자기 거대한 종이비행기를 타고 나는 듯한 느낌이 들었다.

"그럼, 긴급 탈출용 낙하산은요?" 아바가 물었다.

누군가 무슨 답을 하기도 전에, 뒤쪽에서 뭔가가 폭발했다. 그러나 아무도 놀라지 않았다. 나 혼자만 겁에 질려 어쩔 줄을 몰라 했다.

아바가 내 어깨에 손을 올렸다. "로켓처럼 발사되는 긴급 탈출용 낙하산이야." 아바가 설명을 했다. "걱정 마. 원래 저렇게 작동해."

낙하산을 로켓처럼 발사한다는 아이디어가 나는 이해되지 않았지만, 비행기는 낡은 롤러코스터처럼 덜커덩거리며 속도를 줄였고 왼쪽으로 빙 돌기 시작했다. 비행기가 절벽에서 벗어났다. 그제야 나도 깊은 숨을 내쉬었다. 외로이 둥둥 떠 있던 선착장이 우리 눈앞에 들어왔다. 유리창으로 섬의 모퉁이를 돌고 있는 목선 두 척이 보였다.

매트는 혼잣말을 중얼거리며 자신의 노트북 화면을 다시 응시하고 있었다. 그는 일주일 후에 큰 시험을 앞두고 있는 터였기에 계속 쉬지 않고 공부를 했다. 천재로 살면서 불리한 점 중 하나는, 시험만 보면 사람들이 올백을 받을 것이라고 기대한다는 점이다. 아마 학창 시절, 행크 박사는 다른 사람들이 그런 기대를 하든 말든 별로 신경 쓰지 않았을 것 같다. 그러나 매트는 스스로 자신을 압박하는 스타일이다. 아무리 그렇다 해도, 지금이 천문학 시험 공부를 하고 있을 땐가? 아니, 절대 아니지. 그래서 나는 팔을 뻗어 그의 노트북을 닫아 버렸다. 그래도 그는 내게 뭐라고 하지는 않았는데, 그게 좀 고마웠다.

"와, 작동이 돼요." 아바가 말했다.

"내가 시험 운항을 해 봤다고 얘기했잖니."

"네, 딱 한 번 하셨다고…." 아바가 분명히 짚었다.

"그리고, 시뮬레이션을 천 번이나 했다고 하셨지." 행크 박사도 한마디 거들었다.

모두가 웃음을 터뜨렸다. 겉으로 봐서는 재미있는 상황처럼 보였다. 나는 보통 다른 사람들이 모두 이해하고 있는 것 같으면, 궁금해도 그냥 참고 따로 설명을 해 달라고 요청하지 않는다.

행크 박사는 세상에 바보 같은 질문은 없는 법이라고 항상 말했지만, 나는 박사님의 생각이 틀렸다는 걸 증명이라도 하듯 하루 두 번은 꼭 바보 같은 질문을 했다. 그리고 나는 내 옆의 천재들에게 나의 두뇌 수준이 그다지 높지 않다는 사실을 자꾸 상기시키는 게 너무 싫었다. 그럼에도 가끔은 정말 궁금해서 못 참을 때도 있었다. "그런데, 시뮬레이션이 무슨 뜻이죠?"

아바는 마치 내가 소금과 후추가 어떻게 다르냐고 물어보기라도 한 것처럼 한심하다는 눈빛을 하고 나를 쳐다봤다.

"그건 현실을 컴퓨터화한 거란다, 잭." 행크 박사가 설명했다.

"컴퓨터 게임으로 하는 운전과 진짜 차를 타고 하는 실제 도로 주행과의 차이 같은 거야." 아바가 말을 보탰다.

이제야 좀 이해가 되었다. 아바는 내 눈높이에 맞는 설명법을 잘 알고 있었다. 나는 컴퓨터로 하는 운전 게임을 아주 잘하는 편이어서, 실전에서도 운전을 끝내주게 하게 될 것 같은 느낌이 팍팍 들었다.

갈색 몸에 넓은 날개를 가진 새 한 마리가 우리 앞쪽으로 왔다. "저거 바다제비 아닌가요?" 매트가 물었다.

"저 새들이 이 섬에 자주 날아들어." 애슐리 박사가 말했다.

대단하다. 이제 저 천재는 조류를 관찰하는 모드로 들어간 모양이다. 우리는 아직도 비행기 안이고, 착륙할 수 있는 플랫폼도 없고, 정확한 활주로도 보이지 않는 상태에서 수면 위로 날고 있는 중인데 말이다. 다행히도, 우리의 비행기는 드디어 하강했다. 그치만 타이타닉호처럼 너무 급회전했나 보다. 비행기가 한층 더 절벽 가까이로 방향을 확 틀었을 때, 나는 거의 숨이 멎는 줄 알았다. 애슐리 박사와 행크 박사는 마치 그렇게 하면 좀 도움이 되기라도 하는 듯 왼쪽으로 몸을 기울였다. 비행기의 오른쪽 날개 끝은 바위에서 4미터도 떨어지지 않은 채 절벽을 지나갔다. 바위에 닿을 듯 너무 가까워서 바위 끝에 매달려 있던 모기랑 눈이 마주친 것 같은 생각이 들기도 했다. 내 옆에 있던 매트의 얼굴은 하얗게 질려서 아직도 푸르스름한 빛이 돌았고, 팔걸이에 어찌나 힘을 주고 있었던지 그가 붙잡고 있던 자리가 움푹 들어갈 정도였다.

"휴, 너무 아슬아슬했어요!" 그렇게 말을 하는 애슐리 박사의 목소리는 안도보다는 짜릿한 흥분에 들떠 있었다.

"그럼, 이제 다음은 뭐예요?" 내가 물었다.

"음, 봤지? 그건 변신의 첫 번째 단계였어." 행크 박사가 말했다. "첫 번째 발사된 낙하산은 완만한 하강을 위한 거야. 속도를 더 줄여서 브레이크 역할을 하는 낙하산도 있어."

"그러고 나서는요?" 내가 연이어 질문 공세를 퍼부었다.

행크 박사의 눈썹이 두 번 아치 모양을 그렸다. "어디 한번 두고 보자꾸나."

아바가 나의 어깨를 가볍게 두드렸다. "걱정 마, 네가 아주 좋아할 거야. 어쨌든 이 비행기는 언더플레인이잖아."

안전한 착륙을 하는 거랑 우리 언더웨어랑 대체 무슨 상관이 있는지 나는 여전히 알 수가 없었지만, 또다시 물어보고 싶지는 않았다. "그래서… 그 브레이크 역할을 하는 낙하산은… 지금 그걸 사용할 수 있나요?"

"시속 45킬로미터까지 속도가 떨어져야 사용할 수 있어."

행크 박사는 비행기 위로 걸려 있는 낙하산을 쳐다보기 위해 고개를 죽 빼고 뒤를 보았다. "정말 대단하네요. 진짜, 어떻게 감사를 표해야 할지 정말 모르겠네요, 애슐리 박사님. 전 어느 누구도 이런 걸 만들 수 있을 거라고는 생각하지 못했거든요." 비행기는 넓은 원을 그리며 솟아올랐다. 그래도 우리 비행기는 반짝이는 해수면에서 4층 건물의 높이 정도밖에 떨어져 있지 않았다. 비행기는 다시 니호아섬의 바위 면을 향해 방향을 바꾸었지만 이번에는 속도가 반쯤 떨어진 상태여서 충돌 가능성은 낮아 보였다.

매트의 안색은 여전히 하얗게 질려 있었기 때문에 굳이 그의 기분이 어떤지 물어볼 필요는 없었다. 매트는 아프거나 다쳤을 때, 다른 사람들이 아는 걸 원치 않는다. 그래서 그는 아파하는 모습을 다른 사람에게 보이기 보다는 어딘가에 혼자 숨어드는 편이다.

두 척의 배가 다시 눈에 들어왔다. 마치 박물관에서나 볼 수 있을 법한 배들이었다. 돛대는 아주 높고 돛은 말려 있고 배의 양쪽에서 몇몇 사람들이 기다란 까만색 노를 젓고 있었다. "저 사람들은 누구죠?" 내가 물었다.

애슐리 호킹 박사는 눈을 가늘게 뜬 채, 약 3초 정도 말문을 닫고 있다 숨을 내쉬더니, 가볍게 고갯짓을 하며 미소를 지었다. "내 친구들이야." 그녀가 말했다. "아마 우리를 적이라고 생각하고 있나 봐. 너희들도 물론 잘 알고 있을 테지만, 적이나 친구나 결국은 다 같은 사람들이지. 손자(중국 춘추시대의 전략가로, 《손자병법》의 저자*)의 말처럼, 적을 네 친구처럼 대해야 해."

"손자라고 하면, 행크 박사님이 좋아하는 재즈 뮤지션 중한 사람인가요?" 내가 물었다. 우리들의 멘토이신 행크 박사님의 음악 취향은 좀 독특하다. 그런데 나도 조금씩 물들어서인지 재즈 음악이 좋아지기 시작했다. 행크 박사에게 좀 더 관심을 끌기 위해 재즈 뮤지션들의 이름을 익히고 있는 중이다.

"아니, 그 뮤지션의 이름은 선 라(Sun Ra, 미국 출생의 작곡, 연주가*)야. 그는 재즈 피아니스트로 음악을 시작했던 사람으로…."

다시 한번 덜컹대는 소리가 들려와 박사의 답변이 짧아졌다. 아바가 계기판을 가리켰다. 비행기의 속도가 급속도로 떨어지고 있었다. 기체는 원을 그리며 수면을 향해 점점 더 가까워져 갔다. 행크 박사가 몸을 돌렸다. 우리가 괜찮은지 확인하려고 그러는 줄 알았는데, 뒤쪽의 작은 창으로 밖을 살피는 것이었다. 박사의 얼굴에서 웃음기가 사라졌다.

"대형 브레이크 낙하산을 펼치셨군요."

"네, 맞아요," 호킹 박사가 말했다. "그럴 수밖에 없었어요. 시뮬레이션 실험에서 박사님이 제안하셨던 그 낙하산으로는 단시간에 속도가 떨어지지 않았어요. 박사님의 설계가 완전한 것은 아니었어요. 아, 불쾌하게 만들 의도는 아니랍니다."

행크 박사는 대답에 앞서 잠시 주저했다. "뭐, 불쾌할 거까지야?"

우리의 비행기는 세 번 커다란 원을 그리며 활공했고, 가파른 언덕을 내려오는 자전거와 같은 속도로 수면을 스치듯 움직였다. 비행기는 마침내 섬으로부터 몇 구획 정도 되는 거리를 벗어났다.

우리는 튕겨 올랐다.

행크 박사는 탄성을 질렀다.

애슐리 박사는 소리를 질렀다.

기체는 몇 번 더 수면 위로 튕겼고, 마치 물수제비를 할 때 수면 위를 튕기며 나가는 돌맹이처럼 속도가 점점 줄어들었다.

아바는 조용히 환한 미소를 지어 보였고, 여전히 하얗게 질려 있던 매트도 그제야 움켜쥔 손을 풀었다. 우리의 비행기가 완전히 멈추었을 때, 내 심장은 두방망이질을 치고 있었고, 손에는 쥐가 나서 손끝이 저렸다. 가만 보니, 매트만 팔걸이에 힘을 주고 있었던 게 아닌 모양이다. 나는 창밖을 내다보았다. 내 생각에 해변에서 1킬로미터는 넘게 벗어나 있는 것 같았다. 여기가 원래 착륙하는 곳이 맞는 건가? 비행기가 표류를 하고 있는 건가? 아니면 가라앉고 있는 건가? 그리고 자꾸 언더, 언더, 이런 말을 하는데, 그게 내복이나 속옷이랑 대체 무슨 상관이 있는 걸까?

황홀한 표정을 한 행크 박사는 천장에 있는 버튼을 가리키며 애슐리 박사에게 물었다. "저거, 내가 해 봐도 될까요?"

"물론이죠." 애슐리 박사가 말했다.

행크 박사가 손등으로 그 버튼을 눌렀다. 내 머리 위로 뭔가 찰칵하는 소리가 났다. 기체 뒤쪽 어디선가 쿵 소리가 났다. 그러더니 기체 양쪽에서 쉬익 하는 소리가 크게 들렸다. 발밑에서는 빠른 속도로 양변기의 물이 채워지는 듯한 소리가 났다. 갑자기 화장실이 가고 싶었지만, 그러나 그보다 더 중요한 어떤 일이 벌어지고 있었다.

창밖에 있던 날개들이 기체 아래로 가라앉는 게 보였다. 우리의 비행기가 물속으로 가라앉고 있었다. 그런데 그 비행기에 탑승하고 있는 사람들 중 어느 누구도 신경 쓰지 않는 눈치였다. "이거 원래 이런 거 맞아요?" 내가 물었다.

매트는 엄지손가락을 세워 들고 창밖을 가리키며 마른침

을 삼켰다. "날개들을 왜 안 접어요?" 입을 겨우 달싹거리며 매트가 물었다.

"날개의 공기 역학적 특성이 수력학적으로도 효율적이거든." 행크 박사가 답을 했다. "공기 역학이든 수력학이든, 두 경우 다, 유동체를 뚫고 움직인다는 원리는 같단다."

아바가 내 어깨에 손을 얹었다. 그녀는 손가락에 색색의 구슬로 만든 반지들을 끼고 있었다. "그러니까, 박사님 말씀의 의미는 말이지," 아바가 앞으로 몸을 기울였다. "날개를 접을 필요가 없다는 것은, 왜냐면…."

"나도 알아." 내가 말했다. 사실, 나는 잘 알지 못했다. 천재들은 언제나 내게 뭔가를 설명하려 든다. 그러나 그 순간에는 정말 그런 설교를 잠자코 듣고 있을 기분이 아니었다. 그래서 나는 새로 장만한 나의 작은 수첩을 펼쳤다. 나는 하와이로 출발하기 전에 멋진 생각을 해냈다. 글쎄, 다른 사람들도 그렇게 생각하는지는 모르겠고, 여하튼, 적어도 나에게는 멋진 생각이었다.

천재들이 내가 알지 못하는 뭔가를 말할 때마다, 나는 그에 관련한 짧은 메모를 해 두고 나중에 그 내용을 찾아보고 혼자서 공부를 하는 것이다. 그렇게 함으로써, 내가 잘 알아듣지 못할 때, 구태여 모른다고 인정할 필요가 없다. 물론, 스마트폰을 통해서 찾아볼 수도 있겠지만, 그러면 그 천재들

23

이 바로 눈치를 챌 거다. 그래서 나는 왼쪽 다리와 비행기 벽 사이 공간에다가 작은 노트를 펼쳐서 매트가 보지 못하게 하고, '수력학'이라는 단어를 적어 넣었다. 다음, 선? 손? 순? — 아, 뭐였더라. 으, 안타깝지만, 나는 애슐리 박사님이 인용했던 그 단어를 이미 잊어버렸다.

우리의 비행기는 보다 빠른 속도로 가라앉고 있었다. 두 척의 배가 묶여 있는 선착장은 그리 멀리 있지 않았기에, 마음 한구석에서 그냥 차라리 헤엄을 쳐서 그리로 가면 좋겠다고 생각했다. 그러나 푸른 바닷물은 이미 기체의 측면까지 올라왔다. 곧 내가 앉은 쪽 창의 아랫부분까지 수면에 맞닿았고 수위는 점점 더 높아져서 기체의 지붕까지 차올랐다. 몇 초 후, 언더플레인은 수면 아래로 잠겼고 푸른 바닷속을 향해 미끄러지듯 나아갔다.

오.

그렇구나.

그래서 언더플레인이구나. 말 그대로 수면 아래에서 항해하는 비행기. 낡은 속옷을 갖고 만든 그런 비행기가 아니었구나.

우리의 비행기는 어느새 6인용 잠수정으로 변신했다.

7개월 전 우리가 행크 박사를 만난 이후로, 나는 거의 모든 종류의 이상한 기계와 탈것들을 만나 봤고, 특별한 경험을 하고 있다. 나는 박사님을 따라 남극으로 가서 정신 나간 호주 출신의 공학자를 물리치기도 했고, 자가 팽창이 가능한 특수 썰매를 타고 하늘을 나는 경험도 했었다. 나의 여자 형제 아바가 만든 소형 잠수함을 체험하기도 했다.

그러나 나는 진짜 잠수정을 타 본 적은 없었다. 더군다나 바닷물과 그곳 생명체에 관해 잘 알고 있는 누군가와 함께 태평양 바다 한가운데서 잠수정을 타는 일은 상상하지 못했던 일이다. 머리가 빙글빙글 도는 경험들을 1에서 10까지 점수로 매긴다면, 나는 이번 경험에 14점을 주겠다.

바닷물은 햇살을 받아서 반짝이는 작은 입자들로 가득했다. 기다란 은색의 물고기 떼가 우리의 창가 주변을 쏜살같이 지나갔다. 나는 늘 잠수정을 타는 것은 수족관에 있는 거대한 수조를 쳐다보고 있는 것과 같은 느낌일 거라 상상했다. 그런데 막상 진짜 잠수정을 타 보니, 수조에 갇혀 있는 느낌이었다. 그리고 어서 물 밖으로 나갔으면 좋겠다고 생각했다. "재미는 있었어요." 내가 말했다. "자, 그럼 이제 다시 수면 위로 올라가는 거죠?"

내 귀가 갑자기 멍해지는 것 같았다.

"위로? 물론 아니지." 애슐리 박사가 말했다.

우리의 언더플레인은 섬이 있는 쪽을 향해 기수를 내렸다. 그러나 우리가 가는 곳이 아직 니호아섬은 아니었다. 물 밑

깊숙한 곳에 밝은 빛을 내는 거대한 수중 건물이 선착장 아래쪽으로 매달려 있었다. 그 건물은 막강한 비밀 단체나 범죄 조직의 소굴처럼 보였다. 건물 바깥에는 물고기들이 거대하게 떼를 지어 오가고 있었다.

"너 지금도 다시 올라가고 싶니, 잭?" 아바가 물었다.

아바는 미소를 짓고 있었지만 소리까지 내며 웃고 있는 것도 같았다. "아니," 나는 활짝 웃는 얼굴로 대답을 했다. "더 이상은 아니야."

2
억만 장잦의 아들

여러분은 아마 나를 알 것이다. 나를 모른다면 나의 형제들에 대해서는 들어 봤을 것이다. 만약 여러분 중에 하나라도 매트와 아바가 우리 이야기를 시로 써서 펴냈던 '외로운 고아들'이라는 시집을 읽어 봤다면, 그리고 최근에 우리가 다녀왔던 남극 모험에 관한 뉴스를 보았다면, 우리를 알고 있을 것이다. 사실 남극 모험은 비밀에 부치기로 되어 있었다. 그렇지만 세 명의 청소년들과 그들의 멘토가 실종된 과학자를 찾은 이야기, 그리고 그 과학자가 얼어붙은 바다 밑에서 찾아낸 획기적인 발견에 관해서는 대중들도 알 권리가 있다고 생각한다. 그런 차원에서, 그 아이들 중 한 명이 남극 모험에 관한 모든 자세한 이야기를 몇몇 주요 신문사 기자들과 트위터 스타들에게 보냈다면, 그렇다면 나머지 다른 사람들이 그렇게 화낼 일은 아니라고 생각한다. 그 이야기를 퍼뜨렸다고 해서 어리고 순수한 그 아이를 비난해서는 안 되는 일이었다. 사람들은 그 아이의 목적이 오로지 명성과 부를 얻는 것일 뿐이라고 믿었다.

그건 정말 부당하다.

진짜, 졸렬하다.

게다가, 명성과 부를 얻는 게 뭐가 잘못된 거지?

나는 물론 우리 중 과연 누가 그 일을 언론에 누설했는지 밝히지 않겠다. 대신, 언더플레인에 탑승하기 며칠 전의 이야기로 옮겨 가겠다. 아바와 매트 그리고 나는 수양 형제들이다. 비록 우리들이 어리기는 하지만─아바와 나는 열두 살 동갑이고 매트는 얼마 전에 열여섯 살이 되었다─ 우리는 법적으로 완전히 성인이다. 이상하게 들린다는 것을 나도 안다. 이런 상황은 사람들을 혼란스럽게 하므로 처음부터 한번 죽 살펴보겠다.

1년 하고도 좀 더 오래전에, 우리들의 양부모님들이 이혼을 했고 우리는 우리끼리 독립적으로 살 수 있다고 판사님을 설득했다. 그 결과, 지금 우리는 브루클린의 작은 아파트에서 생활하고 있고 사회 복지 센터의 민이라는 여자가 자주 와서 우리가 건강하게 제대로 생활하고 있는지 확인한다.

아바와 나는 온라인 프로그램과 행크 박사의 도움을 받으며 홈스쿨링을 하고 있다. 매트는 이제 막 대학교 1학년 과정에 다니기 시작했다. 생물학적으로 우리는 서로 관련이 없어서 우리들의 외모는 여느 형제들처럼 서로 닮지 않았다. 매트는 우리 둘보다 훨씬 키가 크다. 그는 짧은 검은 머리에, 피부는 항상 조금 햇볕에 그을린 듯하고, 코는 조각칼로 다듬은 것 같고, 딱 보면 운동선수 같은 체격을 갖고 있기는 하지만, 실상은 방을 오가면서 꼭 뭔가에 부딪히는 그런 허당기가 가득한 사람이다. 아바는 커피색 피부에 커다랗게 반짝이는 눈을 갖고 있으며 머리는 언제나 하나로 묶고 다닌다. 그녀는 자신이 나보다 키가 크다고 우기는데, 내가 곧 그녀의 키를 따라잡을 것이다. 나는 우리 셋 중 제일 옷을 잘 입는 편이고, 형과 아바가 동의해 줄지는 모르지만 머리 스타일도 내가 제일 멋지다.

우리는 대부분의 시간을 행크 박사의 개인 연구실에서 보낸다. 박사의 연구실은 우리가 사는 아파트에서 불과 몇 블록밖에 떨어지지 않은 곳에 있고, 마치 세상에서 가장 근사한 클럽 하우스 같다. 10층 높이의 건물인데, 커다랗게 열린 하나의 공간으로 이루어진 그곳은 온갖 과학 기술이 탑재된 장난감들로 가득하다. 자율 주행 자동차, 모터가 장착된 의자, 그리고 바위 대신 인간을 쏘아 올리도록 고안된 투석기도 있다(실제 제대로 작동이 되지는 않는다). 기고, 걷고, 뛰고, 날고, 심지어 피자까지 대접해 주는 로봇들이 있다. 연구실의 한쪽에는 화성―비록 중력은 있지만―을 완벽하게 재현한 모형도 있다. 잠수를 할 수 있는 대형 수조도 있어서 잠수정과 스쿠버 잠수복도 시험할 수 있다. 그런데 절대 그 수조에서 수영을 해서는 안 된다. 그건 박사님이 여행을 가서 자리를 비울 때도 마찬가지다.

그리고 이것 또한 사람들이 많이 혼동을 하는데, 행크 박사님은 우리들의 아버지가 아니다. 그렇다고 그분을 단지 우리들의 멘토나 혹은 지도자라고만 볼 수도 없다. 정확히 어떻게 설명을 해야 할지 모르겠다. 그분은, 음… 그러니까, 그냥 행크 박사님이다. 그분이 우리를 위해서 여러 가지를 해 주지만, 그렇다고 우리가 그저 재미 삼아 그분 연구실을 오가는 것은 아니다. 우리는 그분을 도와 드리고 있고, 바로 직전에 우리를 남극으로 데리고 갔던 것도 일종의 보상 차원에서 이루어진 일이었다. 원래 과학을 주제로 떠난 여행이었는데 어쩌다 보니 위험천만한 모험이 되었다. 그 이야기를 하자면, 매우 길다.

우리는 남극 여행에서 돌아온 직후, 브루클린에 있는 우리의 아파트에 널브러져 지친 심신을 회복하고 있었다. 그런데 느닷없이 박사님이 우리들을 이번 여행에 초대한다는 말을 꺼내서 깜짝 놀랐다. 우리 형제들은 이번 여행에 관해서 수많은 질문 공세를 퍼부었다. 왜 가는지? 무엇 때문에 가는지? 개인 전용 비행기를 타고 가는지? 맞다. 그건 내가 했던 질문이었다. 지난번 남극으로 갈 때 여러 번 비행기를 갈아 탔는데 그중 한 번은 개인 전용 비행기였다. 그건 실로 멋진 경험이었다.

행크 박사가 많은 답변을 쏟아 내지는 않았다. 그런데 한 가지 중요한 사실을 알게 됐다. 우리가 하와이로 초대를 받았다는 것이다. 야자수, 파인애플, 우스꽝스러운 꽃무늬 셔츠? 나는 당장이라도 하와이로 떠날 준비가 돼 있었다. 그러나 나의 형제들은 나보다 궁금한 게 좀 더 많았다. 매트와 아바는 우리의 도움을 필요로 하는 사람들이 누구인지, 그 이유가 무엇인지 행크 박사에게 꼬치꼬치 캐물었다. 박사는 자신이 알고 있는 것을 우리들에게 말해 주었는데, 그의 설명에는 너무 많은 과학과 기술 용어들이 등장했다.

박사의 설명을 옮겨 보겠다. 애슐리 호킹이라는 아주 부유한 컴퓨터 괴짜가, 새로운 방식으로 전기를 발생시키는 계획을 갖고 있던 젊은 공학자들에게 상당한 금액을 지원했다. 호킹은 그 프로젝트에 300만 달러를 건네주었고, 그 장치가 완성되자, 대규모 공개 시연회를 기획해서 하와이 정치인들과 주요 기업가들, 그리고 리본이나 레이스를 두르고, 어쩌면 나뭇잎으로 엮은 치마를 입은 현지인들도 초대했다(진짜 그런 옷을 입었는지는 잘 모르겠다. 이 부분은 그냥 나의 추측일 뿐이다). 그런데 그 전기 시설은 완전히 실패했다. 애슐리 박사는 너무 당황했다고 한다. 그래서 그녀와 공학자들은 무엇이 문제인지 조사했고, 얼마 지나지 않아서 우리를 하와이로 초대한 것이다. 자, 이제는 여러분이 전후 상황을 좀 이해했으리라 생각한다.

우리가 초청받은 이유에 관해서, 행크 박사는 문제 해결사로서의 자신의 명성 덕분이라고 믿고 있는 눈치였다. 그러나 나는 조금 다른 견해를 갖고 있다. 애슐리 박사와 그의 동료들은 사보타주(적이 사용하는 것을 막기 위해 또는 무엇에 대한 항의의 표시로 장비, 시설, 기계 등을 고의로 파괴하는 것*)의 희생자들이었다. 그들은 아마도 순수한 어린아이가 언론에 누설했던 사건─우리들의 남극 모험─을 접했을 테고, 그래서 우리들이 자신들의 미스터리를 풀어 줄 수도 있을 거라 생각을 한 거다. 프로젝트 실패의 원인이 단순한 기술적인 오류인지 아니면 기만적인 음모에 의한 것인지 이유가 어느 쪽이든, 우리는 도움을 줄 수 있을 것이다. 행크 박사는 세계적 수준의 과학자이자 발명가이고, 나의 형제들은 분 단위로 똑똑함을 더해 가는 그런 천재들이다. 그들은 온갖 좋은 질문을 쏟아 내고 마치 한 쌍의 양치기 개들이 원반을 잡으려 뛰어가듯 질문의 답을 쫓아간다. 여러분의 친구인 나는 독학으로 탐정 일을 공부하고 있다. 대부분 두툼한 몇 권의 책을 통해서 익혔다. 그러나 나는 상당 부분 새로 나온 애니메이션 시리즈인 '오리 탐정'에서도 많은 것을 배웠는데, 그 오리는 어느 시골의 농장에서 일어나는 아주 복잡한 미스터리를 풀어 가는 훌륭한 탐정이다.

어쨌든, 가장 마음에 드는 것은 애슐리 박사가 우리를 꼭 데려오도록 특별히 요청했다는 점이다. 그녀는 정말로 우리들의 도움이 필요했던 거다. 나의 형 매트와 아바는 그러한 사실을 알고는 마치 각종 채소가 가득한 샐러드 바 앞에서 군침을 흘리고 서 있는 염소들처럼 그저 마냥 행복해했다. 그리고 나는 나대로 궁금증이 일었다. 다른 사람들이 이 전기 시설에 관련한 문제를 연구하는 동안 나는 그 프로젝트를 방해하는 사기꾼이 누구인지 알아볼 참이었다.

우리는 먼저 비행기를 타고 캘리포니아로 갔다. 아쉽게도, 우리가 탔던 비행기는 개인 전용이 아닌 그냥 평범한 상업용 비행기였다. 나는 어떤 여자 옆에 앉았는데, 그녀는 잠을 자는 동안 코를 골며 콧구멍을 실룩거렸다. 그녀가 숨을 쉴 때마다 부리토 냄새가 풍겨 왔다. 그래서 나는 비행하는 동안 정신없이 두 권의 책을 읽는 데 몰두했다. 한 권은 하와이에 관한 것이었고, 다른 한 권은 행크 박사가 일독을 권했던 늙은 어부에 관한 것이었다. 추리에 관한 유익한 정보가 담긴 오리 탐정 에피소드도 일곱 편이나 봤다. 환승을 위해 캘리포니아 공항에서 햄버거를 먹으며 몇 시간을 체류하다 드디어 우리는 멋진 낙원과도 같은 카우아이섬으로 가는 비행기에 올랐다. 대부분의 가옥들과 호텔들이 해안가를 따라 몇몇 장소에 군락을 이루고 있었고 나머지 땅들은 초록 나무들과 폭포들로 덮여 있었다.

우리가 묵었던 그린 룸 리조트는 아주 호화로웠다. 수영장의 물은 생수병의 식수만큼 깨끗했다. 와이파이의 상태도 아주 좋았다. 그리고 호텔에 있는 24시간 아이스크림 바는 적어도 스물다섯 가지가 넘는 토핑을 갖추고 있었다. 그래서 호텔에 도착한 다음 날, 운전사가 우리를 태우러 왔을 때, 나는 그 아이스크림 바를 뒤로 하고 떠나는 게 못내 아쉬워서 눈물이 찔끔 났다. 운전사는 서둘러 우리를 태우고는 근처에 있는 비행기 이착륙장으로 갔는데, 그곳에는 애슐리 호킹 박사가 언더플레인 옆에서 우리를 기다리고 있었다.

그녀는 전혀 억만장자처럼 보이지 않았다. 내 생각에 그렇게 돈이 많은 사람은 언제나 매서운 눈으로 사람을 노려보고, 희끗희끗한 은발에다가 깊이 파인 주름이 가득한 나이 지긋한 남자여야 한다. 얼굴은 마치 광대에서부터 턱까지 보이지 않는 납덩이를 매단 것마냥 피부도 축 처져 있어야 한다. 그러나 애슐리 박사는 전혀 그렇지 않았다. 그녀는 젊고 건강했다. 그녀의 짧은 머리는 반짝이는 붉은색이었고, 눈썹은 짙은 갈색에, 얄팍하고 네모난 안경을 쓰고 있었다. 왼쪽 뺨에는 이상한 검은 점 같은 게 있었다. 처음에 나는 그게 초콜릿 도넛의 부스러기인 줄 알고 톡 털어 주고 싶었다. 그녀는 아스팔트 도로 위를 서둘러 걸어 우리에게 다가왔다. "환영합니다. 잘 오셨어요!" 그녀가 큰소리로 외더치니 멈추어서서는 입술을 살짝 깨물고 눈을 가늘게 뜨며 찡그렸다. "레이! 어머, 미안해요. 이런, 레이를 깜빡했네요."

행크 박사는 손으로 입을 살짝 가리며 내가 있는 쪽으로 속삭이듯 말했다. "하와이의 전통적인 화관으로, 환영할 때나 작별할 때 주는 거야."

나도 그 정도는 알고 있었다.

"이런 낭패가 있나." 애슐리 박사가 말했다. "제가 그걸 직접 골랐는데… 스티븐이 화를 많이 내겠는걸요. 제가 책임지고 여러분을 제대로 맞이하겠다고 스티븐에게 장담했었거든요."

"아, 별것도 아닌데요," 행크 박사가 말했다. "저희들은 그저 여기에 오게 되어서 행복할 뿐입니다. 얘들아, 그렇지?"

우리도 덩달아 박사의 말에 동의했다.

"그런데, 스티븐이 누구예요?" 내가 물었다.

애슐리 박사는 대답하지 않았다. "자, 어서, 어서요. 우리가 해야 할 일이 아주 많아요."

몇 분 후, 우리는 태평양 상공 북쪽에 있는 니호아라는 작은 섬으로 가기 위해 비행기에 몸을 실었다. 그리고 지금 우리는 이 푸른 바다 밑에서, 사방이 물로 둘러싸인 채, 아마 세계에서 두 번째로 멋진 클럽 하우스 같은 수중 건물을 향해 나아가고 있었다(왜 두 번째냐고 묻는다면, 물론 나의 편견일지는 몰라도 나에게는 행크 박사님의 연구실이 최고의 장소다). 그 수중 건물은 오각형의 3층 높이에 농구장 정도의 크기였다. 중심부는 모두 유리로 되어 있고, 건물의 왼쪽에서 뻗어 나온 거대한 파이프가 바닷속 깊은 곳까지 곧장 연결되어 있었다. 나는 수압 때문에 신경이 쓰여서 코를 꼭 집어 보기도 하고, 귀도 막아 보았다. 그러자 행크 박사가 우리들 각자에게 껌을 하나씩 건넸다.

"저게 박사님 집인가요?" 아바가 물었다.

"내 연구실이야." 애슐리 박사가 말했다. "우리 프로젝트의 본부지."

건물 외벽 주변의 물에서 빛이 났다. 유리 창문 중 한 곳에서 어떤 아이가 우리를 보고 있는 것도 같았는데, 내가 헛것을 보았던 것인지, 이내 시야에서 사라져 버렸다. 건물 주변에는 온갖 종류의 물고기들이 어슬렁거리고 있었는데, 그중에서도 길고 두툼한 회색의 생명체는 나의 숨을 멎게 만들었다. "상어다." 내가 중얼거렸다.

"아름답지? 그렇지 않니?" 애슐리 박사가 말했다. "저 애가 엘리자베스일 거야."

"잭이 상어를 보고 겁을 먹었어요." 매트가 말했다. 엘리자베스가 이름이라니 조금 덜 무서운 것도 같았지만, 솔직히 나는 상어가 무섭다. 상어를 무서워하는 게 그렇게 이상한가?

"수많은 멸종 위기를 겪고도 살아남았다면 그 어떤 생명체든 존중받을 자격이 있단다." 행크 박사가 말했다. "바퀴벌레는 좀 예외려나. 교묘하게 잘 살아남기는 했지만 아주 성가신 녀석들이잖아. 엘리자베스가 빛을 보고 따라오나요?"

"네, 그래요. 우리가 먹이도 줘요." 애슐리 박사가 말했다.

"상어에게 먹이도 주신다고요?" 내가 물었다.

그 억만장자는 어깨를 한번 으쓱여 보였다. "내가 상어들을 좋아하거든."

우리를 태운 언더플레인은 기수를 연구실의 바닥 쪽으로 향한 채, 물 밑으로 미끄러져 나갔다. 건물에 접근하면서 애슐리 박사는 비행기가 완전히 멈출 때까지 속도를 계속 낮추었다. 모두가 숨을 죽이며 지켜보았다.

프로펠러 돌아가는 소리도 잠잠해졌다.

아바는 매트와 내가 있는 사이를 파고들더니 집게손가락을 들어 터치스크린을 가리켰다. 아바는 눈썹을 추켜올리며 찬성을 구하는 눈빛을 애슐리 박사에게 보냈다. "저희 지금 위로 다시 올라가는 거죠, 그렇죠?"

"맞아. 자, 어서 해 봐."

아바가 스크린을 톡톡 두드렸다. 기체 아래쪽에서 '쉭' 하는 소리가 나자 애슐리 박사가 설명했다. "밸러스트 탱크(배의 중심을 잡아 주는 역할을 하는 배 하단 부분의 물탱크*)에서 물을 빼내고 있는 중이야. 일단 공기가 채워지면, 언더플레인에 부력이 생겨서 뜨기 시작할 거야."

매트가 주먹을 입에 대고 물었다. "수면 위로요?"

"아니, 아직은 아니야." 애슐리 박사가 말했다. "먼저 안을 좀 둘러볼 거야."

언더플레인이 연구실의 바닥에 나 있는 구멍을 통해 위로 올라가더니 마치 공기를 마시려는 고래처럼 수면 위로 튀어 올랐다. 기체가 앞뒤로 흔들렸다. 애슐리 박사가 앉은 가죽 의자의 등받이를 짚고 있던 내 손에 힘이 들어갔다.

행크 박사가 혼잣말을 했다. "이걸 좀 부드럽게 운항하게 하는 장치가 어딘가에 있을 텐데. 일종의 제어 장치인데…."

내가 앉은 쪽 유리창에 끼어 있던 얇은 수막이 걷혔다. 나는 셔츠 소매를 펴서 남은 물방울을 닦아 냈다. 우리는 별안

간 파랗고 하얀 타일로 된 방의 한가운데 있는 수영장처럼 생긴 곳으로 튀어 올랐다.

"와, 문풀(moon pool, 선박의 바닥에 뚫려 있어 설비나 기자재를 오르내릴 수 있게 하는 곳*)이네!" 행크 박사가 말했다. "정말 기발하네요."

"YMCA에 있는 데크(여기서는 집이나 건축물과 접한 외부 공간을 뜻한다*)처럼 보이는데요." 아바가 말했다.

한 가지 사실만 빼면 아바의 말이 맞는 것 같았다. "그래, 풀장 주변으로 앉아 있는 노인들이 없는 거만 빼면 YMCA 수영장이랑 비슷하네." 내가 한마디 보탰다.

애슐리 박사가 언더플레인을 조종해서 가장자리로 이동하자 부르릉 모터 돌아가는 소리가 났다. 몸 전체가 근육으로 잘 다져진 체구에 염소 수염을 한 남자가 손을 뻗어 언더플레인의 머리를 잡고는 가까이 당겼다. 그 남자는 밧줄을 당기며 애슐리 박사에게 신호를 보냈다.

"오, 알겠어요." 애슐리 박사가 말했다. "깜빡했어요." 그녀가 터치스크린을 톡톡 두드렸다. 기체의 앞뒤에서 뭔가 찰 칵거리는 소리가 났다. "밧줄 걸이요, 그게 있으면 일반 보트처럼 안전하게 묶을 수 있어요." 그녀가 말했다.

"그건 운항 중인 비행기가 공기 역학에 방해를 주지 않기 위해 안쪽에 숨겨 두잖아요." 행크 박사가 말했다.

가만 듣자 하니 박사님들이 매트가 찾으려고 했던 그 물건에 관한 이야기를 하고 있는 것 같았다. 그러나 정작 매트는 아무런 말이 없었다. 그는 두 눈을 감은 채, 입술을 꼭 다물고 있었다.

"좋은 기술이네요, 행크 박사님." 아바가 한마디 했다.

행크 박사는 못마땅한 표정을 지어 보였다. "그건 내 아이디어가 아니라는데도 자꾸 그러는구나."

"아휴, 박사님도 참," 애슐리 박사가 말했다. "독단적으로 혼자서 완벽하게 뭔가를 발명하는 독불 장군은 아무도 없잖아요! 진공청소기를 다시 발명했던 그 영국인 발명가 같은 예외적인 사람도 있기는 하지만요."

"그 사람이 그걸 다시 발명한 건 아닌데." 행크 박사가 중얼거렸다. "그 사람은 단지 좀 더 그럴듯하게 보이게 만들었던 것뿐인데요."

"저분은 누구예요?" 내가 사람의 모양을 한, 커다란 바위처럼 보이는 한 남자를 가리키며 물었다.

"그 사람은 킬데어야, 나의 특수 부대원이지." 애슐리 박사가 말했다.

"해군 특수 부대를 말씀하시는 건가요?"

"응, 여기 벨리에 사는 사람들은 모두 한 명 정도는 고용하고 있지. 1억 달러 이상을 벌게 되면, 기본적으로 자신을 지켜 줄 수 있는 특수 부대 출신의 요원들을 고용해야 해. 그는 경호원 같은 사람이야. 그 사람에게 이곳 연구실의 경비도 맡기고 있어. 내가 항상 가장 먼저 오기는 하지만 말이야. 내가 언제나 연구실에 가장 먼저 출근하거든."

언더플레인의 흔들림이 멈추었다. 출입문이 열렸고 우리는 기체의 날개 쪽을 지나 밖으로 나갔다. 드디어 바닥에 발을 내딛었다. 바닥 여기저기에 물이 자박자박했다. 잘 넘어지는 나의 형 매트에게 미리 귀띔을 해 줄까 했지만, 나는 그러지 않았다. 내내 긴장 속에 비행기를 타고 있다가 이제 막 내렸으니 한 번쯤, 형이 미끄러져서 넘어지는 걸 보는 것도 재미있겠다 싶었다.

"고마워요, 킬데어." 애슐리 박사가 말했다. "스티븐은 어디 있지요?"

"여기 있을 겁니다. 자기가 직접 루터호를 타겠다고 우기네요."

"여기 그의 배가 있더라고요." 애슐리 박사가 말했다. "스티븐도 그럴 자격이 있다고 생각하지 않나요?"

킬데어는 답이 없었다.

"배를 타고도 이리로 올 수 있나요?" 매트가 물었다.

"가능해. 모든 사람이 다 언더플레인을 이용해서 올 수는 없잖아, 안 그래? 수면 위에 배로 접근할 수 있는 선착장이 있어서 거기서부터 계단을 이용해서 연구실로 올 수가 있어. 그나저나 스티븐이 손님들이 오신 걸 알고 있나요?"

"네, 알고 있을 겁니다." 킬데어가 말했다.

"스티븐이 누구예요?" 아바가 물었다.

애슐리 박사는 아바의 질문을 무시했다. "그리고 로사는 요?"

"통제실에 있어요. 박사님을 기다리고 있습니다."

"자, 그럼 갑시다." 애슐리 박사가 말했다. "행크 박사님?"

우리의 멘토이신 행크 박사는 한 손을 기체의 몸체에 얹고는 언더플레인 옆에 쭈그리고 앉아 있었다. 언더플레인을 바라보는 그의 초롱초롱한 두 눈에는 자식들을 자랑스럽게 바라보는 엄마처럼 눈물이 그렁그렁했다.

매트가 나에게 자신의 컴퓨터를 건네주기에 나는 그가 행크 박사님 옆에 무릎을 구부리고 앉아서 함께 언더플레인의 기체를 살펴보려는 줄 알았다. 그런데 그는 문풀의 가장자리 쪽으로 몸을 숙였다. 기침과 구역질 소리가 섞여서 마치 괴물이 내는 것 같은 소리가 그의 배 속에서부터 뿜어져 나왔다. 나는 뒤로 물러섰다. 그리고 일이 벌어졌다. 나의 형 매트의 장에서 화산처럼 분출이 일어났다. 최근 들어 형은 행크 박사처럼 자꾸 더 먹으려고 했다. 샐러드며 각종 푸른 채소를 포함해 모든 종류의 채소를 먹어 치웠다. 그랬던 그가 손과 무릎을 바닥에 떨어뜨린 채, 문풀에다 그것들을 뿜어내고 있는 것이다. 최근 그가 먹은 음식의 잔재가 수면 위에 떠 있었다. 그 모습은 마치 잘게 썬 백합꽃이 연못 위에 떠 있는 듯했다. 작은 물고기들이 수면 위로 고개를 쏙 내밀어서 매트의 토사물을 갉아 먹었다.

"으유, 역겹다." 아바가 말했다. "저 물고기들이 오빠의…."

"나도 알아." 매트가 쏘아붙였다,

행크 박사는 손을 들어 턱에다 갖다 댔다. "정말 환상적이다, 안 그러니? 생명의 순환. 그냥 버려지는 영양소나 에너지가 없구나. 매트, 너 괜찮니?"

매트가 한 손을 들어 보였다.

일단 매트의 구역질이 좀 잦아들자, 나는 매트 가까이로 몸을 숙여서 낮은 목소리로 속삭였다. "형, 일어날 때 조심해. 바닥 여기저기에 작은 웅덩이들이 있어."

행크 박사가 화물칸에서 우리의 짐을 꺼내기 시작했다.

애슐리 박사가 한사코 다른 사람을 시켜서 짐을 나르게 하겠다고 해서 우리는 각자의 배낭만 챙겼다. 나는 형의 가방을 대신 들었고 안에다가 형의 노트북도 함께 넣었다. 가방이 생각보다 더 묵직했다. "안에 뭐가 든 거야?"

형이 답을 하려다가 짐을 받아 들었다.

"망원경일 거야, 아마도." 아바가 말했다.

내 가방은 달콤한 간식들로 채워져 있었다. 남극에서는 초콜릿과 캐러멜이 비상식량이었다. 그래서 나는 하와이에서도 필요하겠다 싶어서 챙겨 왔다. 다른 몇 가지 물건들도 무작위로 집어넣기는 했는데, 어쨌든 특별 간식은 중요한 거니까.

내 뒤에 있는 출입문이 열렸다.

킬데어는 손바닥이 보이게 왼손을 들어 올렸는데, 마치 어딘가에 레이저라도 숨겨둔 아이언맨처럼 보였다.

그러나 그는 우리를 공격하지는 않았다.

키도 나이도 나와 비슷해 보이는 한 소년이 방 안으로 들어섰고, 그 뒤를 이어 부스스한 검은 머리에 반짝이는 큰 눈, 다갈색 피부의 키가 큰 젊은 여성이 따라 들어왔다. 그녀의 입술도 반짝거렸다. 그녀는 잠시 아바를 응시하더니 행크 박사를 향해 환한 미소를 지어 보였다. "위더스푼 박사님이시죠? 저는 로사 모리스라고 합니다. 몇 년 전에 캘리포니아 공과 대학에서 박사님께서 초청 강의를 하셨을 때, 세미나에 참석한 적이 있는데요…."

박사는 집게손가락을 들어, 그녀를 가리켰다. "빅스!"

"네? 무슨 말씀이신지?"

"당신, 기억나요! 빅 볼펜이요. 강의 들으면서 내내 그 싸구려 플라스틱 볼펜을 물어뜯고 있었잖아요, 맞죠?"

그녀는 주머니에서 짓이겨진 파란색 볼펜을 꺼냈다. "아직도 그 버릇은 여전해요. 그러고 있으면 집중이 정말 잘 되거든요."

"더 나쁜 버릇을 가진 사람들도 있어요."

"박사님은 재즈랑 샌들을 참 사랑하시거든요." 내가 말했다.

"뭐라고요?" 로사 박사가 물었다.

"자, 여러분, 잠시만요." 애슐리 박사가 말했다. "이곳의 주인은 저예요. 맞지요? 기억하고 계신 거죠? 자, 그럼 소개하는 시간을 좀 가져 보죠. 먼저, 가장 중요한 여기 이 사람은 저의 아들, 스티븐이에요."

의구심 가득한 표정의 그 아이는 마치 몇 점의 티끌을 대하듯 우리를 쳐다보았다. 그의 키는 나와 비슷했다. 길고 구불구불한 그의 금발은 이발소를 안 간 지 한 몇 년은 된 것처럼 보였다. 그는 가슴에 어디선가 본 듯한 부호가 새겨진 하얀색 티셔츠에, 감색 재킷을 걸치고 까만색 하이 톱 운동화를 신고 있었다. 그의 스타일은 괜찮은 편이었다. 딱히 눈에 거슬리는 부분은 없었다. 그러나 그의 헤어스타일과 둥근 눈썹산, 그리고 앙다문 입술이 만들어 내는 정확한 일자 라인에는 그가 상당히 까다로운 사람임을 암시하는 어떤 느낌이 있었다.

46

그는 등 뒤로 두 손을 맞잡고 있다가 한 손을 들어 흔들어 보였는데 거기에는 우리들의 시집 '외로운 고아들'이 있었다. 그건 멋진 일이었다. 정말로.

내가 딱 원하는 바였다. 우리 천재 형제들의 또 다른 열혈 팬이 생긴 셈이니 말이다. 매트와 아바는 신나 할 것이다.

"안녕." 그가 말했다. 그러고는 나를 쳐다보았다. "나비넥타이 멋지네."

굳이 독심술을 하지 않더라도 그것이 그의 진심이 아님은 알 수 있었다. 내 타이가 비뚤어진 건가? 나는 손을 뻗어 타이의 매듭을 다시 한번 매만졌다.

"잠깐," 매트가 말했다. 그는 나오려는 트림을 참으며 계속 말을 이어 갔다.

"네 이름이 스티븐이니?"

"응."

"그러니까, 너는 그 유명한 우주론자인 스티븐 호킹의 이름을 딴 거니?"

"내 이름은 철자가 좀 달라." 그가 말했다.

"영리하지요, 그렇죠?" 애슐리 박사가 말했다. "저는 저 애가 저렇게 영특하게 자랄 줄 알았어요. 저 애의 아버지가 물리학자거든요. 그래서 저는 저 아이에게 잘 어울리는 고귀한 이름을 골라 줘야겠다 싶었지요. 이름 때문에 스트레스를 받는 건 아니지, 스티븐?"

아바가 그가 입고 있는 셔츠를 가리켰는데, 그 위에는 여러 개의 타원으로 둘러싸인 점이 그려져 있었다. "멋지네." 아바가 말했다.

그는 고개를 갸우뚱거렸다. "물리학자들이 불확실성에 대해서 제대로 이해하기도 전에 만들었던 부정확한 원자의 주기야. 그래도 멋지긴 해." 스티븐이 답을 했다. 그는 행크 박사를 향해 억지 미소를 지어 보였다. "제가 이 셔츠를 입는 이유는요, 명성이 자자한 과학자들도 오류를 범할 수 있다는 사실을 제 자신에게 상기시키기 위해서예요."

애슐리 박사는 키가 큰 여성을 향해 몸을 돌렸다. "그리고, 행크 박사님, 여기, 로사는요, 'TOES(토스)' 분야에서는 엄청나게 두각을 드러내고 있는 공학자랍니다."

내가 웃음을 터뜨렸다. 스티븐은 한숨을 내쉬었다. 나의 형제들은 애써 나의 시선을 피했다. "뭐? 왜?" 내가 물었다. "발가락(toes) 분야라고 하셨잖아."

"TOES는 해양 온도 차 에너지 시스템(Thermal Ocean Energy System)의 약자야." 아바가 나를 다시 일깨워 주었다.

맞다. 우리가 여기에 왔던 모든 이유가 바로 그것 때문이었다.

"어쨌든," 애슐리 박사가 말을 이어 갔다. "나는 그녀가 아주 열심히 하는 모습을 발견하게 되었는데….”

“저를 발견하신 건 아니었죠.”

“네?”

“아니에요,” 로사 박사가 말했다. “우리가 만난 것은….” 그녀는 하려던 말을 끊고 아바를 쳐다보며 미소를 지었다. “왜, 무슨 일인데?” 로사 박사가 물었다. 아바는 말을 더듬으며 시선을 회피했다. “말해 봐. 무슨 생각을 하고 있는 건데?”

“행크 박사님이 당신이 여기에 있다는 말씀은 안 하셨고….”

“흑인이라서 그러니?”

행크 박사가 어깨를 으쓱했다. “미리 말을 안 한 것은 미안한데, 나는 그게 그렇게 중요하다고는 생각지 않았는데.”

“그건 중요하지 않지요.” 로사 박사가 말했다. “아바, 너도 그렇게 생각하지? 그건 모든 걸 의미하면서 또 동시에 아무런 의미도 없는 거야.”

아바가 무슨 말을 하려고 입을 달싹거리다가 이내 입을 닫았다.

한동안 불편한 침묵이 흐르자 애슐리 박사가 박수를 쳤다. “자, 왜들 그렇게 심각해요? 부질없는 입씨름일 뿐이야. 그건 그렇고, 우리 스티븐이 이틀 후면 열세 살이 된답니다. 스티븐, 여기 새로운 친구들과 인사하렴. 여기는 매튜고 이 친구는 아바, 그리고 음….”

그녀는 나를 쳐다봤다. “잭이에요, 잭.” 매트가 내 대신 답을 했다.

“아, 맞다.”

우리 네 사람은 끝나지 않을 것 같은 어색한 분위기 속에서 엉거주춤하게 서 있었다.

매트가 고개를 들어 천장을 살펴보았다. 아바는 뭔가 번뜩이는 아이디어라도 떠오른 듯 고개를 끄덕였다. 나는 스티븐을 물끄러미 쳐다보다 나의 하이 톱 운동화 위로 시선을 떨어뜨렸다. 새 운동화였다. 운동화는 박사님 연구실의 의자 아래, 다른 발명품들과 뒤섞여 있었다. 박사님은 발명품 중에 어떤 것이든 빌려 가도 좋다고 했고 마침 이 신발이 내 발에 딱 맞았다. 가죽에는 이미 주름이 가 있었다. 물 한 방울이 스며서 퍼져 나가기 시작했다. 나는 최대한 가까이에서 살펴보았다. 그러나 한없이 신발만 쳐다보고 있을 수는 없었기에 어느 시점에서 다시 고개를 들려고 했다.

“자, 여러분,” 애슐리 박사가 드디어 본론을 꺼냈다. “이제, 가서 TOES에 관해서 이야기를 나눠 봅시다, 갈까요?”

나는 그 발가락 어쩌고 하는 단어에 다시 한번 웃었다. 행크 박사는 나를 쏘아보았다.

"네, 좋은 생각이십니다." 매트가 말했다.

행크 박사는 로사 박사를 따라서 문을 지나 불이 환하게 켜진 계단으로 갔다. 그들은 수다를 떨며 금속 바닥 위를 딸각딸각 굽 소리를 내며 걸었다. 그러다 갑자기 애슐리 박사가 첫 번째 계단에서 발걸음을 멈추고는 돌아보았다. "오, 이런, 미안하다. 너희 셋은 안 돼."

"저희는 안 된다고요?" 매트가 물었다. 그는 오른쪽으로 몸을 숙여 계단 위를 쳐다보았다. "행크 박사님?"

"곧 보이실 거야." 애슐리 박사가 답을 했다. "먼저, 나는 그분의 두뇌를 좀 빌려야만 해. 이건 아주 만만치 않은 작업이거든. 스티븐, 새로운 친구들에게 네가 연구하고 있는 것에 관해서 이야기 좀 해 주지 그러니? 원자로 이야기에 저 친구들이 관심이 많을 텐데. 혹시 친구들이 시장할까? 그래, 다들 배가 고파 보인다. 킬데어한테 샌드위치를 좀 가져다 주라고 할게. 즐거운 시간들 가지렴. 나는 너희 셋을 이렇게 한 자리에서 만나게 되어 상당히 기분이 좋구나. 그리고 제이크, 너도 함께 있어서 좋아."

철커덕 소리를 내며 문이 닫히자 스티븐이 소리 없이 웃었다. 그의 한 손에는 여전히 우리의 시집이 들려 있었다.

"제이크가 아니라 잭인데." 내가 혼잣말을 했다.

닫혀 버린 문을 유심히 살펴보는 매트의 모습을 보니 그는 마치 방금 나간 억만장자인 애슐리 박사가 장난을 친 거야, 라며 '짠' 하고 다시 문을 열고 나타나기를 기대하는 듯했다.

"나는 이해가 안 돼." 매트가 말했다.

"이해가 안 되는 것은 나도 마찬가지야, 애슐리 박사는 우리를 마치…."

"아이 취급 하신다고?" 스티븐이 말했다.

"그래, 바로 그거야."

다소 느리지만 아주 정확한 어투로 스티븐이 말했다. "우리 모두가 분명히 느끼고 있는 것처럼, 나도 여기 있는 거 별로 원하지 않아. 그렇지만 만약 우리가 함께 시간을 보내야 한다면, 나는 생산적으로 보내는 편이 더 낫다고 생각해." 그는 손가락으로 '외로운 고아들'의 표지를 톡톡 두드렸다.

"네가 진짜 원자로를 만든 거니?" 아바가 물었다. "혹시 우리가 볼 수 있는 기회가 있을까?"

"안 돼. '뉴턴의 사과' 팀에서 와도 절대 못 보여 줘!" 스티븐이 말했다. "나의 지적 재산을 너희들에게 절대 보여 줄 생각은 없어. 너희가 그 아이디어를 훔쳐서 너네가 만든 것인 양 할 수도 있잖아. 그리고 무엇보다 너희가 나에게 뭔가를 가르쳐 줄 수 있는지부터 나는 좀 믿기 어려워. 혹시 기금이 필요한 거니? 내가 한 몇 백만 달러 정도를 투자할 목적으로 따로 떼어 두긴 했어. 그리고 너희의 발명품 중 하나 정도에 기꺼이 투자할 의향도 있어. 자 그건 그렇고, 아무래도 내가 가르쳐 주는 편이 나을 것 같다. 자, 이거 받아."그가 들고 있던 우리의 시집을 아바에게 건네며 말했다.

내 머릿속에서 타다닥 불꽃이 일고 있었다. 불꽃이 폭죽처럼 터졌다. 정말 그랬다. 아바가 무슨 말인가를 하기 전에 내가 먼저 가로챘다. "몇 백만 달러를 모아 뒀다고 했지?"

그는 끌끌 혀를 차는 소리를 냈다. "이제 시작일 뿐인걸."

나는 거의 뒤로 넘어갈 뻔했다. 우리가 냈던 시집은 높은 판매고를 올렸다. 그래서 나는 우리가 부자라고 생각했다. 아이들치고는 말이다. 그러나 수백만 달러라고? 그건 우리와는 완전히 다른 별의 이야기다. 갑자기 스티븐이 그렇게까지 끔찍한 녀석처럼은 안 보였다. 물론 그 애는 거만하기 짝이 없었다. 좀 짜증 나는 캐릭터인 건 맞다. 그의 헤어스타일도 영 신경에 거슬렸다. 그러나 그는 부자였다. 그것도 엄청난 부자다. 물론 그 점은 어떤 면에서는 매우 중요하다.

아바가 아주 밝은 미소를 지으며 질문을 했다. "우리가 뭐 특별한 말이라도 적어 줄까?"

스티븐이 낄낄거렸다. "아니, 너희들 사인 같은 건 안 필요해!"그는 웃음이 터져 나오는지 잠시 멈추었다. 그는 배를 잡고 쥐어짜듯이 웃어 댔다.

"뭐가 그렇게 웃겨?"매트가 물었다. 매트는 내가 대신 들고 있던 자신의 가방을 가져가서는 자신의 어깨에 둘러멨다.

"저 책을 죽 훑어보면 내가 여기저기 오류를 수정해 놓은 게 보일 거야. 이 시들은… 그중 몇 편은 잠재성이 보이기도 하지만, 내 생각에는 그냥 딱 습작 수준이야." 스티븐은 시집의 중간쯤을 펼쳤다. "예를 들어 여기 이 시 말이야. 여기 이렇게 쓰여 있잖아. '우리는 신발 상자에 마음을 담아 다녀요/ 우리는 신발 상자 가득 우리의 꿈을 채워요/ 이 가정에서 저 가정으로 옮겨 다니며—'"

"언제나 차서 넘쳐 납니다." 매트가 스티븐을 대신해 그 구절을 끝맺었다.

"그래. 나는 이 마지막 구절을 너희들이 어떤 식으로 읽을지 궁금했어. 왜냐면, 그 부분 운율이 이상하게 느껴지거든. 그렇지만 그건 나의 주요 관심사는 아니야."

"아니라고? 그럼 너의 주요 관심사는 뭔데?" 아바가 물었다. 아바의 목소리에는 화가 난 기색이 역력했다.

"단어 선택의 문제야." 스티븐이 대답했다. 그는 잠시 동작을 멈추고는 자신의 오른쪽 팔꿈치를 끌어당기더니 다시 말을 이어 갔다. "너희들이 시에서 썼던 '가정'이라는 단어는 품위는 있지만, 내 생각에는 '집'이라는 단어가 좀 더 느낌이 있었을 거야. 너희들이 옮겨 다녔던 곳은 결국 진짜 너희들의 가정은 아니었잖아. 그냥 단순히 집이었잖아. 너희들이 어쩔 수 없이 살 수 밖에 없었던 집 말이야."

아바가 엄지손가락으로 혀끝의 침을 묻혀 시집의 책장을 넘기기 시작했다. "잠깐만," 그녀가 말했다. "네가 통째로 다 수정을 한 거니?"

"고맙다는 말은 안 해도 돼." 스티븐이 말했다. "죽 읽어 봐."

아바가 표시가 되어 있는 페이지들을 훑어보는 사이, 매트는 애슐리 박사가 나간 출입문을 다시 한번 쳐다보며 말을 했다. "나는 우리가 도움을 주려고 여기에 온 걸로 생각했었는데."

"무슨 생각을 했었다고?" 스티븐이 물었다.

"우리는 말이야, 행크 박사님을 도와 발전소에 어떤 문제가 있는지를 파악하기 위해 여기에 온 거야. 우리는 TOES의 문제점을 해결하러 온 거라고." 스티븐을 쳐다보던 매트의 시선이 아바에게 그리고 내게로 옮겨 왔다.

스티븐이 코웃음을 쳤다. 다행히도 그의 코에서 이물질이 빠져나오지는 않았다.

스티븐은 자신의 무릎을 탁 쳤다. 그것도 두 번이나. 대체, 누가 저런 행동을 하지? 불현듯 그 억만장자가 그리 대단한 인물은 아니라는 느낌이 들며 그에게 장난을 치고 싶다는 생각이 밀려 왔다. 그렇지만 어떻게 놀려 먹을까? 점심 식사

시간이 좋은 기회가 될지도 모르겠다. 화장실에 있는 두루마리 휴지를 주머니에 챙겨 와서 스티븐이 안 보는 사이에 그의 샌드위치 빵 아래에다 한 조각을 슬쩍 넣어 두는 것이다. 그래, 치즈 바로 아래에다 두면 모를 거야.

"나는 이해가 안 가." 아바가 말했다. "뭐가 그렇게 웃겨?"

"너희들은 TOES를 해결하려 온 게 아니야." 스티븐이 말했다.

"아니라고?"

"응, 그럼. 아니지, 아냐." 스티븐이 말했다. "애슐리 박사님이 수요일 밤에 나를 위한 생일 파티를 여실 거야. 너희 세 명은 내 친구 역할로 여기에 온 거야."

3
우리는 여예 오락팀이 아니다

 소름이 끼쳤다. 그래, 좀 비굴한 느낌도 들었다. 그리고 어쩌면 여러분은 그 상황이 슬프다고 생각할 수도 있다. 그 아이의 엄마는 아들의 생일을 축하해 주려는 목적으로 낯선 이들을 데리고 비행까지 했다. 애슐리 박사가 자신의 머릿속에 들어 있는 목록에 따라 아들의 생일 파티를 준비하고 있다는 것을 쉽게 상상해 볼 수 있을 것이다. '자, 한번 보자. 생일 파티 장식? 확인했음. 과자? 확인 완료. 음료? 준비 완료. 친구들은? 아직 준비 안 됐음!….'

물론, 스티븐은 외로운 아이다. 고립되어 있어서 친구도 없다. 그래도 그는 억만장자다! 그러나 중요한 건, 만약 누구라도 스티븐 호킹과 조금이라도 시간을 보낸다면, 마지막 남은 한 방울의 동정심도 싹 사라지고 말 것이다. 그 아이는 앵앵거리는 파리보다 더 짜증 나고, 웬만한 팝스타보다 더 거만하게 군다. 동정을 받아 마땅한 사람들은 바로 우리 형제들이었다. 속아서 거기까지 간 사람들이 바로 우리들이었으니 말이다.

아바와 매트는 자신들이 여기에 온 이유는 잠정적으로, 세계를 바꿀 수도 있는 기술 문제의 해결에 도움을 주기 위한 것이라 생각했다. 나는 또 다른 미스터리를 해결하는 기회가 될 거라는 생각으로 왔다.

그런데 눈앞에 드러난 현실은 우리가 단지 생일 파티에 동원되기 위해 여기까지 왔음을 아주 분명하게 보여 주고 있었다. 아니, 아니지. 그건 그저 스티븐과 그의 엄마인 애슐리 박사 그들만의 생각일 수도 있다. 내 머릿속에서는 벌써 우리를 새로운 국면으로 이끌어 줄 은밀한 계획을 구상하기 시작했고, 나는 그것을 굳이 내 형제들에게 알려서 동참할 건지 물어볼 필요는 없었다. 우리는 행크 박사를 찾아서 가능한 조속히 이 사태를 마무리 지을 참이었다.

내가 조용히 계획을 수립하는 사이, 매트는 우리의 시집 '외로운 고아들'을 훑어보았고, 스티븐은 초조한 듯 발끝을 까닥거리기 시작했다. 결국 그는 참지 못하고 소리쳤다. "샌드위치는 왜 아직 안 갖고 오는 거야?" 그는 자리를 박차고 초록색 문을 지나 그곳을 나섰다. "바로 돌아올게," 그가 말했다. "여기서 기다리고 있어."

그가 시키는 대로 하고 있을 우리가 아니었다. 스티븐이 나간 바로 다음, 우리는 다른 문을 통해서 서둘러 계단이 있는 쪽으로 나갔다. 아바가 앞장섰고 매트는 그곳을 나서면서 손에 들고 있던 시집을 마치 원반을 던지듯 '슉' 던졌다. 시집은 물이 질퍽한 웅덩이를 향해 빙그르 돌다가 '픽' 소리를 내며 바닥에 떨어졌는데, 미끄러져서 물속으로 떨어지는 상황은 면했다. 나는 걸음을 멈추었다. 그건 아주 멋진 기회였다. 오류를 지적당했던 천재들의 실수를 한눈에 확인해 볼 수 있는 절호의 기회였다. 증거물을 그렇게 바닥에 나뒹굴게 내버려 두고 갈 수는 없는 일이었다. 당연히 그 책을 챙기는 것은 나의 몫이었다. 아마 잠자리에 들기 전에 슬쩍 꺼내서 지적당했던 천재들의 시를 개작해서 낭독해 볼 수도 있는 일이었으니 말이다. 나는 지체 없이 달려가서 시집을 집어 들고는 등 뒤로 가져가 내 셔츠 안쪽, 바지 뒤춤의 고무 밴드 안쪽으로 밀어 넣었다.

"따라오고 있는 거니?" 매트가 외쳤다. "아니면, 거기서 스티븐이 돌아올 때까지 기다릴 참이니?"

나는 서둘러 계단을 올라갔다.

여자 목소리가 들렸다, "계속 가!"

나는 걸음을 멈추고 아래를 내려다보고 위도 올려다보았다. 계단에는 우리 셋 말고는 아무도 없었다. 그렇지만, 나는 분명히 누군가의 목소리를 들었다. 그리고 그녀의 억양에는 영국식 악센트가 실려 있었다. "너희도 지금 무슨 소리 들었지?"

"응? 무슨 소리가 났어?" 아바가 물었다.

위쪽 바닥 층으로 나 있는 문이 덜커덩 열렸다가 다시 쾅 닫혔다. 행크 박사가 나타났다. 우리를 발견한 박사는 양손을 쳐들며 고개를 뒤로 살짝 젖혔다. "난, 정말 너희들을 위해서 여기 온 거였는데, 진심이야."

"저희가 여기에 누구를 즐겁게 해 주려고 온 건 아니잖아요." 매트가 팔뚝으로 입가를 닦으며 말했다.

"이건 정말 나의 아이디어가 아니었어." 행크 박사의 어투는 단호했다. "나는 정말 그녀에게 어린 아들이 있는지도 몰랐단다."

"그 애는 어린아이가 아니에요," 아바가 말했다. "그 애는 악마예요."

나는 '외로운 고아들'을 집어 들어 보였다. "지금 형하고 누나 완전히 열받았어요. 스티븐이 형과 누나가 쓴 시를 지적했거든요."

"잭, 너 아까 그거 가지러 다시 갔던 거였어?" 매트가 물었다. "너, 정말 자꾸 그럴 거야?"

"자, 자, 얘들아. 그만들 하고," 행크 박사가 말했다. "애슐리 박사가 화장실에 갔어. 그 틈을 타서 너희들을 데리러 온 거야."

행크 박사는 우리를 데리고 원형의 방 안으로 들어갔다. 곡선으로 연결된 벽에는 유리창이 설치되어 있어서 바닷속이 들여다보였다. 거대하고 매끈한 상어 한 마리가 은빛의 물고기 떼 사이를 세차게 가르며 지나갔다. 나는 멈칫하며 뒷걸음질을 쳤다. "또 엘리자베스야?"

"쟤는 너를 안 물어. 그러니까 걱정 마." 매트가 말했다.

벽에 나 있던 문이 살짝 열렸다. "누구세요?" 애슐리 박사의 목소리가 들렸다. "스티븐, 너니?"

공학자, 로사가 한 손을 이마 높이로 들어 올리며 문 쪽을 가리켰다. "그녀가 화장실 안에 있어요." 로사 박사가 소리는 내지 않고 입 모양으로 말을 했다. 그러고는 애슐리 박사에게 대답을 했다. "아, 네. 그냥 행크 박사랑 아이들이에요. 걱정하지 마세요. 박사님이 나오실 때까지 기다리고 있을게요."

로사 박사는 창가로 가더니 상어를 가리켰다. "저 녀석 이름이 아마 완다일 거예요. 지금은 안 보이는데, 다른 녀석들이 더 있어요. 론, 밥, 그리고 몇 마리가 더 있는데 이름이 생

각이 안 나네요. 애슐리 박사가 모든 상어에 추적 장치를 다 부착했어요. 그리고 그 장치와 교신할 수 있는 앱을 만들어서 언제나 저 녀석들의 위치를 알 수 있도록 해 두었지요." 그녀는 내가 서 있는 뒤쪽으로 섬과 연구실 그리고 주변 바다의 지도를 보여 주는 화면을 가리켰다. 붉은색의 작은 점들이 물속에서 움직이는 것이 보였다. "상어 이야기는 이 정도면 충분할 것 같고요, 자 여기를 한번 보세요."그녀가 방 한가운데에 놓인 커다란 테이블을 가리키며 말했다.

테이블 중앙에는 약 1미터 50센티 가량 높이의 TOES 모형이 특수 아크릴 상자에 둘러싸여 있었다. 상층부 가까이에 진한 파란색의 플라스틱 판금 막이 육면체의 외벽까지 확장되어 있었고, 수면에는 선착장이 설치되어 있었다. 대각선으로 뻗어 나온 투명 튜브가 수중 연구실까지 이어져 있었다. 그곳에서부터 길고 가느다란 파이프가 바다 밑바닥으로 뻗어 있었다. 그 지점이 바다의 밑바닥을 나타낸다는 것을 내가 어떻게 알았을까? 누군가가 파이프 바닥면 옆에, 유명한 만화 캐릭터인 스폰지 밥의 모형을 가져다 두었기 때문이다.

이쯤에서 분명히 짚고 갈 것이 있다. 나는 이제 더는 모형 장난감을 갖고 놀지 않는다는 사실이다. 내가 만약 여전히 그런 것에 흥미가 있었다면, 모형 선착장에 서 있는 몇 개의 장난감들도 눈에 먼저 보였을 테고, 당연히 우스꽝스런 스폰

지밥 옆에서 전투를 벌이고 있는 다른 장난감들도 보였을 것이다. 그 자리에 지아이조(G.I. Joe) 시리즈 모형을 갖다 두었다면 참 완벽했을 텐데, 다른 시리즈들이 섞여 있었다. 아쿠아맨도 괜찮았을 텐데. 파이프는 미끄럼틀처럼 만들었을 테고… 아닐 수도 있지만….

어쨌든, 나는 이제 더 이상 장난감에는 관심이 없다.

"지난 달 있었던 큰 행사를 위해서 이 모형을 제작했었어요."로사 박사가 말했다. "이 모형이 TOES 작동 원리에 대한 사람들의 이해를 도울 수 있을 거라 생각했어요."

행크 박사가 모형 앞으로 몸을 숙였다. 물론, 매트도 한 1미터 떨어진 곳에서 박사님과 똑같은 동작을 취했고 아바는 눈을 가늘게 뜬 채 모형 주위를 돌았다.

애슐리 박사가 나지막한 목소리로 화장실 문 안쪽에서 대꾸를 했다. "그게 이해를 돕는 데 일조를 했어요!"

행크 박사는 우리 셋을 번갈아 쳐다보았다. 박사님께서 딱히 무슨 말을 하지는 않았지만, 과장되게 왼쪽 눈썹이 추켜올라간 것으로 보아 무슨 생각을 하고 있는지 짐작이 갔다. 행크 박사는 평소에도 예절을 지키는 일을 중요하게 생각한다. 그는 우리의 식사 예절도 항상 고쳐 주었는데, 지금 그런 표정을 지은 것은 화장실에서 용변을 보며 문밖에서 일어나는 대화에 끼어드는 것은 해서는 안 되는 일 중에 하나라는 사실을 우리에게 주지시키려는 것이었다.

"그런데, 저희가 스위치를 올렸을 때, 그 시스템에 오류가 난 거예요." 로사 박사가 말을 보탰다.

행크 박사가 숙이고 있던 몸을 일으켜 세우는데, 무릎에서 뚜두둑 소리가 났다. "뭐가 잘못된 걸까요?" 박사가 물었다.

"네, 그게 바로 저희가 알아내려고 하는 거죠." 로사 박사가 말했다.

매트가 아바 옆쪽으로 갔고, 아바는 몸을 숙인 채 파이프 바닥 쪽을 유심히 살피고 있었다. "이건 어떻게 작동되나요?" 아바가 물었다. "이 파이프의 용도는 뭔가요?"

로사 박사가 행크 박사에게 시선을 돌렸다. "계속 말씀하세요." 행크 박사가 그녀에게 말했다.

"네, 좋아요. 여기서 그걸 행크 박사님께 설명하려던 참이었어요. 어디 보자, 음⋯ 전기에 무슨 문제가 있는 걸까요?"

"전기가 충분하지 않은 거겠죠." 내가 무심코 한마디를 던졌다.

"아니야."

그 후로 나는 한동안 입을 꾹 다물고 있었다.

"보다 효율적으로 전기를 만들어 내는 방법이 필요한 거죠." 아바가 말했다.

"나는 여기서 만든다는 말보다는 생성해 낸다는 말이 더 잘 어울린다고 생각을 하는데, 어쨌든 기본 아이디어는 그래요. 왜일까요?"

매트가 손을 들고 자신이 대신 말하겠다고 아바에게 조용히 신호를 보냈다. 아바가 고개를 끄덕였다. "왜냐면 그것의 표준 방식은 석유 같은 화석 연료를 연소시키는 것인데, 그렇게 하면 대기 중에 이산화 탄소를 배출하게 되기 때문이죠." 매트가 말했다.

이번에는 아바가 재빨리 치고 들어왔다. "그건 대기 중에 열을 가둬서 지구 온난화를 앞당겨요."

두 명의 소중한 인재들을 쳐다보는 행크 박사의 얼굴에는 자랑스러움이 줄줄 흘렀다.

"좋아요, 아주 좋아요." 로사 박사가 말했다.

"이게 전부라면, 좀 간단하잖아요. 그렇죠?" 매트가 말했다. "그것 말고도 뭔가가 더 있어요."

"오, 더 있니? 진짜?" 로사 박사가 물었다. "저한테는 이 시스템이 상당히 단순하게 보여요. 가스를 가두고 있는 열기를 대기 중으로 밀어내는 것은 마치 한여름에 자동차의 창문을 닫아 두는 것과 같아요. 차 안이 뜨거워지잖아요."

"물론, 지구를 엔진이라고 생각하고 본다면 그렇지만…."

"그렇지만, 뭐?" 로사 박사가 물었다.

매트의 얼굴이 붉어지자 아바는 새어 나오는 웃음을 애써 참았다. 형은 지원을 요청하는 눈빛으로 행크 박사를 쳐다보았지만, 우리의 멘토이신 박사님은 어깨를 으쓱해 보일 뿐이었다. 논쟁에서 이기고 지는 것은 매트의 문제였다.

화장실에서 변기 물 내리는 소리가 들렸다. 몇 초 후 애슐리 박사가 화장실 문을 밀고 나왔다. 분명히 그녀가 손을 씻을 시간적 틈은 없었다. 먼저 손을 씻었고, 그러고 나서 변기 물을 내렸다는 말인가? 아니다. 수돗물을 틀었다면 분명히 소리가 들렸을 것이다.

"너무 근사하지 않나요, 그렇죠?" 애슐리 박사가 모형을 가리키며 물었다.

로사 박사는 아직도 형의 답변을 기다리고 있었다. 이 난처한 상황에서 형을 구하려는 시도로, 나는 내가 생각해도 참 바보 같은 질문을 불쑥 던졌다. "그렇다면, 바다 밑바닥이나 뭐 그런 데서 전기를 얻는 건가요?"

"그건 너무 말도 안 되는 질문이잖아." 매트가 말했다.

그래, 참 눈물 나게 고맙다, 이 잘난 형님아.

애슐리 박사가 얼굴에 미소를 지으며 물었다. "해양 어디에서 전기를 얻는다는 거지?"

"전기뱀장어는 어때요?" 내가 제안을 했다. 그러고 나서 양팔을 넓게 펼쳐 보였다. "아주, 아주 큰 녀석들이면 가능하잖아요."

모두들 정신없이 웃어 댔다. 아마도 나를 향한 비웃음 같았다. 그래도 만약, 정말 그런 일이 가능하다면 어쩔 건데? 만약에 진짜 수중에 전기 충전 기지 같은 게 있다면, 그래서 장어들이 헤엄을 쳐 그리로 가서 전기 몇 볼트쯤을 기계 안에다가 쏘아 준다면, 그리고 다시 유유히 사라진다면, 그럼 어쩔 건데? 그 장어들에게 먹이든 뭐든 줘서 자꾸 충전 기지로 오게 만들 수도 있는 거잖아. 마치 애슐리 박사가 상어들에게 하듯이 말이다.

나는 양손으로 내 머리를 감싸 쥐었다. 대체 뭐가 문제일까? 항상 천재들 주변에서 맴돌기만 하는 생활이 내 머리를 꼬이게 만들었나 보다. 하지만 그 와중에도 내 머릿속에서는 여러 가지 아이디어들이 생겨나고 있었다. 내 아이디어들은 모두 뒷북을 치고 뒤죽박죽이었지만 말이다.

매트가 내 발을 슬쩍 쳤다. 로사 박사는 설명을 계속 이어 갔다. "그래서 아주 차가운 물을 바다 밑에서부터 파이프로 밀어 올리고 나면, 이 물이 과열된 스팀을 식혀 줘요. 그런 방식으로 물이 재사용될 수 있죠. 결과적으로 저런 멋진 배출 과정이 되는 거예요."

로사 박사는 잠시 멈칫했다. 행크 박사의 시선은 책상 의자에 고정되어 있었고 그는 마치 정신을 완전히 다른 별에 두고 온 사람마냥 보였다. 그러나 나의 형제들만큼은 로사 박사의 설명을 완벽하게 따라가고 있었다. 나는 손을 들었다.

"죄송하지만, 제가 좀 못 알아들었는데… 그 부분… 전부 다요."

로사 박사의 표정을 살피며 아바가 설명을 했다. "기본적 으로 TOES는 해수면의 온수를 사용해 여기 액체에 열을 가 해서 증기로 전환시키고, 그 증기가 터빈을 돌아가게 해서 전기를 일으키는 원리야."

아바는 나를 다시 쳐다보며 내가 이해하고 있는지 살폈다. 나는 고개를 끄덕여 보였다. "알아들었어."

이제는 매트까지 끼어들었다. "그니까 저 TOES는 바다 밑바닥의 그야말로 아주 차가운 냉수를 사용해서 증기를 식 히고, 그 증기를 액체 상태로 만드는 작업을 반복하는 거야."

"그 시스템은 파동 에너지를 거둬들여." 아바가 덧붙였다. "여기 로사 박사님이 바로 그걸 최초로 생각해 내셨어."

매트는 마치 교수라도 되는 양 집게손가락을 들어 올렸다. "그리고 말이야, 이 장치는 그 어떤 스모그나 이산화 탄소를 대기로 내보내지 않아."

"그건 이 장치가 적어도 지구 온난화에 일조하지 않는다 는 의미야." 아바가 설명을 마쳤다.

로사 박사가 행크 박사를 향해 고개를 끄덕여 보였다. "오, 저 애들, 정말 명석하네요."

박사의 눈썹이 춤을 추듯 움직였다. 이제야 박사의 정신이 우리의 대화 속으로 다시 돌아온 것 같았다. "네, 정말 그렇죠?"

나를 염두에 두고 하는 대화가 아님은 분명했다. 나는 여전히 이해가 안 가는 부분이 있었다. "파동 에너지를 거둬들인다는 게 대체 무슨 말이에요?"

"음, 농부가 감자를 수확하는 거랑 비슷한 개념이야." 매트가 설명했다. "농부들은 땅에서 식량을 얻잖아. 마찬가지로 TOES는 파동으로부터, 그리고 냉수와 온수의 온도 차이에서 에너지를 얻는 거야."

"정확해. 바로 그거야!" 로사 박사가 말했다.

나의 형제들이 어찌나 반짝반짝 빛나던지 옆에 있다가는 화상이라도 입을 참이었다. 그다음은 뭘 보여 줄 건가? 엄청나게 큰 수의 곱셈 암산? 저글링 묘기라도 해 보일 건가?

"우리 스티븐도 그 원리를 금방 파악했어요." 애슐리 박사가 한마디 보탰다.

"스티븐은 그 시스템의 효율성 개선에 필요한 몇 가지 아이디어까지 갖고 있었죠. 그렇죠, 로사?"

"아뇨." 로사 박사가 단호하게 답을 했다. "이건 디자인이 완전히…."

"그나저나," 애슐리 박사가 로사 박사의 말을 끊고 화제를 돌렸다. "우리 스티븐은 어디에 있는 거죠?" 그녀가 이리저리 몸을 숙이며 마치 내가 어딘가에 숨겨 놓기라도 한 듯 나를 찬찬히 살펴보았다. 아니 대체, 스티븐이 내 뒷주머니 안쪽에라도 들어가 있는 줄 아는 건가?

출입문이 요란한 소리를 내며 열렸다. 긴 머리의 그 억만장자 어린 왕자가 쟁반을 든 채 쏘아보며 서 있었다. 킬데어가 그의 뒤에 있었다.

"스티븐, 우리는 그냥…."

스티븐이 샌드위치를 덮은 통밀빵 한 장을 집어 들었다. 빵 뒷면에는 마요네즈가 발려 있었다. "제가 정말 진지하게 묻는 건데요. 이거 확인해 보셨어요? 대체 몇 번이나 같은 말을 해야 하는 건가요? 글루텐을 넣지 말라면 제발 좀 넣지 마시라고요."

애슐리 박사는 진심으로 안타깝다는 듯 깊은 한숨을 쉬었다. "내가 그들을 모두 해고할게, 약속하마. 한 명씩, 그리고 모조리."

"생일 파티를 마치고 나서요." 스티븐이 말했다. "파티를 하려면 그 사람들이 필요하잖아요."

"그래그래, 맞다. 파티를 일단 끝내고."

이 사람들이 정녕 진심으로 이런 말들을 주고받는 건가? 나는 아바도 나랑 같은 생각을 하는지 확인해 보려고 그녀를 쳐다봤지만, 아바는 모형에 정신이 팔려 있었다.

스티븐은 손에 들고 있던 샌드위치를 쟁반 위로 툭 떨어뜨리고는 샌드위치 쟁반을 킬데어에게 다시 건넸다. "로사, 저 꼬마 아인슈타인들이 기술상 결함을 벌써 찾아내기라도 했나요?"

"스티븐, 나를 모리스 박사라고 불러 줄 수 있겠지?"

행크 박사는 예전 해군 특수 부대 출신인 킬데어에게 얼른 다가가서 그가 들고 있던 쟁반 위에서 샌드위치 하나를 집어 들었다. "우리가 벌써 기술상의 결함을 찾아낸 건 아니야." 박사는 말을 하며 샌드위치를 크게 한입 베어 물었다. 박사는 샌드위치의 첫 맛에 만족한 표정을 짓는 듯하다가 이내 움찔하며 아주 힘겹게 삼켰다. "이게 뭐죠?"

"채식 햄과 아몬드 치즈입니다." 킬데어가 들고 있던 쟁반을 테이블 위로 내려놓으며 말했다.

"통밀빵으로 만들었죠." 스티븐이 약간 짜증 섞인 말투로 한마디 거들었다.

"이거 마치 젖은 모래 같은 맛이 나는군요." 행크 박사가 말했다. 그는 테이블 위에서 잔을 하나 집어 들어 벌컥벌컥 마셨다. 그러고는 사레가 들렸는지 몇 번 기침을 했다.

"저건 뭐죠?"

"100퍼센트 순수 콜리플라워 주스예요." 애슐리 박사가 대답했다. "그거 정말 진짜 건강에 좋아요. 그리고 우리 몸의 독소를 배출시켜 주죠."

행크 박사가 나를 쏘아보았다. "제이크, 그만 좀 웃어라." 박사는 나지막한 목소리로 말했다.

"너희들은 뭔가 다른 걸 좀 해야 하지 않을까?" 애슐리 박사가 물었다. "소인수 게임 같은 걸 하면 어떨까?"

"괜찮으시다면, 게임을 하는 대신 그냥 이 기술 결함에 대한 이야기를 듣고 있으면 안 될까요?" 매트가 말했다.

"그렇게 하면 안 될까요?" 아바가 물었다.

"아이들이 귀찮게 하지는 않을 겁니다." 행크 박사도 거들었다.

애슐리 박사는 마지못해 동의했다.

다른 사람들은 TOES와 해양 온도에 관련한 이야기를 다시 나누기 시작했지만, 나의 생각들은 연결 끈이 잘린 채 떠다니는 우주 비행사마냥 빠르게 이리저리 흘러갔다. 먼저 나의 생각이 다시 흘러간 곳은 카우아이섬 호텔의 아이스크림 바였다.

그러다 나의 생각은 곧 전기뱀장어로 옮겨 갔다. 만약 전기뱀장어 무리를 사육해서 자동차 덮개 아래 소형 탱크에 넣어 두고 배터리 충전에 사용하면 어떨까? 실험에 들어가는 돈은 스티븐에게 좀 투자를 받을 수 있지 않을까? 만약 그 아이디어가 제대로 작동한다면 이제 자동차에 가솔린 엔진은 더 이상 필요하지 않을 수도 있다. 모든 것이 전기뱀장어에 의존해서 작동되는 거다. 그렇게 된다면 아주 흥미진진한 자동차 사고들이 나게 될 것이다.

이리저리 옮겨 다니던 나의 생각이 현실로 돌아왔을 때, 그들은 TOES에서 발생 가능한 오류들에 관해 논의를 하고 있었다. 천재들의 대화가 하도 빠르게 진행되는 바람에 나는 손을 들어 올렸다.

"여기는 유치원이 아닌데." 스티븐이 말했다.

"그냥 저 애 버릇이야." 아바가 설명했다.

그 말이 제대로 먹힌 것 같다. 그래, 나는 그런 사람이라고. 그렇지만 안타깝게도 딱히 질문할 게 없었다. "그러니까 좀 더 분명히 하자면, 지금 여러분이 하고 있는 이야기는…." 내 목소리는 점점 기어들었고 마지막 단어는 허공에 붕 떠서 누군가 얼른 낚아 채서 들고 뛰어 주길 기다리는 럭비공 같았다.

그 상황에서 나를 구해 준 것은 아바였다. "그러니까, TOES가 생산하는 것보다 더 많은 전기를 사용한다는 얘기였어."

"시연회를 한 뒤로 그렇게 된 것 같아." 로사 박사가 말을 보탰다. "그 이전에는 시스템 작동에 문제가 없었거든."

"어쨌든, 지금 그게 고장이 났잖아요, 로사." 스티븐도 한

마디 거들었다.

"모리스 박사라니까." 로사 박사가 손가락을 튕기며 말했다.

"그럼 누가 그렇게 만든 거죠?" 내가 물었다.

"누가 뭘 그렇게 만들었다는 거지?" 애슐리 박사가 물었다.

나는 스티븐을 가리켰다. "방금 스티븐이 그게 고장이 났다고 했잖아요. 그러니까 그 시스템을 고장 낸 사람이 누구냐고요?"

"음, 글쎄. 그건 좀 질문 자체가 이상한데!" 애슐리 박사가 답을 했다. "우리는 그 시스템이 다른 사람에 의해서 고장이 난 건지는 모르는 상태야. 그건 단지… 음, 그냥 고장이 났을 수도 있단 말이지."

나는 그녀의 답변이 마음에 들지 않았다. 어쩌면 행크 박사와 로사 박사, 그리고 킬데어를 번갈아 가며 분주히 움직이는 그녀의 눈빛이 마음에 걸렸던 것일 수도 있다. 아니면 마치 비밀스런 춤에 박자를 맞추듯 발을 바꿔 가며 한쪽 발에 몸무게를 싣는 동작이 신경이 쓰였을 수도 있다.

로사 박사는 끝에 이로 물어뜯은 자국이 있는 빅 볼펜을 들고 내가 있는 쪽을 가리켰다. "그러니까 네 말은 고의에 의한 방해 행위가 있었을 수도 있다는 말이지, 그렇지?"

내가 대답을 하기도 전에, 아바가 특수 아크릴판을 두드렸다. "그럼 그 과정에서 나오는 폐기물들이 다 어디로 가는지 아세요? 그리고 만약 이 시스템이 생산량보다 더 많은 전기를 소모한다면, 그렇다면 시스템의 어디에 결함이 있는지 알아내야 할 것 같아요. 그렇죠?"

아바는 어쩌면 그렇게 똑똑한 생각만 하는지 얄미울 정도여서, 종이 공이라도 있으면 아바의 머리에 톡 던지고 싶은 심정이었다.

"맞아, 맞아요." 애슐리 박사가 말했다. "그게 딱 우리가 생각하던 바였어요. 바다 밑 냉수를 전부 수면까지 끌어 올리기 위해서 펌프가 필요한데, 그 펌프가 이전보다 훨씬 열심히 작동하는 것처럼 보이기는 해요."

"만약 펌프가 더 열심히 작동하고 있다면, 더 많은 전기가 들어간다는 거잖아요." 매트가 설명을 했다.

행크 박사가 혀끝으로 입천장 차는 소리를 내며 손으로 애슐리 박사를 가리켰다. "바로 그것 때문에 당신이 나더러 노틸러스호를 보내 달라고 했던 거잖아요. 바닥으로 내려가고 싶어서요, 아닌가요?"

아바의 얼굴이 밝아졌다. "행크 박사님, 박사님이 만드신 잠수정을 여기에 가져오신 거예요?"

앞으로 걸음을 옮기는 킬데어의 손에는 아직도 샌드위치 쟁반이 들려 있었다. "애슐리 박사님?"

억만장자는 그를 무시했다. 행크 박사를 쳐다보는 애슐리 박사의 눈꺼풀이 흔들렸다. 그녀는 아랫입술을 지그시 깨물었다. "지금 얼른 그 잠수정을 좀 보면 어떨까요?"

"오늘은 우리가 즐거운 마음으로 간단히 둘러보기만 하는 줄 알았는데요." 행크 박사가 말했다. 박사는 모형 앞에 무릎을 구부린 채 바닥에 있는 스폰지를 쳐다보고 있었다. "그 잠수정은 6미터 깊이 이상은 내려가 보지 않았어요."

"잠수정 실험 수조에서요." 아바가 말했다.

"그렇지만 작년에 산호세 학회에서 900미터의 압력도 견딜 수 있다고 말하셨잖아요."

"물론 모든 계산에 근거하자면 그 말이 맞기는 하지만…."

"그럼 언더플레인은 어떻죠?" 내가 물었다.

나는 그냥 '언더플레인'이라는 단어를 한 번 더 말하고 싶었다.

"애슐리 박사님?"

"킬데어! 난 샌드위치 안 먹고 싶어요. 그거 자꾸 나한테 먹으라고 강요하지 말아요!"

"샌드위치 얘기가 아닌데요," 경호원이 대답을 했다. "섬 사람들이 돌아왔어요. 지금 우리가 있는 위쪽에서 어떤 의식을 치르고 있어요."

참 놀랍게도 애슐리 박사는 혀를 날름 내밀더니 근육 잡힌 어깨를 떨어뜨린 채 몸을 앞으로 축 늘어뜨렸다. 그러고는 지금껏 들어 본 것 중 가장 극적인 소리로, 그것도 아주 천천히 '우왜왝, 우왜왝' 하는 구토 소리를 내는 것이었다. 그러더니 한 손으로 얼굴을 훔치고는 갑자기 표정을 바꾸어 환영의 미소를 얼굴 가득 지었다.

"자 그러면, 이제 가서 인사라도 하는 게 좋겠어요. 박사님이 만든 잠수정, 노틸러스호에 관해서는 앞으로도 이야기할 시간이 많을 거예요. 그리고 제 생각에는 여러분 모두에게 새로운 사람들을 접할 아주 좋은 기회가 될 것 같은데요."

행크 박사가 아바와 매트, 그리고 나를 차례로 쳐다보며 고개를 끄덕였다. "뭔가 배울 수 있는 기회가 될 수도 있겠지. 얘들아, 너희가 만나는 모든 사람은 다들 너희들이 모르는 뭔가를 알고 있는 법이거든."

매트가 신이 나는지 손뼉을 쳤다. "그러면 얼른 가 봐요."

로사 박사는 연구실에 남겠다고 해서 다른 사람들은 킬데어를 따라나섰다. 그는 위쪽으로 오리발 두 족이 삐죽이 나와 있는 커다란 배낭을 어깨에 힘차게 둘러메고는 앞장서서 방을 빠져나가 폐쇄형 계단통으로 우리를 이끌었다. 그 계단통은 수면 위 승강장까지 6미터 정도 뻗어 있었다. 측면에는 거대한 크기의 유리창이 줄지어 있었다. 사인펜 크기의 은색의 물고기 떼가 팔을 뻗으면 닿을 듯한 거리에서 주위를 맴돌고 있었다. 멀리서 상어 한 마리가 천천히 왔다 갔다 유영하는 게 보였다. 나는 손가락을 유리창에 대어 보았다. 시원하게 느껴질 뿐, 그렇게 차갑지는 않았다.

꼭대기에서 애슐리 박사가 문을 여니 둥둥 떠 있는 부상 선착장이 드러났고 우리 모두는 밖으로 나왔다. 바닷물은 고요하고 잔잔했고, 시내로 치면 몇 블록쯤 떨어진 위치에 오래된 목조 범선 몇 척이 보였다.

세탁기 크기의 엔진이 달린 스테이션왜건(접거나 뗄 수 있는 좌석이 있고 뒷문으로 짐을 실을 수 있는 자동차*)만큼이나 긴 두 척의 고무보트가 선착장에 묶여 있었다. 나는 감탄하며 쳐다봤다.

"저기 왼쪽에 있는 루터호가 내 거야." 스티븐이 우쭐해서 말했다. "다른 하나는 베이더(영화 스타워즈의 악인으로, 악역의 전형*)호야."

행크 박사가 키득키득 웃었다. 애슐리 박사를 보며 한마디를 더했다. "왜 하필 악당의 이름을 붙였어요?"

"그냥 영웅들은 질리잖아요," 그녀가 대답했다. "악당들이 훨씬 더 흥미롭잖아요."

매트가 내 팔꿈치를 툭 쳤다. "루터가 누구야?"

바로 그런 순간? 나는 그런 맛에 산다. '나는 알고 있지롱, 네가 모르는 것을'이라고 노래를 부르며 나는 선착장 주변을 마구 뛰어다닐 수도 있었지만, 그렇게 하는 대신 빨리 대답을 해 주었다. 그가 궁금해하는 그 악당은 슈퍼맨의 강적으로, 아주 특이하고도 뛰어난 범죄자의 심리를 가진 인물이라고 설명을 했다.

사실 나는 나의 형, 매트를 놀려 먹는 일보다 애슐리 박사가 더 신경 쓰였다. 그러니까 그녀가 악당들을 좋아한다는 사실 말이다. 그렇다면 그녀도 그런 악당들과 같은 부류의 사람이란 말인가? 혹시 그녀가 TOES에 방해 공작을 일으킨 것일까? 만약 그렇다면 이유가 뭘까?

"지금 멈추지 마세요. 계속하세요!" 한 여자가 말하는 소리가 들렸다.

그 목소리였다. 아까 연구실로 가는 계단통에서 들었던 것과 같은 목소리였다. 완전히 영국식 억양. 그렇지만 이 목소리가 어디서 들리는 것일까? 아바가 나를 쳐다보고 있었다. "아바, 저 소리 들었지, 그치?" 내가 물었다.

"응, 근데 내 목소리는 아니었어." 아바가 말했다. "자, 어서 가자."

"저 사람들은 누구예요?" 매트가 목조 범선들을 가리키며 물었다.

애슐리 박사는 그 방문자들이 카우아이섬 근처에서 온 하와이 원주민들이라고 했다. 그들은 니호아섬을 하와이의 역사와 전통에서 신성한 장소라고 여겨서 그 섬 내에 혹은 주번 바다에 TOES를 건설하지 말았어야 한다고 믿었다. 애슐리 박사는 우리 지구 전체의 번영이 커다란 바윗덩어리의 문화적, 역사적 의미보다 더욱 중요하다고 주장했다. 게다가 그녀는 그곳에 TOES를 설치할 수 있는 권리를 이미 확보했다고 말했다. "지금 저들은 2년 넘게 이어 온 다툼을 위해 투쟁을 벌이고 있는 거예요." 그녀가 말했다. "그렇지만 스티븐, 너 '손자병법' 기억하지? 너의 적들은 너의 친구가 되고 동시에 너의 친구들이 너의 적이 된단다."

킬데어는 자신의 짐을 베이더호 안으로 넣었다. "그게 정확히 옳은 건 아니에요." 그가 중얼거렸다.

"무슨 말이에요?" 애슐리 박사가 물었다.

"아무것도 아니에요." 그가 답했다.

"좋아요, 나도 그렇게 생각해요."

나는 매트 쪽으로 몸을 기대며 나지막한 목소리로 말했다. "저게 다 무슨 말이야? 그녀가 손자인가 뭔가 하는 사람을 다시 언급했잖아."

"손자는 고대 중국의 철학자였어." 매트가 말했다. "그는 '손자병법'이라는 군사 전략에 관한 아주 유명한 책을 썼어."

"지금 우리가 전쟁을 벌이고 있는 거야?" 내가 물었다.

매트가 잠시 동작을 멈추었다. "아니, 그런 건 아닌 것 같아." 그가 말했다. "그치만, 그녀의 말처럼 만약 그녀의 친구가 적이 되고 그리고 적이 다시 그녀의 친구가 된다면, 그럼 대체 우리는 어디에 해당하는지는 나도 모르겠다."

4
폭포수 아래서 먹은 잊는 저녁

우리들은 모두 베이더호에 올랐다. 고요하고 투명한 바다가 너무 아름다워서 상어들을 보지 않았더라면 풍덩 뛰어들었을 것 같다. 아마 물로 뛰어들었어도 별일은 없었을 테지만, 물속에서 상어를 본 후라면, 그 흉포한 포식자가 아작아작 맛난 오후 간식을 찾아 어느 구석엔가 도사리고 있다가 여러분의 한쪽 발을 덥석 물어뜯을 수도 있다는 생각을 떨치기가 쉽지 않을 것이다.

행크 박사가 애슐리 박사와 나란히 뒤에 서 있었고 나머지 사람들은 뱃머리 쪽으로 이동했다. 쿠션을 갖춘 의자들이 있었지만 우리들은 너무 신이 나서 자리에 앉을 생각조차 하질 않았다. 킬데어는 의자 한 곳의 방석을 들어 올리더니

83

안쪽 공간에 우리들의 가방을 넣으라고 했다. 그러고는 스티븐에게 고개를 돌렸다.

"열쇠를 두고 왔니? 로사 박사가 돌아오려면 필요할 텐데."

스티븐은 무거운 숨을 내쉬며 보트에서 내려가더니 열쇠를 꺼내서 루터호의 점화 스위치에 꽂았다. "만약에 로사가 이 배에 뭔가 문제를 일으키면 모두 당신 탓이에요."

"자, 모두 준비됐나요?" 애슐리 박사가 외쳤다. 누가 뭐라고 반응을 보일 틈도 없이 그녀는 바로 조종석의 스로틀 레버(엔진 출력을 조정하는 레버. 통상 진행 방향으로 밀면 출력이 증가한다*)를 앞으로 밀었다. 보트는 이내 하얀 물살을 남기며 선착장을 벗어났다.

두 척의 목선 중 큰 것은 사각형 플랫폼에, 시내버스의 길이와 비슷한 카누 두 대를 엮어서 만든 것이었다. 뱃머리에 우뚝 서 있는 돛대는 나무 무늬가 살아 있고 잘 닦여서 광이 났다. 선미 근처에는 기다란 검은색의 노가 두 대의 카누 사이에 걸친 채 물속에 잠겨 있었다. 플랫폼은 선체의 길이만큼 뻗어 있었고, 몇 명의 남자들과 여자들이 플랫폼 가장자리─우리가 있는 곳과 가까운 위치─에 서서 바다 위로 꽃잎을 던지고 있었다. 분홍색의 꽃잎들이 수면 위로 퍼져 가면서 물결을 따라 흘러갔다.

다른 목선 하나는 큰 목선의 축소형으로, 길이나 폭이 에스유브이 차량과 비슷했다. 그것은 큰 목선 뒤쪽에 있는 길고 느슨한 밧줄로 연결되어 있었다. 배의 키가 있는 곳에 어린아이 한 명이 서 있었다. 태양을 등지고 서 있던 탓인지 그 여자아이의 몸은 황금빛에 둘러싸여 있었고, 길고 검은 머리를 올려 묶어 한쪽 방향으로 늘어뜨린 모습이었다. 그 애는 선글라스를 쓰고 레이커스(Lakers)의 저지 셔츠와 보드용 반바지 차림에 맨발이었다. 뒤에 있던 아바가 내 의자를 슬쩍 밀었다. 아마 내가 그 여자아이에게 시선을 빼앗긴 것을 보았나 보다.

베이더호가 속도를 늦추었다. 엔진 소리가 조용해서 서로의 말소리를 들을 수 있을 정도였다. "섬의 역사를 보호하자는 것은 그저 일부분이에요." 애슐리 박사가 말했다.

"저들은 환경과 관련한 카드도 내밀고 있어요."

"그게 무슨 말이죠?" 행크 박사가 물었다.

"저 사람들은 우리가 니호아섬에서 서식하는 되새를 위태롭게 하고 있다는 주장도 하고 있어요. 그 새는 멸종 위기종으로 이 섬에서만 발견된다고 해요."

스티븐이 말했다. "그건 그냥 날개가 달린 작은 생쥐 같은 녀석들일 뿐이에요. 어떤 종들은 그냥 멸종되는 편이 더 낫기도 하단 말이죠, 아시죠?"

"어… 음… 내 생각에는….” 행크 박사가 말을 더듬었다. 스티븐의 말에 너무 충격을 받은 탓인지 말조차 할 수가 없는 것 같았다.

"저들은 파도타기를 즐기는 사람들이기도 해요. 그것도 아주 좋은 환경에서요. 니호아섬은 하와이의 여러 섬들 중에서도 서핑을 하기에 최적화된 곳이죠.” 애슐리 박사가 계속해서 말을 이어 갔다. "저들이 지속적으로 불평을 제기하고 있는 것이 해양 온도 차 에너지 시스템이 파도에 지장을 준다는 거예요. TOES가 바로 앞바다에 있어서 그렇대요. 하지만 그 이유들 모두 진짜 이유는 아니에요.”

매트가 무슨 말인가를 하려다가 이내 손을 입에 갖다 대었다. 뭐지? 또다시 구토가 나려 했던 건가? 그런 건 아니길 바랐다. 물론 그가 구토를 하면 참 재미있는 상황이 벌어지기는 하겠지만, 그러나 그의 토사물이 이 보트에 들러붙는다면… 으으, 그건 좀 아니다.

"그럼 진짜 이유는 뭔데요?” 아바가 물었다.

"시샘을 하는 거지.” 애슐리 박사가 말했다. "저들은 내가 여기에 살고 있는 게 질투가 나는 거야. 물론 임시로 여기에 거주하고 있지만, 떠나고 싶은 마음은 없어. 적어도 몇 년간은 말이야. 어쨌든, 저들은 여기에 살고 있고, 아주 성가신 존재들이야. 그래서 나는 언론에 불거질 문제를 일으키지 않고 저들을 제거할 수 있는 방법을 모색해야 하는 상황이야."
그녀는 큰 목선을 가리켰다. "행크 박사님, 타륜을 잡으시고
보트를 측면으로 끌어 붙여 주세요."

행크 박사가 우리가 탄 보트를 좀 더 가까이 몰고 가자 애
슐리 박사가 배를 댈 준비를 했다. 그녀는 밧줄을 잡으려 내
옆을 스치고 지나갔는데, 그녀의 체취가 내 코에 느껴졌다.
끔찍한 건 아니었지만, 전혀 예상치 못한 냄새였다. 그건 땀
냄새를 없애려고 남성들이 주로 사용하는 냄새 억제제였다.
특정한 브랜드의 냄새가 났다. 그 냄새는 행크 박사님 연구
실 맞은편의 독일 식료품점 주인을 떠올리게 했다. 갑자기
겨자를 바른 햄샌드위치가 먹고 싶어졌다.

옆에 기대서 손에 밧줄을 들고 있던 애슐리 박사가 나를
물끄러미 쳐다보았다. "너 배고프니, 잭? 점심을 좀 먹었어
야 했는데."

그녀는 이번에는 내 이름을 제대로 불렀다. 그러니까 그녀
는 실수를 통해 배웠거나 아니면 처음부터 내 이름을 알고
있었거나 둘 중 하나다. 그렇다면, 그녀는 나를 잘 대해 주고
있는 것이다. 그것이 의미하는 것은 내가 그녀의 적이라는
것이었다. 또는 그녀의 친구일 수도 있다.

나의 뇌는 딱딱하게 굳은 커다란 매듭 같았다.

"나랑 함께 흔들어 봐." 애슐리 박사가 말했다. "손을 흔들

며 미소를 지어."

그 섬사람들은 꽃잎 던지기를 멈추었다. 그들 중 네 명이 기다란 플랫폼으로 와서 섰다. 그중 가운데 있던 남자는 넓은 어깨에 구릿빛 피부와 두툼하고 붉은 입술, 그리고 자신의 검고 짧은 머리만큼 짙은 눈썹을 갖고 있었다. 그는 붉은 색의 서핑용 반바지 차림에 작은 조개를 엮어 만든 목걸이를 착용하고 있었다. 그는 며칠이고 셔츠 따위는 입지 않고 지내는 그런 유형의 사람처럼 보였다.

한 걸음 떨어진 곳에는 은발을 한 작고 마른 체구의 나이든 남자가 있었다. 그의 피부색은 가운데 있던 남자와 같은 구릿빛이었고, 오른쪽 팔목에는 커다란 까만색 시계를 차고 있었다. 그의 뒤로 키가 큰 여자가 어렴풋하게 보였는데, 그녀 옆에는 몸에 문신을 새긴 무섭게 보이는 한 남자가 우리를 쏘아보고 있었다.

그들 모두는 땅에서 나고 자란 여느 사람들과는 달리 마치 산호초 어딘가에서 살다가 불쑥 뽑혀 나온 것 같은 분위기를 풍겼다.

손을 흔들던 애슐리 박사가 갑자기 풀이 죽은 목소리로 물었다. "애들아, 저기서 주동자가 누군지 알아맞힐 수 있겠니? 스티븐, 저 애들에게 힌트 주지 마."

주동자라고? 저 중에 300만 달러짜리 실험을 한방에 날려 버릴 교활함과 추진력을 가진 범죄의 주동자가 과연 있을까? 그게 누구인지, 여자인지 남자인지 가려 보고 싶었다. 나이 든 남자는 너무 늙어 보였다. 어깨에 문신이 있는 남자는 상당히 의심스럽게 보였다. 그래서 나는 그 사람에게 초점을 맞추었다. 그의 왼쪽 어깨에는 아름다운 목소리로 노래하는 인어 공주, 아리엘의 그림이 완벽하게 새겨져 있었다. 멋쟁이 사기꾼들이 보통 공주 문신을 새겼었나?

"자, 여러분." 애슐리 박사가 반복해서 말했다. "한번 추측해 보세요."

"목걸이를 하고 있는 그 남자인가요?" 내가 물었다.

"아니야, 그 남자는 리더가 되고 싶어 하는 사람인 것 같고," 아바가 말했다. "내 생각에는 뒤에 있는 좀 더 나이 많은 사람인 것 같아."

"땡!" 애슐리 박사가 과도하게 컴퓨터 음처럼 대답했다. "진짜 리더는 선두에 나서거나 중심에 있을 필요가 없어."

목걸이를 한 남자가 양팔을 넓은 가슴팍에 대고 팔짱 끼는 자세를 취하자, 매트가 한마디 했다. "저들은 우리랑 마주하고 있는 게 즐겁지 않은 것 같아요."

"저 사람들이 영어를 하나요?" 내가 물었다.

애슐리 박사는 내 말이 마치 지상 최대의 바보 같은 말이라도 되는 것 같은 표정으로 나를 쳐다보았다. "신사 여러분!" 그녀가 외쳤다. "만나서 반갑습니다!"

"우리는 의식을 치르고 있었어요." 목걸이를 두른 남자가 대답했다. "우리는 안 떠납니다. 우리에게는 여기에 있을 권리가 있습니다."

"저 사람이 데이비드야." 애슐리 박사가 우리에게 말했다. 그리고 그를 향해 계속 말을 이어 갔다. "당신들에게 떠나 달라는 부탁을 하려는 건 아니에요! 알다시피, 우리 해변에서 당신들이 야영하는 거 환영입니다."

"여기는 당신들의 해변이 아닙니다. 그리고 우리는 이미 이곳에서 야영을 하려는 계획을 세워 두었습니다. 당신의 초대는 필요치 않아요."

애슐리 박사가 소리 내어 웃었다. "규정상 그렇다고요! 어쨌든, 나는 여러분 모두를 내일 파티에 초대하고 싶어요. 아, 내일이 아니지. 오늘이 무슨 요일이죠? 월요일인가? 파티는 수요일 저녁에 열려요."

화가 난 스티븐이 작은 목소리로 말했다. "애슐리 박사님! 대체 어쩌시려고요?"

애슐리 박사는 뒤를 돌아보며 입 모양으로 말을 했다. "어차피 저 사람들은 안 올 거야." 그러고는 다시 섬 주민들을 향해 고개를 돌렸다. "의식을 거행하는 데 저희들이 도울 일이라도 있나요?"

"아니요, 없습니다." 데이비드가 대답했다.

늙은 남자가 데이비드의 어깨에 손을 얹더니 앞쪽으로 조금씩 움직였다. "저 아이들은 누구죠?" 그가 물었다.

"스티븐의 친구들이에요."

나는 아바를 힐끗 쳐다보았다. 대체 우리가 언제부터 스티븐의 친구가 된 걸까?

"그리고 저기 타륜 뒤에 있는 분은 누구신지요?"

"제 지인 중 한 분입니다."

"저희 배에 올라오시는 게 낫겠어요." 데이비드가 어깨를 으쓱이며 말했다. 뒤에 있던 여성이 애슐리 박사에게 밧줄을 던져 주었고, 애슐리 박사는 건네받은 밧줄로 고리를 만들어 밧줄 걸이에 걸었다. 스티븐이 기어서 선미로 가더니 두 번째 밧줄을 묶었다. 그의 균형 감각은 실로 놀라웠다. 그는 마치 고양이처럼 주변을 폴짝폴짝 뛰어다녔다.

우리는 한 번에 한 명씩 그들의 배 위로 올라갔다. 나이 든 남자가 아래쪽에 있는 플랫폼 위에 서 있었다. 그는 햇볕에 그을린 발가락을 플랫폼 끄트머리에 오므린 채 쭈그리고 앉았다. 그는 손등을 이마에 갖다 대고는 눈을 가늘게 뜨고 행크 박사를 쳐다보았다. 그가 두드러지게 하얀 치아를 드러내며 미소 지었다. 치아가 하도 환하게 빛나서 선글라스가 필요할 정도였다. 빛나는 하얀 치아는 왠지 그의 전체적인 분위기와는 어울리지 않아 보였다. 깊은 주름과 헝클어진 머리는 이가 홀라당 빠져서 하나도 없을 것 같은 암시를 했기 때문이다.

사포로 문지르는 듯한 까칠한 목소리로, 그가 물었다. "저 사람이 헨리 위더스푼 씨인가요?"

행크 박사가 껑충 뛰어 내렸다. "네, 맞습니다. 제가 헨리 위더스푼입니다. 그냥 행크라고 불러 주시면 됩니다."

"당신이 만든 진공 코 세척기가 내 생명을 구했어요!"

"진짜요?"

우리는 어느 쪽에 있어야 할지 몰라서 플랫폼을 따라 한데 뭉쳐 서 있었다. 매트가 한쪽으로 비켜나라고 나를 쿡 치고는 배 가운데의 큰 플랫폼으로 조심스럽게 걸음을 옮겨 행크 박사에게 더 가까이 갔다.

"물론 정확히 생명을 구한 건 아니었고요, 상태가 많이 호전됐어요. 정말 효과가 좋아요. 여기 있는 사람들은 다 하나씩 갖고 있어요." 큰 키에 마른 체구를 가진 여자가 허리춤에 두르고 있던 꾸러미에서 광이 나는 은색의 기계 장치를 꺼내 보였다. 진공 코 세척기 ─ 점액과 코딱지를 추출해 내는 기계로, 어쩌면 인류를 위한 행크 박사의 가장 위대한 발명품일 수도 있는 ─ 가 햇볕을 받아 더욱 빛났다. "오세요! 와 보세요!" 그 나이 든 남자가 앞으로 오라며 우리를 향해 손을 흔들었다. "자, 여러분께 오하나(Ohana)호를 보여 드릴게요. 이 배는 우리의 역사를 보여 줍니다. 항성 나침반이라고 본 적 있나요?"

아바가 뭔가 생각을 하는 듯 눈을 가늘게 떴다. "오하나… 그건 가족을 뜻하잖아요. 맞죠?"

"오, 그래. 맞아!" 그 늙은 남자가 대답을 했다.

"너, 하와이 말을 할 줄 아는 거니?" 인어 공주 문신을 한 남자가 물었다. 그의 목소리 톤은 깜짝 놀랄 만큼 고음이어서 거의 끽끽거리는 소리처럼 들렸다. 아, 실망스러웠다. 풍기는 분위기로 봐서는 아주 중후한 목소리를 갖고 있을 줄 알았다. 악당 같은 그런 목소리 말이다.

"아바는 못 하는 말이 없어요." 내가 말했다.

"그래. 음, 그런데 행크, 당신이 만든 진공 코 세척기를 폄하하려는 의도는 전혀 아닙니다만, 당신들이 지금 딛고 서 있는 이 배야말로 진짜 기술의 산물입니다."

"네, 천 년 전쯤에는 그랬겠지요." 스티븐이 빈정거렸다.

"실제로 따지면 사천 년 전쯤이었겠죠." 애슐리 박사가 말했다. "제 말이 맞지 않나요, 데이비드?"

데이비드는 더는 우리랑 말을 섞고 싶지 않은 듯 보였다. 나이 든 남자가 그의 기분을 헤아린다는 듯 팔을 슬쩍 건드리자 기분이 좀 나아진 것 같았다. "네, 맞습니다. 이 목선은 고대 폴리네시아 사람들이 태평양을 건너 이 섬들로 이주해 오는 데 사용됐던 배들을 아주 똑같이 재현해 낸 것이죠."

"그러니까 이게 복제품인 건가요?" 매트가 물었다.

"고대 디자인을 보다 현대적인 방식으로 제작했다고 볼 수 있지." 행크 박사가 말했다. "이 배를 보니 콘티키호(Kon-Tiki, 노르웨이의 인류학자 헤위에르달(Thor Heyerdahl) 이하 6명이 1947년 태평양을 건널 때 탔던 뗏목의 이름*)가 떠오르네."

데이비드가 침을 뱉었다. 인어 공주 문양의 문신을 새긴 남자가 갑판 바닥에 떨어진 침을 내려다보았고 나이 든 남자는 뜻밖의 노기가 담긴 목소리로 말했다. "그 뗏목은 정말 혐오스러워요! 왜 사람들은 고대 노르웨이 신의 이름을 딴 그 사람이, 나도 알지 못하는 우리 폴리네시아 문화에 관해서 세상에 대고 떠드는 말을 다 믿는 거죠? 그건 가짜라고요! 이게 진짜예요."

그는 고갯짓으로 작은 목선이 있는 쪽을 가리켰는데, 그곳에는 한 소녀가 다리를 꼬고 앉아서 우리를 쳐다보고 있었다. "그리고 우리 할아버지의 배, 니우(Niu)호도 곧 제작될 겁니다." 그가 아바에게 물었다. "너 혹시 그 단어가 무슨 의미인지 아니?"

아바는 뭔가 생각을 하는지, 왼쪽 눈을 반쯤 감았다. "크다는 뜻인가요, 맞나요? 거대하단 의미인가요?"

"아니란다, 그건 누-우-이(Nui)라는 단어다." 그 나이 든 남자가 미소를 지으며 답을 했다. "니우는 '코코넛'을 의미한단다."

"왜 코코넛이에요?" 내가 물었다. 그 이름이 재미있어서 붙였을까?

데이비드가 답을 했다. "저 소녀가 그 이름이 재미있다고 생각했었기 때문이야."

나는 이미 그 소녀가 마음에 들었다. 나는 아바를 가리켰다. "아바는 토스터기 이름을 밥(Bob)이라고 짓기도 했어요."

"그래요. 일단 이름에 관한 여담은 이쯤에서 접고요, 내 할아버지의 배는 경탄할 만한 작업이 될 겁니다. 저 소녀가 그 배를 직접 짓고 있거든요."

"저 소녀가 저 배를 직접 짓는다고요? 놀랍군요!" 행크 박사가 말했다.

"어쨌든," 아바가 중얼거렸다. "저건 그냥 나무로 만드는 건데요, 뭐. 소프트웨어 같은 걸 만들 필요도 없는 작업이잖아요."

"세상이 컴퓨터에 의해서만 굴러가는 게 아니랍니다, 어린 숙녀분." 늙은 남자가 말했다.

"곧 그렇게 될 텐데요, 뭘." 애슐리 박사가 비꼬듯 말했다.

매트가 자신의 집게손가락을 들어 올렸다. 아마 이 우주가 어떻게 진짜 대형 컴퓨터 프로그램과 닮았는지에 관한 이야기를 풀어내려는 것 같았다. 나는 그를 향해 머리를 살짝 흔들어서 '지금은 그럴 때가 아니야'라는 표시를 했다. 놀랍게도 그는 이내 입을 꾹 다물었고 우리들은 모두 각자 자기 소개를 했다. 그 늙은 남자의 이름은 벤이었다. 약간 예상을 빗나가서 실망스러웠다. 나는 그가 섬에서 따온 이름, 가령 '코오노' 또는 '마카파카'같이 의미가 담긴 멋진 이름을 갖고 있을 거라 기대하고 있었다. 폭포수 아래서 멱을 감는 남자, 어쩌면 발로 파도를 건너는 사람이라든가 말이다.

다른 사람들의 이름도 실망스럽기는 마찬가지였다. 그 여성의 이름은 벳시였다. 아니, 정말 이름이 그냥 벳시란 말인가? 하와이 사람 이름치고는 너무 평범하지 않은가? 문신을 새긴 남자의 이름은 데릭이었다. 혹시 데릭이라고, 서핑하는 파괴 공작원에 관해 들어 보셨는지? 아니다. 나도 그런 이름은 못 들어 봤다. 게다가 그의 등에는 인어 공주 문신만 있는 것이 아니었다. 신데렐라에서 백설 공주에 이르는 각종 공주 문신들이 그의 등에 새겨져 있었다. 그리고 소녀의 이름은 마야이고, 벤은 그 소녀가 자신의 손녀라고 했다. 데이비드는 그의 아들이었다.

"여러분 모두 하와이 분들인가요?" 행크 박사가 물었다.

"아닙니다. 저는 저지(Jersey) 출신입니다." 데릭이 말했다. "그리고 다른 사람들은 모두 진짜 하와이 사람들입니다."

그들이 우리에게 배를 구경시켜 주는 사이, 벤은 매트의 안색이 별로 좋지 않다는 것을 눈치챘다. 그는 매트에게 껌 한 통을 건네며, 껌을 씹으면 속도 좀 편안하게 가라앉고 배의 흔들림에도 익숙해질 거라 말해 주었다. 그러고는 자신이 지난 이십 년간 자신들의 전통을 지키기 위해 헌신해 왔다는 말을 우리에게 들려주었다. 그 이전에 그는 매우 성실하고 잘나가는 치과 의사였단다. "이제 데이비드가 저의 뒤를 이어서 치과 의사 일을 하고 있어요." 그가 설명했다. 그의 고른 치아가 다시 한번 빛났다.

가까이서 보니 그의 치아가 더욱더 빛이 나 보였다. "우리의 전문 분야는 치아 미백입니다."

행크 박사가 벤이 차고 있는 시계를 가리켰다. "선생님, 아주 근사한 시계를 차고 계시는군요. 스쿠버 다이빙을 하시나요?"

데이비드는 나이 든 남자의 어깨에 손을 올렸다. "저희 아버지에게 공기통 같은 건 필요하지 않습니다. 이 섬 최고의 프리 다이버 중 한 분이세요."

"예전에는 그랬었지요." 벤이 말했다.

"분별없는 스포츠죠." 스티븐이 말했다. "까딱하다가는 위험해질 수도 있죠. 매번 사람들이 목숨을 잃잖아요."

"그래. 그렇지만 그런 일은 물을 존중하는 마음을 갖지 않을 때만 일어나." 벳시가 끼어들었다. "우리들은 그러지 않거든."

"네네네, 어쩌구, 저쩌구…." 스티븐이 대꾸했다.

애슐리 박사는 말이 없었다. 부모라면 그 시점에서, 그러니까 자신의 아이가 무례하게 굴거나 실례되는 행동을 할 때 그렇게 보고만 있으면 안 되는 거 아닌가? 나는 제대로 된 부모가 없었으니 알 길이 없다. 그렇지만 숨길 수 없는 애슐리 박사의 미소는 그녀가 스티븐의 행동을 오히려 기특하게 생각한다는 느낌을 들게 했다.

벤은 그 버릇없는 녀석을 그냥 무시해 버렸다. "자, 행크 박사님, 뭔가 보여 드리고 싶은 것이 있습니다." 그가 플랫폼 중앙에 펼쳐진 커다란 정사각형의 돛을 향해 손을 흔들어 보이며 말했다. 가운데에 그려진 큰 원에는 원주를 따라 점선이 있었고 마치 지구본의 위도처럼 각 점선을 이어 주는 평행선들이 있었다.

"저게 항성 나침반인가요?" 행크 박사가 물었다.

"예, 맞습니다. 저게 바로 항성 나침반입니다."

"어머, 귀엽게 생겼네요, 안 그런가요?" 애슐리 박사가 큰 소리로 말했다.

행크 박사는 흥분을 감추지 못하는 목소리로 매트를 불렀고, 매트는 마치 뉴욕 닉스 팀의 경기를 앞줄에서 관람할 수 있는 티켓이라도 선물 받은 사람처럼 덩달아 흥분을 한 듯 보였다. 아니, 그건 아니었다. 매트는 사실 그런 비싼 티켓에는 그다지 관심이 없다. 어쨌든, 우리의 멘토이신 행크 박사님은 보는 즉시 그 나침반에 사로잡혔고, 매트도 처음에는 신나 했다. 그치만 그 지도가 그를 혼란스럽게 만든 것이 분명했다. 매트는 보통 돛 위에 그려진 것이 아닌, 컴퓨터 모니터를 통해서 별에 관한 공부를 해 왔다. 벤이 그 나침반의 사용법을 설명하는 동안, 행크 박사와 매트는 애슐리 박사와 스티븐, 그리고 다른 사람들과 함께 그 항성 나침반 주변에 옹송그리고 모여 앉았다.

아바와 나는 거기 모여 있는 사람들의 뒤편에 서 있었고, 그사이 나의 생각들은 또다시 이리저리 떠다니기 시작했다. 물론, 사람들이 다 비웃었지만, 나는 여전히 전기뱀장어에 관련한 아이디어가 무척 마음에 들었다. 만약 여러분의 집에도 전기를 제공하는 전기뱀장어를 둔다면 어떨까? 그 뱀장어들을 보안 시스템에 연결해 두었다가 도둑이 침입했을 때 감전을 일으키는 용도로 쓸 수도 있을 것이다.

"저들은 포기라는 건 하지 않아, 너도 알겠지만."

우리들 뒤에, 레이커스 팀의 셔츠를 입은 마야가 다리를 꼰 채 접힌 돛 위에 앉아 있었다.

"무슨 소리야? 뭘 포기한다는 거지?" 내가 나지막한 목소리로 물었다.

"펠레의 이야기야."

"축구 선수 펠레를 말하는 거니?"

"아니. 하와이 화산의 여신, 펠레를 말하는 거야." 아바가 말했다. 아니, 아바는 어떻게 그런 것까지 알고 있는 걸까? 마야는 애슐리 박사를 향해 엄지손가락을 추켜세웠다. "너는 저분을 펠레라고 부르는 거니? 그거 재미있네."

"그 여신은 보통 불타는 듯한 붉은 머리를 하고 있거든, 그런데 저 애슐리라는 여자는 성질이 아주 불 같잖아."

나는 마야가 입고 있는 셔츠를 가리켰다. 드디어 뭔가 이야깃거리를 찾아냈다. "너, 레이커스 팀의 팬이니? 네가 가장 좋아하는 선수가 누구야?"

"뭐라고?" 그녀는 자신의 셔츠를 내려다보았다. "아, 이거. 나 농구는 잘 몰라. 이 셔츠는 호텔의 분실물 센터에 있던 거야. 그리고 내가 좋아하는 색은 보라색이야."

잠시 들떴던 나의 기분이 물속에 내던져진 닻처럼 일시에 가라앉았다.

"잭은 농구 선수가 돼서 NBA에 들어가고 싶어 해." 아바가 말했다. 그리고 그건 완전히 엉뚱한 말도 아니었다. 그건 내가 그리는 미래의 나의 모습 중 하나로, 나는 그와 더불어 작지만 부유하고 평화로운 나라를 운영하고 싶다는 소망도 있다. 그 나라는 넓은 해변이 펼쳐지고 높은 나무들이 가득했으면 좋겠고, 전 세계를 연결하는 와이파이가 있으면 더욱 좋겠다. 최근에 나는 록 스타가 되는 꿈에 관해서도 보다 많은 생각을 하고 있다. 그렇지만 음악적 재능은 좀 쉽지 않을 것도 같다. 나는 악기 같은 것을 제대로 배운 적도 없었고, 몇 번 사람들 앞에서 노래를 부르기는 했지만, 그들은 내가 장난을 치고 있다고 여겼다.

"너, 농구 잘하니?" 마야가 물었다.

"얘는 연습도 안 하는걸." 아바가 말했다.

아바의 말이 맞긴 했지만, 그렇다고 그런 말에 꿈이 꺾일 나도 아니었다. "나의 타고난 능력이 곧 꽃을 피울 거야." 내가 말했다.

마야가 손을 들어 올리더니 무심하게 아바를 향해 흔들었다. "내 이름은 마야야." 그녀가 말했다.

"너희 할아버지가 방금 우리에게 알려 주셨어." 아바가 말했다. 그러고는 우리들을 소개했다. 나는 마야에게 악수를 청하려 앞으로 몇 걸음을 옮겼다. 내 손이 뻗어 나가 허공에서 맥없이 움직일 때, 그 순간 내가 실수를 했음을 깨달았다. 내 나이 또래의 어린아이들은 보통 악수를 하지 않는다. 게

다가 소년들은 절대 낯선 소녀들과 악수를 하지 않는다. 그러나 애꿎은 나의 손은 착륙 지점을 잃은 우주선마냥 흔들거렸다.

마야는 나에게도 무심하게 손을 흔들어 보였다. 나는 손을 거두어들이고 그녀가 했듯 무심히 손을 흔들었다.

"그렇게 어색하지는 않았어. 걱정 마." 아바가 말했다.

그래. 무척이나 고맙다. 아주 대단히 고마워.

나는 두 번 다시 꺼낼 일은 없는 것처럼 얼른 주머니 속에 손을 찔러 넣었다. 그리고 벤을 향해 고갯짓을 했다.

"저 애가 손녀이죠?"

"잭, 저 분이 이미 알려 주셨잖아." 아바가 말했다.

그래, 아바, 또다시 너무 고마워. 고마워 죽겠다.

"응. 그리고 나의 삼촌, 데이비드." 마야가 설명을 했다.

"나는 저분이 너의 아버지이신 줄 알았어." 내가 말했다.

"아니야, 나의 부모님들은 두 분 다, 이 전통 문화를 지키는 일에 열중하고 계셔. 언제나 일 때문에 여기저기 여행을 다니셔서 나를 할아버지랑 삼촌과 함께 지내게 하셨어." 그녀는 나와 아바를 번갈아서 흘깃흘깃 쳐다봤다. "너희 둘은 서로 무슨 관계야?"

아바는 나를 자신의 형제라고 소개를 했다. 그러니 마야가 혼란스러워 할 수도 있다. "형제 사이 맞기는 한데," 내가 답을 했다. "보다시피, 우리는 전에는….."

"TOES에는 무슨 문제가 있는 거니?" 아바가 나의 말을 끊으며 따지듯이 물었다. "파도가 문제니? 새들이 문제야?"

"음, 글쎄, 첫 번째로," 마야가 답을 했다. "원래 이곳에는 아무도 들어올 수도 없었어. 여기는 역사적으로나 문화적으로 중요한 장소거든. 그런데 어쨌든 애슐리 씨가 이곳에 들어올 권한을 얻었어."

"그럼 두 번째는?" 아바는 마야의 답을 재촉했다.

"그 시스템은 작동조차 되지 않잖아!" 마야는 항변하듯 말했다.

"작동은 했는데." 내가 언급했다.

"그렇지만 그 시연회는 대대적인 실패였어."

"누군가 방해 공작을 펼친 거였잖아." 내가 말했다.

"방해 공작이라고?"

아바가 입을 살짝 벌리며 눈을 감고는 머리를 흔들었다. "그건 가능성일 뿐이야."

"누가 물 밑에 설치되어 있는 전기 발전소에 방해 공작을 펼치겠어?" 마야가 물었다.

나는 답을 하지 않았고 답을 할 필요도 못 느꼈다. 나의 침묵이 그녀에게는 곧 대답이었다. 파괴 공작원은 그들 중 한 명인 것이다. 섬 주민들은 당연히 그 시스템, TOES를 파괴

할 모든 이유가 있는 사람들이다. 내 눈에는 그들 모두가 다 의심스러워 보였다. 데이비드? 당연히 의심스럽다. 하얀 치아를 가진 그의 아버지 벤은? 의심스럽기는 마찬가지다. 벳시, 데릭은 동심 가득한 문신을 하고 있어도 의심스럽다. 어쩌면… 저 어린 소녀 마야도 수상쩍다.

5
호킹의 본부

우리는 오하나호에서 내려와 다시 고무보트를 타고 북쪽으로 향하여 니호아섬 남부 해안의 굽은 만 안으로 들어섰다. 마야와 나의 만남이 좀 더 좋은 방향으로 진행될 수 있을까? 나는 당연히 그녀와 그녀의 가족 전체를 파괴 공작원으로 의심했다. 그래서 그녀는 내가 스티븐 호킹과 같은 편이라고 생각했을 것이다. 그러니 그녀가 내게 좋은 점수를 줬을 리 없다.

우리를 태운 베이더호가 황금색 백사장 안으로 속도를 내며 들어섰다. 애슐리 박사가 보트의 엔진을 끄자 선체가 위로 들리면서 프로펠러 날이 바닥에 부딪히지 않았다. 행크 박사는 그 기능이 훌륭하다고 생각했고, 실제로 멋지다는 말을 직접 써서 찬사를 표했다.

　매트가 먼저 배에서 뛰어내렸고, 내가 바로 그의 뒤를 이었다. 다시 육지에 발을 디디게 된 것이 고마웠는지 매트는 바닥에 쭈그리고는 맨손으로 모래를 팠다. 나도 그를 따라 모래를 팠는데, 손끝에 닿는 모래의 느낌은 베이비파우더같이 부드러웠다. 나는 발목까지 오는 농구화를 벗어 버리고 싶은 충동을 느꼈지만 애슐리 박사와 스티븐이 이미 다른 곳으로 이동하고 있었기에 바위틈으로 나 있는 좁은 길로 그들을 따라갔다.

　우리는 다시 우리의 가방을 힘차게 어깨에 둘러멨다. 초콜릿 바 말고도 나는 행크 박사님의 연구실에서 무작위로 몇 가지 발명품들을 챙겨 왔다. 이들 중 몇 개는 박사님이 직접 만들었고, 다른 것들은 박사님이 심사 위원으로 활동하는 클러터벅 상 대회에 출품되고 남은 발명품들이다. 박사님은 우리더러 언제든 물품들을 빌려 가서 시험을 해 보라고 독려했다. 그래서 나는 '스파이더 신축성'이라는 딱지가 붙어 있는 노란색 신발 끈 한 쌍과 발목 높은 농구화, '빛나는 치아'라는 딱지가 붙은 껌 한 통과 그 외에 몇몇 물품들을 들고 왔다. 형이 계속 축 처지고 속이 안 좋아서 매스꺼움을 느낀나면, 이 껌을 형에게 줄까 보다.

　매트는 작은 망원경과 함께 야생 생물 촬영을 위한 카메라, 그리고 접이식 낚싯대를 챙겨 왔다. 아바는, 글쎄, 나도 그녀가 무슨 물건을 챙겼는지 알 수 없다. 그러나 당연히 프레드는 챙겨 왔다. 그건 아바가 집에서 직접 만든 드론이다. 아바는 우리가 걷기 시작하자마자 가방에서 프레드를 꺼내서 전원을 켜고 공중에 띄워서 우리가 가는 길을 따라오게 했다.

프레드 날개의 윙윙 소리를 들었는지 애슐리 박사가 뒤를 돌아보았다. "어머, 너무 귀엽다! 스티븐, 우리 아들! 네 것은 어디에 있니?"

"엄마, 아시잖아요. 저는 이제 드론 같은 건 질렸어요." 스티븐이 말했다. "저건 그냥 장난감일 뿐이잖아요."

언덕까지 길게 구불구불 뻗어 있는 오솔길을 걸으며 우리는 우거진 식물과 여기저기 새똥들이 묻어 있는 바위들을 지났다. 매트는 이 바닷새들의 배설물이 해양 온도 차 에너지 시스템, TOES에 사용되는 액상 암모니아의 좋은 원천이 될 수도 있겠다고 했다.

"그건 이미 우리가 생각하고 있는 사안이야." 스티븐이 말했다. "그런데 문제는 저 배설물을 어떻게 수집하는가야."

"바위에서 긁어내는 것으로는 안 되거든." 애슐리 박사가 말을 더했다. "그렇게 하려면 수백 명의 사람들을 동원해서 하루 종일 일을 하게 해야 할 거야."

행크 박사가 소리 내어 웃기 시작했다. 박사는 팔까지 휘두르며 웃었다. "나는 지금 넓은 챙의 분리 가능한 모자를 쓴 한 무리의 마네킹들을 상상했어."

아바가 들고 있던 물병의 물을 꿀꺽 삼켜 버렸다. "네에?"

나도 잠시 박사님의 상상에 동참했다. "왜냐면, 새들은 목표점을 겨냥해서 배설을 하잖아. 맞지?"

"바로 그거야! 매일 그 모자들을 수거해서 새똥들을 모으면 되는 거지." 박사는 나를 향해 한쪽 눈을 찡긋해 보였다. 화장실과 관련한 그런 농담은 나랑 가장 잘 통한다고 생각하는 모양이다. 어쩌면 내 이름을 '잭'이 아니라, '제이크'라고 잘못 부른 것에 대한 일종의 박사님 방식의 사과 같은 것일 수도 있다.

"새에 관해서 말하자면," 매트가 우리 앞에 있는 바위 위에서 폴짝폴짝 움직이고 있는 작은 부리를 가진 새 한 마리를 가리키며 말했다. "이 새가 니호아되새인가요?"

애슐리 박사는 새총을 당겨서 쏘는 척을 해 보였다. "피융!" 그녀는 입으로 소리를 냈다. "저 날개 달린 작은 유해 동물들은 그야말로 골칫덩어리랍니다."

"그렇지만 저 새들이 멸종 위기종 아닌가요?" 행크 박사가 물었다.

"네, 그게 바로 문제입니다!" 애슐리 박사가 말했다. "만약 섬에서 새를 잡는 작은 그물이라도 발견되면, 어휴, 말할 필요도 없어요. 벤과 그의 무리들이 이 섬에 몇 번 들어온 적이 있는데요, 매번 그물이 있는지 확인해요. 만약 새롭게 설치된 그물 같은 걸 발견하는 날에는, 그들이 저를 이 니호아섬에서 일주일도 안 돼서 쫓아낼 겁니다."

"그렇지만 새들의 생존에는 좋은 소식이 되겠네요, 안 그런가요?" 매트가 물었다.

"누가 저딴 동물한테 관심이나 갖겠어요? 그저 새일 뿐이라고요. 취약한 신생 기업들도 늘 죽어 나가는데 저런 약해빠진 동물종들이 죽지 못할 이유는 뭐지요?" 그녀는 고개를 돌려 먼 곳을 가리켰다. 그곳에는 붉은 발을 가진 커다란 새가 비상을 하려는지 바위 끝을 향해 달려가고 있었다. "그렇지만 저 아름다운 새는… 저 정도의 새라면 보존 가치가 있을지도 모르겠네요. 아님 보고 즐길 만도 하고요. 어쨌든 계속 앞으로 갑시다. 목적지를 향해서요."

애슐리 박사가 부지런히 가자고 재촉하는 사이, 우리의 천재 형제들은 어안이 벙벙해졌다. 결국 매트가 말을 꺼냈다. "저 말은, 진심일까요? 멸종 위기종에 관해서 어떻게 저렇게 말을 하지요?"

"나도 진심이 아니길 바란다." 행크 박사가 답을 했다.

애슐리 박사를 따라잡으려 부지런히 움직이며 우리는 언

덕 꼭대기까지 올라갔다. 길은 평평했지만 나지막한 숲과 야생화들 사이로 구불구불 나 있는 길은 지금껏 본 집 중 가장 이상하게 생긴 집 앞까지 죽 연결되어 있었다. 그 건축물을 집이라고 부르는 것은 마치 르브론 제임스(미국의 유명 농구 선수*)를 농구 선수라고 부르고, 알베르트 아인슈타인을 과학자라고 부르는 것과 같은 일이다. 그런 단순한 용어로는 그 집의 장엄함을 담아내기에 역부족이다.

집은 완전히 길쭉한 직사각형의 강철 상자를 차곡차곡 쌓아서 만들어졌다. 어떤 상자들은 서로 평행을 이루고 있었고 또 몇 개는 수직의 형태를 하고 있었다. 블록 하나의 크기는 스쿨버스만 한 젠가 게임 모형을 상상하면 된다. 그 집은 젠가 게임의 거의 마지막 단계와 같은 모양을 하고 있고, 단지 색깔만 빛이 나는 하얀색으로 칠해져 있다고 생각하면 될 것이다. 거대한 유리창들에는 푸른 하늘이 비쳤고 몇몇 벽은 전체가 통유리로 되어 있었다.

애슐리 박사가 허리에 손을 얹고 서 있었다. "임시로 머물고 있지만, 우리 집입니다."

"임시용이라고요?"

그녀는 허공에다가 손가락으로 인용 부호를 만들어 보였다. "여기서는 영구적인 집을 지을 수가 없어요. 우리가 TOES를 시험하는 동안만 주에서 허용한 일부 땅을 임대해

서 쓰고 있는 중이에요. 그렇지만 그들은 우리더러 막사 정도의 집만 세우고, 그것도 여기를 떠날 때는 모두 다 제거하고 어떤 흔적도 남겨서는 안 된다고 말했어요."

"저걸 어떻게 다 제거할 작정이세요?"

"그야, 당연히 헬리콥터들을 이용해야지요." 그녀가 말했다. "한 칸 한 칸씩 헬리콥터로 날라서 들여왔으니 같은 방식으로 날라서 내보내야겠지요. 그렇지만 저는 가까운 시일에 이곳을 나갈 계획은 없어요. 적어도 여기에 몇 년은 더 있을 겁니다. 저는 언제나 나만의 섬을 갖고 싶었거든요."

"몇 년이라고요?" 스티븐이 물었다.

그는 심드렁해 보였지만, 그의 엄마는 짐짓 못 본 척했다. 그래서 나도 관심을 두지 않았다. "이런 곳을 막사라고 부르시나요?" 내가 말했다. 행크 박사가 나를 노려보고 있는 게 느껴졌다. 그렇지만, 이 모든 황당한 상황에서 내가 어떻게 예의를 갖추고 예절 바르게 행동해야 한다는 걸 기억할 수 있겠는가?

"저것들은 전부 중고 선적 컨테이너들입니다. 헬리콥터가 저걸 다 쌓아 올렸어요. 킬데어의 조종사 친구들 중 한 사람이 저 일을 다 해 줬어요. 재주가 아주 좋은 사람이죠. 그리고 전체적으로 다 초록색으로 보여요. 여기서는 안 보이지만 지붕에는 태양열 판들이 있고 빗물 수집하는 시스템도 있어요. 모든 바닥재는 대나무로 만들었어요. 우리는 플라스틱 재질은 사용하지 않아요. 솔직히 말하면, 이 집은 일반 막사들보다 환경에 미치는 영향이 훨씬 적어요."

"그것 참 놀랍군요." 행크 박사가 말했다. "환경에 대해서 그토록 깊은 관심을 가진 또 한 사람을 만나게 되니 아주 신선한 느낌입니다."

애슐리 박사가 웃었다. 그러다가 이내 손으로 입을 가렸다. "오, 너무 진지하게 받아들이셨네요. 죄송해요." 그녀가 살짝 얼굴을 찡그렸다. "사실 전 환경 같은 건 전혀, 신경도 안 쓰거든요. 이렇게 한 건 그냥 흥미로웠기 때문이에요. 게다가 그렇게 하면 근사해 보이기도 하잖아요."

다시 한번 행크 박사는 잠자코 있었다.

아바는 그 건물에서 눈을 떼지 못했다. 그녀는 프레드를 조종해서 바닥에 내린 뒤 제대로 쳐다보지도 않고 다시 싸서 가방에 넣었다. "우리가 저기에 머물게 된다고요?"

"그래, 그렇단다. 각자 방도 따로 쓰는 거야."

"2층을 사용하는 거야." 스티븐이 한마디 보탰다. "바다가 보이는 방이야."

"같은 복도에 스티븐의 방도 있어." 애슐리 박사가 언급했다. "그러니까 너희들이 모두 서로 좀 더 알아갈 수 있는 기회를 가질 수도 있을 거야."

아바와 매트 그리고 나는 말이 필요 없었다. 우리가 각자의 방을 갖게 되는 것이다. 그리고 여기 있는 방들은 두 사람이 같이 쓰던 우리의 방보다 분명히 훨씬 좋은 방일 것이다. 서로 더 좋은 방을 차지하기 위한 우리들의 경쟁이 시작되었다. 우리는 신호를 기다렸다. 애슐리 박사의 입에서 나오는 신호 말이다.

"자, 그럼 이제 방에 한번 가 보렴." 그녀가 말했다.

그녀가 계속해서 다른 말을 했을 수도 있겠지만, 그 '가 보라'는 말이 떨어짐과 동시에 내 몸은 앞으로 튀어 나갔다. 길은 좁았고 매트가 앞장서 갔기에 나는 그를 따라잡으려고 평평한 바위 위로 펄쩍펄쩍 뛰어서 갔다. 텔레비전 리얼리티 프로그램의 장애물 코스에서 그렇게 하다가 무릎이 깨지는 사람들을 본 적이 있기는 했지만, 나는 금세 매트를 앞질렀다. 나는 특히 처음 몇 분에 모든 힘을 쏟아 부었다. 내가 상당히 앞서가면 그들이 나를 따라오기를 포기할 수도 있는 일이었다.

언덕이 어찌나 가파르던지 거의 죽을 정도로 힘을 들여서 호킹가의 건물 입구에 도착했을 때는 모든 숨을 다 들이마셔서 마치 마지막 숨을 쉬는 것 같은 기분이 들 정도였다. 어쩌면 나는 그때 이후 일어날 일들에 관해서 예상을 좀 했어야 했다. 나는 이미 행크 박사님의 연구실에서 많은 시간을 보냈고 박사님의 연구를 통해 웬만큼 기발한 발명품들을 익히 많이 봐 왔던 터였다. 그러니 강철 출입문 안으로 발을 들여놓다 로봇을 만났을 때 그렇게 놀라지 말았어야 했다. 하지만 나는 놀라서 펄쩍 뛰며 뒷걸음질을 치고 말았다.

로봇의 한쪽 팔에는 여섯 개의 젖은 유리잔이 놓인 쟁반이 있었다. 자가 평형 로봇(Self-Balancing Robot)은 두 개의 커다란 바퀴가 달린 다리로 앞으로 굴러오며 여자 목소리를 내고 있었다. "안녕하세요, 목이 마르십니까?"

"아주 많이." 내가 대답했다.

반갑게도 유리잔은 차가웠고, 레모네이드는 새콤달콤한 맛이 잘 조화돼 완벽했다. 나는 눈을 감고 한 번에 벌컥 마셨다. 아바와 매트도 내 옆에 딱 멈추어 섰다. "앤 누구지?" 아바가 물었다.

"나도 몰라. 근데 레모네이드 만드는 실력은 아주 좋아."

아바는 원을 그리듯 돌며 찬찬히 로봇을 살펴보았다. "어머, 이건 휴머노이드 로봇, HR-5잖아."

스티븐이 바로 들어왔다. 우리 뒤를 따라 달려왔나 보다. "너희들, 저 모델에 대해 알고 있어?" 그가 물었다.

"행크 박사님도 HR-4라는 비슷한 모델을 갖고 계시거든. 우리는 그 로봇을 '해리'라고 부르지. 네 로봇도 이름이 있니?"

"아니, 그냥 로봇일 뿐인데," 스티븐이 말했다. "무슨 이름 까지 붙여. 웃기잖아?"

"'해리엇', 어때?"

"내 로봇 이름을 왜 해리엇이라고 지어야 하는데?"

나는 어깨를 한번 으쓱해 보였다. "저 로봇이 여자 목소리 를 내잖아."

"뭐?" 스티븐이 어이없다는 표정으로 혀를 쏙 내밀며 호 들갑스럽게 한숨을 내쉬었다. 그러고는 뒷주머니에서 스마 트폰을 꺼내서 화면을 두드리며 검색했다. 로봇이 생기 없는 기계음으로 뭔가를 중얼거렸다. "이봐, 그게 더 좋아."

나는 그 로봇을 해리엇이라 부를 참이었다.

"스마트폰으로 저 로봇을 조종할 수 있니?" 아바가 물었다.

"오, 멋진데." 매트도 한마디 했다.

"그래, 스마트폰으로 조종할 수도 있고, 다른 많은 기능들 도 있어. 내 로봇이 기술적으로 행크 박사의 모델보다 훨씬 앞서 있어. 애슐리 박사가 내 열두 살 생일 선물로 사 주신 건데, 여기다가 내가 아주 혁신적인 작업을 해 두었어. 튜링 테스트(기계가 인간과 얼마나 비슷하게 대화할 수 있는지를 기준으로 기계의 지능을 판별하고자 하는 테스트*)를 통과하기 위해서." 그 가 내 팔꿈치를 슬쩍 치며 말을 했다. 그리고 나서 잠시 말을 멈추더니 입술을 앙다물고는 천천히 숨을 들이마셨다. "아,

알겠다." 그가 말을 이어 갔다. "네가 바로 그 애구나. 그러니까 너는 아마 내가 무슨 말을 하는지 잘 못 알아듣겠구나."

내가 미처 무슨 반응을 보이기도 전에 어깨 길이의 단발머리 위로 밀짚모자를 눌러쓴 남자가 소파 근처에 있는 문을 밀고 들어왔다. 그는 두툼한 콧수염을 하고 세상에서 가장 촌스러운 하와이 셔츠를 걸친 채, 손에는 축구공만 한 샌드위치를 들고 있었다. 그의 어깨가 어찌나 왜소해 보이던지 대체 어디까지가 목이고 어디서부터가 팔인지 구분이 안 갔다. 그런데도 그의 엉덩이는 거의 훌라후프만큼이나 옆으로 펑퍼짐하게 퍼져 있었다. 그는 이마에 걸친 모자를 한 손으로 뒤로 젖히고는 놀란 눈을 하고 우리를 쳐다보았다. 그가 들고 있는 샌드위치 빵 사이로 양상추가 수북이 삐져나와 있었고 사이사이 주황색의 치즈가 드러났다. 체더치즈와 햄 냄새가 폴폴 풍겼다.

"스티븐!" 그 남자가 우렁찬 목소리로 말했다. "생일 파티의 주인공이시네!"

"와우." 스티븐이 말했다. "여기에 오셨군요."

그의 뒤에서 한 소녀가 턱 바로 밑에 스마트폰을 든 채, 갑자기 튀어나왔다. 그녀는 아바나 나보다도 조금은 더 어려 보였는데 대략 열한 살 정도, 5학년은 될 것 같았다. 그녀의 머리는 대충 하나로 질끈 묶여 있었다. 그녀의 왼쪽 입가에는 케첩이 묻어 있었다. 누군가 그녀에게 냅킨이라도 좀 줘야 할 것 같았다. 그녀가 아바를 향해 손을 흔들었다.

아바가 미소로 답을 하자 그녀는 얼른 자신의 전화기로 다시 시선을 옮겼다.

두 사람 뒤에 있는 출입문이 밀고 들어왔던 힘 때문인지 몇 번은 더 덜컹이다가 닫혔다. 프라이드치킨 냄새가 풍겼다. 저 사람들이 우리를 놀리려고 일부러 저러나 싶었다. 갑자기 허기가 밀려왔다.

"안녕, 미스터 호킹." 소녀가 다시 고개를 들며 말했다.

"안녕, 클레멘타인." 스티븐이 말했다. "나는 지금 가야 해. 연구실에 가 봐야 할 시간이야."

"여기에 네 전용 연구실이 있는 거야?" 아바가 물었다.

"당연하지." 스티븐이 쏘아붙였다. "내 연구실을 구경하라고 내가 너희들을 이리로 초대한 거야. 그렇지만 내 아이디어를 훔쳐 갈 생각은 하지 마, 알겠지?"

매트는 자신의 실험을 위해서 꼭 살펴볼 게 있다면서 스티븐을 따라 위층으로 올라갔다. "우리를 빼놓고 너희들끼리 방을 정하면 안 돼." 내가 매트를 향해 큰 소리로 말했다.

"사내아이들은 모두 똑같다니까." 밀짚보자의 그 남자가 말했다. "내 말을 믿어도 좋아. 너희들은 즐거운 시간을 보내게 될 거야. 내 딸이랑 나는 생일 파티를 위해 여기에 왔거든, 너희들은?"

"음, 저희도 마찬가지예요." 아바가 말했다.

"저 애들은 아주 사이좋은 친구야. 내 딸, 클레멘타인이랑 스티븐 말이야."

"그렇게 친하지 않아요. 저는 스티븐에 대해서 잘 몰라요. 그리고 저더러 자기를 미스터 호킹 씨라고 부르라고 했는걸요." 소녀는 대답을 하면서도 여전히 핸드폰에서 눈을 떼지 못하고 있었다.

"아이고, 우리 딸이 엉뚱한 소리를 하네." 그가 소녀의 머리를 쓰다듬으며 말했다. 그때서야 그는 자신의 손바닥에 머스터드 얼룩이 있는 걸 알았는지, 딸의 머리를 확인해 보고는 입 모양으로 괜찮다는 의미로 '오'자를 만들어 보였다. 노란색이 된 머리카락 하나가 그녀의 가르마에 걸쳐 있었다. 남자는 샌드위치의 한쪽 끝을 입에 넣더니 야무지게 덥석 한 입 베어 물었다. 몇 번 우적우적 씹더니, 그가 물었다. "너희들은 이름이 뭐야?"

"저는 잭이라고 해요." 내가 손을 내밀며 말했다. 그러다 재빨리 내밀었던 손을 거두어들이고, 대신 가볍게 손을 흔들었다. "대략, 스티븐의 친구라고 해 둘게요. 아까 그 소년은 매트라고 하고요, 이쪽은 아바라고 해요. 저희들은 뉴욕에서 왔어요."

그 남자가 내 말에 반응을 하기도 전에, 로봇이 우리들 사이로 굴러왔다. 아바는 놀랐는지 뒤로 멈칫 물러서는 로봇의 주변을 돌며 로봇의 머리를 살피더니 마이크에 관해서 뭐라고 중얼거렸다.

"뉴욕이라! 나는 스티븐에게 뉴욕에 사는 친구들이 있는 줄은 몰랐는데. 그럼 이제 그에게 네 명의 친구가 있는 거네. 다섯 명인가? 그런데 누가 수를 세고 있는 거지? 맞나?"

나는 그 남자가 자기소개를 할 거라는 생각으로 기다렸다. 그러나 그는 계속 샌드위치만 씹어 먹을 뿐이었다. 그의 딸, 클레멘타인은 여전히 그의 옆에 있었지만, 그녀는 다른 세상―가상의 전자 세계―에 빠져 있었다. 나는 그녀가 스마트폰으로 뭘 하는지 한번 보려고 했다. 앱인가? 게임인가? 알수가 없었다. "아저씨는 성함이 어떻게 되세요?" 마침내 내가 먼저 물었다.

그 남자가 우적우적 샌드위치만 씹어 먹다가 갑자기 웃는 바람에 양상추를 흘리더니 이내 머리를 흔들었다. "물론 뉴욕에서 왔으니, 너희들은 당연히 내가 누군지 모르겠지! 여기 섬사람들은 다 나를 알고 있거든. 자, 이쪽은 우리 딸 클레멘타인이고, 내 이름은 앨버트 찰스 크럼프리치야. 사람들은 나를 'A.C.킹'이나, 그냥 '킹'이라고 불러."

내가 고개를 끄덕였다. "오호, 그런데, 왜 그렇게 불러요?"

"내가 우긴 거야! A.C.K. ─에어컨 왕? 나는 이 섬에서 가장 큰 에어컨 사업체를 운영하고 있단다. 내가 바로 하와이 전체를 시원하게 만들어 주고 있는 사람이지. 내 생각에는 내가 없다면, 아마 사람들이 이 섬에 살지 않을 거야. 사실이 그래."

우리 뒤에서 출입문이 열렸다. "앨버트, 클레멘타인. 여기들 있었군요." 애슐리 박사가 행크 박사와 함께 서 있었다. 애슐리 박사의 미소는 플라스틱으로 만든 조화만큼이나 인위적으로 보였다. "준비한 음식을 맛있게 드시는 걸 보니 좋네요."

킹이라는 남자가 양팔을 활짝 벌리고 내 옆을 지나 성큼성큼 걸어 나갔다. 그가 들고 있던 샌드위치에서 커다란 치즈 조각 하나가 바닥으로 툭 떨어졌다. 그가 포옹을 하려 몸을 움직이자 애슐리는 고개를 한쪽으로 비스듬히 돌렸다.

또다시 나의 상상의 나래를 자극하는 신호가 나타났다. 아바는 아직도 로봇에 푹 빠져 있었기에 나는 마치 모자를 살짝 벗어 보이는 동작으로 행크 박사에게 인사를 하고, 여전히 핸드폰에 정신이 팔려 있는 클레멘타인에게는 고갯짓을 하고는 얼른 계단을 올라갔다.

곱슬머리에 얄팍한 사각형 안경을 쓴 젊은 여성이 서둘러 계단을 내려오고 있었다. 나는 손을 흔들며 인사를 건넸다.

그녀는 어정쩡한 미소를 지을 뿐 따로 말은 없었다.

만약 별다른 일이 생기지 않는다면, 나는 이 건물이 상당히 흥미로운 장소가 되겠다고 생각했다.

위층의 복도는 선적용 컨테이너 박스 세 개를 연결해서 만들었다. 우측으로는 여섯 개의 문이 있었는데, 내 추측으로는 여섯 개의 또 다른 컨테이너 박스들이 적절한 각도에서 외부로 뻗어 나가 있을 것 같았다. 그 각각의 컨테이너 박스가 침실인 것이다. 나는 첫 번째 문을 열어 보려 했지만 잠겨 있었다. "여기는 열면 안 돼." 안에서 스티븐이 소리쳤다. 그러니까 거기가 그의 연구실이었다. 나는 다음 문을 열어 보려 했으나 역시 닫혀 있었다. "거기도 안 돼!" 스티븐이 소리쳤다. "거기는 내 방이야."

그 옆방은 문이 살짝 열려 있었다. 나의 형이 침대에 걸터앉은 채 노트북 화면에 보이는 숫자들을 들여다보고 있었다. 네 번째 방이 내가 쓸 방이었는데, 상당히 좋았다. 커다란 침대와 책상, 그리고 긴 소파와 커피 테이블도 갖추고 있었다. 모두 나의 독차지였다. 실내 인테리어도 마음에 들었다. 한자가 쓰여 있는 액자가 왼쪽과 오른쪽 벽에 걸려 있었다. 어쨌든 이제 그 손자인가 하는 사람을 검색해 보지 않아도 될 듯했다. 그가 썼다는 '손자병법'이라는 책이 테이블 옆에 놓여 있었다. 한쪽 벽의 천장에서 바닥까지 이어지는 거대한 유리창을 통해 태평양이 한눈에 들어왔다. 창문 바로 아래쪽으로는 절벽 끝이 보였다. 무서워서 유리창 가까이로는 못 가고 몇 발자국 떨어진 곳에서 풍경을 감상했다.

파랑. 모든 것이 파랗게 보였다.

바다와 하늘만이 내 시야를 가득 채워서, 수평선 너머로 혹시 다른 세계가 있을까 궁금해졌다. 만약 우리가 다른 차원의 세계로 순간 이동을 할 수 있다면 어떻게 될까? 언더웨어로 만든 비행기들이 있는 세상에 전기뱀장어의 동력으로 운행하는 자동차가 있는 세상은 어떨까? 행크 박사님 주변에서 함께 생활하다 보면, 그 어떤 상상도 현실이 될 것 같았다. 멋진 것은 단지 눈앞에 펼쳐진 풍경만이 아니었다. 방마다 수정처럼 맑은 화면을 자랑하는 대형 텔레비전이 있었다. 커다란 침대 옆 탁자 위에는 최신 스마트폰이 놓여 있었다. 나는 얼른 액정을 두드려 보았다. 패스워드도 필요 없었다.

스마트폰 안에는 최소 백여 개의 앱이 설치되어 있었다. 와이파이도 아주 잘 잡혔고, 스크린도 아주 고화질이었다. 얼른 스마트폰을 만져서 배경 화면에 있는 꽃 그림을 확 바꿔 보고 싶었다. 아마 누군가 여기다 스마트폰을 두고 갔나 보다라고 생각하는 사이, 화면에 메시지가 도착했다는 표시가 떴다. 나는 그 문자를 읽고는 매트가 있는 옆방으로 달려갔다. "이 스마트폰 우리들 거야?" 내가 물었다.

매트가 하던 일에서 눈을 떼며 말했다. "멋지지, 그치?"

맞다, '멋지다'는 그 말 한마디면 충분했다. 혹은 놀랍다, 환상적이다, 훌륭하다는 말로 표현할 수도 있을 것 같다. 그 단어들 중 어떤 말을 써도 다 통할 것 같았다. 갑자기 애슐리 호킹 박사가 마음에 들기 시작했다. 어쩌면 스티븐과도 친구가 될 수 있겠다는 생각이 들었다. 그렇게 마음이 홀라당 바뀌면 내가 좀 얍삽한 사람이 되는 건가? 이 질문에는 대답을 하지 말길 바란다.

점심 식사 때, 나는 곰이 와서 먹고도 남을 만큼 커다란 샌드위치를 게걸스럽게 먹어 치웠다. 몇 장의 차가운 햄만으로는 충분하지가 않았다. 사람들이 안 보는 틈을 타서 따뜻한 치킨너깃 몇 개를 샌드위치 안에 쑤셔 넣었다. 행크 박사는 그렇게 게걸스럽게 먹어 대는 내 식욕을 못마땅해했다. 박사님은 민 선생님에게 전화를 걸어서 열두 살짜리 소년이 그렇게 많이 먹어도 문제가 없는지 물어보고 싶어 했다. 어쨌든, 행크 박사님의 견해는 그러했다. 그러나 아바는 그 핑계로 박사님이 민 선생님과 이야기를 나누고 싶어 하는 거라고 했다. 아바는 행크 박사와 민 선생님이 데이트하는 사이라고 확신하고 있었다.

식사를 마치고 매트는 하던 공부를 계속하겠다며 서둘러 자기 방으로 돌아갔고, 남은 우리들은 애슐리 박사와 스티븐,

그리고 킬데어와 함께 소위 막사라고 불리는 그 건물을 둘러보았다. 건물은 내 예상보다 더 복잡했다. 적어도 열두 명이 넘는 인원이 부지런히 움직이며 청소를 하고 주방에서 일을 했다. 그들은 은쟁반에 음료를 담아 우리들에게 내왔다.

킹과 클레멘타인은 1층에 머물고 있었는데, 같은 층에 애슐리 박사의 침실도 있었다. 우리들은 스티븐의 연구실이나 그의 침실에 함부로 출입을 할 수 없었다. 애슐리 박사는 사실, 스티븐이 엄마인 자신마저 출입하지 못하게 한다고 털어놓았다.

그런데 그 억만장자의 사무실은 의자도 하나 없이, 모니터들만이 벽면을 가득 채우고 있는 흥미로운 장소였다. 애슐리 박사는 서서 일하는 걸 선호한다고 말했다. 그 외에 이 집에는 주방이 두 개, 식사를 하는 식당이 두 곳, 그리고 체력 단련실도 있었다. 애슐리 박사는 각 공간마다 화이트보드를 설치하여 언제 어디서든 떠오르는 아이디어를 그리거나 적을 수 있게 했다며 자랑스레 이야기했다. 설명을 듣던 행크 박사가 손뼉을 쳤다.

애슐리 박사는 건물의 옥상에 세 개의 망원경을 갖춘 관측소를 설치해 두고 있었다. 행크 박사는 그 공간만큼은 매트에게 함께 보자고 했고, 둘러보고 내려가는 길에 매트는 흥분을 감출 수 없었던지 거의 폴짝폴짝 뛰다시피 했다.

그날 밤, 우리 모두는 함께 저녁 식사를 위해 모였는데, 연구를 마치고 온 로사 박사도 있었고 킬데어도 자리를 함께했다. 대머리에 문신을 하고 있는 주방장은 입가에 파슬리 조각을 붙인 채, 음식 서빙에 앞서서 그날의 음식을 설명해 주었다. 음식은 말로 다 표현할 수 없을 만큼 맛이 좋았다. 육즙이 줄줄 흐르는 스테이크는 내 평생 먹어 본 것 중 가장 맛있어서 두 쪽이나 게걸스럽게 해치웠고 평소에는 좋아하지도 않던 브로콜리도 거의 한 통은 먹었다. 주방장이 만들었던 특별한 감자 요리도 맛있게 먹으려 했는데, 맞은편에 앉은 킹이 버터가 사르르 녹아 있는 으깬 감자를 크게 한술 푹 떠다가 그의 입에 넣는 것이었다. 작은 감자 덩어리가 그의 콧수염에 매달려 있는 모습을 보니 식욕이 뚝 떨어졌다. 어쨌든 잠시 후, 디저트가 나왔다.

우리들이 따끈한 퍼지를 얹은 파인애플 셔벗을 정신없이 퍼먹고 있는 사이, 애슐리 박사는 행크 박사를 대동하고 가고 싶어 하는 잠수정 탐사에 대한 대략적인 이야기를 하고 있었다. "그건 진짜 단순해요." 그녀가 주장했다. "우리가 물밑으로 내려가서 뭐가 고장이 났는지 부서졌는지 파이프를 확인해 보는 거예요. 필요하면 사진도 몇 장 찍고, 그러고는 다시 올라오는 거예요."

"잠수정을 타고 간다고요?" 킹이 물었다. "마치 동굴에다가 중앙 냉방 장치를 설치하는 것처럼 간단한 얘기로 들리네요." 그는 테이블 앞으로 바싹 몸을 끌어당기고는, 낮은 목소리로 말을 이어 갔다. "궁금하겠지만, 그건 참 어려운 작업이에요. 제가 해 본 적이 있어요."

나는 공손하게 보이려 고개를 끄덕여 보였다.

"저는 잘 모르겠네요." 행크 박사가 말했다. 그는 아래턱을 좌우로 움직이기 시작했다.

"그 작업을 원거리에서 할 수 있나요?" 아바가 물었다.

"노틸러스호는 그런 작업을 위해서 제작된 건 아니라서요." 행크 박사가 말했다.

"그 정도 깊이로 잠수를 하는 게 뭐, 그리 대단한 일도 아니잖아요." 스티븐이 주장했다. "저는 카우아이섬에서 잠수정을 타고 457미터 깊이까지 내려가 봤는걸요."

"그런 경험을 해 봤다고?" 행크 박사가 물었다.

"6개월 전에요." 애슐리 박사가 말했다. "카우아이섬에서 2인용 잠수정으로 관광 상품을 운영하는 가이드와 함께 갔어요. 어쩌다 보니 우연찮게 그 사람이랑도 상담을 했어요. 그런데 그 사람이 지금껏 아무런 답이 없는 거예요. 여러분도 아시겠지만 촉박하게 깊은 바다로 잠수를 하는 건 아주 어려운 일이거든요. 자, 그래서 여러분의 생각은 어때요? 내일 아침에 가 보면 어떨까요?"

"그런데 저희들은 이제 막 여기에 도착을 했잖아요."

"뭐, 기다리고 말고 할 게 있나요?"애슐리 박사가 말했다. "저는 기다리는 건 딱 질색이에요. 아마 제 기억에 고등학교 이후로는 어디 가서 줄을 서서 기다리고 그런 일은 해 본 적이 없는 것 같네요."

행크 박사는 손으로 자신의 코를 잡았다. 그의 양 볼이 빵빵하게 부풀어 올랐다. 그의 두 눈이 붉어지자 그제야 그는 몸을 가누듯 두 손을 테이블 위로 내렸다. "아니요,"그가 말했다. "저는 그렇게는 못합니다."행크 박사는 집게손가락으로 자신의 양쪽 귀를 톡톡 두드리며 말했다. "일종의 부비강(두개골 속의, 코 안쪽으로 이어지는 구멍*) 감염인데요. 아마 지난번 남극 여행에서 걸린 감기 증상이 아직 좀 남아있는 탓인 것 같아요. 제게는 수중으로 내려가는 것이 무리예요. 한 며칠 더 기다렸다 하면 어떨지요?"

"그건 안 돼요."애슐리 박사가 고집했다.

"일기 상태가 바뀔 수도 있어요."킬데어가 설명했다. "그렇지만 내일은 날씨가 맑을 거예요."

애슐리 박사는 앞에 있던 셔벗 접시를 밀어내더니 의자에 등을 기댄 채 테이블을 물끄러미 내려다보았다. "저 혼자서도 갈 수 있을 것 같아요."

그녀의 제안에는 나를 신경 쓰이게 하는 뭔가가 있었다.

그게 정확히 뭔지는 알 수 없었다. 그녀가 말할 때, 사람들의 시선을 피하는 것이나 그녀의 어투, 그리고 디저트를 밀어내는 동작. 나는 어쩐지 그녀가 연기를 하고 있다는 느낌이 강하게 들었고 그녀가 진짜 혼자 물 밑으로 내려가고 싶어 한다는 생각이 들었다. 그렇지만, 왜일까? 왜 그녀는 아무도 없이, 굳이 혼자서 해저에 있는 파이프를 조사하러 가려는 것일까?

스티븐은 셔벗을 떠먹고 있던 수저로 매트와 아바를 가리켰다.

"저 애들 중 한 명을 함께 딸려 보내면 어때요?" 그가 물었다. "그럼 애슐리 박사께서 직접 안 가셔도 되잖아요."

"엄마는 가고 싶단다, 스티븐."

아바가 그 억만장자 왕자님을 향해 손짓을 했다. "네가 너희 어머니랑 함께 가지 그러니?"

"나는 거기에 가 봤다니깐. 맞지요, 애슐리 박사님?" 스티븐이 대답했다. "나는 더 이상 해저에는 관심이 없어."

매트가 행크 박사를 흘낏 쳐다보더니 제안을 했다. "애슐리 박사님, 그럼 제가 박사님과 함께 가겠습니다."

나는 테이블 맞은편에서 갑자기 샘솟는 모험심을 억누르지 못하는 나의 형을 쏘아보았다. 형은 언더플레인을 탔을 때도 멀미를 했던 사람이었다. 그런데 이제는 가내 수공업

수준으로 제작한 잠수정을 굳이 자진해서 타고 바다 밑으로 내려가겠다고? 애슐리 박사는 의자에 등을 기대고는 잠시 매트를 유심히 살펴보았다.

"안 돼." 그녀가 결론을 내렸다. "그렇게 약한 위장을 갖고는 안 돼. 킬데어, 당신은 너무 스트레스를 받을 것 같고요." 그러고는 딸의 셔벗까지 몰래 먹고 있던 킹을 가리켰다. "당신은 딱 봐도 잠수랑은 안 어울려요." 끝으로 그녀는 로사 박사의 이름을 불렀다. "그리고 로사, 당신은 키가 너무 커요."

"저는 상관없어요." 로사 박사가 응수했다. "저야 물론, 젖지 않고 뽀송뽀송한 연구실에 남아 있는 게 더 좋죠."

아바는 과연 자원을 할까? 나는 그럴 거라고 생각하지는 않았다. 그렇지만 아바가 무슨 일을 하려고 하는지 나는 알 수 없었기에 확신은 못했다. 그렇다고 가만히 손 놓고 하늘의 뜻에 맡기고 있을 수만은 없었다. 아바가 가겠다고 나서면 그것도 안 될 일이었다. 나에게는 승부사의 기질이 있다. 그러니 내가 나서 보는 게 맞다. 그래서 나는 손을 번쩍 들어올렸다.

"궁금한 게 또 있는 거니, 잭?" 스티븐이 비꼬았다.

"아니, 내가 자원하려고. 제가 해 볼게요."

"네가 한다고?" 애슐리 박사가 물었다. 그녀의 말꼬리가 올라갔다. 너무 뜻밖이어서 그녀가 정말 놀란 것 같았다.

"안 돼, 잭. 절대 안 돼." 행크 박사가 말했다.

박사님은 방금 전, 매트가 자원을 했을 때는 말리지 않았다. 그런데 나는 왜 말리지? 말리니까 더더욱 가고 싶은 마음이 들었다. 나도 할 수 있다는 걸 보여 주고 싶었다.

"왜 안 되는데요?" 내가 물었다. "제가 못할 무슨 문제라도 있나요?"

"아마 너의 넥타이 때문일걸." 스티븐이 말했다.

그 말은 진짜 내 기분을 확 상하게 했다. 내가 착용하고 있던 나비넥타이에는 낚시 바늘 문양의 캐릭터가 있었고 넥타이 색에 맞춰서 나는 파란색 양말도 신고 있었다. "저는 왜 못 가나요?" 내가 물었다.

"왜냐면, 그 정도 깊이에서 수압은 평방 인치당 400킬로그램 이상이 될 거야!" 행크 박사가 단어 하나하나에 힘을 주며 목소리를 높였다. "그렇게 잘 다듬어진 네 머리도 그 안에서 엉망이 될 수도 있단 말이야."

로사 박사가 앞으로 몸을 숙여 행크 박사가 앉은 쪽의 테이블을 쳐다보았다.

"그렇지만 노틸러스호를 타고 간다면, 잭이 안전하지 않을까요?"

"그 정도 수심에서는 아직 실험도 해 보지 않은 상태예요."아바가 말했다.

"민 선생님이 절대 승낙하시지 않을 텐데…."행크 박사가 중얼거렸다. "잭을 잠수정에 태운다고 하면, 그녀가 아주 나를 죽이려고 들 거야."

"민 선생님은 여기 계시지도 않잖아요. 그리고 어쨌든 그건 민 선생님이 선택하실 문제는 아니에요."매트가 응수했다. 보통 나의 형, 매트가 행크 박사님과 의견 대립을 보이는 일은 좀처럼 없는 일이다. 그렇지만 형은 다른 누군가가 우리를 대신 책임지겠다는 그런 제안을 하는 것을 아주 싫어한다. 적어도 신체적으로는 그러하다. 그렇지만 어쨌든 법적인 차원에서도 우리는 성인으로 대접을 받고 있다. 우리는 일년 넘게 우리끼리 생활을 해 오고 있는 중이다.

나는 애슐리 박사의 반응을 지켜보았다. 그녀는 밝은 붉은색 머리를 북적북적 긁고는 엄지손가락으로 얄팍한 눈썹을 쓸었다.

"잭은 괜찮을 거예요."매트가 말했다.

나는 조용히, 아바에게도 거들어 달라는 눈치를 보냈다. 아바가 양손을 살짝 들어 올렸다. 그건 자신은 그 대화에 개입하지 않겠다는 표시였다. 그럼 이건 내가 나서서 해결할 일이었다.

"제가 그 잠수정을 먼저 살펴보았는데요,"로사 박사가 말을 보탰다. "그건 진짜 잘 만들어졌어요, 행크 박사님. 그래서 저는 잭이 타도 괜찮을 것 같아요."

"진심이에요! 박사님의 발명품에 자신감을 가지세요, 행크!" 애슐리 박사가 말했다. 그녀는 안경을 올려 쓰며 내가 있는 방향을 쳐다봤다. "잭을 위해 각별히 주의를 기울일게요. 작은 위험이라도 발견되면, 곧바로 다시 올라올게요." 그녀는 가슴에 성호를 그으며 말했다. "약속할게요."

행크 박사는 애슐리 박사에게도, 또 나에게도 눈길을 주지 않았다. 박사는 치아 사이로 숨을 들이마시고는 말을 했다. "저는⋯."

"박사님께서 겁을 좀 먹은 것처럼 보이네요." 스티븐이 말했다. "잭, 너는 오늘 밤 자면서 이 문제에 대해 고민을 좀 해야겠다, 그치?"

질문인 듯 아닌 듯 미묘한 스티븐의 별것 아닌 저 한마디가 나에게 결정적인 역할을 했다. "아니, 생각할 것도 없어." 내가 말했다. "나는 간다니까. 저는 행크 박사님을 믿어요." 그러고는 애초에 의도했던 건 아니었지만, 한마디를 더 했다. "애슐리 박사님도 믿어요."

행크 박사가 공중에 손을 흔든 탓에 예기치 않게 그의 손에서 미끄러쳐 날아간 수저가 방을 가로질러 인어 공주 조각에 부딪히고 튕겨 나왔다. 행크 박사는 갑자기 목소리를 높였다. "좋아! 마음대로 하렴! 내가 너를 어떻게 말리겠니?"

암요, 못 말리시지요. 하지만 나는 얼마 안 가서 제발 박사님이 나를 좀 말려 주기를 간절히 바랐다.

6
위험한 결정

식사를 마치고 내 방으로 돌아왔다. 까만 밤하늘 아래 일렁이는 검푸른 바다를 보고 있으니, 내가 대체 무슨 일을 벌인 건지 불안한 마음이 스멀스멀 올라오기 시작했다. 과연 내가 그들을 이기긴 한 걸까? 나는 언제나 천재들의 수준을 따라잡기 위해 내 자신을 혹사하면서까지 무진장 애를 쓰고 있는 것 같다. 어쩌면, 최소한 바보 취급을 받지 않기 위해 발버둥을 치고 있는지도 모르겠다. 똑똑한 사람들은 배짱만 믿고 다리에서 뛰어내리는 그런 무모한 짓은 하지 않는다. 그들은 저속하고 버릇없는 녀석 하나 때문에 자기 자신을 위험에 빠뜨리지도 않는다. 그리고 그들은 단지 자신의 용감함을 증명해 보이려고 시험 가동도 끝나지 않은 잠수정에 올라타는 일 따위는 더더욱 하지 않는다. 나는 침대에 걸터앉아 스마트폰의 멋진 화면을 켰다가 바로 다시 꺼 버렸다. 나는 '손자병법'이라는 책의 첫 장을 열일곱 번이나 읽었지만 하품조차 나오질 않았다.

어느 순간 천장을 물끄러미 쳐다보다가 궁금증이 일기 시작했다. 혹시 이 상황을 벗어날 수 있는 다른 방법이 있을까? 몰래 여기를 빠져나가서, 섬의 반대편에서 며칠 숨어 지내다가 원주민들에게 납치됐었다고 우기면 어떨까?

아니다. 그건 이 상황과는 맞지 않는다. 원주민이라는 사람들은 치과 의사를 직업으로 가진 사람들이다. 부상을 당했다고 거짓말을 하면 어떨까? 혹은 부비강 감염이라고 하면 어떨까? 나는 벌떡 일어서서 창가로 걸어갔다. 내가 만약 잠수정에 오를 만한 적절한 몸 상태가 아니라고 해도, 그 영악한 스티븐은 어떻게 해서든 나를 불러내서 잠수정에 타게 할 것이다. 그러니 나는 잠자코 잠수정을 타러 가야만 한다.

별일 없을 거다. 나는 괜찮을 거다. 애슐리 박사 정도 되는 사람이 단지 파이프를 살펴보러 가면서 자기 목숨이 위태로워지는 상황을 만들지는 않을 것이다. 어쩌면, 나는 애슐리 박사가 최소한 그런 사람이 아니길 바랐다.

아바가 방문을 열고는 문 안쪽에 기대섰다. "텔레비전에 넷플릭스(인터넷과 영화를 합성한 말*) 되는 거 알지?"

나는 모르고 있었다. 넷플릭스를 볼 수 있다니, 기분이 좀 나아졌다. 이럴 때 오리 탐정 시리즈 몇 편을 본다면, 확실히 머리도 좀 식힐 수 있을 것 같았다. "매트는 어디 있어?"

"다시 공부에 몰두하고 있어." 그녀가 말했다. "이따가 잠깐 쉬면서 자기가 새로 만든 망원경을 시험한다는데, 너도 같이 지붕 위로 가 보든지."

"아니, 나는 됐어. 나는 책이나 좀 더 읽을래."

"진짜?"

"응."

그래. 어쨌든, 뭐든 읽을 거니까. 아까 저녁 식사를 하는 동안─내일 아침 잠수 미션 이야기가 시작되기 전에─나는 이해할 수 없는 용어들을 수첩 한 페이지 가득 적어 두었다. 대부분 연구실 아래 수중 세계와 관련 있는─어두운 물속 어딘가에 도사리고 있을─이상한 바다 생명체들이었다. 이제 내가 애슐리 박사와 함께 잠수정을 타고 물 밑으로 내려가기로 됐으니, 나는 진짜 수중 세계에 대해서 좀 더 알아 둘 필요가 있었다.

매트가 아바 옆에 있는 문에 기대 서 있었다. 그 둘은 서로 시선을 주고받더니, 아바가 말을 꺼냈다. "너, 정말 내일 잠수정 타고 싶은 거 맞아?"

나는 어깨를 으쓱였다. "나는 괜찮을 거야."

"너, 꼭 안 가도 돼." 매트가 말했다. "애슐리 박사 혼자서도 갈 수 있어."

나는 그들에게 방 안으로 들어오라고 손짓하고 문을 닫았다.

"나도 처음에는 그렇게 생각했어." 내가 말했다. "그런데 가만 보니까 애슐리 박사가 혼자서만 가고 싶어 하는 것 같았어."

"그래서?"

"그러니까 만약 그녀가 그랬다면 어떻게 되는 거지? 그러니까 내 말은, 그녀가 발전소를 망가뜨린 장본인이라면 이야기가 어떻게 되는 거냐고."

"그건 말이 안 되는 얘기야." 아바가 발했다.

매트는 말이 없었다. 그건 고무적이었다. "우리가 남극 모험에서 배운 게 뭐였지?" 내가 물었다.

"우리는 바닷속 얼음층을 녹이는 아주 놀라운 생명체에 관해서 배웠었지." 매트가 말했다.

"나는 극한의 추위 속에서 생존에 필요한 여러 가지 기계 장비들에 관해서도 많이 배웠어."

어떨 때는 천재들이 아무짝에도 쓸모없다.

"아니라고! 형은 지금 핵심을 놓치고 있어. 우리가 배웠던 것은 모두가 용의자가 될 수 있다는 거야. 모두!" 오리 탐정

138

시리즈 중의 세 번째 에피소드에서는 영웅 탐정이 여러 동물들로 가득한 헛간을 조사하고 집에서도 같은 방법을 써서 용의자를 찾는다. 그러나 그건 그냥 나 혼자만 생각하고 있기로 했다. 오리를 주인공으로 하는 프로그램을 시청하면서 탐정 일을 독학으로 배우고 있다는 사실을 형제들에게 굳이 알리고 싶은 마음은 없었다.

"모두라고?" 매트가 다그치듯 물었다.

"그래, 모두." 내가 반복해서 말했다. "그러니까 애슐리 박사조차도 말이야."

"잭은 마야랑 다른 섬사람들도 의심을 하고 있는 거야." 아바가 말했다.

"그럴싸하네." 매트가 말했다.

아바는 창가로 걸어가더니 밑에 보이는 바다를 내려다보다가 다시 몇 걸음 뒤로 물러섰다. "왜 그녀가 자신이 만든 프로젝트를 망가뜨리려고 하는 거지?"

"나도 잘 모르겠어." 나는 인정했다. "그렇지만, 곧 내일이 되어 잠수정을 타고 내려가 보면 상황을 파악하는 데 도움이 될 거야."

우리는 말없이 서로의 얼굴을 쳐다보았다.

"나는 네가 제정신이 아닌 것 같아." 아바가 말했다.

"내가 대신 갈 수 있으면 좋을 텐데…" 매트가 덧붙였다.

"너는 아주 놀라운 것들을 보게 될 거야. 그런데 말이야, 내 생각에도 네가 좀 미친 것 같아."

"그래, 아주 고마워. 그렇게 말해 줘서 고마워. 고마워서 눈물이 날 지경이야."

두 시간 정도 책을 더 읽다가 눈을 붙이려 했다. 달빛이 마치 회색의 조명 불빛처럼 창문 안으로 비춰 들었다. 혹시라도 작은 움직임이 내 방이 있는 쪽 컨테이너에 영향을 끼쳐서 이 젠가 타워처럼 생긴 건물이 무너져 우리 모두를 언덕 아래로 굴러 떨어뜨려 바닷속으로 빠지게 할지도 모른다는 두려움에 가만히 누워 있었다. 시간이 한 이틀은 지난 것 같이 길고 무료했다. 그사이 스무 가지도 넘는 게임을 새로운 스마트폰에 다운로드 받아서 각 게임마다 1분씩 번갈아 가면서 했다.

다음 날 아침, 행크 박사가 깨웠을 때, 나는 2분도 채 못 잔 것 같은 느낌이 들었다. "잭, 준비는 됐니?" 행크 박사가 물었다.

"몇 분만 기다려 주세요. 곧 아래층으로 내려갈게요."

어젯밤 의자 위에 옷 몇 벌을 펼쳐 두었고, 일부러 넥타이는 문어 문양이 있는 걸로 골라 두기는 했지만, 그래도 잠수정을 타러 내려가기에는 좀 정장처럼 보였다. 그래서 나는 티셔츠에 반바지를 걸치고 샌들을 신었다. 가방 안에다가 운

140

동복 상의 한 장, 젖을 때를 대비해서 여분의 양말 한 켤레, 그리고 행크 박사님 연구실에서 들고 온 몇 가지 물건도 챙겨 넣었다. 새로 얻은 스마트폰의 배터리가 이미 다 되어서 전원에 꽂아 두었고, 껌도 있는지 확인했다(비행기에서 기압으로 귀가 먹먹할 때 뻥 뚫어 주는 데 도움이 됐다. 아마 잠수정 안에서도 도움이 될 것 같았다).

아래층에서 매트와 아바, 그리고 행크 박사가 기다란 의자에 앉아서 애슐리 박사와 이야기를 나누고 있었다. 애슐리 박사는 커피 테이블 위 쟁반에 놓인, 갓 짠 신선한 주스가 담긴 유리잔들을 가리켰다.

"좀 마셔 봐." 매트가 검붉은색의 음료가 담긴 유리잔을 내밀며 말했다. 그의 목소리는 진심이 담긴 것처럼 들렸으나, 두 눈은 강력한 경계의 빛을 품고 있음을 나는 알아챘다. 그 음료를 절대 나의 혓바닥 돌기 근처로 가져가지 말라는 강력한 무언의 메시지였다.

"혹시 커피가 있나요?" 내가 물었다.

"너, 커피를 마시니?"

"네, 저는 커피를 마셔요."

많은 양은 아니어도, 나는 어쨌든 가끔씩 커피를 마신다. 과거에 어른들은 내가 커피를 좋아한다는 걸 알고 나면 나를 참 재미있는 애라며 쳐다보곤 했다. 나는 약 백 년 전에는 나만 한 나이의 아이들이 항상 커피를 마시곤 했다는 사실을 언급하곤 했다. 그러면 매트는 그 시절의 아이들은 종일 일을 했고 쉰 살 정도밖에 못 살았고 그것도 운이 좋은 경우였다고 지적했다. 그래서 나는 그 논쟁은 아예 한쪽으로 치워 버렸다.

애슐리 박사는 뒤쪽에 열려 있는 문을 가리켰다. "저기 안쪽 주방으로 가면 조리대 위에 커피가 있단다." 그녀가 말했다. "뭐든 필요하면 벨을 울리면 돼. 여기서 일하는 나의 움파루파들(〈찰리와 초콜릿 공장〉에 나오는 머리는 녹색이고 몸은 주황색인 난쟁이*) 중 한 명이 듣고 나올 거야."

그때 나는 애슐리 박사의 말이라면 뭐든 믿어 볼 생각이었지만, 그 전에 분명히 짚고 싶은 게 있었다. "잠깐만요, 여기에 움파루파들을 고용하고 계신다고요?"

"아, 그건 그냥 내가 여기 직원들을 부르는 이름일 뿐이야." 애슐리 박사가 행크 박사가 있는 쪽으로 몸을 기울이며 말했다. "직원들은 그 이름을 좋아해요."

나는 그녀의 말을 믿을 수 없었다. 어쨌든 일하는 사람들을 귀찮게 하는 대신 내가 직접 가서 커피를 찾아 마시기로 했다. 문을 지나 안으로 들어와 보니 주방은 말도 안 되게 깨끗하고 밝아서 눈이 부실 정도였다. 대리석으로 덮인 정사각형의 아일랜드 식탁이 직사각형 주방 한가운데를 차지하고 있었다. 그 주변으로는 높은 스툴들이 놓여 있었고 한쪽 끝에는 작은 개수대가 있었다. 식탁 맞은편에서 킬데어가 등을 기대고 커피를 마시며 아이패드를 보고 있었다. 나는 헛기침을 했다. 즉시 그는 태블릿 케이스를 닫았다.

내 안에 있는 탐정 기질이 즉각 올라왔다. 그는 대체 무얼 읽고 있었을까? 왜 갑자기 날보고 미소를 지을까?

"좋은 아침이에요." 내가 인사를 했다.

그의 눈은 어둡고 작았다. 눈두덩이의 피부는 나이에 비해 너무 주름이 많고 자글자글했고 빤히 쳐다보는 눈빛은 레이저 광선 같았다. 나는 고개를 숙이거나 혹은 잽을 피하려는 복싱 선수처럼 왔다 갔다 해서라도 그의 눈빛을 피하고 싶었다. 그러나 그 식탁 위에 있는 커피포트가 내게 어서 가까이 오라고 손짓하고 있었다. 나는 작은 컵에 커피를 따랐다.

"나는 너만 한 나이 때 하루에 커피를 여섯 잔씩 마셨어." 그가 말했다.

눈가의 잔주름이 그래서 생긴 건가? 어쩌면 나도 커피 양을 줄여야 할까 보다. "저는 한 잔이면 충분해요."

"네 휴대폰은 어디에 있니?" 그가 물었다.

"제 휴대폰이라니요?"

"어젯밤에 새로 얻은 스마트폰 말이다."

"제 방에서 충전 중인데요." 내가 말했다. "근데 스마트폰은 왜요?"

"배터리를 늘 충전시키고 항상 갖고 다녀라."

"왜요?"

그는 나의 질문에 답을 피했다. "네가 오늘 잠수정을 타고 물 밑으로 내려가기로 한 그 애 맞지, 그치?" 나는 들고 있는 커피 잔 너머로 보이는 그에게 고개를 끄덕였다. 그는 주머니에 달고 있던 작은 펜던트 같은 것을 떼어 내서는 내게 건네주었다. "이걸 착용해라. 행운을 가져다줄 거야."

변색이 된 작은 펜던트에는 경첩과 클립이 붙어 있었다. 뚜껑을 열자 안에는 고양이 사진이 들어 있었다. 저 사람 장난치는 건가? 그런 것 같았다. 내가 고개를 들었을 때, 그의 얼굴에는 희미한 미소조차 스치지 않았다. "감사합니다." 내가 말했다.

"그건 미스터 윙클 씨야." 킬데어가 말했다. "내가 해군 특수 부대에 있을 때 수중으로 다이빙할 때마다 그걸 지니고 다녔었어."

진짜 고양이를 말하는 건가? 아니면 고양이 사진을 말하는 건가? 확신할 수 없었지만, 킬데어 내면에 있는 무언가가 더 이상 질문하지 말라는 신호를 보내는 것 같았다. 미스터 윙클이 그에게는 위협적으로 보였나 보다. 어쩌면 나에게만 그렇게 보였을 수도 있다.

고양이에게는 뭔가 좀 무서운 것이 있다. 고양이들이 주변을 몰래 따라다닐 때나 두 눈을 똑바로 응시할 때라든가(아, 잘 모르겠다. 이제 곧 세상의 종말을 맞이할 것 같은 기분이었고, 나의 인간성이 마치 꺼져 가는 촛불처럼 바닥나서 모든 사건의 배후에 고양이들이 있는 것만 같았다). 그렇지만 고양이가 나를 안전하게 지켜줄 수만 있다면, 고양이 펜던트가 달린 목걸이를 백 개도 넘게 착용할 참이었다. "이걸 몸 가까이에 지니고 다닐게요." 내가 말했다.

아직 충전이 다 되지는 않았지만, 나는 방에 있던 스마트폰을 챙겨 넣었다. 베이더호를 타고 연구실을 벗어나고 나서, 애슐리 박사와 나는 바로 노틸러스호에 올랐다. 킬데어, 로사 박사, 행크 박사, 그리고 나의 형제들은 모두 우리가 해저로 내려가는 것을 지켜보려고 나와 있었지만, 스티븐은 보이지 않았다. 그의 연구 시간이었다. 행크 박사는 깊이 내려가면 춥다며 내게 양말을 신으라고 했다. 알고 있겠지만 샌들에 양말을 신는 것은 참 우스꽝스러운 일이다.

잠수정은 쥘 베른의 '해저 2만 리'라는 소설에 등장하는 잠수정의 이름을 따서 지었고, 그 소설은 지난번 남극 여행을 갔을 때 이미 나에게 큰 도움을 준 적이 있다. 그렇지만 소설 속의 노틸러스호는 수중 쾌속정에 훨씬 더 가까웠고, 행크 박사의 잠수정은 소형 자동차 정도의 크기였다. 잠수정

상부에서 뻗어 나온 두꺼운 케이블이 문풀 상판의 거대한 케이블에 연결되어 있었다. 우리가 물 밑으로 잠수를 하는 동안에도 계속 연결되어서 실시간으로 영상 자료를 연구실에 있는 모두에게 전송할 것이다.

노틸러스호는 거대한 거품 같은 모양으로 후미에 4개의 프로펠러가 장착되어 있었고, 전방에는 크고 둥근 유리창과 그 바로 아래쪽에는 농구공 크기의 전조등이 달려 있었다. 행크 박사는 잠수정의 틀을 만들기 위해 낡은 자동차의 부품을 이용했다고 설명했지만, 나는 안 듣는 척했다. 나는 물 가까이로 몸을 숙여서 잠수정의 내부를 슬쩍 들여다보았다. 그 순간, 내 상의 셔츠 주머니 속에 있던 스마트폰이 빠져나와 잠수정의 측면에 부딪히고는 가슴이 찢어지는 듯한 풍덩 소리만을 남기고 물속으로 떨어졌다.

"애고, 결국 일이 벌어졌네." 아바가 말했다.

나의 영혼은 산산이 부서졌다. 나의 새 전화기는 사라졌다. 곧 스마트폰을 좋아하는 십 대 인어가 필사적으로 낚아채서는 수중 셀카를 찍어 댈 것이다. 나는 간절하고 애절한 마음으로 애슐리 박사를 올려다보았다. 혹시 나에게 새 스마트폰을 사 주지 않을까? 결국 나는 억만장자 앞에 서는 어린 아이에 불과했던 거였다.

애슐리 박사는 잠수정으로 향하고 있었다. "나는 네게 새 스마트폰을 사 주지 않을 생각이야." 그녀가 말했다. "너희 둘은 자기 물건을 잘 챙길 거지?"

"제가 아이들에게 스마트폰을 방에다 두고 오라고 했어요." 행크 박사가 말했다.

"이제부턴 스마트폰을 항상 지니고 다니도록 해라." 갑자기 킬데어가 끼어들었다. "비상시를 대비해서야."

"아, 미안해요." 행크 박사가 말했다. "그건 제가 워낙 그런 기기들을 경멸하기 때문입니다. 문자에 푹 빠져 사는 십대들은 장기적으로 손가락과 목 통증을 겪게 될 뿐이죠. 스마트폰이 아이들의 두뇌 발달 과정에서 아이큐를 최소 20은 떨어뜨린다는 것은 말할 것도 없고요. 그게 사실이라고 해도, 제가 개인적으로 아이큐 검사 자체를 완전히 믿는 건 아니에요. 그래도 잠재성을 측정하는 데는 꽤 괜찮은 검사라는 생각은 들어요."

"우리 스티븐은 아이큐 검사에서 거의 160점이 나왔어요." 너무 큰 소리로 속삭이는 바람에 거의 외치듯이 애슐리 박사가 말했다.

아바가 헛웃음을 지었다. 그녀의 아이큐는 더 높았다.

나는 출입구를 통해 잠수정 안으로 들어가서 애슐리 박사 옆에 앉았다. 내 뒤쪽으로 가방 하나 놓을 만한 공간이 있을 뿐이었다. 매트라면 그의 긴 다리를 이 작은 공간에 접어 넣을 수가 없었을 것이다. 행크 박사님한테도 이렇게 작은 공간이 어떻게 맞을지 의문이었다. 문제는 협소한 공간만이 아니었다. 이 잠수정은 전적으로 과학 연구를 위해서 제작된 것이어서 안락함과는 거리가 멀었다. 또 좌석들은 접이식 의자처럼 단순하게 되어 있었다. 화장실에 가고 싶을 때는 어떻게 해야 하는지 내게 말해 준 사람이 아무도 없었다. 매트랑 아바, 그리고 로사 박사는 타일이 붙어 있는 갑판 위에서 지켜보고 있었고, 행크 박사는 출입구 안쪽으로 몸을 기울이고 손을 뻗어 나의 장비를 꼼꼼하게 채워 주었다. 나는 목에 걸고 있던 미스터 윙클 펜던트를 만지작거렸다. "이번에는 시간이 얼마나 걸리죠?" 내가 물었다.

"너, 정말 가고 싶은 거 맞니?" 행크 박사가 조용히 말했다.

물론 아니죠! 그러나 지금 그걸 인정해 버리고 싶지는 않았다.

"저는 준비됐어요."

"좋아!" 애슐리 박사가 말했다.

"진심이니?" 행크 박사가 내게 물었다.

나는 아바와 매트의 눈을 똑바로 쳐다볼 수가 없어서 내 앞에 있는 계기 제어판에 시선을 두었는데, 그 위에 달린 플라스틱으로 된 버튼과 스위치, 그리고 계기판들은 옛날 영화에 나왔던 그 어떤 것과 닮아 있었다.

"네, 정말이에요. 저는 준비됐어요."

"오케이. 행운을 빈다!"

그러고는 행크 박사가 출입문을 닫았다.

나의 감정에 대해서 나조차도 명확히 규명할 수 없는 부분이 있었다. 한 가지는 내가 정말 이 조그만 잠수정을 타고 600백 미터 수면 아래로—아바의 말로는 에펠 탑을 두 개 겹쳐서 올려놓은 높이와 같다고 했다—내려가길 원하는지 말이다. 나는 당장 밖으로 뛰쳐나가 달아날 수도 있었다. 아니면 행크 박사님처럼 손가락으로 턱을 톡톡 두드리면서 나역시 부비강 감염에 걸렸는지 생각해 볼 시간을 벌 수도 있었다. 그러고 난 후, 나는 마치 용기 있는 결단을 내린 것처럼 나설 수도 있었다. 만약 내가 몸에 문제가 있다고 말했다면, 모두들 내 몸이나 잘 챙기라며 나를 제외시키려 했을 것이다. 그럼에도 내가 내려가겠다고 당당히 주장했다면, 최소한 나는 그들로부터 용기를 칭찬받고 존경에 찬 시선도 받을 수 있었을 것이다. 그러니 괜히 어줍잖은 승부욕에 불타서 객기를 부리고 목숨까지 걸면서 끝끝내 내려가겠다고 우길 필요가 없었다. 거기까지만 했다면, 적당히 치고 빠졌다면 완벽했을 텐데.

그러나 일은 내 뜻대로 풀리지 않은 것이다.

애슐리 박사는 몇 줄의 스위치들을 켰다. 반지 낀 그녀의 손가락들이 붉은색 플라스틱 버튼들 위를 바삐 오갔다. "터치스크린 방식이 아닌가요?" 내가 물었다.

"내가 좋아하는 방식의 디자인이야." 그녀가 말했다. "다 아날로그 방식이야. 이런 깊이에서는 전통적인 방식이 훨씬 믿을 만하단다."

이쯤에서 그녀는 내게 정말 잠수정을 타고 내려갈 마음의 준비가 되었는지 한 번쯤은 물어볼 만했다. 그러나 그녀는 그런 얘기는 전혀 하지 않았고, 우리는 그냥 그렇게 깊고 어두운 바다 밑으로 내려갔다.

7
600미터
바다 밑

아마도 내가 앞서 이런 말을 한 적이 있을 거다. 천재들을 따라잡는 방법 중 한 가지는 그들보다 많은 책을 읽는 것이다. 내가 여기서 말하는 것은 아쉽게도 소설책이나 만화책은 아니다. 여러 가지 정보로 여러분의 두뇌를 채울 수 있는 그런 책들을 의미하는 것이다. 지난번 남극에 가는 도중에 나는 약 사흘 만에 남극에 관한 책을 다섯 권이나 읽었다. 그리고 나는 이 잠수정, 노틸러스호에 오르기 전에 두 가지에 관해서 가능한 많은 것들을 알아 두었다.

첫 번째는 로사 모리스가 만들었다는 그 기묘한 발전소에 관한 것이었다. 다른 하나는 바다 밑 우리가 탐험하려는 그

지역이다. 그곳은 '중층 원양대'라는 멋진 이름이 붙었다. 어떤 사람들은 그곳을 '박광층'이라고 부르기도 한다. 그러나 나는 세 번째 이름이 더 마음에 들었다. 약광층(빛이 도달하는 바닷속의 가장 깊은 층*)!

바다 밑으로 떨어져 내려가면서 내가 지루함을 느꼈다는 말은 하지 않겠다. 그건 정말 대단한 경험이었다. 그리고 행크 박사는 어쨌든 우리들이 '지루하다'라는 단어 자체를 사용하는 것을 별로 좋아하지 않았다. 그는 누군가 지루함을 느끼는 사람이 있다면, 그건 그 사람 자체가 아주 지루한 사람이기 때문이라고 늘 이야기했다. 그렇지만 아주 솔직히 말하면, 처음 20분은 별로 볼 만한 광경이 없었다. 바닷물 속에는 플랑크톤과 크릴새우, 그리고 다른 작은 생명체들이 가득했다. 푸른 바닷물은 서서히 더 어두운 색으로 바뀌었는데, 그 광경은 마치 검은 염색 물감이 바닥에서부터 점점 바다를 삼켜 버리는 것 같았다.

애슐리 박사가 천천히 떠내려가고 있는 나의 스마트폰을 가리키기 전까지는 모든 것이 별 다를 게 없어 보였다. 스마트폰 주변의 물빛이 반짝였다. 화면이 아직도 작동을 하고 있는 모양이었다. 나는 아쉬운 마음에 손가락을 뻗어서 잠수정의 축축한 플렉시 글라스(방수 유리, 항공기나 잠수함 창문 따위의 투명부에 많이 쓴다*)를 꾹꾹 눌렀다. 나의 첫사랑은 그렇게 영원히, 나를 떠나 버렸다.

몇 분이 지나고 지루해진 나는 애슐리 박사에게 스마트폰을 좀 빌릴 수 있는지 물어봤다. 나는 그녀의 폰에 '치킨 레이서'라는 게임이 깔려 있는 걸 보고 깜짝 놀랐다. 그건 치킨 등에 올라타고 벌이는 일종의 도로 주행 게임이다. 10분이라는 시간이 눈 깜짝할 사이에 지나가자, 그녀는 다시 스마트폰을 가져갔다. 그렇지만 배터리도 얼마 남아 있지 않은 상태였고, 점점 나는 우리를 둘러싸고 있던 주변 세상이 흥미로워졌다.

계기 제어판에 있는 둥근 모양의 스피커가 울렸다. "지금 잠수정이 박광층으로 접어들었어요." 행크 박사가 말했다.

"게임 어땠어? 점수 잘 나왔니, 잭?" 매트가 물었다.

나는 스피커를 통해 그들의 목소리가 들리자 기뻐서 펄쩍 뛰었다. 나는 잠시 잊고 있었다. 케이블이 연결되어 있어서 행크 박사와 아바랑 매트는 잠수정 안의 모든 것을 보고 들을 수 있었던 것이다. 그 거대한 케이블을 통해서 전력도 공급되고 실시간 동영상과 대화도 전송되고 있었다. 잠수정의 안과 밖에 달린 카메라는 모든 소리와 장면들을 포착해서 저 위에 그들이 있는 연구실로 보내고 있었다.

그런 점은 좀 위안이 되었다. 왜냐면 깊은 바다 밑, 여기 밀폐된 잠수정에 애슐리 박사와 단둘만 완전히 갇혀 있다는 생각을 좀 덜하게 했기 때문이다. 그때 그녀의 독특한 체취가 풍겨 왔고 나는 그들이 저 위에서 이 냄새까지 맡을 수 있다면 좋겠다고 생각했다. 이 체취가 아까 위에서 그녀가 마셨던 커피 테이블 위에 있던 음료 때문인지는 알 수 없었지만, 안은 점점 더 냄새로 채워졌다. 나는 매트도 이 냄새를 좀 맡아 봤으면 좋겠다고 생각했다. 나는 코를 막고 셔츠를 끌어 올려 입을 가렸다.

"사진의 '광각성(photic)'이라는 단어는 그리스어에서 '빛'을 의미하는데…." 아바가 말했다.

"나도 알아."라고 말하지는 않았지만 솔직히 나도 알고 있었다. 전날 밤 읽었던 것들이 진짜 유용했다. 애슐리 박사와 매트, 그리고 행크 박사는 마치 우리가 사격 훈련장의 표적물이라도 된 것처럼 우리를 향해 여러 가지 사실들을 늘어놓으며 지식 자랑을 퍼부었다.

그러나 그렇게 잘난 척을 하는 그들의 대화는 좀 아껴 두기로 하고, 그 유용한 정보는 내가 여러분에게 직접 전해 주겠다. 약광층에 관해서 여러분이 기억해야 할 것은, 여기 아래로는 빛이 들어오지 않는다는 것이다. 빛이 없으니까 광합성 처리 과정에서 햇볕을 에너지로 바꾸는 일도 일어나지 않는다. 기본적으로 우리는 에너지를 얻기 위해서 음식을 섭취하지만 식물은 빛을 먹는다. 그건 태양으로부터 에너지를 얻는 일종의 슈퍼맨과 같은, 뭐, 그런 거다.

해변 식물이나 해초 같은 수생 식물은 물을 통해 빛이 들어가므로 광합성을 한다. 그러나 물 밑 180미터 아래로는, 태양에서 나오는 빛이 도달하지 못한다. 그런 곳에서는 식물이 존재하지 않는다. 그곳에 사는 생명체도 뭔가를 먹어야 한다. 대체 무엇을 먹고 살까? 음, 자연적으로 서로 먹고 먹히기도 한다. 그렇지만 그 생명체들은 '바다 눈'이라고 부르는 것을 먹기도 한다.

이것은 일반적인 눈과는 다르다. 순백의 하얀색 얼음 결정체 대신에, 바다 눈은 모든 죽은 식물과 물고기, 그리고 수면 위에서 햇빛을 흠뻑 머금고 있다가 바닥으로 떨어지는 플랑크톤 같은 것들로 만들어진다. 어쨌든 플랑크톤도 바다 눈이다. 바다 상층에서 헤엄을 치는 모든 생명체들의 몸에서 떨어진 것들도 바다 눈이라고 할 수 있다. 기본적으로 바다 눈은 물고기들의 분비물이다. 그러니까 우리는 그런 온갖 것들이 섞인 눈보라 속을 뚫고 잠수를 하고 있었다.

애슐리 박사가 헤드라이트를 켰다. 대략 앞쪽 6미터 거리까지는 물이 푸른색으로 빛났지만, 잠수정의 뒤쪽으로는 모두 까만 어둠뿐이었다. 그녀는 잠수정의 방향을 틀어서 파이프가 있는 곳으로 다가갔다. "저게 해양 온도 차 에너지 시스템의 일부죠, 맞죠?"

"그래, 맞다." 그녀가 말했다. "우리는 저걸 따라서 죽 내려가는 거야. 그렇지만 나는 너무 가까이 가고 싶지는 않아."

내가 기침을 했다. 잠수정 안의 공기는 건조하고 차가웠다. 그리고 공기 속에는 억만장자의 방귀 냄새와 겨드랑이에 바르는 악취 제거제 냄새가 뒤섞여 있었다.

"너, 속이 메스껍니?" 애슐리 박사가 물었다.

나는 그녀도 속이 메스껍지 않은지 궁금했다.

"뭐가 보여?" 매트가 물었다. 그의 목소리는 부러움과 흥분이 담겨 있었다.

"잠수정의 바깥 카메라에서 얻는 화면이 다 좋은 것만은 아니네." 행크 박사가 말했다. "동영상이 약간 어둡기도 하네."

"별로 많이 보이지는 않아요." 내가 답을 했다. 그때 나는 내가 환상적인 기회를 놓치고 있다는 사실을 깨달았다. "잠깐… 뭔가가 보이기는 해요. 저게 뭐죠? 애슐리 박사님, 보이세요? 저게 점점 가까이 다가오고 있어요! 아안 돼애애애!!!!"

애슐리 박사가 한숨을 쉬었다.

"그럴듯했어. 제법이다, 잭." 매트가 말했다.

"잊어 먹지 마. 잠수정 안에도 카메라가 있다고." 아바가 한마디 보탰다.

맞다. 나는 우리 머리 위에 있는 작은 렌즈를 보면서 손을 흔들었다.

그들은 저 위에서 우리를 선명하게 볼 수 있었지만, 잠수정 안의 냄새만큼은 맡을 수가 없다.

그리고 그 억만장자는 또다시 방귀를 뀌었다. 만약 할 수만 있다면 그 순간에 나는 내 코를 잘라 내고 싶었다.

"그래 어디 얘기 좀 해 봐, 잭." 행크 박사가 말했다. "뭐 좀 특별한 게 있니?"

"점점 추워지고 있어요."

"어두워지기도 하네요." 애슐리 박사가 말했다.

나는 다시 기침을 했다. "이 안은 건조하기도 해요."

"어쩌면 잠수정에 습도 조절 시스템이 필요할지도 모르겠어요, 행크 박사님." 아바가 말했다.

"안타깝게도 공기 순환 시스템으로 인해서 안의 공기가 건조할 수밖에 없어." 행크 박사가 설명했다.

"와우! 저게 브리슬마우스(심해 물고기의 한 종류*) 과의 물고기들이니?" 매트가 물었다.

나는 앞으로 몸을 숙였다. 손바닥만 한 물고기 수백 마리가 조명 근처에서 잠수정을 따라 내려오고 있었다.

물고기들은 큰 눈과 작은 꼬리지느러미를 갖고 있었는데, 입은 몸체에 비해 너무나 커서 그들 몸 크기의 열 배쯤 되는 생명체에나 어울릴 법했다. 내 머릿속에서 갑자기 뭔가가 떠올랐다. 나는 이 작은 생명체들에 관해서 알고 있었다. 책에서 읽었다.

그 물고기들을 유심히 쳐다보던 애슐리 박사가 놀랐는지 입이 크게 벌어졌다. 그녀는 머리 위로 손뼉을 쳤다. "이 생명체들은 사람보다 그 수가 많네요." 그녀가 말했다.

"윌리엄 비브(미국의 해양 생물학자 및 곤충학자, 1934년 버뮤다 해에서 인류 사상 최초로 923m를 잠수했다*)가 자신의 잠수정을 타고 바닷속 깊이 내려갈 때까지 우리는 저런 생명체들이 존재하는지조차 몰랐어요." 잡음 때문에 잘리긴 했지만 행크 박사가 다시 한마디 했다. "심해는 우리가 탐험을 해야 할 새로운 개척지예요. 바다 밑은 우리가 거의 알지 못하는 미지의 세계죠."

잠수정의 조명 불빛 주변으로 모여드는 물고기 떼들이 점점 많아졌다.

"이게 지금 보이나요?" 애슐리 박사가 물었다.

"박광층에서 빛은 생명체들을 엄청나게 끌어들여요." 행크 박사가 설명했다. "바늘치(주로 심해성 발광어*)는 빛을 만들어서 호기심 많은 물고기들을 끌어들이고는 꿀꺽 삼켜 버리거든요."

우리의 잠수정은 계속해서 아래로, 아래로 내려갔다. 때때

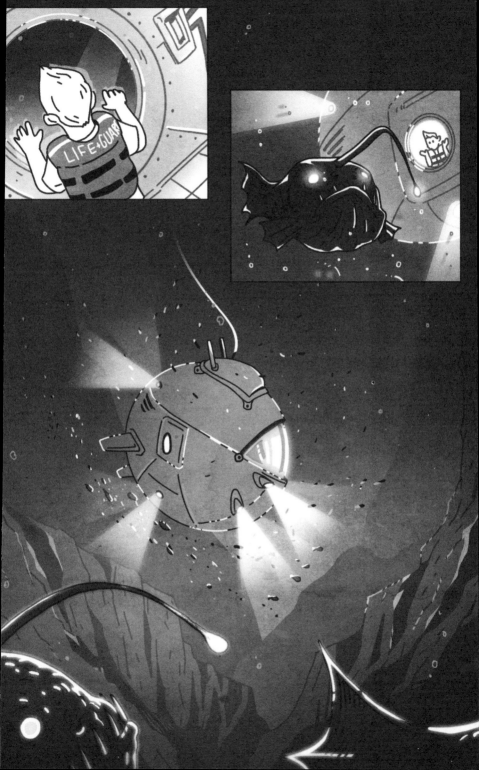

로 파이프들이 시야에 들어왔지만 애슐리 박사는 안전거리를 유지하려 각별히 조심을 했다. 잠수정 안의 공기는 지속적으로 차갑고 건조해졌다. 분 단위로 행크 박사가 노틸러스호의 상태가 어떤지를 물어 왔고, 애슐리 박사는 어느 곳도 누수가 생기지 않고 괜찮다고 답을 해 주었다. 답을 듣는 행크 박사의 목소리에는 놀라움과 감격스러움이 배어 있었다.

마침내 우리는 파이프가 설치된 맨 아랫부분까지 왔다.

"약 6미터 정도 떨어져 있는 것 같네요." 행크 박사가 말했다.

"시야가 좀 흐려지고 있어요. 뭔가가 카메라를 가리고 있나요?"

"잭, 네가 혹시 엉뚱한 버튼을 누른 거 아니니?"

"아니요, 저는 전혀….'

잠수정이 갑자기 휙 움직이더니 앞으로 회전했다. 의자 뒤에 두었던 내 가방이 계기 제어판 위로 떨어졌다. 우리를 태운 잠수정이 갑자기 수직으로 바닥을 향해 떨어지기 시작했다. 안전 장비를 착용하고 있지 않았더라면, 창에 부딪혔을 것이다. 스피커에서 요란한 잡음이 들리더니 이내 꺼져 버렸다. 제어판에서 빛나던 초록색의 교신용 불빛이 깜빡이다가 어두워졌다. 침묵이 흘렀고 잠수정 안의 불빛도 어둑해졌다. 애슐리 박사는 극도로 흥분하여 정신없이 제어판을 작동시켰다. 다행히 잠수정이 다시 회전했고, 우리는 똑바로 앉을 수 있었다.

"무슨 일이죠?" 내가 물었다.

애슐리 박사는 몇 개의 스위치들을 켰다 껐다 반복하더니 의자에 등을 기대고 양팔을 배에 겹쳐 놓고 바로 앉았다. "흠." 그녀가 말했다.

흠이라고? 지금 우리는 완전한 암흑 속에서 가내 수공업으로 만든 소형 잠수정을 탄 채, 600미터 깊이의 물속을 떠돌고 있는데, 이 상황에서 그녀가 할 수 있는 말이 고작 흠이라니? 뭔가 다른 말을 좀 더 해 줘야 할 게 아닌가?

"우리, 괜찮은 건가요?" 내가 물었다.

"물 밖에 있는 사람들과 교신이 끊긴 것 같아."

네, 저도 그 정도는 알고 있단 말이죠.

"그리고 조명도 흐려졌고."

그것도 지금 내 눈으로 봐서 안단 말입니다.

"그래서, 지금 말이야, 상황을 좀 살펴봐야겠다. 우리가 헐거워진 케이블을 어떻게 하다가 파손시킨 건지, 그리고 그게 정말 파손됐다면, 배터리를 이용해서 잠수정을 작동할 수 있는지 상황을 좀 봐야겠어."

그 말의 의미는? 나는 그녀가 좀 더 상황을 구체적으로 설명해 주기를 기다렸다. 그러나 그녀는 더 이상 설명해 주지 않았다. "그러니까," 내가 다시 말했다. "우리 괜찮을까요?"

애슐리 박사는 미소를 지으며 어깨를 으쓱했다. "나는 그러리라 믿어, 그렇지? 암. 그렇고말고. 꼭 그렇게 돼야지. 우리는 괜찮을 거다. 그렇지만, 만약의 경우를 대비해서 위로 올라가도록 하자."

좋은 생각이시다. 안전을 위한 계획이리라. 그러나 지금 우리는 수면에서 600미터나 떨어진 물 밑이다. 나는 파이프가 있는 방향을 열심히 쳐다봤다. 물이 탁했다. 뭐든 보려면 좀 더 가까이 이동해야 했다.

우리가 가까운 시일에 여기에 다시 올 일은 없을 것이다. 노틸러스호가 파손된 거라면 더군다나 앞으로 그럴 일이 더더욱 없을 것이다. 지금 올라간다면 이 모든 과정이 모두 시간 낭비가 되어 버리고 말 것이다. 혹시 이게 애슐리 박사의 계획의 일부였을까? 이 모든 것이 애초에 계획된 일이었을까? 어쩌면, 그녀는 처음부터 이번 임무가 실패로 끝나길 바랐던 것은 아니었을까? 잠수정에 올라탔을 때부터 그녀의 일거수일투족을 보다 유심히 살펴봤어야 했지만, 나는 잠수정 밖으로 보이는 신비한 바닷속 세상에 정신이 팔려 있었다. 나는 마치 연구를 하러 현장에 나온 과학자인 양 행동했다. 그런 때에는 과학자보다는 제2의 오리 탐정처럼 굴었어야 했다. 아니다. 오리가 아니라 진짜 탐정처럼 냉철했다면 더 좋았을 텐데. 설령 그녀가 교신을 막기 위해, 혹은 아예 케이블과의 접속을 끊어 버리기 위해 어떤 스위치를 꺼 버렸다고 해도, 내가 그걸 알아채기란 쉽지 않았을 것이다. 그러니까 이제부터라도 정신을 바짝 차리고 그녀를 시험해 봐야 한다.

"잠깐만요," 내가 말했다. "지금 저희가 파이프에서 단지 6미터 정도밖에 떨어져 있지 않은 거 맞지요, 그렇죠?"

"대략 그쯤 될 거야."

"한번 살펴보려면 좀 더 가까이 다가가야 하는 거 아닌가요? 한 3미터 정도 더 가까이 간다고 그게 그렇게 위험할까요?"

애슐리 박사가 눈살을 찌푸리며 제어판을 쳐다봤다. 그녀는 익숙하지 않은 곡을 콧노래로 불렀다. 사실 나는 마음의 준비를 단단히 하고 있었다. 가까이 가 보자는 나의 제안을 들은 그녀가 나에게 대뜸 소리를 지르거나 혹은 자신이 세심하게 짜 놓은 계획을 네까짓 게 흐트러뜨린다며 협박하거나, 감히 너같이 나비넥타이나 좋아하는 어린애가 나 같은 억만장자 과학자를 가르치려 드냐며 크게 한소리 할 줄 알았다. 그보다 더한 말을 들을 수도 있겠다고 각오하고 있었다.

그런데, 그녀가 나를 놀라게 했다.

"잭, 네 말이 맞다. 우리 가까이 가 보자."

"네? 뭐라고요?"

"우리가 지금 여기까지 내려와 있잖니. 그러니 서둘러 가까이 가 보는 게 좋겠어."

만약 그녀가 미안한 마음에서 그랬다면, 왜 그렇게 쉽게 내 말에 동의를 한 걸까? 그럼 일이 너무 쉽게 풀리는 건데. 조사를 방해하고 좌절시키려 했던 사람이라면 쉽사리 이런 결정을 내리지 않을 텐데. 너무나 간단하고도 명쾌한 그녀의 결정은 내가 세우고 있던 모든 가설을 일시에 와르르 무너뜨렸다. 지금 그녀는 너무 갑자기 나를 아주 오래된 친구처럼 스스럼없이 대하는 거잖아. "마음이 바뀌었어요." 내가 말했다. "그냥 올라가요."

그녀는 내 말을 무시한 채 잠수정을 조종해서 좀 더 파이프 가까이로 갔다. "여기서 대략 3미터 떨어진 곳에 파이프 밑바닥이 있을 거야." 그녀가 말했다.

그 현장은 마치 지하실의 한 구석처럼 어두웠다. "아무것도 안 보이는데요." 내가 말했다. "헤드라이트도 작동을 안 하고 있잖아요."

"우리는 그냥 가까이만 가면 돼. 지금, 우리가 배터리 동력에만 의존해서 움직이고 있으니 모든 전기는 내부 시스템 작동을 위해 쓰이고 있어. 그러니 헤드라이트는 작동이 안 돼. 그런데 잭, 그것 참 흥미로운 아이디어다."

내가 무슨 아이디어를 얘기했던가? "잠깐만요, 무슨 말씀이세요?"

그녀는 설명을 하기에 앞서 다시 콧노래를 흥얼거렸다. "그래, 네가 분명히 아이디어를 줬잖아. 만약 잠수정 안의 전기와 히터를 꺼 버리면, 바깥 헤드라이트가 다시 작동할 수도 있겠어. 안은 추워지겠지만⋯ 물론 어두워지기도 하겠지. 그렇지만 우리는 여기 있는 파이프 밑바닥을 보다 선명하게 볼 수 있을 거야."

"그리고 나서 다시 잠수정 안의 모든 스위치를 켜는 거야, 어때?"

"이론상으로는 그럴듯하네요."

나는 그녀에게 다시 수면 위로 올라가자고 간청하고 싶은 마음이 굴뚝 같았다. 하지만 한편으론 어쩌면 우리에게 온 좋은 기회일 수도 있겠다 싶었다. 여기서 포기할 수는 없다. "네, 한번 해 보죠." 말하는 내 목소리가 떨렸다.

내 가방이 무릎 위로 떨어졌다. 애슐리 박사가 제어판의 스위치들을 조작하는 사이 나는 가방 안에 손을 넣고 껌 한 쪽을 꺼내서 씹기 시작했다. 은은한 민트 향이 퍼져 나갔다. 바로 그때 잠수정 안은 어둠에 빠졌다.

바깥 헤드라이트에 다시 불이 들어와서 현장을 비췄다.

잠수정 바깥 세상에 으스스한 푸른빛이 돌았다.

파이프의 밑바닥이 사람 키만큼 가까운 거리에서 드러났고 우리가 갖고 있던 의문에 대한 답은 쉽게 풀렸다. 나는 아바가 아니라서 기계와 관련한 용어는 잘 알지 못한다. 그런 나였지만, 뭔가 대단히 잘못 돌아가고 있다는 것을 한눈에도 알 수 있었다. 강철로 된 파이프의 밑바닥이 들쑥날쑥 잘려 있었고 커다랗고 둥근 금속 스크린은 바닥에 겨우 매달려 있었다. "상태가 별로 좋아 보이지 않는데요." 내가 말했다.

"그래, 엉망이네. 이 지경이 되었으니 뭘 어떻게 할 수 있었겠어?"

그것은 나에게 묻는 질문이 아니었다. 그녀는 큰 소리로 혼잣말을 하고 있었다. 나는 입이 근질거려 뭔가 답을 하고 싶었지만 애써 참았다. '전기뱀장어 얘기는 꺼내지도 마.' 나는 마음속으로 내 자신에게 말했다. '제발 뱀장어 얘기는 하지 마.'

"뭔가 폭발이라도 한 것 같다." 그녀가 말했다. 그러더니 그녀는 자신의 머리를 흔들며 손바닥으로 계기 제어판에서 같은 버튼을 몇 초 간격을 두고 연속해서 열 번 눌렀다. 그녀가 카메라로 그 장면을 찍고 있는 것 같았다. "자, 이 정도면 충분히 본 것 같다." 그녀가 말했다.

그녀는 헤드라이트를 껐다. 어둠이 우리 모두를 삼켜 버렸다. 나는 잠수정 안의 조명과 히터가 다시 작동하기를 기다렸다. 계속 기다렸다. 그녀가 스위치들을 급하게 딸깍딸깍 누르는 소리만이 요란하게 들릴 뿐, 아무런 변화도 일어나지 않았다. 나는 정말로 행크 박사의 목소리를 다시 듣고 싶었다. 나를 놀리는 매트의 모욕적인 말이라도 좋으니 무슨 소리든 들리기만 하면 너무 반가울 것 같았다. "애슐리 박사님, 무슨 일이죠?"

"조명이랑, 히터가 멈춘 것 같아. 배터리 전원에 재시동을 거는 버튼이 여기 있는데, 그런데….."

"그런데, 뭐요?"

"진짜 문제는 그게 아니네."

그녀가 한숨을 몰아쉬었다. "그런데 말이야, 그게 어떤 버튼이었는지 잊어버렸어. 계기 제어판도 잘 안 보여."

"우리 그냥 지금 올라갈 수는 없나요?"

"못 가. 전원에 재시동을 못 걸면 밸러스트 탱크를 비울 수가 없어."

밸러스트 탱크에서 물을 바깥으로 밀어내지 못하면 공기를 채울 수가 없다. 공기를 채우지 못하면 다시 수면 위로 떠오를 수가 없다. 그러니까 이게 문제인 거다.

"내 전화기는 어디에 있지?" 그녀가 따지듯 물었다.

나는 주변을 더듬다가 계기 제어판 위에서 그녀의 전화기를 찾았다. "신호가 안 잡힐 텐데요." 그녀는 얼른 전화기를 낚아채더니 전화기에서 이상한 소리가 나자 낙담 섞인 목소리로 투덜거렸다. 전화기가 만들어 내는 소음까지도 슬프게 들렸다.

"뭐죠? 뭐가 잘못된 건가요?"

"배터리가 다 됐어." 그녀가 말했다. "그리고 나는 전화를 걸려는 건 아니었어. 전화기에 달린 플래시 기능을 쓰려던 참이었어. 그런데 지금 배터리가 바닥이 났잖니. 네가 아까 바보 같은 치킨 레이싱 게임을 했기 때문이야."

나는 뭔가 응수를 하려 입을 열었다. 그렇지만 그녀가 한 말은 모두 옳았다. 그 게임이 바보 같다는 그 말만 빼고 말이다. 그 게임이 그렇게 바보 같다면, 그럼 애슐리 박사는 그딴 걸 왜 자신의 스마트폰에 다운을 받아 둔 거지?

긴장감이 흘렀다. 나는 좀 더 빠른 속도로 껌을 씹기 시작했다.

애슐리 박사의 얼굴에서 빛이 났다.

"그게 뭐니?" 그녀가 물었다. "그 빛이 어디서 나오는 거지?"

빛이 사그라졌다. "무슨 빛이요?"

"너, 방금 뭘 하고 있던 거였어? 뭔가를 건드렸니?"

"아니요!"

"네 입이… 네 입에서 빛이 나오고 있어." 빛이 다시 번쩍였다.

아, 이 껌! 나는 이 껌을 행크 박사의 연구실에서 농구화와 같이 챙겨 왔다. 그걸 뭐라고 불렀더라? 치아 발광! 짐을 꾸릴 때는 그걸 미처 생각하지 못했다. 그리고 씹을 때 빛을 내는 껌 같은 걸 왜 사람들이 발명했는지 나는 정말 이해가 안 갔다. 별로 관심도 없었고 딱히 알고 싶지도 않았다. 그런데 이 깊은 바닷속 깜깜한 잠수정 안에서, 치아 발광 껌이 인류 역사상 가장 위대한 발명품인 진공 코 세척기와 함께 바로 내 손 안에 있는 것이다. "껌을 계속 씹어라!" 그녀가 말했다. "씹다가 입을 벌려서, 빛이 나올 수 있게 해 봐."

껌을 더 세게 씹을수록, 그리고 내 위아래 입술이 더 많이 부딪힐수록, 빛은 더 강하게 뿜어져 나왔다.

"자, 여기 이쪽으로," 그녀가 내 셔츠를 잡아 나를 제어판 쪽으로 가까이 끌어당기며 말했다. "우리 아들 스티븐이 여기 있었다면, 어떻게 해서든 이 상황을 해결했을 텐데. 그 애는 뭐든지 한번 보면 사진처럼 기억을 하거든." 입안 가득 좋지 않은 맛이 퍼졌다. 상한 레몬 맛이 계속 남아 있었다. 내가 이제 스티븐 호킹이라는 이름만 들어도 알레르기 반응을 일으키게 된 것일까? 아니면 껌 맛이 바뀐 것인가? "아, 저기다!" 그녀가 외쳤다. 그녀는 오른쪽 손바닥으로 버튼 하나를 내리쳤다.

곧바로 불이 들어왔고 히터 돌아가는 소리가 들렸다. 애슐리 박사가 또 다른 스위치를 누르자 마치 욕조에서 물이 빠지는 듯한 소리와 함께 강하게 돌아가는 환풍기 소리가 연이어 들렸다. "저게 뭐죠?" 내가 물었다.

"밸러스트 탱크에서 물을 밀어내고 스쿠버 탱크에서 나오는 압축 공기를 채우고 있는 거야."

"그럼 이제 우리가 물 위로 올라가는 건가요?"

"그래, 잭. 올라가는 거야." 그녀가 말했다. "올라가서 이 밑에서 대체 무슨 일이 일어났던 건지 알아볼 거야."

8
수중
조사

여러분은 내가 그런 경험을 하고 돌아왔으니 아마도 상당한 동정을 받았을 거라고 생각할 것이다. 어쩌면 약간의 칭찬이나 듣기 좋은 몇 마디 말, 혹은 그런 상황에서도 어떻게 그토록 차분함을 유지하냐며 찬사를 들었으리라 생각하겠다.

그러나 현실은 그렇지 않았다. 애슐리 박사와 나는 오랜 시간에 걸쳐 천천히 물 위로 올라온 후, 잠수정 밖으로 나와 타일이 붙어 있는 갑판 위로 올라섰다. 나를 기다리고 있던 것은 한 팔로 나의 어깨를 얼른 몇 번 감싸는 매트의 가벼운 포옹이 전부였다. 무슨 이유에서인지 그는 물에 젖어 있었다. 그리고 킬데어가 내 등을 툭 쳐 주고는 내 셔츠 안쪽에 걸린 미스터 윙클 펜던트를 가리켰다. 그 모든 일은 고작 20초 만에 끝이 났다. 치아 발광 껌의 활약상에 대해서 칭찬을 해 주는 이가 아무도 없었다. 내가 그걸 언급하자 행크 박사는 조금 민망하다는 표정을 지었다. 껌을 씹으려면 자꾸 입을 크게 벌려야 하기 때문에 박사는 사람들이 그 껌 자체를 싫어한다고 했다.

그들은 잠수정과 부서진 파이프에 관해서, 그리고 자신들이 겪었던 일에 대해 이야기하고 싶어 했다. 아바는 케이블이 잠수정에서 풀려 나갔던 시간에 연구실 전력도 나갔다고 말했다. 상황을 봐서는 누가 일부러 케이블을 푼 것 같지는 않았다. 문풀 갑판 위 거대한 강철 릴에 연결된 케이블 끝이 제대로 묶이지 않았나 보다. 그냥 툭 풀려 나가는 바람에 우리는 마치 600미터짜리 줄에 달린 강철 요요마냥 대롱대롱 매달려 그렇게 떠밀려 다닌 것이다. 연구실에 다시 전력이 공급되기까지는 약 10분의 시간이 걸렸다고 한다. 그 와중에 허둥대던 매트가 웅덩이 속으로 빠졌다고 한다. 아쉽지만 아무도 그 장면을 촬영할 생각은 하지 못했다고 한다. 나는 그 공간을 한번 죽 훑어보았다. "여기에 무인 카메라 같은 건 없는 건가요?" 내가 물었다.

"혹시 누가 이 안으로 몰래 들어왔을까 궁금해서 그러니?" 아바가 물었다.

그럴듯하게 들렸다. "물론이지." 내가 거짓말을 했다.

"여기에는 무인 카메라 같은 건 없어. 물론 이 섬 어디든 마찬가지야." 킬데어가 말했다. 그는 애슐리 박사를 가리켰다. "박사가 정한 일이야. 내가 결정한 것은 아니야."

그 억만장자가 겸연쩍은 표정을 지었다. "내가 화면발이 좀 안 받더라고."

행크 박사는 잠수정에서 찍어서 전송한 사진을 두 개의 커다란 화면에 띄웠다. 로사 박사가 파이프 밑바닥 사진을 가리켰다. "이건 분명히 자연적으로 일어난 파손이 아니네요. 잭, 네 말이 맞는 것 같다. 이건 명백히 방해 공작이야."

몸을 숙여 절이라도 했어야 하는 상황인가? 나는 나를 인정해 준 그녀에게 가벼운 고갯짓으로 고마움을 표했다. 나를 인정해 주는 사람이 최소한 한 사람은 있었다.

애슐리 박사가 화면 가까이로 다가갔다. 어깨 너머로 그녀가 말했다. "SEAL(해군 특수 부대)의 짓인가요?"

"바다표범(seal)이 그렇게 할 수 있다고 생각하시는 거예요?" 내가 물었다.

매트가 몸을 낮게 기울이며 조용히 설명했다. "잭, 그녀는 킬데어에게 조언을 구하고 있는 거야."

"제가 보기에는 일반적인 수중 파괴 작업 같네요." 킬데어가 말했다.

"저는 아직도 좀 이해가 안 가는데요." 아바가 말했다. "그런 일을 벌이는 동기가 뭔가요? 혹시 아세요?" 그녀가 로사 박사를 쳐다봤다. "여러분들이 실패하기를 바라는 사람들이 누구죠?"

로사 박사가 등을 화면으로 향한 채, 의자에 털썩 주저앉았다. 그녀는 의자를 두어 번 회전시키고는 다시 멈추더니 자신의 턱을 문질렀다. "나의 대학원 시절 교수님? 그분은 내가 당신보다 더 똑똑하다며 나를 아주 싫어하셨어. 그리고 우리 언니. 언제나 나를 질투하지."

킬데어가 헛기침을 했다. "내 생각에 로사는 지금, 누가 이 프로젝트를 실패하길 바라겠냐고 우리에게 물어보는 것 같아. 너희들에게 묻는 건 아니야."

"아, 정유 회사요."

"그 사람들이 이 프로젝트에 관해서 알고 있나요?" 매트가 물었다.

"물론 알고 있지." 로사 박사가 말했다.

"어쩌면… 다른 발명가들일 수도 있지." 애슐리 박사가 말을 더했다.

"그 밖에는 또 누가 있죠?" 행크 박사가 물었다.

나는 그 잠수정 주변의 고요한 물을 내려다보았다.

애슐리 박사는 결백하다. 나는 그렇게 확신했다. 그렇지만

174

만약, 섬에 거주하는 다른 사람이라면 어떻게 되는 걸까? 호킹 가족에게 질려 버린 가정부의 짓일까? 혹시 까다로운 억만장자와 글루텐 프리 식단만 주장하는 그의 아들에게 너무 싫증 난 주방장이 3천만 달러짜리 프로젝트를 고장 낸 것은 아닐까?

아니다, 내 상상이 너무 멀리 나갔다. 논리적으로 범인에 가장 가까운 사람들은 목선을 축조한다는 치과 의사들이다. "이 섬 주민들은 어떤가요?" 내가 물었다. "벤과 그의 친구들이요. 그 사람들이 아직도 여기 있나요?"

애슐리 박사가 킬데어 쪽을 쳐다봤다. "그들이 파티를 하려고 모여 있어요." 그가 말했다. "그들은 지금 섬 남쪽 끝 해변에 정박해서 야영을 하고 있어요."

"그 사람들은 여러분이 여기에 들어오는 걸 원하지 않는다고 이미 말했잖아요." 매트가 한마디 보탰다.

"그렇지만, 그 사람들이 바닷속 그 길이까지 갈까요?" 애슐리 박사가 물었다.

"깊이요." 행크 박사가 미소를 지으며 지적했다.

아무도 웃지 않았다.

"그 깊은 바다 밑까지 내려가려면 잠수정이 필요하잖아요." 내가 말했다.

"노틸러스호 같은." 아바가 말했다.

"그래요." 행크 박사가 말했다. "그렇지만 해양 온도 차 에너지 시스템은 몇 주 전에 고장이 났었잖아요. 그때는 노틸러스호가 여기 도착도 하기 전이었고… 아직 내 연구실에 있던 때였어요."

"그렇다면 그 사람들이 그런 잠수정을 어디서 구할 수 있었을까요?" 매트가 물었다.

"사설 연구 기관이요." 로사 박사가 말을 꺼냈다. "어쩌면 대학의 연구 기관 중 하나일까요?"

"제가 알아볼게요." 킬데어가 말했다.

"좋아요." 애슐리 박사가 말했다. 그녀는 자신의 아들, 스티븐처럼 양손을 등 뒤로 모으고 있었다. "그럼 킬데어가 알아보는 동안 우리는 본부가 있는 집으로 돌아가는 게 어때요? 오늘 아침부터 아주 많은 일들이 있었잖아요. 모두 휴식을 좀 취하는 게 좋을 것 같아요."

뉴욕에서부터 비행기를 오래 타고 와서, 혹은 그 전날 밤 거의 잠을 못 자서인가? 어쩌면 바다 밑에서 어이없이 죽을 뻔했던 경험을 해서일 수도 있다. 어쨌든 나는 겉으로 봐서도 매우 피곤해 보였다. 그날 오후, 나는 두 시간 동안 잠을 잤고 저녁에는 아바의 방에서 영화를 봤다. 그 사이 아바는 TOES에 관한 자료를 읽었다. 매트는 다시 자신의 공부에 몰입했다. 시험 날짜는 수요일이었지만, 그는 마치 시험을 한 시간 앞둔 것처럼 엄청나게 파고들었다. 행크 박사는 연구실에서 로사 박사와 함께 밤늦게까지 일을 했다.

다음날 아침 잠이 깼을 때, 나는 완전히 새로운 사람이 된 듯 가뿐한 느낌이 들었다. 매트랑 아바와 함께 애슐리 박사를 따라 숙소 밖으로 나가서 눈이 튀어나오게 멋진 사륜구동 차들이 대기하고 있는 걸 봤을 때는 기분이 한층 더 좋아졌다. "어떠니?" 애슐리 박사가 말했다. "괜찮아 보이니?"

"이거 다 저희를 위한 건가요?" 너무 신이 난 나는 떨리는 목소리로 물었다.

애슐리 박사가 웃었다. "어머나, 세상에, 아니야! 당연히 아니지. 여기 있는 이것들은 스티븐을 위해 준비한 거야. 나는 너희들에게 스티븐이 이걸 마음에 들어 하겠냐고 묻고 있는 건데."

"사륜구동차 네 대 모두 스티븐 생일 선물로 주는 거라고요?" 내가 물었다.

"다섯 대를 구해 와서 한 대는 앨버트의 딸에게 줬어야 했는데." 애슐리 박사는 자신의 결정에 미련이 남는다는 표정으로 차들을 살펴보았다. "음, 그냥 그 애에게 아무 말 안 하면 되겠다. 알지? 아, 여기 우리 아드님이 나오셨네. 잘 잤니, 스티븐?"

스티븐은 하품을 했다. "다 전동식이네요." 그가 말했다.

"그래. 아주 강력하니 걱정은 안 해도 돼." 애슐리 박사가 말했다. "너랑 여기 새로운 친구들이랑 이걸 타고 섬을 좀 둘러봐도 좋을 것 같은데."

"물론이죠." 스티븐이 말했다. "자 어서 가자." 그가 우리를 향해 말했다. "하나씩 선택해 봐."

나는 왼쪽 맨 끝에 있는 차로 다가갔다. 차체가 번쩍번쩍했다. 타이어도 빛이 났고, 고무 핸들의 냄새도 근사했다. 한쪽 다리를 힘껏 올려서 의자에 걸터앉았다. 킬데어가 황급히 건물에서 나와 우리들 각자에게 헬멧을 건네주고는 스티븐에게 좌석 밑의 공간에 어떤 장비를 실어 두었는지 일러 주었다. 매트는 당부의 말 같은 것은 더 이상 듣고 싶지 않았는지 부릉부릉 시동을 걸더니 속도를 올리며 출발했다. 아바가 그 뒤를 따랐다. 나도 스위치를 눌러 전기 엔진에 시동을 걸었다. 아무런 반응이 없었다. 나는 다시 시도했다. 그래도 역시 마찬가지였다. 그사이 스티븐이 시동을 걸었고, 차에 달린 모터는 아주 멋진 소리를 내며 작동했다.

"그건 작동이 안 되는 것 같다, 잭." 킬데어가 말했다. "내가 그건 완전히 충전해 놓지 않았었나 봐. 스티븐, 잭을 좀 태워 주겠니?"

"그 애는 그냥 좀 차가 다 충전될 때까지 기다리고 있으면 안 돼요? 오늘은 제 생일이잖아요!"

"손님에게 예의를 갖춰라, 스티븐." 애슐리 박사가 한 마디 했다.

최악은 내가 스티븐의 사륜구동차를 얻어 타야만 한다는 사실이 아니었다. 내가 올라타자 스티븐이 완전히 역겹다는 표정을 지으며 몸을 바짝 앞으로 들여 앉았다는 사실도 아니었다. 가장 끔찍했던 것은 뒤에 올라타고 보니 내가 잡고 있을 만한 손잡이 같은 것이 전혀 없다는 사실이었다. 그렇다고 스티븐의 허리에 양손을 감고 앉을 수도 없었다. 정말 방법이 없었다.

백만 년이 지나도 해결책은 찾을 수 없을 것 같았다. 그래서 나는 하는 수 없이 이를 악물고 그의 어깨를 잡았다.

사륜구동차의 뒤쪽은 엄청나게 흔들려서 우리 둘의 몸이 서로 부딪치기도 하고 밀리기도 했다. 백만 마리의 꿀벌들이 내는 것 같은 엔진 소리를 들으며 우리는 매트와 아바를 따라서 길을 벗어나 풀밭으로 들어섰다. 놀랍게도 스티븐의 운전 실력은 과히 나쁘지 않았다. "너, 이런 거 예전에도 타 본 적 있어?" 내가 큰 소리로 물었다. 대답이 없었다. 우리는 첫 번째 언덕 꼭대기를 향해 가고 있었다. 갈림길이 나타났다. 우리가 속도를 늦추는 사이, 매트는 우측으로 나 있는 길로 접어들었고, 그곳의 평평하고 넓은 푸른 언덕은 섬의 남쪽 끝과 이어져 있었다.

스티븐이 멈추었다. "쟤네들 어디를 가고 있는 거야?" 그가 물었다.

"나도 몰라."

나는 대충 짐작이 갔다. 그렇다고 내가 스티븐에게 그들을 따라가 보라고 말할 필요는 없었다. 그가 힘껏 가속 페달을 밟는 바람에 나는 거의 뒤로 나자빠질 뻔했다. "너한테는 이 속도가 너무 빠른 거냐?" 그가 외쳤다.

맞다. 조금 빨랐지만, 그렇다고 쉽게 인정하고 싶지 않았다. 속도가 조금 떨어지자, 나는 그의 어깨를 좀 더 세게 잡았다. 내 오른쪽 어깨 너머로 언덕 저 멀리 절벽 끝에 본부 건물이 보였다. 섬에서 가장 높은 곳이었다. 거기서부터 비탈이 아래까지 이어져서 섬의 남쪽 끝에서 낮은 절벽들과 작은 만(灣)이 서로 만났다.

우리는 마지막 언덕을 내려와 절벽으로 연결된 길을 따라가면서 서서히 속도를 늦추었다. 매트와 아바가 탄 구동차의 바퀴가 천천히 돌다가 멈추어 섰다. 스티븐도 그들을 따라 멈추었고, 나는 구동차에서 내렸다. 우리가 멈추어 선 곳은 넓은 반달 모양을 한 만의 한쪽 끝이었다. 만의 양쪽 끝에 있는 바위 벽은 높았고 가운데로 갈수록 완만하게 낮아졌다. 목선 오하나와 니우가 만의 입구 바깥쪽에 정박된 채, 출렁이는 파도의 움직임에 맞춰 오르락내리락 움직이고 있었다. 선착장의 수중 연구실은 멀리 있어서 거의 보이지 않았다. 벤만 혼자 커다란 배에서 바다 쪽을 지켜보고 있었고 다른 사람들은 물속에서 서핑 보드 위에 앉아 있었다. 커다란 파도가 밀려와 그들을 해안가로 데려다 주었다.

데이비드는 자신의 커다란 나무 서핑 보드의 방향을 틀어 노를 젓더니 보드 위에 발을 딛고 벌떡 일어섰다. 뒤로는 커다란 파도가 그를 덮칠 듯 밀려왔다. 잠시 후 그는 발을 보드 뒤쪽으로 천천히 움직이면서 보드의 방향을 오른쪽으로 바꾸더니 다시 가운데로 발을 옮기고는 흰 거품을 머금고 그를 쫓아 밀려오는 유리 같은 파도를 탔다. 그는 파도타기를 하고 있다기보다는 춤을 추고 있는 듯 보였다.

"저기 마야가 있네." 아바가 그녀가 있는 쪽을 가리키며 말했다.

마야가 올라타고 있는 서핑 보드는 초록색과 흰색으로, 앞부분에 커다란 분홍색 꽃이 그려져 있었고 보드의 크기는 그녀 삼촌 것의 3분의 2 정도였다. 노를 젓기 시작하며 그녀는 이미 무릎을 세우고 있었고 데이비드만큼 물거품을 일으키지 않으면서도 길고 부드럽게 파도를 탔다. 그녀를 태우고 가는 파도가 천천히 부서지는 동안에도 그녀는 거의 움직이지 않았다. 마지막에 밀려온 파도가 부서지자, 그녀는 보드의 끝 부리로 서둘러 발을 움직이며 발가락 끝을 보드 가장

자리에 대고 양팔을 머리 위로 높이 들어 올렸다. 다른 서퍼들이 그녀를 향해 환호성을 지르며 휘파람을 불었다.

매트는 놀란 눈으로 쳐다봤다. "야, 정말 대단하다."

"상당히 잘하는데." 스티븐이 인정을 했다.

"누가 상당히 잘한다는 거야?" 매트가 물었다.

아바가 물 아래쪽을 가리켰다. 마야는 무릎을 세우고 다시 노를 저어 밀려드는 파도를 넘어서 바다로 나아갔다. "저 여자애 말이야," 아바가 말했다. "오빠는 무슨 말을 하고 있던 거야?"

"오, 나는 파도를 지켜보고 있었어. 너 파도가 만 안쪽으로 밀려올 때, 어떤 식으로 굽어지면서 반원이 되는지 봤어?" 매트는 자신의 손을 내 어깨에 얹고는 가리켰다. "섬 끄트머리 부분에서는 파도의 속도가 줄어들거든. 파도가 해안에 부딪힐 때마다, 중심 부분이 위로 솟구쳐 올라갔다가 속도가 떨어지면서 해안 바닥에 닿고 있어. 봐 봐!" 매트의 손이 출렁이는 파도를 따라 움직였다. 나는 그 손이 가리키는 곳을 쳐다봤다. "자 봐 봐, 다시 움직인다. 보고 있으면 완전히 넋이 빠지겠어, 그치?"

나는 궁금증이 일었는데, 마침 아바가 대신 먼저 질문을 했다. "파도타기에 대해서는 언제부터 그렇게 많이 알게 된 거야?"

"나는 파도타기에 관해서는 잘 몰라." 매트가 대답을 했다. "그건 그저 물리학의 기본일 뿐이야. 파도는 그냥 파도야. 빈 공간을 이동하든," 그는 바로 우리 머리 위를 가리켰다. "또는 깊은 바닷속에서 일거나 다 마찬가지야. 이제 저 아래로 내려가서 직접 몇 가지 질문을 해 볼까?"

"너희들이 지금 탐정 놀이를 하고 있다는 말은 말아 줘." 스티븐이 말했다. "그게 우리가 여기까지 온 이유니?"

매트가 어깨를 한번 으쓱해 보였다. "저 사람들에게는 분명한 동기가 있잖아."

"좀 시간을 두고 하면 안 될까? 저 사람들이 이미 내 생일 파티에 온다고 했잖아. 그러니 질문 같은 건 좀 나중에 물어보면 안 될까?"

아바는 중국어로 답을 했다.

그러고는 영어로 바꿔 말하면서 한마디 보탰다. "그건 '손자병법'에서 인용한 말이야."

스티븐은 중국어로 응수를 하고는 사륜구동차에 시동을 걸더니 나를 태우지도 않고 냅다 속도를 내면서 길을 따라 내려가 버렸다.

"쟤가 지금 중국어로 뭐라고 한 거야?" 내가 물었다.

불만에 가득 찬 아바의 한쪽 입꼬리가 샐쭉 올라갔다.

그녀는 팔짱을 낀 채, 몸의 무게 중심을 한쪽 방향으로 실었다.

"내가 그 인용문을 지어낸 거래."

"네가 만들어낸 거야?" 매트가 물었다.

아바는 어깨를 으쓱해 보였다. "저 애가 중국어까지 구사하는 줄 내가 어떻게 알 수 있었겠어?"

아바가 스티븐의 뒤를 따라 출발하자, 매트가 나를 뒤에 태워 주었다. 우리는 나지막한 절벽 주변에 나 있는 길을 따라 내려가며 덤불을 지나 해변까지 갔다. 나의 다리와 발목이 나뭇가지에 긁혔지만, 매트는 크게 불편함을 못 느끼는 것 같아서 별다른 말을 하지는 않았다. 백사장에서 멈추었을 때, 스티븐이 자신의 사륜구동차에 기대서 서핑을 즐기는 섬 주민들을 지켜보고 있었다.

나는 주민들에게 손을 흔들었다.

"나도 그렇게 해 봤거든." 스티븐이 말했다. "저 사람들은 우리를 여기 없는 사람 취급을 하는 것 같아."

"어쩌면, 우리가 저 사람들에게 먼저 가 봐야 할 것 같은데." 아바가 제안을 했다. "저 사람들이 우리한테 오지는 않은 테니 우리가 그들에게 가 보자."

가만 보니, 아바는 수영복을 입고 있었다. 그녀는 티셔츠와 반바지를 벗어서 모래사장에 던지고는 샌들도 벗었다. 그녀는 스마트폰을 꺼내더니 사륜구동차의 계기판 위의 받침대에 올려 두고는 물을 향해 나아가기 시작했다. "뭐 하는 거냐고? 여기는 하와이잖아. 그리고 나는 수영복을 입고 있거든."

"잠깐만!" 매트가 말했다. "지금 저기서 수영을 하겠다는 거야? 나는 네가 수영을 하게 내버려 둘 수가…."

"대체 언제부터 오빠가 내가 하는 일에 허락을 해 주고 말고 하는 거지?"

"내가 우리들 중에서는 가장 나이가 많잖아. 그리고 행크 박사님도 원하지 않을….

"제발 행크 박사님이 원하는 것까지 신경 쓰는 일은 고만 좀 해, 오빠." 아바가 똑 부러지는 어투로 말했다.

나의 형은 혼자말로 중얼거렸다. 우리를 쳐다보고 있던 스티븐은 우리의 말다툼이 재미있다는 듯 활짝 웃었다.

나는 바다로 시선을 돌렸다. "상어가 나타나면 어떻게 해?"

"상어들이 있다면 저 사람들이 저렇게 서핑을 즐기지 않겠지, 안 그래?" 매트가 물었다.

"꼭 그렇지는 않아." 스티븐이 말했다. "저 사람들은 어쨌든 서핑을 할 거야. 그런데 저기에 상어는 없어."

"네가 그걸 어떻게 알아?"

스티븐은 스마트폰을 꺼내서 엄지손가락으로 버튼을 누르

더니 우리를 향해 화면을 보여 줬다. 화면의 빛이 강해서 나는 눈을 좀 가려야 했다. 섬 지도와 주변 바다 상황을 알려 주는 화면이 눈에 들어 왔다. 바다 주변에 몇 개의 붉은 점들이 반짝였다. 그건 우리가 연구실에서 보았던 것과 같은 앱이었다. "보여? 상어들은 저기 멀리 있잖아. 여기에는 없어."

"좋아!" 아바가 말했다. "그럼 난 이제 수영하러 나가서 저 사람들에게 인사할 거야. 나랑 같이 갈 사람 없어?"

스티븐이 자신의 사륜구동차의 의자 뚜껑을 열더니 의자 안쪽 공간에서 물안경과 오리발을 꺼냈다. "내가 너희들에게 미리 좀 알려 줬어야 했는데 말이야," 그가 말했다. "나, 여덟 살 때, 전국 수영 대회에 나가서 상을 탔었거든."

"남는 것들이 더 있어?" 내가 물었다.

그는 의자 밑 공간을 가리켰다. 그러고는 셔츠와 신발을 한쪽으로 던져 놓고는 바다를 향해 뛰어나갔다.

"형도 올 거야?" 나는 매트에게 물었다.

나의 형, 매트는 가방의 지퍼를 내리고는 노트북 컴퓨터를 꺼냈다. "나는 그냥 공부나 할래."

"지금? 여기 해변에서?"

"응, 괜찮겠지?"

나는 웃으려고 했던 것은 아니었다. 그렇지만 웃는 것 말고 다른 어떤 반응을 보여야 할지 몰랐다. "알았어." 나는 어깨를 한번 으쓱해 보였다.

나의 형 얼굴이 붉어졌다. "너는 이해를 못하는구나, 그렇지? 야, 이 시험은 말이야… 그러니까, 너는 이해 못해." 너무 낙담한 나머지 미처 말을 끝맺지도 못한 매트는 나에게 등을 보이며 사륜구동차에 기대고 앉아서 노트북 화면에 집중했다.

그의 말이 옳았다. 나는 때때로 정말 이해를 잘 못한다.

내가 물가에 갔을 때 아바와 스티븐은 이미 고개를 숙이고 파도 밑으로 들어갔다. 아바는 대회를 나간 적도, 그런 데서 수영을 해 본 적도 없었다. 팀에 소속되어 본 경험도 없었다.

그러나 Y센터의 수영장에 갈 때마다 사람들은 아바를 보고 타고났다는 말을 하곤 했다. 여름에 지하철을 타고 록어웨이 해변에 가면 그녀는 마치 돌고래처럼 파도를 가르며 헤엄을 쳤다.

어느 날 행크 박사는 자신의 연구실 다이빙 수조에서 우리가 수영하는 것을 봤을 때, 아바의 수영 실력을 보고 혀를 내둘렀다. 박사는 처음에는 연구실 수조에서 수영을 하고 있는 우리를 보고는 화를 냈지만(아니, 화를 냈다기보다는 속에서 부글부글 올라오는 화를 누르고 있었던 것 같다), 물고기처럼 헤엄을 치는 아바를 보고는 화난 것도 잊은 듯했다. "너는 마치 돌고래처럼 물살을 가르는구나." 박사가 말했다.

"발이 아니라 몸을 이용해서 나아가네. 그런 영법은 어디서 배웠니?" 아바는 잘 모르겠다고 답을 했었는데, 그게 사실이었다. 안타깝게도 아바는 태어나서 4년 동안은 잘 알지 못한다. 그녀가 아는 것은 열기, 물, 그리고 음악이라고 했다. 그게 그녀가 기억하는 전부였다. 하얀 거품 산을 일으키는 파도를 가르며 발을 차고, 초록색과 파란색으로 빛을 내는 바다로 나아가는 아바를 지켜보면 여러분은 아마도 아바가 신화에 나오는 트리톤 왕과 그의 딸들이 사는 바다 밑 세계에서 자랐다고 생각할 수도 있을 것 같다.

나는 아바 지켜보기를 멈추고 얼른 그들의 뒤를 따라 물속으로 뛰어들었다. 오리발이 도움이 됐다. 나는 개처럼 헤엄을 치며 파도 사이에서 발을 차다가 커다란 파도가 맹렬히 가까이 왔을 때, 물개처럼 물속으로 들어갔다. 나는 내가 나름 잘하고 있다고 생각했다. 그러나 파도가 너무 거셌다. 부서져 내리는 하얀 파도의 벽이 점점 더 커지고 빨라지고 있었다. 목에 차고 있던 행운의 펜던트가 돌돌 말려서 나의 목을 조여 왔다. 십여 분은 족히 흘렀다고 느꼈다. 그렇지만 나는 거의 앞으로 나아가지 못하고 있었다.

파도를 겨우 하나 넘어서 쏙 빠져나와 수면 위로 고개를 내밀면 또 다른 거센 파도가 집채만 한 크기로 밀고 들어왔다. 물 밑으로 잠수를 하려 했다. 그러나 휘몰아치는 물살이 나를 붙잡고는 다시 뒤쪽으로 덜렁 들어다 놓으며 마치 세탁기 속 티셔츠처럼 이리저리 흔들어 놓았다. 숨을 쉬려고 다시 고개를 들다가, 한 입 가득 바닷물만 삼켰다. 또 다른 파도가 이미 나를 향해 달려오고 있었다. 아바와 스티븐은 이미 저 멀리 가 버렸다. 나는 고개를 돌려 해변을 쳐다봤다. 매트도, 그가 타고 왔던 사륜구동차도 보이지 않았다. 나는 절벽 가까이로 와 있었던 것이다. 해류 때문에 만의 다른 쪽 끝으로 밀려온 것 같았다.

하얀색 물거품이 내 뒤통수를 내리쳤다. 다시 물속으로 굴러떨어져 가라앉아서 숨을 못 쉴 것 같았다. 그때, 뭔가가 내 등을 쓸어내리는 것 같은 느낌이 들었다. 내 머릿속에 떠오른 첫 번째 생각은… 상어였다! 그냥 상어가 아니었다. 그 순간 내가 선사 시대의 메갈리돈에게 쫓기고 있다는 확신을 했다. 이 사건이 뉴스에 나면 어떻게 묘사될지 상상도 해 보았다. 그들은 나에 대해서는 간략하게 소개한 후 나의 불쌍한 형제들과 행크 박사에 대해서는 보다 길게 소식을 전할 것이다. 아마도 한두 명의 뉴스 앵커가 궁금증을 증폭시키면서, 나를 잃은 비극이 나의 형제들에게 영감을 주어 그들이 또 다른 시집을 쓸 것이라는 전망도 내놓을 것 같다. 제목은 '슬픔에 빠진 고아들'이 되지 않을까? 그런 시집이라면 창고 한 가득의 분량은 팔려 나가게 될 것이다. 그러나 이미 세상에 없는 나는 그들이 벌어들이는 인세의 혜택은 누려 보지도 못할 것이다.

숨도 차고, 힘도 빠지고, 수면에서 얼마나 멀리 떨어져 있는지를 알았기에, 나는 내가 이대로 끝나 버릴 수도 있겠다는 생각이 강하게 들었다.

9
윈터바텀 여사의 어금니

상어 이야기에 관한 실상은 이러했다. 상어들은 여러분의 팔을 붙잡고 수면으로 끌어당겨서 숨을 쉴 수 있도록 손을 가슴에 모은 채 등을 대고 물에 뜨게 하지는 않는다. 그런 종류의 행동은 사람들이나 하는 것이다. 특별히 여러분에게 애정을 갖고 있어서 여러분이 물에 빠지거나 다치거나 고통받기를 절대 원하지 않는 사람들이 하는 행동이다.

그럼에도 내가 상어 지느러미에 부딪힌 것은 아니라는 사실을 알아차리기까지는 몇 초는 더 걸렸다. 행크 박사가 나를 구조한 것이었다. 그래서 박사님께 감사하다는 말을 하려 했다. 그는 나를 엎드려 눕히면서 말했다. "감사 인사는 나중에 해라. 다음 파도가 밀려오고 있으니 깊이 숨을 들이쉬고 더 깊게 잠수를 해 봐."

폐가 터질 것 같았지만, 나는 공기를 들이마시고 행크 박사가 이끄는 대로 물 밑으로 잠수를 했다. 파도가 지나가자 우리는 다시 수면 위로 솟아 올라왔다. 그 뒤로 밀려오는 파도의 크기는 반으로 줄어든 것처럼 보였다. "너 괜찮니?" 박사가 물었다. 박사가 누군가에게 손짓을 보냈다. 매트가 근처에서 물속에 발을 담근 채 걱정스러운 표정으로 지켜보고 있었다. 그러나 행크 박사가 손짓으로 부른 사람은 매트가 아니었다.

데이비드가 커다란 서핑 보드에 배를 대고 엎드린 자세로 물을 가르며 우리를 향해 오고 있었다. 그가 일어서면서 보드를 당기자 보드가 거의 수직으로 서는 것 같았다. 하얀 파도가 그를 휘감고 지나갔지만 그의 자세는 흐트러지지 않았다. 우리는 작은 파도 아래로 들어갔다. 내가 다시 수면 위로 올라왔을 때, 데이비드가 기다리고 서 있던 곳은 소용돌이의 한가운데였지만 너울 사이에 있는 물은 대부분 고요했다. "올라와." 그가 말했다. 감정이 실리지 않은 어투는 이것은 초대가 아니라 명령이라고 말하고 있었다. 그는 행크 박사와 매트를 흘긋 쳐다보았다.

"저는 괜찮아요." 행크 박사가 말했다. "저 애나 좀 챙겨주세요."

나는 데이비드의 서핑 보드 위로 올라가 머리를 보드의 앞 코 쪽으로 향한 채 엎드렸다. 데이비드가 나의 발을 툭 치자 나는 무릎까지 다리를 접어 발을 들어 올려 그에게 좀 더 공간을 양보했다. 데이비드는 다음 파도가 오는 쪽으로 보드의 방향을 틀고는 손으로 노를 저었다. 하얀 파도가 밀려올 때마다 그는 내게 잘 잡고 있으라고 했고 매번 파도 속으로 뛰어들었다가 잠시 후 다시 이동하기를 반복했다. 그렇게 다섯 번의 파도를 넘으면서 서핑 보드에 속도가 붙었고, 이제는 밀려오는 파도 속으로 뛰어드는 대신 그 물결을 타기 시작했다. 잠시 후 우리의 보드는 오하나호 바로 옆에 이르렀다. 스티븐과 아바는 벌써 그 목선의 갑판 위에서 마야, 그리고 나이 많은 남자, 벤과 함께 서 있었다.

마야는 나를 잡아 주려 손을 내밀었지만 나는 혼자 힘으로 배에 올랐다. 나는 데이비드에게 대략 쉰 번쯤은 감사하다는 말을 전해야겠다고 마음먹고 있었는데 그는 이미 다시 노를 저어 파도를 향해 나가버렸다.

"너 때문에 삼촌이 최고의 파도를 놓쳤어." 마야가 설명을 했다.

"괜찮다." 마야의 할아버지 벤이 말했다. "파도는 언제든 다시 오잖아."

행크 박사와 매트는 헤엄을 쳐서 우리가 있는 곳까지 왔다. 우리 형은 마치 보이지 않는 인어와 싸움이라도 벌이고 있는 것처럼 손발을 마구 휘두르며 수영했지만, 행크 박사는 팔다리를 죽죽 뻗으면서도 힘들이지 않는 영법을 썼다. 물 밖으로 나왔을 때도 행크 박사는 숨이 찬 기색도 별로 없었다.

"너 괜찮은 거니, 잭?"

"네, 감사합니다." 나는 매트를 쳐다보았다. "공부는 다 했어?"

그는 내 어깨를 가볍게 두드렸다. "네가 수영을 하러 나간다고 했을 때, 나는 걱정이 됐었거든. 네가 원래 수영을 잘하지는 않잖아. 그래서 안 되겠다 싶어서 내가 행크 박사님을 불렀어."

"그래도 나름 잘하던데." 마야가 말했다.

그 말에 나는 자존심이 조금 상했다.

"파도들이 상당히 높았어, 잭." 아바도 한마디 거들었다. "그런 일은 뭐, 누구에게나 일어날 수 있는 일이니까."

"그 정도 파도는 별로 대단한 것도 아닌걸." 스티븐이 말했다. "나는 더 큰 파도를 타고 서핑을 한 적도 있어."

"위더스푼 박사님, 물에 대해서 잘 아시잖아요." 벤이 말했다.

"행크라고 불러 주세요. 네, 물은 좀 알기는 해요. 어렸을

194

때 바닷가에서 여름을 지내곤 했어요."행크 박사가 말했다. "안전 요원 일을 한 적도 있지만 그리 오래 하지는 않았었 죠. 파도나 날씨가 너무 변화무쌍하고 흥미로워서 수영을 하 고 있는 사람들만 쳐다보고 있을 수가 없었지요. 게다가 다 른 안전 요원들이 제 샌드위치를 훔쳐가기도 했었죠. 그런데 지금…."박사는 아바와 나에게 시선을 돌리며 말했다. "너 희들 여기서 뭐 하고 있는 거지?"

"저도 저 애들에게 같은 질문을 하려던 참이었답니다."벤 이 말했다.

무슨 대답인가를 하려던 나는 뜬금없이 기침이 났다. 아바 와 행크 박사는 나를 살피려 몸을 숙였지만, 나는 손을 내저 으며 괜찮다는 표시를 했다.

"저희들은 여러분과 이야기를 나누어 보고 싶었어요."아 바가 말했다.

"왜?"마야가 물었다.

나는 대답을 해 주라는 눈짓으로 아바를 쳐다봤다. 그녀는 눈을 동그랗게 뜨고는 몸을 앞으로 기울였다. 아무래도 내가 대답을 해야 할 것 같았다. 나는 다시 기침을 했다.

"음, 그러니까,"내가 말을 시작했다. "왜냐면요…."

"오, 이제 알겠다!"행크 박사가 말했다. "그러니까 너희들 은 아직도 저분들이 고의로 TOES에 방해 공작을 펼쳤는지 궁금한 거구나."

우리 중 어느 누구도 행크 박사가 좋은 탐정의 자질을 갖췄다고 생각하지 않았다.

"데이비드는 치과 의사란다."벤이 말했다. "그가 하는 일은 치아를 돌보는 일이지, 발가락(toes)이 아니란다. 너희들 혹시 그를 발 질환 치료 의사로 착각하고 있나 보구나."

"TOES는 해양 온도 차 에너지 시스템을 뜻하는 말의 약자예요."아바가 설명을 했다.

"수중 전기 발전소예요."마야가 말했다.

"응. 그래그래, 나도 알고 있단다."벤이 말했다. "나도 농담을 한마디 한 거야."

"우리 할아버지는 아주 독특한 유머 감각을 갖고 계세요." 마야가 단조로운 어조로 답을 했다.

"너희들은 우리가 그 발전소를 파괴한 사람들이라고 생각을 하는 거니?"벤이 물었다.

"물 밑에 내려가려면 잠수정을 확보해야 하고 그런 걸 가동시킬 수 있는 사람도 찾아야 하죠."행크 박사가 설명을 했다. "바다 밑 바닥의 파이프를 파괴시킬 만큼의 폭발물을 찾는 것도 결코 그렇게 간단한 일이 아니지요. 그런 일들을 여러분 힘으로 직접 하기는 쉽지 않지요."

"우리 아들과 그의 친구들이 상당한 재원들입니다."벤이 말했다. "그들은 필요한 일이면 배울 수도 있습니다. 확신합니다."

"할아버지, 할아버지는 하나도 도움이 안 되시네요." 마야가 말했다.

"마야, 그 친구들은 그런 일은 절대 할 사람들이 아니란다. 그건 너도 나도 잘 알고 있잖니. 자, 그러니 이제 우리가 좀 더 솔직해지는 게 좋을 것 같구나."

내가 드디어 한숨 돌릴 수 있게 되었다. "어쨌든, 그 프로젝트가 실패로 끝나길 바라고 계시는 건 맞죠, 그렇죠?"

"물론 우리 모두의 바람은 그래." 마야가 말했다. "아니면, 최소한 이 섬에서만이라도 실패했으면 좋겠어. TOES의 기본 발상 자체는 아주 훌륭하다고 생각해. 그렇지만 여기 우리의 니호아섬에서는 원하질 않아."

"그 말은, 우리가 여기에 있는 걸 원하지 않는다는 그런 의미니?" 스티븐이 쏘아붙이듯 물었다.

그들은 대답을 하지 않았다.

이제야 비로소 내 머리에 차 있던 물이 싹 빠져나간 것 같은 기분이 들었다. 뭔가 느낌이 왔다. 오리 탐정의 에피소드 중 하나를 보면 오리 탐정이 이웃 소년의 자전거를 훔쳐간 범인으로 염소를 의심한다. 하지만 사건이 일어난 시각에 염소는 다른 수십 마리의 염소들과 함께 있었다 그 사실을 알게 된 오리 탐정은 더 이상 염소를 의심하지 않는다. 염소는 알리바이가 있었던 것이다.

자, 그렇다면 여기 니호아섬의 주민들은 어떨까? 의심해 볼 수 있을까? 당연히 의심의 여지가 있는 것이, 그들에게는 프로젝트를 방해할 만한 분명한 동기가 있다. 그리고 아무도 그 사실 자체를 부정하지도 않고 있다. 그러나 만약 그들에게 명확한 알리바이가 있다면, 그들을 용의선상에서 빼야하는 것이다. "프로젝트 시연 발표회가 있던 그 전날, 어디에 계셨나요?" 내가 물었다.

"그거 아주 좋은 질문이구나, 잭." 행크 박사가 말했다.

이 질문이 그렇게 인상적이었나?

"그건 왜 묻니?" 벤이 물었다.

"그때는 시스템이 제대로 잘 돌아갔었거든요."

"그때 여러분이 이 섬에 계셨나요?" 아바가 재차 물었다.

마야는 기억이 잘 안 난다고 했다. 벤은 마치 구름을 살피기라도 하듯 하늘만 물끄러미 쳐다봤다. 그러고는 한쪽 눈을 감았다. 뭘까? 고대 지혜의 신이라도 소환하고 있는 건가? 자신의 아들을 위해 그럴듯한 변명거리를 생각해 내도록 신에게 기도를 드리고 있는 건가? 그의 왼쪽 볼이 살짝 불거졌다. 그러고는 숨을 깊게 내뱉으며 미소를 지었다. "아이고, 이제야 됐네요. 글쎄, 어제부터 작은 참깨 씨 하나가 이 사이에 껴서 어찌나 신경이 쓰였던지, 근데 이제야 빠졌어요. 허허, 그나저나 시연회 전날 우리가 어디에 있었는지를 네가 물어 본 거니?"

내가 고개를 끄덕였다. "그게 정확히 무슨 요일이었나요?"

눈을 가늘게 뜨며 손가락으로 턱을 톡톡 두드리던 행크 박사가 말했다. "어제로부터 2주 전이었지."

"화요일이요?"

"그래, 맞아. 화요일이었어!" 스티븐이 아주 짜증 섞인 어투로 말했다.

잠시 멈칫하던 행크 박사가 확신한다는 듯 고개를 끄덕였다. "맞네."

벤은 목선의 한쪽 끝으로 가더니 화물 출입구를 열어 가방 하나를 집어 들고는 그 안에서 낡은 가죽 표지의 노트 한 권을 꺼냈다.

"저건 예약 기록부예요." 마야가 설명했다. "환자 치료하는 일은 저희 삼촌이 대부분 맡고 계시지만 전체적인 치과 운영은 아직도 할아버지가 하고 계시거든요."

행크 박사가 엄지손가락을 자신의 입 안쪽으로 집어 넣어 사랑니를 짚었다. "제가 가끔은 궁금해서 그러는데요. 저는 사랑니를 한 번도 빼 본 적이 없거든요. 그런데 이걸 빼면 더 현명해지는 건지 아니면, 그 반대가 될지 늘 의문이 들었어요."

나는 손가락으로 턱뼈를 톡톡 치고 있는 매트를 보았다. 매트도 박사님과 똑같은 궁금증을 갖고 있는 게 분명했다.

"우리가 흔히 '지혜의 이'라고 부르는 사랑니가 나기에는 너는 아직 너무 어리다." 벤이 나의 형에게 말했다. 그러고는 그는 노트를 뒤적이다 어느 한 페이지에서 문제의 요일을 짚어 나에게 보여 주었다. 거기에는 한 환자의 이름이 적혀 있었고, 위아래로 화살표들이 그려져 있었다. 어떤 여자 환자가 그날 하루를 통째로 다 잡아먹은 것 같았다. "이 환자의 치료가 상당히 오래 걸렸어요." 벤이 말했다.

그의 손 글씨는 휘갈겨져 있었지만 알아볼 수는 있었다. "윈터바텀 여사는 누구예요?" 내가 물었다.

"영국 여자 분인데…." 벤이 말했다. "카우아이섬 북쪽 해안에 있는 프린스빌 호텔에서 지내고 있지. 우리 치과를 자주 오시는 환자들 중 한 분이시란다."

호텔에서 먹고 자고 생활하는 게 나의 희망 사항 중 하나였다. 우리 세 형제의 처음이자 마지막 양부모였던 앨리스와 밥 부부에게서 떨어져 나올 때(참고로, 우리의 마지막 양부모였던 앨리스와 밥은 즉석 마카로니와 치즈만 있으면 아침도 점심도 저녁도 완벽하게 해결된다고 믿는 그런 사람들이었다), 나는 매트와 아바에게 일반적인 주거 공간만은 피해서 찾아보자고 부탁을 했다. 우리가 살던 곳에서 그리 멀지 않은 곳에 저렴한 가격으로 장기 임대해서 살 수 있는 괜찮은 호텔이 있기는 했다. 수영장, 오락실도 있었고, 아침 식사도 무료로 제공되고 객실 청소도 해 주는 곳이었다. 그러니 우리가 직접 침대 정리를 할 필요도 없었고, 타월도 쓰고 바닥에 던져 두면 되는 그런 곳이었다. 그렇지만 성사되지 않았다. 매트랑 아바는 그렇게 생활하는 것은 아주 무책임한 태도라고 했다. 부자연스럽다. 그것이 매트가 한 말이었다. 그래서 그들은 현재 우리가 살고 있는 브루클린의 작고 비싼 아파트를 구하게 된 것이다.

자, 이쯤에서 다시 윈터바텀 여사의 이야기로 돌아가 보자. "호텔에서 거주하는 거랑 치아와 무슨 관련이 있는 거죠?"

"그녀는 차와 쿠키를 하루에 네 차례씩 먹고, 지속적으로 담배를 피운단다. 그리고 대부분의 시간을 수영장에서 여유롭게 보내고 있어. 당분과 담배는 치아에 당연히 나쁜 영향을 미치는데, 수영장 물에 함유된 염소도 치아에는 좋지 않아. 그러니 그녀의 치아가 이래저래 상당히 상하고 있는 거지." 벤이 말했다. "그게 우리에게는 결과적으로 좋은 일이기는 하지만."

"맞는 말씀이에요." 마야가 말을 보탰다. "저도 그녀의 어금니를 본 적이 있어요. 마치 달걀노른자처럼 누렇더라고요."

벤이 노트를 다시 뒤적였다. "그날 아침, 데이비드는 그녀의 어금니 몇 개를 치료하는 데 거의 여섯 시간이 걸렸대. 데릭이 벤을 도와서 함께 일을 하니까 그날도 거기에 있었을 거다. 그리고 벳시는 우리 치과 위생사로 일을 하는데, 그날도 몇 차례 치석 제거 시술을 했고 말이야. 그러니 그 사람들 중에 그날 니호아섬을 벗어나서 TOES를 망가뜨릴 시간이 있었던 사람은 아무도 없어 보이는구나."

"그럼 선생님은 어디에 계셨나요?"

"나야 그날 골프를 치고 있었지."

"확실한가요?" 내가 물었다.

"우리 할아버지는 우리가 배에 오르지 않을 때 매일 골프를 치시거든." 마야가 응수했다.

나는 집게손가락을 들어 올렸다. "그러니까, 잠깐만요. 다시 한번 천천히 생각을 해 보죠."

"자, 내 생각에 이만하면 우리는 충분히 도움을 준 것 같은데." 벤이 억지스러운 미소를 지으며 말했다. 그는 다시 노트를 있던 자리에 넣어 두고는 갑판 위에 올라 서 있던 데이비드, 벳시, 그리고 데릭을 힐끗 쳐다봤다. "너희가 그 프로젝트를 파괴시킨 사람들로 우리를 의심하고 있는 마당에, 나의 조카나 여기 다른 사람들이 너희한테 그렇게 친절하게 대할 거라는 생각은 안 드는구나."

매트와 행크 박사는 화가 잔뜩 난 표정으로 나를 쏘아봤다. 뭐지? 쳇, 그럼 이제 나만 나쁜 사람이 되는 건가?

"저희들이 실례가 많았습니다." 행크 박사가 말했다. "선생님의 말씀이 옳습니다."

스티븐이 바닷물을 가리켰다. "우리 지금 그냥 해변으로 헤엄쳐 가면 안 될까? 이거 너무 터무니없는 상황이야."

"저분이 비행기를 이용했다면 얘기는 어떻게 되는 거죠?" 내가 물었다.

아바가 손가락을 튕기며 말했다. "아니면, 헬리콥터를 이용했다면요?"

"얘들아, 이제 이쯤하자. 그만하면 충분해." 행크 박사가 말했다. 박사는 다시 한번 사과를 했다.

마야는 내 어깨 너머로 뭔가를 지켜보고 있었다. 파도를 보고 있는 건가? 상어를 보고 있나? 고개를 돌려 보니 작은 배 한 척이 만의 남쪽 끝을 돌고 있는 게 보였다. 뱃머리가 물 밖으로 한참 솟아 있었다. "저분 너희 어머니 아니니?" 내가 스티븐에게 물었다.

그가 인상을 찌푸렸다. 작은 배가 가까이 오자 운전자가 쓰고 있는 차양과 안경이 눈에 들어왔다. "아니야, 엄마가 아니라 유모야." 그가 실망이 섞인 어투로 말했다.

"네 유모라고?"

"킬데어야." 스티븐이 설명했다. "저 사람은 내가 밖에서 수영을 하는 걸 좋아하지 않아."

"우리가 여기 나와 있는 줄 저분이 어떻게 아셔?"

"저분은 이 섬에서 일어나는 일은 모조리 알고 있어."

아바가 하늘을 올려다봤다. 아마 드론을 찾고 있는 것 같았다. 행크 박사는 해안선을 유심히 살펴봤다. 저기 바위 뒤쪽으로 카메라들이 숨어 있는 건가?

킬데어는 배를 멈추었다. 베이더호의 선수가 물 밑으로 들어가고, 선미가 들리더니 선체가 곧장 오하나호를 향해 이동했다. 나는 마야에게 저런 멋진 파도를 놓치게 해서 미안하다고 삼촌에게 대신 사과를 전해 달라고 부탁했다.

마야는 미소를 지을 뿐 아무런 말이 없었다. 그녀의 침묵은 백만 년은 더 이어질 것처럼 나를 어색하게 만들었다. 그녀가 꼭 스티븐의 생일 파티에 왔으면 좋겠다. 그러나 가슴속 저 밑바닥 한 가운데에 갇힌 의구심이 나의 마음을 무겁게 했다.

"오늘 밤 파티에 오니?" 아바가 마야에게 물었다.

마야는 대답에 앞서서 자신의 할아버지에게 눈길을 주었다.

"그래, 파티에는 갈 거야."

벤은 다이빙하기 전 준비 운동으로 어깨 스트레칭을 하다가 고개를 돌려 나를 똑바로 쳐다보며 말했다. "필요하면 더 도와줄 수는 있단다." 그가 말했다. "그렇지만 너희들의 프로젝트가 성공하기를 바란다고는 말할 수 없단다. 누구든 해양 온도 차 에너지 시스템에 방해 공작을 펼치는 사람이 있다면, 실상 그 사람은 우리 입장을 대변해서 일을 해 주고 있는 거나 마찬가지니까." 그가 말했다.

나는 벤의 말을 들은 스티븐 호킹이 화를 낼 것이라 생각했다. 어쩌면, 발로 차고 소리를 지르고 울음을 터뜨릴지도 모르겠다. 그러나 스티븐은 그 나이 많은 남자, 벤이 지은 것과 똑같은 냉소적인 미소를 그에게 다시 돌려줄 뿐이었다. "네. 이해합니다, 벤."

"나를 아드리안 박사라고 불러 주면 좋겠구나."

"뭐라고 부르든 그건 제 마음이죠." 스티븐은 말을 하며 킬데어가 몰고 온 보트 위로 폴짝 뛰어내렸다.

나머지도 스티븐의 뒤를 따라 보트에 오르자, 킬데어는 우리를 태우고는 계속해서 밀려오는 하얀 파도를 능수능란하게 타며 해안가로 갔다. 나는 뱃머리 쪽을 등지고 서서 서핑하는 이상한 치과 의사들을 쳐다봤다.

맞다, 그렇다. 그들에게는 그런 일을 벌일 만한 동기가 있다. 그러나 그들의 알리바이는 흠 잡을 데 없이 완벽했다. 그렇다면 대체 그 프로젝트에 해를 가할 만한 사람들이 누가 있단 말이지? 사건의 동기와 알리바이는 단지 시작에 불과했다. 행크 박사가 지적했듯이, 그 사람들은 재원들이니 폭발이나 잠수, 그리고 다른 일들도 능숙하게 할 수 있는 사람들이다. 나는 해변으로 시선을 돌려 한 사람을 지켜봤다. 그는 이 섬에 있는 사람으로, 방해 공작을 할 만한 여러 요건에 딱 들어맞는 사람이다. 지금 이 베이더호를 해변으로 몰고 가고 있는 사람이다.

10
수상한 낌새

호킹가의 집 현관문 앞에는 자칭 '에어컨 킹'
이라 했던 그 남자가 나무로 만든 거대한 비치
의자에 기대어 앉아 햇볕을 쬐고 있었다. 밝은색 셔츠의 단
추 몇 개가 풀려 있었고 밀짚모자는 뒤로 약간 젖혀져 있었
다. 발에는 가죽 샌들을 신은 채 길고 파란색의 서핑용 반바
지를 입고 있었다. 배 위에는 물방울이 잔뜩 맺힌 기다란 음
료 잔이 올려져 있었다. 그가 너무 몰두하고 있어서 나는 혹
시 그가 광합성을 하고 있나 하는 궁금증이 일었다. 뭘까?
햇볕을 먹고 있는 건가? 그게 가능한가? 나중에 행크 박사
님께 살짝 물어봐야겠다.

그의 옆에는 휴머노이드 로봇이 전기 선풍기를 붙들고 서

있었다. 킹은 사륜구동차가 언덕 아래에서부터 올라오며 내는 소음에도 아랑곳하지 않았다. 사륜구동차의 엔진을 끄고 자갈길을 밟고 오는 우리들의 발소리에도 미동조차 하지 않았다. 행크 박사의 기침 소리에도 움찔도 않았다.

박사는 두 번이나 크게 기침을 했는데도 말이다.

"저 사람, 죽은 것 같아요." 아바가 말했다.

"아마 명상을 하고 있는지도 몰라." 매트가 의견을 냈다.

"일광욕은 아주 안 좋은 습관이란다, 얘들아." 행크 박사가 경각심을 일깨웠다. "너희들은 아예 이런 습관은 처음부터 시작을 말아라."

킬데어가 뭔가 중얼거리며 응수했다. 안타깝게도, 그 해군 특수 부대 요원 출신께서는 호킹가의 집으로 들어갈 때까지 한시의 빈틈도 없이 우리들을 에스코트해 주었다. 그 바람에 나는 그에 관해 내가 새로이 갖게 된 의혹을 다른 사람들에게 알릴 기회를 좀처럼 가질 수가 없었다.

휴머노이드 로봇이 갑자기 방향을 바꾸더니 전기 선풍기를 우리 쪽으로 돌렸다. 온도가 한 20도 정도로 내려간 것 같았다. 킹이 기대고 있던 의자에서 벌떡 일어섰다. 그가 비운 자리에 내가 대신 기대고 앉았고 나는 눈을 감았다. 킹은 지금껏 내가 본 것 중에 가장 작은 헤드폰을 벗더니 너스레를 떨며 말했다. "환영합니다!"

"여기는 아저씨 집도 아니잖아요." 스티븐이 말했다. "HR-5 로봇을 데리고 여기서 무엇을 하고 계셨던 거죠?"

"로봇이라고? 오호, 아무것도 안 했는걸. 하긴 뭘 해. 그래, 여기가 물론 내 집은 아니지. 네 말이 맞다. 그런데 너희 어머니가 때때로 말씀하셨거든. 그녀의 집이 우리 집이나 마찬가지라고 말이야. 아, 그런 말을 했던 사람이 나의 누이였었나? 그녀는 와이오밍주에 상당히 큰 목장을 갖고 있어. 거기 가면 산이 있어서 날씨도 아주 시원해. 에어컨 같은 것은 아예 필요하지도 않아. 그래서 그런지 나는 그곳은 그냥 별로 마음에 안 들어." 그가 눈살을 찌푸렸다. "그나저나, 별일 없었니? 그렇잖아도 어제 소형 잠수정을 타고 나갔던 일은 어찌 되었는지 물어볼 참이었는데, 네가 어제 애슐리 박사랑 함께 갔던 애가 맞지?" 그는 뭉툭한 손가락으로 나의 가슴을 쿡 찔렀다. "뭐 흥미로운 바다 생명체라도 봤니?"

"한 무리의 브리슬마우스(bristle은 짧고 뻣뻣한 털이라는 뜻*)요." 내가 말했다.

"그게 일종의 칫솔이니?" 그가 물었다. "참 비극이야. 우리가 이 지구를 너무 오염시키고 있어. 처음에는 플라스틱 물병이 문제가 되더니 이제는 칫솔까지 말썽이네. 바로 그런 이유에서 나는 너희 어머니가 하고 있는 일이 무척 마음에 든단다, 스티븐. 세상을 구하는 일이잖니."

"됐고요." 스티븐이 말했다. "저는 할 일이 좀 있어요."

킬데어가 스티븐 왕자님을 따라 안으로 들어갔다.

킹이 로봇을 향해 손가락을 튕겼다. "자, 이쪽. 이쪽이야, 실리콘 두뇌를 가진 로봇 친구. 여기 계신 분들이 전부 그렇게 더위에 지친 것처럼 보이니?" 그는 나를 돌아다보았다. "로봇들은 그래, 영화에서는 그렇게 똑똑한데 현실에서는 마치 돌덩이처럼─그는 자갈이 깔린 길을 한번 찼다─멍청하다니까!" 그는 검은색의 음료를 오래도록 들이켰다. "여기 네 사람은요? 레모네이드 하시겠어요? 아니면 샌드위치라도? 안으로 들어가서 좀 드세요. 주방장이 오늘 밤 파티를 위해서 아주 맛있고 다양한 음식을 부지런히 만들고 있어요. 여러분들이 주방으로 들어가서 맛을 좀 봐도 개의치 않아 할 겁니다. 절인 올리브나 브라우니도 맛 좀 보세요. 그래도 두 가지를 같이 먹지는 마세요. 아주 끔찍한 조합이지요. 자, 자, 어서들 들어가세요. 진짜 괜찮아요. 저도 곧 따라 들어갈 거예요. 그런데 저는 여기서 광합성을 한 시간 더 즐기다 들어갈게요." 그는 권투하는 동작을 취하더니 매트의 팔에 잽을 먹였다. "내 말 알아들었지?"

매트는 자신의 어깨를 문지르며 행크 박사를 흘깃 쳐다봤다. 아마도 방금 킹에게 맞은 잽을 되갚아 주는 복수의 한방을 날려도 될지 허락을 구하는 눈치였는데, 행크 박사는 못 본 것 같았다. 마치 박사는 비행기를 타고 다른 대륙으로 날아가고 있는 것 같았다. 나는 가끔 저런 모습을 볼 때면 박사님이 과연 깊이 생각을 하고 있는 것인지, 아니면 박사님의 뇌가 일시적으로 얼어 버려서 버그에 걸린 스마트폰 같은 상태가 되어 버린 것인지 궁금했다. 박사님 얼굴 앞에서 손가락을 튕겨 보고 싶은 마음이 일었다.

"네, 좋은 제안을 해 주셔서 감사해요." 아바가 말했다. "말씀하신 것처럼 주방에 들어가 볼게요."

"행크 박사님, 듣고 계세요?" 에어컨 킹이라는 남자가 물었다. "위더스푼 씨? 아이들이 주방에 있을 동안, 박사님의 그 귀한 두뇌에서 몇 가지 훌륭한 아이디어를 좀 얻었으면 하는데요."

우리들의 멘토, 박사님께서 눈을 껌뻑이셨다. "아, 네네. 물론이죠!" 행크 박사가 미소를 지으며 대답했다. "나중에요. 파티에서 얘기하시죠. 지금은 광합성을 좀 더 즐기시죠, 선생님."

우리는 지체 없이 문을 밀고 안으로 들어가 모두 깊은 숨을 몰아쉬었다.

"저, 아저씨는…." 매트가 먼저 말을 시작했다.

"자, 얘들아." 행크 박사가 말했다. "나는 지금 다시 연구실로 돌아가서 TOES에 관련해서 좀 살펴봐야 할 것이 있거든. 너희들이 여기서 시간을 좀 보내고 있으면 좋을 것 같은데." 박사는 특별히 나를 보며 이야기를 했다. 킬데어를 좀 추적해 보고 싶다는 말을 꺼내기에는 별로 적절한 때가 아닌 것 같았다.

"그렇잖아도 저는 공부를 해야 하니까요." 매트가 말했다.

공부는 이제 그만 멈추어야 하는 때라고 나는 생각했다. "형, 아까까지도 계속 공부하고 있었잖아." 내가 지적했다. "해변에 와서도 계속 공부를 한단 말이지, 그것도 하와이까지 와서."

매트는 어금니에 힘을 주며 응수했다. "그건 왜냐면, 내가…."

"공부를 하겠다는 것은 아주 훌륭한 생각이다." 행크 박사가 말했다. "너희들도 각자 밀린 학교 숙제라도 하지 그러니?" 지금 내가 숙제를 할 수 있는 방법은 없었다. 그리고 행크 박사도 그 사실을 알고 있었다. "잭?"

"네, 물론 숙제, 당연히 해야죠."

"좋아."

"그리고 박사님?"

"그래, 잭?"

"감사해요, 저, 아시죠…."

박사는 고개를 끄덕이며 미소를 짓고는 다시 언덕 아래로 걸어갔다.

매트는 서둘러 계단을 올라갔고, 그래서 나는 아바도 곧이 어 자기 방으로 들어갈 거라고 예상했다. 그러나 아바는 방 으로 가는 대신, 손으로 턱을 받치고는 주방이 있는 쪽을 가 리켰다. "브라우니, 어때?"

"당연히, 좋지!"

주방으로 걸어가며 나는 마음이 한결 가벼워졌다. 왠지 일 이 잘 풀릴 것 같은 낙관적인 생각이 들었다. 그것은 단순히 갓 구운 신선한 디저트의 감미롭고 달콤한 냄새 때문만은 아 니었다. 나는 지금처럼 나의 형제들이 평범한 아이들 같은 면모를 드러낼 때가 너무 좋다. 가령, 가끔 내가 텔레비전에 서 하는 운동 경기 중계를 보고 있을 때, 매트가 내 옆에서 아무런 관심이 없는 척 앉아 있다가 선수들이 골을 넣을 때 면 자기도 모르게 주먹을 번쩍 들어 올리는 그런 순간 말이 다. 혹은 아바가 그 좋아하는 로봇을 땜질하고 만드는 기회 까지 제쳐 두고 브라우니 한 조각을 맛보려 하는 이런 때 말 이다. 물론 나의 형제들은 누가 뭐라 해도 천재들이다. 대단 한 집중력에 웬만한 어른들보다 뛰어난 지력을 갖고 있다. 그러나 바로 이런 순간만큼은 그들이 나와 같은 아이라는 것 을 증명해 보이는 때다. 그저 평범한 아이들 말이다. 게다가 이런 틈을 타서 나는 아바에게 킬데어에 대한 나의 생각을 귀뜸해 줄 수도 있을 것 같았다.

그때 아바가 갑자기 나의 셔츠를 홱 잡아당겼다. "너 왜 자꾸 웃고 있는 거지? 우리가 해야 할 일이 있잖아."

그녀는 서둘러 복도를 지나 다시 현관문 쪽으로 갔다.

"그렇지만, 브라우니는…."

그녀는 입 밖으로 혀를 쏙 내밀었다. "그건 당연히 내가 꾸민 꼼수였지. 몰랐어?" 아바가 말했다.

"맞다, 그래." 나는 거짓말을 했다. "그래, 꼼수."

"좋아, 그럼 이제 나를 따라와."

주방에서 풍기는 달콤한 브라우니 냄새가 어찌나 강하게 내 코를 자극하는지 나는 마치 진짜 초콜릿을 맛보는 것 같은 착각이 들 정도였다. 맛있는 브라우니를 거의 먹을 뻔했는데, 나는 그냥 아바의 계획을 따라나섰다. 아바의 얼굴에도 아쉬움이 묻어났다. 정확히 꼭 꼬집어 말할 수는 없는데, 가끔씩 그녀의 눈에 이상한 빛이 돌 때가 있다. 그리고 때때로 그녀의 이마 위의 주름들이 날고 있는 갈매기처럼 V자를 그릴 때가 있다. 그런데 지금 순간 그 두 가지, 즉 눈에서 빛이 돌고, 앞이마에 깊은 V자 주름이 잡히는 일이 모두 나타나고 있었다.

"무슨 일이야?" 내가 속삭였다. "들어 봐. 내가 킬데어 씨에 관해서 할 말이 있어. 나는 그 사람이… 그중 한 명이지 않을… 잠깐, 지금 우리 어디로 가고 있는 거야?"

아바는 손가락을 입술에 갖다 대더니, 입구 근처에 있는 옷장 문을 열어 나를 먼저 앞세우고 들어가서는 문을 닫았다. 안은 칠흑 같은 어둠뿐이었다. "여기서 뭘 하려는 건데?"

"너, 그 목걸이 좀 줘 봐."

"이건 목걸이가 아닌데."

"어쨌든, 행운의 부적인가 뭔가 있잖아." 나는 펜던트를 그녀에게 건네주었다. 그녀는 스마트폰의 플래시 앱을 작동시키더니 나에게 내밀었다. "이렇게 잘 잡고 있어 봐." 그녀가 나의 행운의 부적에 플래시를 비추며 말했다.

그녀는 얼른 펜던트의 뚜껑을 열고는 미스터 윙클의 사진을 손가락으로 짚으며 살폈다.

"조심해!" 나는 그 고양이 사진이 마음에 들기 시작했다.

"쉬이이."

나는 조용히 하라며 쉬쉬거리는 그 소리가 참 싫었다. 그녀가 '쉬쉬' 내는 그 소리가 내가 하는 질문 소리보다 더 컸는데, 나더러 조용히 하고 있으라는 건 대체 뭐냐? 그녀는 자신의 가방에 손을 넣더니 작은 플라스틱병을 하나 꺼냈다. "손 좀 펼쳐 봐." 그녀가 명령을 하듯 말했다. 그러고는 작은 병의 뚜껑을 열어서 안에 있던 내용물을 내 손바닥 위에 쏟아 부었다. 몇 개의 작은 나사못이 나왔다. 그녀는 머리가 납

216

작한 못을 하나 집어 들었는데, 크기는 바느질할 때 쓰는 바늘보다 작았다. 그녀는 나사못으로 미스터 윙클 사진의 가장자리 쪽에 대고는 느슨하게 풀었다.

"아바, 네가 만약 고양이를 좋아해서 그러는 거라면 너도 그런 사진을 한 장 달라고 부탁해 봐." 내가 말했다.

"나는 고양이를 원하는 게 아니야." 사진이 툭 빠져나왔다. "나는 이걸 원한다고."

그녀는 나의 행운의 상징인 그 펜던트를 스마트폰의 플래시 가까이로 기울였다. 안은 초록색이었고 가는 은색 구리선이 가로놓여 있었다. 몇 개의 까만색 네모 칸들에 가는 전선들이 다리처럼 튀어나와 있었다. 가운데는 둥근 모양의 작은 배터리가 들어 있었다. 나는 이런 비슷한 물건들을 우리 집 주방 테이블 위에서 수백 개는 본 적이 있었다. 매일 아침 내가 먹는 시리얼 그릇을 놓을 자리를 찾느라 그중 한두 개는 버렸던 것 같다. 나는 내가 쳐다보고 있는 물건들이 텔레비전 리모컨에서부터 컴퓨터에 이르기까지 현대의 거의 모든 전자 기기의 두뇌 장치에 쓰이는 기본적인 물건이라는 것도 알고 있었다.

그러나 물론 그것들의 이름까지는 기억하지 못했다.

"저게, 어… 음… 뭐라고 하더라."

"회로판이야." 그녀가 말했다.

그래, 맞다. 나도 알고 있다고. 그러나 여전히 나는 잘 이해가 안 됐다.

"그런데, 왜 미스터 윙클이 그런 회로판을 뒤에 숨겨 두고 있었을까?"

"왜냐면 이건 행운의 펜던트가 아니거든." 아바가 말했다. "이건 추적 장치야. 킬데어가 이걸 너에게 달고 다니라고 준 거는 네가 어디 있는지 항상 알려고 했던 거지. 같은 이유로 우리에게도 항상 스마트폰을 들고 다니라고 했던 거야."

"나는 잘 모르겠는데."

"스티븐이 우리에게 보여 줬던 그 앱—연구실에서 우리가 봤던 그 앱—은 그냥 상어만 추적하는 게 아니야. 그건 사람들의 위치를 추적하기도 하지. 봐 봐. 내가 보여 줄게." 그녀는 해변에서 스티븐이 보여 주었던 것과 같은 앱을 나에게 보여 주었다. 빨간 점들이 여전히 같은 장소를 맴돌고 있었다. 그러나 그녀가 화면을 두드리자 메뉴 화면으로 넘어가면서 어떤 사진이 떴다. 작은 창이 나타났고 패스워드를 입력하라고 했다. 그녀가 조심스럽게 일련의 글자들과 숫자를 입력하자 창이 사라졌다.

"패스워드는 어떻게 알아냈어?"

아바가 윙크를 했다. "나도 다 나름의 방법이 있지."

지금 우리가 보는 것은 같은 앱이지만 화면의 점들은 초록색으로 표시되어 있었다. 아바는 엄지와 집게손가락을 이용해 줌 인을 하며 몇 차례 화면을 펼쳤다. 그러고는 호킹의 집이 있는 화면으로 이동했다.

두 개의 초록색 점들이 문이 있는 근처에서 깜빡거렸다. "그게 우리가 있는 위치야?" 내가 물었다.

"그게 우리의 위치야."

"왜 그 사람이 우리 위치를 추적하고 있는 거지?"

"잭, 그걸 바로 우리가 알아내야 해." 그녀가 말했다.

"너는 지금 그 사람을 의심하고 있는 거지? 그치만 킬데어가 연루되어 있는지 알아내기 전에 먼저 해야 할 일은 그가 우리 일에 방해가 되지 않게 만드는 거야."

우리가 영리하게 해야 할 일은 빼꼼히 문을 열고 아주 작은 틈으로 문 밖 상황을 먼저 확인하는 것이었다. 누가 오는지 살펴야 했다. 그러나 나는 아무 생각 없이 나가다가 주방 직원 중 한 명과 마주쳐 그녀를 거의 기절시킬 뻔했다.

"죄송합니다! 죄송해요." 내가 말했다. 그 여자는 나를 다시 쏘아봤다. 그녀의 머리는 길고 까맣고 하와이에 사는 사람 치고 피부는 지나치게 창백해 보였다. "보라고, 아바. 내가 말했잖아. 이 옷장은 말하는 곰들이 사는 마법의 세계로 들어가는 입구가 아니라니까." 그때 나는 그 여자를 보며 한마디를 더 했다. "아이들과 상상의 세계, 뭐 그런 거 아시죠?"

아바는 나의 말은 아랑곳 않고, 은쟁반 위에 올려 있는 레모네이드가 담긴 기다란 유리잔을 가리켰다. 유리잔 가장자리에 민트 잎이 걸쳐 있었다. "저건 킹 아저씨를 위한 건가요?"

"그래, 맞아." 그 여성이 말했다.

그녀의 말씨는 좀 독특했다. 아바는 보통 그런 점을 잘 집어내는 편이다. "혹시 동유럽 출신이세요?" 내가 물었다.

"리투아니아에서 오셨나요?"

"아니, 산타 모니카에서 왔는데." 그녀가 말했다. 불쑥 튀어나왔던 나의 질문 때문에 당황한 아바는 자신의 눈을 가려버렸다. 그 여성이 몸을 앞으로 살짝 숙이고는 낮은 목소리로 말했다. "아무에게도 말하지 마. 우리들은 그를 바다코끼리라고 불러."

나는 생각보다 너무 크게 웃어 버리고 말았다.

"우리가 그 음료를 킹 아저씨한테 가져다 드려도 될까요?" 아바가 물었다.

"좋을 대로". 그 여성이 말했다. "아까 레모네이드를 가져다주었을 때, 그가 트림을 하는 바람에 내가 거의 토할 뻔했다니까. 그가 트림을 내뿜을 때 음식 조각이 내 얼굴에 튀는 느낌이 났어." 그 여성은 그의 트림으로 혹시 아직도 얼굴에 음식물 찌꺼기가 묻어 있는지 확인이라도 하는 듯 쟁반을 들

고 있지 않은 손으로 자신의 창백한 볼을 만졌다.

"킹의 트림을 조심할게요." 아바가 쟁반을 건네받으며 말했다.

아바가 문을 향해 걸어가는 사이 나의 두뇌는 다른 방향으로 내닫고 있었다. 트림할 때 음식물 찌꺼기가 나왔다니 그게 사실인가? 만약 그게 사실이라면, 그걸 '트림 찌꺼기'라고 불러야 하나? 만약 그런 게 실제 존재한다면, 아마 아직은 아무도 연구한 사람이 없겠지. 그럼 어쩌면 내가 그 찌꺼기의 존재를 세상에 알리는 사람이 될 수도 있을 것 같다. 나는 내 형제들보다 주요한 과학적 발견을 먼저 할 수도 있을 것이다. 그 분야의 연구 학회에서는 나를 '트림 찌꺼기의 아버지'라고 부를 것이다. 트림 전문가. 구강 찌꺼기의 킹. 나는 그 단어를 나의 작은 노트에 물음표까지 달아서 적어 두었다.

아바가 집게손가락으로 그 페이지를 툭 쳤다. "너 뭐니? 저 노트는 또 뭐야? 왜, 이번 여행에 대해서도 또 다른 블로그에 알리려고 그러니?"

"남극 여행을 언론에 흘린 게 나라는 증거도 없잖아." 내가 말했다. "아바, 어쩌면 네가 한 일일 수도 있잖아. 아니면 매트 형일 수도 있고." 나는 레모네이드를 가리켰다. "그런데 왜, 이걸 우리가 날라다 주는 거야?"

221

그녀는 손 밑으로 내게 회로판을 건네주었다. "킹 아저씨가 우릴 대신해서 이걸 가져가게 하는 거야."

"그가 왜 그렇게 해 주겠어?"

"그는 아무것도 모르고 있잖아." 그녀가 말했다. "내가 이신선한 주스를 들고 가는 동안, 너는 그 회로판을 그의 밀짚모자 챙 밑에 넣는 거야."

내가 뭐라고 이의를 제기하기도 전에, 아바는 벌써 문을 밀고 나갔다.

나가자마자, 로봇이 즉시 우리를 향해 선풍기를 틀었다.

"여기 레모네이드 가져왔습니다." 아바가 말했다.

"와우, 고맙다, 고마워!" 킹이 대답을 했다.

그는 일어나 앉아서 한 모금을 마셨다. 그러고는 민트 이파리를 씹고는 입에서 떼어 내서 그걸로 아바를 가리켰다. "네가 똑똑하다는 애들 중 한 명이구나, 그렇지? 로봇 걸?"

"아바예요." 아바가 그에게 상기시켜 주었다. "로봇 걸이 아니고요."

"그래, 알았다. 어쨌든, 내가 여기서 땀을 흘리며 앉아 있다 보니, 새로운 발명을 위한 좋은 아이디어가 떠올랐단다. 진짜 그야말로 끝내주는 아이디어야." 그는 다시 뒤로 기대고는 레모네이드를 홀짝이며 눈을 감았다.

"어서 해." 아바가 먼저 나를 쏘아보고는 테이블 위에 있는 밀짚모자로 시선을 옮겼다.

"에어컨 로봇은 어떨까요? 여기저기 아저씨가 가는 곳마다 따라다니면서 시원하게 만들어 주는 거예요."

나는 움직이지 않았다. 에어컨 로봇이라? 그게 과연 제대로 작동할까? 혹시 그 로봇의 배 안쪽에 딸린 작은 냉동고에 아이스크림이나 레모네이드를 보관해 둘 수도 있을까? 만약 그게 가능하다면, 나도 그런 로봇이 하나 있으면 좋겠다.

작은 조약돌 하나가 내 머리 옆으로 핑 날아갔다.

두 번째 자갈돌이 아바의 엄지손가락 위에서 집게손가락의 발사를 기다리며 놓여 있는 것이 보였다.

알았다, 오버.

킹은 모든 사람들이 어떻게 각자의 로봇을 소유할 수 있는지, 그리고 그렇게 되면 더위 때문에 걱정할 사람들은 없어질 것이라는 등 잡다한 이야기를 떠들어 댔다. 나는 그의 밀짚모자에 보다 가까이 다가갔지만, 그가 보지도 않고 모자를 덥석 집어 채가는 바람에 흠칫 놀라며 내뻗은 손을 접고 말았다. 그는 모자 안쪽이 머리에 닿도록 꾹꾹 눌러 이마에서부터 축축해진 머리 위쪽까지 쓸어 올리며 땀을 닦아 내는 동작을 반복했다. 그는 다시 밀짚모자를 테이블 위에 내려놓고는 사람들이 도보 여행을 할 때 그 뒤를 따라가는, 모든 지형을 다닐 수 있는 모델이 어떻게 가능한지에 관해서 이야기를 시작했다. 나는 슬쩍 손을 뻗어서 네모난 전기 회로판을 그의 모자 밴드 아래에 밀어 넣었다. 고무 밴드는 그의 머리에서 흐른 땀으로 축축했고 뜨끈한 느낌이 났다.

"어머, 그거 아주 훌륭한 아이디어네요." 아바가 말했다.

그러고는 그녀는 나를 향해 얼굴을 돌리더니 입꼬리 쪽으로 혀를 날름 내밀고는 장난스럽게 눈동자를 좌우로 굴렸다.

"그래, 내 머릿속은 훌륭한 아이디어들로 넘쳐나지." 그가 말했다. "그래서 사람들이 나를 킹이라고 부르는 거야."

11
왕자님의
생일 파티

 열두 살짜리 소년이 혼자 힘으로 살아간다는 것
은 그렇게 달콤하거나 무지갯빛만 있는 것은 아
니다. 자신만의 규칙을 세워 두어야 하는 것은 물론이고, 먹
을 것도 알아서 조달해야 하고 빨래도 제때 해야 한다. 그리
고 화장실 휴지가 바닥날 때도 알아서 잘 챙겨야지, 자칫하
다가는 고아들이 낸 시집에서 뜯어낸 뻣뻣한 종이를 사용해
야 하는 사태가 벌어질 수도 있다.

또래의 아이들과 그렇게 자주 어울려 놀러 다니는 일도
많지 않다 보니, 생일 파티에 초대받는 일도 없다. 솔직히 말
하면, 마지막으로 초대를 받았던 것은 이웃에 살던 아이의
생일 파티였는데, 당시 나는 열 살이었고 뉴저지에 있는 꽤

괜찮은 주택에서 괜찮지 않은 양부모들과 살던 때였다. 피냐타(미국 내 스페인어권 사회에서 아이들이 파티 때 눈을 가리고 막대기로 쳐서 넘어뜨리는, 장난감과 사탕이 가득 든 통*)는 상당히 컸지만, 그 애의 부모님들은 건강에 집착적으로 관심을 가졌던 분들이라, 그 안은 사탕 대신 딸기로 채워져 있었다. 그날 생일을 맞았던 소년은 통을 열어 보고는 그걸 자꾸 뻥뻥 발로 차 댔다. 안에 있던 내용물이 붉은색의 걸쭉한 딸기 죽으로 변해서 마치 동물의 배설물같이 보였기 때문에 기겁을 한 몇몇 아이들은 대놓고 역겨움을 드러냈다.

그러니까 그 애들이 머리카락을 쥐어 잡고, 얼굴을 붉히고, 눈물까지 쏟으며 거의 발작에 가까운 비명을 질러 대는 소란이 있었다는 말을 하고 있는 것이다.

바라건대, 이번만큼은 그런 식의 파티가 되지 않았으면 좋겠다.

나는 이번 여행을 위해 행크 박사님이 선물해 준 작은 파인애플 그림이 있는 노란색의 멋진 실크 나비넥타이를 골랐다. 흰색과 카키색이 섞인 셔츠와 그런대로 잘 어울렸지만 재킷은 좀 과하다 싶었다. 그래서 나가기 직전에 벗어서 침대에 던져두었다.

아바가 서두르라며 내 방문을 두드렸다. 파티는 이제 막 시작을 했던 터라, 나는 좀 세련되게 약간 늦게 들어가고 싶었다. 게다가 나는 긴장을 하고 있었다. 그 회로판, 추적 장치를 킹의 모자에 심어 넣고는, 우리는 서둘러 매트의 방으로 가서 킬데어에 관한 이야기를 들려주었다. 그리고 우리 셋은 다시 행크 박사에게 알리려 했지만, 박사님은 여전히 외부에 있는 연구실에 로사 박사와 함께 있었다. 나는 박사님이 킬데어 문제는 모두 자신에게 맡기라는 말을 해 주기를 은근히 바라고 있었다. 그리고 어쩌면 그렇게 말씀해 주었을지도 모른다. 그런데 지금 아무래도 그 문제는 우리 손에 달린 것 같았다.

일단 나는 머리 손질을 마치고 나서, 아바를 방 안으로 들어오게 했다. 그녀는 책상 위에 있는 미스터 윙클 펜던트를 가리켰다. "저걸 가져가." 그녀가 말했다. "킬데어에게 의심을 살 만한 일은 하면 안 돼." 그때 그녀가 나의 신발을 힐끗 쳐다봤다. 깨끗하게 잘 닦여서 내 얼굴이라도 비칠 것같이 광이 나는 신발을 보니 왠지 우쭐한 기분이 들었다.

"뭐? 왜?" 내가 물었다.

"아무것도 아니야."

"말해 봐."

"너무 격식을 차린 것 같아. 내 생각에 마야는 캐주얼한 옷을 좋아할 거 같은데."

뒤로 손을 뻗어 책상 위에 잡히는 뭔가를 집어 들고 그녀를 향해 던졌다. 안타깝게도 그건 티슈여서, 60센티도 채 날아가지 못하고 바닥으로 떨어졌다. 나는 웃고 있는 그녀의 얼굴 앞에서 문을 닫아 버리고는, 몇 분만 좀 더 기다리라고 말했다. 나의 신발에 대한 아바의 지적은 옳았다. 나는 다시 농구화로 갈아 신었다. 농구화도 그다지 잘 어울리는 것 같지 않아서 대신 신발 끈만이라도 박사님의 연구실에서 가져왔던 스파이더 신축성 밴드로 갈아 끼웠다. 그러고 나서 계단 아래서 기다리고 있는 아바에게 갔다.

"매트는 어디 있어?" 내가 물었다. "아직도 공부를 하고 있는 거야?"

"아니야, 나 여기 있어." 매트가 말했다. 그는 파란색 블레이저 안에 내가 본 것 중 가장 촌스러운 하와이 셔츠를 받쳐 입고는 1층에서 기다리고 있었다. 재킷의 소맷부리는 팔뚝의 중간쯤에 내려와 있었다.

"그거 뭐야? 야자수 나무야?" 내가 물었다.

그는 어깨를 으쓱했다. "나도 몰라. 행크 박사님이 오늘 아침에 주신 거야. 전에 입으셨던 옷 중에 하나래."

"그럼 그 재킷은 뭐야?"

"이건 내 거야. 왜?" 그가 양팔을 펼치며 물었다. "너무 작아 보이니?"

나는 대답하지 않았다.

228

"뭐 좀 알아낸 거라도 있어?" 아바가 매트에게 물었다.

"아니, 별로 없어." 매트가 목소리를 낮추며 말했다. "킬데어는 약 6년 정도 해군 특수 부대원으로 있었던 것 같아. 그리고 해군 사관 학교 시절에 전국 배드민턴 챔피언을 하기도 했어."

"해군에서 배드민턴도 해?" 내가 물었다.

"멋진 운동이지." 매트가 답을 했다. "놀랄 정도의 민첩성과 손과 눈의 협응력이 요구되는 스포츠야. 너희들은 뭘 알아냈는데?"

"나는 해군 특수 부대에 관해서 좀 알아봤어." 아바가 말했다.

"해군 부대원들은 수중 폭파 작업과 잠수정 조종 훈련도 받아. 그리고 그들에게는 강력한 명예 규율이라는 것이 존재하는데, 그런데 그게 말이야, 고의로 다른 사람을 해코지하는 사보타주와는 정면으로 대치가 되는 거잖아."

"흥미롭네." 매트가 말했다. "잭, 너는 뭘 찾아냈어?"

나는 어깨를 으쓱했다. "미안, 파티에 입고 갈 옷을 좀 챙기느라고."

나는 킬데어에 관해서 알아낸 이 몇 가지 사실들이 정말 맞는 얘기인지는 확신할 수 없었다. 어쩌면 애슐리 박사가 혹시라도 우리가 곤란한 상황이나 위험에 빠질까 봐 그에게 추적 장치를 달아 두라고 했을지도 모른다. 그러나 내가 거의 익사할 뻔했을 때, 그는 내가 있는 곳으로 나를 구하러 오지는 않았다. 그는 행크 박사가 나를 물에서 끌어내고 난 후에야 서둘러 그 장소로 왔다.

어쨌든 한편으로 그가 아주 의심스러운 것은 사실이다. 그는 수중 폭파 작업을 하는 방법을 알고 있고, 잠수정을 조종할 줄도 안다.

그러나 그가 그런 일을 저지를 동기는 무엇이었을까? 애슐리 박사나 로사 박사에게 반감을 가졌던 걸까? 누군가 그를 고용한 것일까? 돈이 개입되면 명예나 규율 따위는 잊어버리기 마련이다.

매트는 자신의 시계를 쳐다봤다. "자, 가자." 그가 말했다. "나는 늦는 건 싫어."

창백한 피부에 흑발을 한, 아까 본 그 주방 직원이 주방을 나와 집 뒤쪽에 있는 미닫이문을 향해 가고 있었다. 그 문은 절벽 가까이로 나 있었다. 그녀는 틀림없이 뱀파이어였다. 적어도 내 눈에는 그리 보였으니 나는 그녀를 그렇게 부르기로 했다.

바깥 공기는 무겁게 가라앉아 있었다. 마치 브루클린에 있는 행크 박사님의 연구실 4층에 조성된 인공 열대 우림 모형처럼 덥고 습도가 높았다. 누군가 피아노로 클래식 선율을 연주하고 있었다. 뒷마당은 밝은 초록색으로 가득했다. 푸른 잔디는 밟을 때마다 뽀득뽀득 소리가 났고 풀잎 포기들이 햇볕을 받아 빛이 났다.

"이거 인조 잔디 맞나요?" 아바가 물었다.

매트가 쭈그리고 앉아 그 가짜 잔디를 손가락으로 눌러 보았다.

"이상한데. 이런 데서는 백발백중 미끄러지지."

그곳에서부터 절벽의 가장자리까지의 거리는 약 30미터 정도 밖에 되지 않았으므로 공 받기 게임 같은 것을 하기에는 적당한 장소가 아니었다. 엉뚱한 방향으로 던져진 럭비공을 잡으려다가 까딱하면 절벽으로 떨어질 수도 있었다.

왼쪽으로 걸음을 옮겨 음악 소리가 나는 곳으로 가니, 한 무리의 사람들이 인공 잔디 위에 모여 있는 것이 보였다. 테이블 한 곳에는 포장된 선물 꾸러미들이 약 1미터 높이로 쌓여 있었다. 다른 테이블에는 디저트들이 가득 놓여 있었다. 파티장에는 열 명의 사람들이 있었는데 두 명의 도우미와 턱시도를 입고 피아노를 연주하는 은발을 한 남자는 일을 하고 있었다. 마야의 삼촌, 데이비드는 치과 위생사이자 진공 코 세척기를 사용하는 벳시와 함께 있었다. 디저트 테이블 가까이에는 데릭이 슈크림 빵을 몇 개 집으려 하고 있었다. 클레멘타인은 꽃무늬 원피스를 입고 담벼락에 등을 기대고 앉아 스마트폰 게임을 했다.

몇 걸음 떨어진 곳에서는 스티븐이 엄마인 애슐리 박사랑 킹과 함께 이야기를 나누고 있었다. 킹은 바다를 등지고 서서 그들에게 이야기를 하고 있었고, 그 억만장자는 킹을 제외한 모든 사람에게 눈길을 주고 있었다. 스티븐은 우리랑 눈이 마주쳤지만 아무런 반응도 보이지 않았다. 미소도 비웃음도 그 어떤 반응도 비치지 않았다. 마야나 벤도 그리고 가장 의심스러운 그 사람도 보이지 않았다.

나는 아바 가까이로 몸을 기울이며 물었다. "다른 사람들은 다 어디 있어?"

"어쩌면 여기 모인 인원이 전부일 수도 있어." 아바가 말했다.

"킬데어가 안 보이는데." 매트가 속삭였다.

아바는 우리 머리 위로 보이는 창문이 있는 방향을 향해 눈썹에 한껏 힘을 주어 산을 그려 보였다. "어쩌면 그가 지금 저기서 우리를 지켜보고 있을지도 몰라." 그녀가 넌지시 한마디 했다.

"행크 박사님은 어디 계시는 거지?"

매트가 자신의 시계를 확인하며 말했다. "로사 박사랑 할 일이 남아서 조금 늦는다고 하셨어."

내가 뱀파이어라 이름을 붙인 여자가 애피타이저가 올려

232

진 쟁반을 생일 맞은 스티븐 앞에 내밀었다. 쟁반 위에 나란히 담긴 치즈스틱을 내려다보던 스티븐이 깜짝 놀란 표정으로 불쾌함을 드러냈다. "이건 내 거잖아!" 그가 말했다. "이 치즈스틱은 내가 먹으려고 공수해 온 거라고. 그걸 이곳에 내와서 여기 다른," 그는 양팔을 허공에 내저었다. "사람들이 먹도록 할 수는 없지."

갑자기 빵 터진 킹의 웃음소리에 모두의 시선이 그에게 쏠렸다. 그는 허리춤에 손을 얹고 두 눈을 감은 채 자신이 한 농담에 자기가 재밌어서 거의 발작하면서 웃고 있었다. 매트는 내 뒤에 있는 무언가를 보며 눈썹을 치켜떴다. 행크 박사와 로사 박사가 서둘러서 모퉁이를 돌아오고 있었다. "안녕!" 행크 박사가 말했다. "잭, 타이가 멋지구나. 그사이에 별일 없었지?"

로사 박사가 웨이터가 들고 가는 쟁반 위에 있는 작은 토스트 한 조각을 얼른 집어 입안에 쏙 넣더니 밝은 초록색 액체가 담긴 기다란 유리잔을 한 손에 들고 우리를 향해 걸어왔다. 그녀는 토스트를 씹어서 마치 다람쥐가 음식을 저장하듯 입 안쪽으로 밀어 넣었다. "죄송해요, 우리가 좀 늦었네." 그녀가 말했다. "해양 온도 차 에너지 시스템에 몇 가지 가능한 변화를 좀 검토하고 있었거든."

행크 박사는 먼 곳을 응시했다. "나에게 말이다. 에너지 발생과 저장에 관해서 아주, 진짜, 흥미로운 아이디어가 있거든." 그가 말했다. "문제는 더 나은 배터리를 어떻게 만드느냐지."

"그거 아주 근사하겠어요." 매트가 말했다. "무슨 생각을 하고 계신 거예요?"

행크 박사는 양손을 머리로 가져가더니 마치 자신의 머리를 감는 듯한 동작을 했다. "아직은 다 정리가 된 게 아니라서…." 그가 말했다. "논의를 할 단계는 아니야. 그래도 잠재성은 엄청나지. 그래, 엄청나다고. 잭, 네 아이디어에서 내가 영감을 받았단다."

박사님은 말끝을 흐리다 혼잣말로 중얼거렸다. 지금 내가 박사님께 영감을 줬다는 말을 하고 있는 건가? 나는 양손을 턱 밑에 말아 쥐고는 앞으로 다소곳하게 몸을 숙이며 말했다. "박사님, 죄송해요. 제가 박사님 말씀을 잘 못 알아들은 거 같아서요. 박사님께서 하신 말씀은…."

그러나 박사님의 생각은 이미 새로운 목표물로 옮겨간 것 같았다. 그는 로사 박사가 들고 있는 음료를 가리켰다. "그건 뭐죠?" 박사가 물었다.

로사 박사가 그 음료를 내게 건네주었고, 나는 무슨 이유에서인지 그냥 그걸 받아 들었다. 그녀가 역겨운 표정을 지었다. "삶은 브로콜리 으깬 것에 레몬수를 섞은 거야. 정말

역한 맛이다. 그런데 내가 니호아에 처음 왔을 때 주방 직원 중 한 사람에게 그걸 좋아한다고 말한 적이 있거든. 그랬더니 계속 나한테 그걸 가져다주는 거야. 한번 그렇게 말을 했으니 물리기도 어려워."

아바가 웃었다. 내가 받아 든 음료에서는 싸구려 샐러드 바 냄새가 났다. "고마워요." 내가 중얼거렸다.

로사 박사는 한쪽 끝에 이로 물어뜯은 자국이 있는 펜을 꺼내 들고는 그 작은 무리의 사람들을 가리켰다. "그러니까 여기 이 사람들 중에 저희 프로젝트 모델에 해를 가할 사람이 누구라는 거죠? 저 피아니스트일까요?"

나는 내 눈 가까이에서 그녀가 휘두르는 펜이 신경이 쓰여 그 펜을 살짝 밀어냈다. "분명하게 드러난 건 없어요."

"미안, 탐정 선생님." 그녀가 대답을 했다.

"저는 저 피아니스트는 잘 몰라요." 내가 시인을 했다. "저분이 여기에 계속 머물고 계신 건가요?"

"저분은 연주를 위해 비행기를 타고 이리로 오신 거야." 행크 박사가 말했다.

돌풍이 한 차례 파티장을 쓸고 가서, 냅킨들이 잔디 위로 날아가 흩어졌다. 작은 키에 구릿빛 피부의 직원이 음식 나르던 일을 중단하고는 얼른 흩어진 냅킨을 집으러 가는 사이, 그 뱀파이어 여성이 한입 크기의 지글지글한 양갈비가 담긴 쟁반을 들고 우리를 향해 오고 있었다. 나의 형이 마치 사냥꾼처럼 날카로운 시선으로 그 여성의 움직임을 쫓았다.

"좀 안타깝지. 그렇지 않니? 스티븐 생일에 아이들 네 명이 전부야." 로사 박사가 말했다. "스티븐이 좀 안돼 보인다."

"좀 이상해도 아예 파티를 하지 않는 것보다는 낫잖아요." 아바가 대답을 했다. "적어도 애슐리 박사는 나름 노력을 하고 계시는 것 같아요."

"우리도 지난번에 노력을 했잖니!" 행크 박사가 이의를 제기했다. "우리도 너를 위해 깜짝 파티를 열어 주었었는데."

"네, 네. 아무렴요. 초대 손님의 반이 로봇들이었죠."

"아, 잠깐 저는 잠시 실례하겠어요." 매트가 양갈비가 있는 쪽으로 얼른 몇 걸음 옮겼다. 그는 양손에 양갈비를 두 점씩 움켜쥐고는 있던 자리로 돌아오며 얼른 바닥에 떨어진 냅킨도 몇 장 챙겼다. 그는 마치 아다만티움 손톱 대신 양갈비를 움켜쥐고 있는 울버린같이 보였다.

"잠깐만요. 그런데 평범한 다른 아이들을 거의 알지 못하는 건 내 잘못은 아니잖아." 내가 말을 보탰다. "그리고 로봇들에게 이름을 붙인 사람은 바로 아바 너잖아."

"로봇들에겐 이름을 붙여 줄 만하지." 아바가 응수했다. "게다가 깜짝 파티는 내 생일이 일주일이나 지나고 나서 열어 줬잖아."

"그건 깜짝 파티치고는 좀 이상하네." 로사 박사가 언급했다. 그녀는 아까 씹던 작은 샌드위치를 여전히 입 안쪽에 머금고 아물거리고 있었다. 아니, 저 음식물을 얼마나 오래 입에 물고 있으려는 거지?

매트는 벌써 양갈비를 다 뜯었다. 이제 그의 손에는 양갈비의 뼈와 기름 묻은 냅킨이 들려 있었는데, 어디에도 쓰레기통은 보이지 않았다. 나는 슬쩍 그의 재킷 주머니를 가리켰다. 그는 갈비뼈를 말아 쥐고는 손을 닦고 주머니 안쪽으로 밀어 넣었다. 그러더니 새끼손톱으로 이 사이에 낀 고기를 파냈다.

피아니스트가 연주를 마쳤다. 애슐리 박사를 비롯한 몇몇 사람들이 박수를 쳤다. 킹은 손가락 두 개를 입에 물고는 휘파람을 불었다. 벽에 등을 기대고 앉아 스마트폰에 열중을 하고 있던 클레멘타인이 한 손을 들어 올리며 잘 들었다는 의미로 손가락을 튕겼다.

로사 박사가 아바 가까이에 서 있었다. "저기, 클레멘타인이라는 여자애는 마치 좀 특이한 소립자 같아."

"제 눈에는 저 사람들이 가장 흥미롭게 보여요." 아바가 호응을 했다.

로사 박사가 자신의 펜을 들어 나를 가리켰다. "잭, 저 애도 혹시 너의 용의자 리스트 선상에 올라 있는 거니? 너도 확신은 못 하는 거지?"

내가 대답을 하기 전에, 아바가 내 어깨에 손을 얹었더니 로사 박사를 향해 한쪽 눈을 찡긋하며 윙크를 했다. "제가 조금 더 알아보려고요." 아바가 자기 생각을 내비쳤다.

행크 박사가 작은 목소리로 말했다. "아바가 당신이 마음에 드는 모양이네요, 로사."

박사님의 말이 옳았다. 나는 매트를 힐끗 쳐다봤다. 아바가 언제부터 저렇게 사람들에게 윙크를 했지? 나는 아무래도 클레멘타인과 관련해서 아바와 대화를 더 해 봐야겠다고 마음을 먹었다. 그때 마야가 집 안에서 정문을 통해 걸어 나오는 바람에 나는 먹통이 되어 버린 스마트폰처럼 그 자리에 그대로 얼어붙었다.

대개 파티 같은 데서 어색하게 구는 사람은 매트였다. '외로운 고아들'이란 시집이 출판되었을 때, 시집 사인회나 관련된 행사 때마다 내가 실질적으로 매트를 원격 조종을 하다시피 했다. 이런 식으로 말하곤 했었다. 이쪽으로 돌아봐, 그 남자에게 말을 해. 그 여자에게는 고개를 끄덕여 줘. 아주 작고 눈에 띄지 않는 부분까지 세세히 지시해서 알려 주었다. 시 낭독회가 열렸던 날에는 화장실에 다녀오라는 것까지 내가 알려 주었다.

그런데 지금 마야가 내 눈앞에 나타나자 내가 바로 사회성
도 숫기도 없는 꾸어다 놓은 보릿자루 신세가 되었다. 꼼짝
을 할 수가 없었다. 마치 누군가 내 무릎에 시멘트를 부어 놓
은 것 같은 느낌이었다. 내 다리가 기우뚱기우뚱 흔들렸고,
손가락들을 다리에 대고는 마구 두드리고 있다는 걸 그제서
야 깨달았다. 나는 동작을 멈추었다. 그러고는 몸을 좌우로
흔들흔들 움직였다.

영국식 억양의 나지막한 목소리가 들려왔다. "계속해!"

정말 두려운 생각이 밀려왔다. 행크 박사와 로사 박사는
어슬렁거리며 먹을 만한 애피타이저를 찾아서 이동했고, 매
트만이 아직 내 옆에 서 있었다. "지금 무슨 소리 들었어?"
내가 물었다. "무슨 여자 목소리 같은 거?"

매트가 내가 신은 농구화를 내려다보았다. "네 신발." 그가
말했다.

언제부터 형이 이런 스타일에 관심이 있었다고 저러는 거
지? "내가 더 멋진 신발을 신으려고 했는데, 글쎄 아바가 하
는 말이…."

"아니, 잭, 그 목소리가 지금 네 신발에서 나는 거라고. 너,
그 신발 박사님의 연구실에서 갖고 온 거니?" 내가 고개를
끄덕였다. "그건 체중 감소 운동화잖아. 신발이 네 걸음 수를
세고 네가 엉덩이를 대고 앉아 있으면 움직이도록 독려하는

기능이 있어. 발목 쪽에 보면 작은 스피커가 달려 있어."

보통, 대개의 경우라면 그렇게 내가 정신이 나가서 헛소리를 들은 게 아니었음을 증명해 준 형에게 고마움을 표했을 터였다. 그러나 그때 마야가 인조 잔디 건너편에서 나에게 미소를 보내고 있었으므로 나는 형과 나누던 대화는 새까맣게 잊어버렸다.

짧게 깎아 올린 머리 모양을 하고 음식을 나르던 직원이 내 옆을 다시 지나쳤는데 이번에는 진저에일처럼 보이는 음료를 쟁반에 들고 가고 있었다. 매트가 그 음료 한 잔을 내 앞에 내밀었다. "이거 한 잔 마셔 봐." 그가 말했다.

뽀글거리는 거품과 달달한 설탕 맛에 내 기분이 좀 되살아났다. 뒤이어 느껴진 땅콩의 맛은 너무 강했다. 나는 입에 머금고 있던 음료를 뱉어 내고 말았다.

"땅콩이 좀 많이 들어갔지? 그렇지?"

스티븐이 특유의 언짢은 표정을 지은 채, 한 손에는 정체를 알 수 없는 음료를 들고 다가오고 있었다.

"생일 축하해." 매트가 말했다.

"그래, 뭐든." 스티븐이 대답을 했다.

그의 뒤로는 담벼락에 등을 기댄 채 서로 웃으며 속삭이고 있는 아바와 클레멘타인의 모습이 보였다. 아바가 저토록 친구를 쉽게 사귀는 줄을 미처 몰랐다. 스티븐이 그들을 가리켰다. "오, 봐 봐. 쟤네들 벌써 친구가 됐네."그는 빈정대며 말했다. "참 귀엽다, 귀여워."

여러분이라면 그런 말에 어떤 반응을 보이겠는가? 대개는 얼른 화제를 바꿀 것이다. "음 그러니까 스티븐, 네가 이제 열세 살이 되는 거니?"내가 물었다.

그는 나의 말을 무시했다. "너, 저기 마렉이라는 피아니스트에 대해서 들어 봤어?"그는 매트에게 질문을 했다. "저 사람이 우리 같은 영재였대, 그런데 자라면서… 너도 들었지? 지금 저 곡, 거의 완전히 박자도 안 맞아."

나는 들고 있던 잔을 살짝 들어 올렸다. "이거 땅콩버터 음료니?"

"정말로."스티븐이 말했다. "세상 어떤 곳에서는 이런 걸 진미로 생각하는 사람들도 있지."그는 선물을 올려 두는 테이블을 가리켰다. "선물들은 저기에 두면 돼."그러고는 매우 빠른 동작으로 손을 뻗어 내가 매고 있던 나비넥타이를 손가락으로 톡 건드렸다. "야, 너 아주 완전히 제대로 빼 입었네. 참… 패션 감각 한번 특이하네."

지금까지 살아오면서 쿵푸 같은 무술을 배우고 싶다는 생각을 해 본 적이 몇 번 있기는 했다. 한번은 어떤 아이가 지하철 승강장에서 내 아이팟에 몰래 손을 대더니 감히 나에게서 그걸 빼앗아가려고 했다. 그때 재빠른 발차기로 그 아이의 다리를 가격했더라면 좋았을 텐데 싶었다.

1학년 때 학교 식당에서 아이들끼리 음식을 갖고 장난을 치다가 싸움이 났던 일이 있었는데 나는 그때 아주 여러 개의 미트볼로 공격을 당했었다. 소스가 잔뜩 발라진 그 미트볼들 몇 개만이라도 날쌔게 피할 수 있었다면 좋았을 것 같다. 그리고 또 한번은 정직하지 못했던 호주 남자가 남극의 차디찬 얼음 바다 밑으로 나를 끌어당겼을 때였다. 그때도 약간의 쿵푸를 할 줄 알았더라면 좋았을 텐데.

방금 스티븐이 느닷없이 나의 나비넥타이를 툭 건드렸는데도 그런 애 앞에 어쩌지도 못하고 우두커니 서 있자니, 방금 전 그의 손을 공중에서 잽싸게 막아서 걷어 냈다면, 얼마나 좋았을까 하는 생각이 들었다. 물론 그렇게 막아 내는 것도 의미 있겠지만, 나의 주먹을 그냥 한방 세게 날렸으면 좋았겠다. 아니 어쩌면 영화에서처럼 그냥 집게손가락 하나로 그를 막아 냈다면 더 훌륭했을 것 같다. 아니다. 단지 새끼손가락 하나로 그를 당당히 막아서며, 뭔가 그럴듯한 말을 던질 수도 있었겠다. 예를 들어, '야, 너 지금 내 패션이 특이하다고 했냐? 너 정말 특이한 맛 좀 제대로 보고 싶냐?'

그러나 현실은 내가 꿈꾸는 것과는 아주 거리가 멀었다.

그때 미닫이 유리문이 열렸고, 나는 스티븐이 문밖으로 걸어 나오는 한 여자를 유심히 쳐다보고 있다는 걸 알았다. 그녀의 머리가 흐트러져 있었는데 나는 그 여자를 전에 한 번 본 적이 있는 것 같았다. 그녀는 선물이 올려져 있는 테이블로 급히 다가가더니 갖고 온 선물을 조심스럽게 선물 더미 위에 올려놓고는 양갈비를 몇 점 집어 들었다. 스티븐은 그런 그녀의 일거수일투족을 아주 분노에 찬 눈빛으로 지켜보고 있었고, 그녀는 서둘러 안으로 들어가기 전에 스티븐을 힐끗 쳐다봤다.

"저 여자는 누구야? 뭘 한 거야?" 내가 물었다.

"아무것도 아니야." 그가 딱딱한 말투로 받아쳤다. "아무 신경 쓸 가치가 없는 사람이야." 그는 눈을 동그랗게 뜨면서 손뼉을 쳤다. "자, 그건 그렇고! 이렇게 와 줘서 일단 고마워. 그렇지만, 정작 즐거운 사람들은 너희들이잖아. 그러니 맘껏 먹고 마시고 즐겨. 이건 재미난 파티의 시작일 뿐이야."

이게 재미있는 파티였나? 그건 물론 각자의 기준에 따라 달라질 수도 있을 것이다. 우리 모두는 안으로 들어가서 유명한 소프트웨어 개발자와 프로그래밍에 관해서 스카이프로 대결을 했는데 그때는 아바가 그 파티를 분명히 마음에 들어 하는 것 같았다.

그녀는 클레멘타인 옆에 앉았고, 그 소프트웨어 전문가가 컴퓨터 코딩 기술을 선보이자 그 둘은 냅킨을 집어다가 메모를 하기 시작했다. 내가 보기에는 별것도 아니었는데, 마지막으로 선보였던 기술도 성공했다.

매트는 거의 놀지를 않았다. 스카이프 시작 직전에 시험 공부를 하려고 몰래 자리를 뜨려던 그를 행크 박사가 잡아 두었다. 그래서 나의 형이 동참했고, 형과 아바, 그리고 스티븐은 모두 동점 상태에서 마지막 판에 접어들었다. 결국 그날 생일을 맞은 스티븐이 이겼는데, 그건 순전히 마지막 질문이 뜨기 전에 행크 박사가 나의 형제들에게 강렬한 눈빛을 보냈기 때문이었다. 박사의 눈초리는 차라리 대놓고 "틀려라!"라고 말하는 것보다 더 강렬했다. 그래서 그런지 나의 형제들은 졌고, 스티븐은 이상한 춤 동작으로 승리의 세레모니를 했는데, 그 모습이 마치 자신의 꼬리를 잡으려는 고양이를 연상시켰다.

나에게 스마트폰이 있었더라면 그 장면을 찍어서 유튜브에 올렸을 텐데…. 아쉬웠다. 물론 예전에 내가 올렸던, 강아지에게 가짜 심폐 소생술을 했던 그 동영상만큼 수많은 조회 수를 기록할 수는 없을지라도 분명히 가능성이 있을 것 같았다.

그 작은 에피소드 말고 파티는 정말 지루하기 짝이 없었다. 나는 파인애플 던지기 대회 같은 좀 신나는 일을 기대했다. 아니면 감자 자루를 메고 달리는 것도 나쁘지 않았을 것 같았다. 하다못해 두루마리 휴지로 사람들을 둘둘 마는 그런 게임도 괜찮았을 것 같았다. 뭐, 약간의 어려움을 극복하고 이겨 내는 그런 게임 같은 건 준비하기도 별로 어렵지 않았을 텐데, 왜 그런 게임은 없는 걸까? 아, 지루해! 그날 밤 늦게 불꽃놀이를 한다는 말이 들리기는 했지만, 나는 별로 믿지도 않았고, 기대도 없었다.

나의 탐정 놀음마저도 지루하게 느껴졌다. 나는 아무도 없는 틈을 타서 1층 여기저기를 기웃거리고 둘러보았다. 혹시라도 킬데어를 발견하게 될까 싶어서였다. 불꽃놀이 용품들이 담긴 상자가 애슐리 박사의 방 밖에 놓여 있었다. 상자 안에 담긴 로마 폭죽(원통 속에 화약을 넣고 터뜨리는 폭죽)을 살펴보는데 해리엇이 내 뒤로 나타났다. 나는 깜짝 놀라 서둘러 밖으로 나왔다.

드디어 킬데어가 모습을 드러냈다. 그는 담벼락에 기댄 채 스마트폰을 확인하고 있었다. 그의 옆에는 오리발 두 점이 들어 있는 짐 보따리가 바닥에 놓여 있었다. 나는 그에게로 걸음을 옮겼다. "그 짐은 항상 가지고 다니는 건가요?"

"음."

"왜요?"

"그러니까 나는 항상 준비가 되어 있다는 거지."

"뭐를 위한 준비요?" 내가 물었다.

"뭐든." 그가 답을 했다.

"저 안에는 뭐가 들어 있는데요?"

"견뎌 내기 위해서 필요한 모든 것이 들어 있지."

"견뎌 낸다고요? 뭐를 그렇게 견뎌 낸다는 거죠?" 내가 물었다.

"뭐든." 그가 퉁명스럽게 말을 끊으며 얼른 질문으로 되받았다. "그 고양이는 어디에 있니?"

나는 잠시 그가 무슨 말을 하고 있는지 이해를 못했다.

"아, 미스터 윙클 말씀이시군요." 내가 말했다. 나는 주머니에서 그 펜던트를 꺼냈다.

"좋아." 킬데어가 말했다. "자, 이제 가 봐." 그는 다른 사람들이 있는 뒤쪽을 향해 손가락을 퉁기며 말했다.

해가 뉘엿거리고 있을 때, 애슐리 박사가 모든 사람들을 인공 잔디밭의 중앙으로 불러 모았다. 휴머노이드 로봇, HR-5도 집 밖으로 나오고 있었다. 모든 손님들이 애슐리 박사와 스티븐이 있는 주변으로 모여들었다. 킬데어만이 있던 자리를 지키고 서 있었다. "자, 여러분, 모두 즐거운 시간을 보내길 바라요. 여러 가지 이벤트들이 준비되어 있고, 세계 최고 수준에 버금가는 불꽃놀이 쇼도 할 거예요." 신이 난 표정으로 나는 매트와 아바, 그리고 행크 박사를 번갈아 쳐다봤다. 그들은 별로 신이 나지 않는 모양이었다.

그러나 치과 위생사, 벳시는 손뼉을 치며 환호를 하고 있었다. "자, 여러분, 이벤트에 앞서서, 제 아들이 여러분께 뭔가 보여 줄 게 있다고 합니다. 여러분들이 잘 알다시피, 인공 지능이 이 시대의 위대한 도전 과제 중 하나잖아요. 물론 지금 제가 말씀드리고 있는 것은 세계 최강의 체스 대결이나 자율 주행 자동차 같은 그런 종류의 이야기가 아닙니다." 그녀는 행크 박사를 향해 고갯짓을 하고 말을 이어 갔다. "제가 말하고 있는 것은 진짜 인공 지능입니다. 로봇이 사람과 대화를 하는데, 주제도 아주 다양하고 깊이가 있어서 마치 보통 사람들이 나누는 것과 같은 그런 느낌을 받는다는 겁니다. 자, 여기 명석한 두뇌를 가진 저의 아들이," 그녀는 잠시 뜸을 들이다가 말을 이었다. "바로 그런 인공 지능 개발을 거의 목전에 두고 있습니다."

미닫이 유리문이 다시 열렸다. 아까 보았던 부스스한 머리를 한 젊은 여자가 잔디 위로 걸음을 옮기다가 휴머노이드 로봇을 발견하자 놀랐는지 순간 얼어붙었다. 생일 파티의 주인공 스티븐의 얼굴도 창백해졌다. 그는 자신의 손을 들어 엄마인 애슐리 박사의 한쪽 어깨에 얹었다. 애슐리 박사가 반 발짝 뒤로 물러섰다. "죄송해요, 애슐리 박사님, 그렇지만, 잠시만 기다려 주신다면⋯."

"오, 스티븐. 그렇게까지 기죽을 건 없어. 너는 준비가 됐잖니. 나에게도 준비가 됐다고 말했잖니."

부스스한 머리의 그 여자는 황급히 안으로 들어가느라 미닫이 유리문을 미처 닫지도 못하고 열어 두었다. 그 바람에 계단을 오르면서 그녀가 발을 헛디뎌 걸려 넘어지는 소리가 바깥까지 다 들렸다. 잠시 후 바로 문이 쾅 하고 닫혔다.

"네, 애슐리 박사님. 그렇지만 저 기계를 다시 올리고 작동시키려면 시간이 좀 필요해요." 스티븐은 로봇에게 천천히 걸어가서는 마치 자동차에서 우그러진 자리를 찾기라도 하듯 로봇을 살폈다.

"그럼 불꽃놀이를 먼저 하면 어떨까요?" 내가 제안을 했다.

아무도 반응을 보이지 않았다. 아바가 행크 박사에게 귓속말을 했다. "스티븐이 지금 '올린다고' 했는데 무슨 말을 하고 있는 거죠? 지금은 뭘 하고 있는 거예요?"

"나도 잘은 모르겠다." 행크 박사가 말했다.

얼굴 가득 미소를 지으며 애슐리 박사가 우리 모두를 향해 알렸다. "자, 여러분. 이 작업은 약간의 시간이 걸릴 겁니다!"

갑자기 로봇이 말을 하기 시작했다. "아름다운 밤입니다. 호킹 씨?"

생일을 맞은 그는 눈을 깜빡거리고는 침을 꼴딱 삼키며 휴머노이드 로봇에게 다가갔다. "안녕, HR-5."

애슐리 박사는 아주 잘됐다는 듯 소리 없이 박수 치는 동작을 해 보였다. 아바는 매트에게 인사 같은 것을 프로그램에 넣는 일은 별로 어렵지도 않다는 말을 건넸다.

"실험 번호, 46." 스티븐이 말했다. "준비됐니?"

"실험 시작." 로봇이 응답했다. "무엇에 관해서 이야기를 나누고 싶으신가요?"

스티븐은 잠시 시간을 끌다가 자신의 머리를 오른쪽으로 잠시 갸우뚱했다. "오늘 밤, 약간 추운 느낌이 드는데." 그가 말했다.

"진짜 그러네요." 로봇이 반응했다. "남쪽으로부터 저기압 세력이 다가오고 있습니다. 오늘의 최고 기온은 섭씨 31도이고, 대체로 맑지만 향후 며칠 동안은 기상 악화가 예상됩니다."

"로봇에게 한번 물어봐. 그래도 에어컨이 필요할지 말이야!" 킹이 웃음 섞인 목소리로 소리쳤다.

잠시 후 로봇이 말을 다시 시작했다, "에어컨은 주변 온도보다 실내 온도를 낮추도록 고안된 현대 문명의 편리한 기계입니다."

스티븐이 킹을 쏘아봤다. "얘기 다 했니? 좋아. 자, HR-5, 네 생각에는 내일 비행을 하는 게 안전할 거 같니?"

"그건 비행기 조종사의 실력에 따라 다르겠죠." 로봇이 대답을 했다.

"훌륭하네!" 행크 박사가 웃음을 지으며 말했다. 그러고는 아바 쪽으로 살짝 봄을 기울이며 말했다. "유머 감각을 프로그래밍 한다는 것은 아주 대단한 기술이야."

"형은 저 로봇이 하는 농담이 재미있어?" 내가 매트에게 속삭였다. 그러나 형은 내 말을 귀담아듣지 않고 있었다. 나의 형과 아바는 둘 다 충격과 의구심이 뒤섞인 표정으로 그 로봇과 그것을 조종하고 있는 열세 살짜리 긴 머리의 소년을 지켜보는 데 정신이 팔려 있었다. 입은 아주 살짝 벌린 채, 가늘게 뜬 눈으로 한껏 인상을 쓰고 있는 아바의 표정과 반쯤 감은 듯 집중하는 매트의 눈빛은 그들이 뭔가 오류를 찾아내고 있다는 것을 알 수 있게 했다. 나의 형제들은 스티븐 호킹이 그렇게 똑똑한 아이라는 사실을 별로 믿고 싶지 않았던 것이다.

날씨와 음식과 관련한 몇 번의 농담이 더 오간 후, 스티븐은 HR-5 휴머노이드 로봇에게 이제 실험이 끝났다고 알렸다. 애슐리 박사는 박수를 쳤다. 킹은 스티븐에게 다가가 그를 자신의 어깨에 목마를 태우려 했지만, 스티븐은 재빨리 그를 피해 자신의 엄마인 애슐리 박사 뒤로 숨었다. 클레멘타인은 감탄에 찬 눈빛으로 손가락을 튕겼다. 애슐리 박사의 눈짓을 받은 섬 주민들도 박수를 보냈다. 그 와중에 데릭이 그 로봇이 치아 세척도 할 수 있는지 물어보는 소리도 들렸다.

"저거 어쩌면 메카니컬 터크(Mechanical Turk)일 수도 있잖아." 매트가 아바에게 투덜거렸다.

"그게 뭔데?" 내가 작은 목소리로 물었다.

"그건 사람이 로봇을 통해서 대화를 할 때," 아바가 답을 해 주었다. "그러니까 사람들은 로봇이 진짜 지능이 있다고 생각을 하잖아. 그래서 로봇에게 말을 걸잖아. 그런데 실제는 사람과 대화를 하고 있는 걸 말해."

"그럼 그게 오즈의 마법사와 같은, 뭐 그런 거야?" 내가 넌지시 물었다.

둘 다 아무런 대답을 하지 않았다. "그래, 뭐 그런 종류라고도 할 수 있어, 잭." 행크 박사가 말했다. "그렇지만 얘들아, 나는 우리의 친구가 속임수를 쓰고 있다고 의심 먼저 하는 게 좀 내키지 않는구나. 질투심은 마음을 흐리게 한단다."

나의 형제들이 다정하게 머리를 맞대고 방금 지켜본 것들을 조목조목 따져 보고 있는 사이, 나는 다시 킬데어를 살펴보기 시작했다. 지금까지 단지 슬쩍슬쩍 눈에 뜨이지 않게 쳐다볼 뿐, 제대로 그를 면밀히 살펴보질 못했었다. 그야말로 진짜 스파이처럼, 그래서 아무도 그런 나를 눈치채지 못하도록, 특히 킬데어에게 들키지 않도록 그렇게 그를 지켜보왔다.

그때 누군가 내 뒤에서 속삭이는 소리가 들렸다. "너는 왜 계속 저 사람만 쳐다보고 있는 거니?"

내 몸이 떨렸다. 마야였다. "나, 안 쳐다보고 있었는데."

"안 쳐다봤다고?"

"응, 안 쳐다봤다니까." 그녀의 눈길이 내가 하고 있는 나비넥타이에 머물더니 보일 듯 말 듯 옅은 미소가 그녀의 얼굴에 피어올랐다. 뭘까? 그건 좋다는 의미인가? 아니면 저 미소는 그야말로 이죽거리는 비웃음인가? "나는 그저 그를 관찰하는 중이야."

"저 사람한테는 분명히 뭔가 의심스런 면이 있기는 해." 그 애가 말했다. 뭐지? 저 애가 나를 놀리고 있는 건가? 아니다. 나는 적어도 그렇게는 생각하지 않았다. "너희들이 지난번 우리 할아버지를 그렇게 다그치고 난 뒤로, 너희들에 대해서 좀 알아봤거든." 마야가 계속 말을 이어 갔다. "남극 여행은 아주 굉장하더라. 그런데 말이야, 우리들은 그런 정신 나간 사람들은 아니야."

나의 얼굴이 금세 붉게 달아올랐고 나는 말을 더듬었다, "나, 나는… 그런 의도가 아니라…."

"아니 아니, 괜찮아." 마야가 말했다. "이해해. 너는 그저 무슨 일이 벌어지고 있는지를 알아보고 싶어서 그러는 거잖

아. 그래서 지금 네 생각은 뭐야?" 마야가 물었다. "너는 그 일이 저 해군 특수 부대원의 소행이라고 생각하는 거니?"

아마도 이 순간이 나의 탐정 역사에 가장 위대한 순간은 아니겠지만, 나는 어쨌든 마야에게 모든 것을 이야기했다. 물론 나는 그렇게 하는 동안 아바가 줄곧 내 등 뒤에 서서 내 이야기를 듣고 있는 줄은 모르고 있었다.

"비밀은 잘 지켜지고 있는 거니, 잭?"

"나는…."

"미안. 우리는 그 일이 너희 섬 주민들이 벌인 일일 거라고 생각했었거든." 아바가 말했다.

"괜찮아. 그렇게 생각할 수도 있지. 우리를 확실한 의심의 대상으로 생각할 수도 있지. 그러나 내 생각에는…." 마야의 할아버지, 벤이 겨드랑이에 우쿨렐레를 끼고는 인조 잔디를 가로질러 걸어오고 있었다. "오, 이런."

"왜, 무슨 일인데?" 내가 물었다. "너, 지금 가야 되는 거니? 그래?"

"아니, 그 반대야. 만약 저분들이 연주를 시작하면 우리는 여기에 꼼짝 못하고 몇 시간은 더 있게 될 거야."

벤이 마야에게 함께하자고 청했지만, 마야가 거절했다. 그러자 그는 악기를 들고는 킹을 가리키며 마야에게 조용히 물었다. "저 사람 얼굴이 좀 낯익지? 내가 저 사람을 분명히 어디선가 봤어."

"텔레비전 광고." 마야가 말했다. "옥외 광고에도 나왔고
요."

"아니, 아니야. 그런 데 말고 다른 곳인데." 벤이 걸어가면
서 말을 했다.

열 시가 되자 파티의 분위기는 무르익어 갔는데, 아직도
세계 수준 어쩌고 하는 불꽃놀이는 시작할 기미도 보이지 않
고 있었다.

스티븐은 내가 뱀파이어라 이름 붙인 주방 직원과 다른 도
우미들에게 불꽃놀이가 담긴 상자를 찾아내라고 그야말로
박박 짖어 댔지만, 그들은 그 상자를 찾지 못했다. 안타깝게
도 생일의 주인공, 스티븐 옆에서 관심을 보이는 사람은 나
밖에 없는 것처럼 보였다.

섬 주민들은 여전히 악기를 손에서 내려놓을 줄 모르고 흥
이 나 있었다. 행크 박사와 로사 박사, 그리고 은발의 피아니
스트는 인공 잔디 위에 둥그렇게 둘러앉아 있었고, 그 속에
서 우리의 멘토이신 박사님이 더듬더듬 가사를 떠올리며 노
래를 하고 있었다. 킬데어는 마치 동상처럼 꼼짝 않고 담벼
락에 기대어 서서 스마트폰만 계속 만지작거렸다. 혹시 그가
졸고 있는 것이 아닌지 확인해 보려고 내가 그에게로 갔는
데, 가까이 다가가기도 전에 그가 내게 저리 가라며 으르렁

댔다. 클레멘타인과 킹은 각자의 방으로 들어갔고 애슐리 박사와 스티븐은 불꽃놀이 상자를 찾는다고 한바탕 난리를 친후로는 어디로 갔는지 보이지 않았다.

범죄의 단서가 될 만한 일은 벌어지지 않고 있었다. 아니, 어쩌면 그날 밤만 잠잠했을 수도 있다.

매트가 자신의 새로운 망원경을 시험하러 가자고 해서 모두 지붕으로 올라갔고, 밝게 빛나는 별빛 아래서 그와 마야가 별자리에 관해서 각자의 말이 맞다고 우기기 시작했다. 마야는 거의 모든 별과 행성들에 다른 이름을 대고 있었다. 누군가 언덕을 내려오고 있는 모습이 내 눈에 들어왔을 때, 그들은 화성에 관한 이야기를 나누고 있었다. 나는 망원경을 움켜쥐고는 언덕길을 향해 망원경의 방향을 틀었다.

"야, 너, 뭐 하는….."

"쉿!" 내가 말했다. "봐 봐."

"대체 뭔데?" 매트가 물었다.

아바가 망원경 렌즈에다 눈을 바짝 갖다 댔다. "저 사람은 누구지? 저기서 뭘 하고 있는 거지?"

매트와 마야가 번갈아 가며 망원경을 보고 난 후, 나는 다시 렌즈를 들여다보았다. 길은 어두웠고 그 사람은 천천히 움직이고 있었다. 나는 초점을 맞췄다. 두 개의 기다란 다이빙 물갈퀴가 가방 밖으로 튀어나와 있는 게 보였고, 작고 다

부진 체격의 남자는 기량이 뛰어난 배드민턴 선수같이 가벼운 발걸음으로 해변을 향해 다가가고 있었다.

12
파사신의
거친 숨

우리가 현관문으로 달려 나갔을 때 그는 이미 시야에서 사라지고 없었다. 우리는 행크 박사를 모시러 갔는데, 박사님은 여전히 노래를 부르고 있었다. 노래의 레퍼토리가 로큰롤까지 옮겨가자, 행크 박사는 로큰롤의 탄생 배경과 그와 관련된 이야기를 절묘하게 가사에 녹여서 목청을 높여 노래를 불렀다. 그러니 다른 사람들이 눈치채지 못하게 박사님을 불러내는 것은 불가능했다. "그냥 우리끼리 가자." 매트가 제안했다.

나는 킬데어가 추적 앱을 통해 우리의 위치를 알 수 없도록 하려면 모두가 스마트폰을 두고 가야 한다고 그들을 설득했다. 서둘러 길을 따라 걸어가는데, 매트가 내 모습이 마치 코끼리 같다고 말했다. 그렇다고 본인이 가젤처럼 잘 뛰는 것도 아니면서 말이다. 그러나 여자아이들은 거의 입을 다물고 엄청나게 빠른 속도로 여신들처럼 달리고 있었다. 그리스 신화 속 달리기의 여신이 소녀였던가? 아니면 로마 신화에서 그런 얘기가 나왔었나?

바위 앞에서 끊어진 길이 해변으로 이어지는 곳에 다다랐을 때, 나는 몹시 숨이 차서 헉헉거리고 있었다. 나는 하고 있던 나비넥타이를 벗어서는 나의 메모 수첩과 함께 뒷주머니에 넣었다. 발바닥에서 땀이 나자 나의 농구화가 다시 말을 하기 시작했다. "계속 움직여." 영국 여자 목소리였다. "너는 아주 잘하고 있는 거야!"

나도 그렇게 생각하고 있었다.

앞서가던 아바가 한 발을 앞으로 내뻗은 채 멈추어서는 양팔을 펼쳤다.

"뭐야? 무슨 일이야?" 마야가 작은 목소리로 물었다.

"나 지금 무슨 소리를 들은 것 같았거든."

"지금은 멈출 때가 아니야." 나의 운동화가 말했다.

"저거 무슨 소리였어?" 마야가 물었다.

"말하자면 길어." 매트가 말했다. 그는 거의 텅 비어 있는 해변을 가리켰다. "베이더호도 루터호도 두 척 다 사라졌어." 해변에 보이는 유일한 배는 마야의 수제 목선뿐이었다.

멀리 바다 쪽에 모터보트가 지나간 하얀 물결의 흔적이 내 눈에 들어왔다. "그가 저기에 있어."

"이제 어쩌지?" 아바가 물었다.

"그를 따라가는 거지." 마야가 말했다.

"어떻게?" 내가 물었다.

마야가 자신의 목선을 가리켰다. 그건 아직 완성이 되지는 않은 상태였다. 마야는 그 배를 두고 '약간은' 안전하다고 말했다. 그녀는 배의 이름을 코코넛에서 따왔다.

"거의 1킬로미터나 넘게 떨어져 있잖아." 아바가 말했다. "우리가 저기까지 노를 저어 가려면 엄청나게 시간이 걸릴 거야. 만약 네 배에 엔진이라도 있다면 모르겠지만…."

마야는 순간 움찔하며 당황스런 표정을 지어 보이더니 어깨를 으쓱했다. "그게 그러니까 엔진 같은 게 있기는 있어."

"뭐? 엔진 같은 거라니, 그게 무슨 말이야?" 내가 물었다.

"우리 할아버지가 살짝 변형을 해도 된다고 하셨거든." 마야가 설명을 했다. "선체 선미에 작은 외부 모터를 달았어. 그래서 우리가 오늘 밤 이 배를 바닷가로 가져왔던 거야. 배의 돛이랑 삭구(배에서 쓰는 로프나 쇠사슬 따위를 통틀어 이르는 말*) 작업을 다 마치고 나면, 저 엔진은 제거할 거야. 지금은 안전 조치로 달아 놓은 거야."

"자, 그럼 한번 해 보자." 매트가 말했다.

선체 외부 모터는 천 같은 것으로 감싸져 있어서 눈에 띄지 않았다. 나의 형이 선미 쪽을 밀어 보았지만 배는 꿈쩍도 않았다. 튼튼한 어른 세 명에, 주름은 많지만 건강한 할아버지가 그 배를 옮기는 일은 아마 그렇게 힘들지 않았을 것이다. 그러나 지금은 빼빼 마른 아이 세 명과 온통 별 생각만 가득한 근육질의 괴짜 천재 한 명, 이렇게 넷이서 그 배를 움직여야 했다. 우리 셋은 마야가 어떤 방법이라도 알고 있을까 싶어서 그녀를 쳐다봤다. 그녀도 별 다른 말이 없었다. "우리 삼촌은 되게 쉽게 했었는데." 마야가 말했다. "그냥 조금 들어 올리고 나서 밀어 봐."

"너희 삼촌은 마치 레슬링 선수처럼 체격이 좋으시잖아." 내가 말했다.

매트가 두 척의 목선 사이에 있는 플랫폼의 끄트머리에 서 있었다. "이거 막 밀어도 될 만큼 충분히 튼튼하니?"

"그래야 할 텐데 말이야." 마야가 말했다.

"너 말투가 어쩐지 지나치게 겸손하네." 아바가 말했다.

"그럼 내가 거짓말을 하는 편이 낫겠어?"

"내가 이쪽에서 밀어 볼게." 매트가 말했다. "너희들은 옆쪽에서 물 가까이로 밀어."

내가 한쪽을 맡았고, 아바와 마야가 다른 한쪽을 밀기로 했다. 매트가 셋까지 세자, 우리는 다 같이 밀기 시작했다.

손가락이 아파 오기 시작했고 내 발이 모래밭으로 자꾸 빠졌다. 형이 낑낑대는 소리를 냈는데, 다소 과장되게 들리기도 했다. 그러더니 이내 힘을 빼고는 고개를 흔들었다. "이거 꿈쩍도 않는걸." 형이 말했다. "중력의 힘은 어쩔 수가 없네."

"이건 단지 중력의 문제가 아니야." 아바가 말했다. "이건 마찰력의 문제도 작용하는 거야."

내가 지난 2년 동안 저 천재 형제들과 살면서 배운 게 하나 있는데, 설명해 달라는 말은 아주 간단하게 하라는 것이다. "해석을 해 줘." 내가 말했다.

"그건 단지 니우호의 무게 때문이 아니란 말이지." 아바가 설명했다. 그녀는 모래를 한줌 집더니 천천히 흩뿌렸다. "만약 우리가 표면이 미끄러운 곳에 있다면⋯."

"버터를 바른 프라이팬 같은 그런 거?" 마야가 물었다.

"또는 버터를 바른 거실 바닥이랄까." 내가 한마디를 보탰다.

마야가 나를 보며 눈살을 찌푸렸다. "누가 거실 바닥에 버터를 바르겠어?"

작은 보석 같은 생각이 또다시 너무 일찍 새 나가고 말았다. 나의 머리와 입 단속이 다시 실패하는 순간이었다.

아바가 나를 곤란한 상황에서 구해 주었다. "버터 이야기는 신경 쓰지 마." 그녀가 말했다. "요지는 중력이 배를 아래로 끌어당기고 있고, 여기 모래는 배가 못 움직이게 붙잡고 있다는 거야."

그러면 우리가 그 두 척의 목선 바닥에 버터를 바르기라도 하면 되는 건가?

"그래도 우리가 이 배를 조금만 더 들어 올린다면…."

매트는 마치 바통을 이어받아 달리기하는 주자마냥 아바의 생각을 바로 알아들었다. "그러면 우리가 그 두 가지 문제를 다 극복하고 배를 움직이게 할 수도 있을 텐데…."

"그러고 나서 일단 우리가 약간의 추진력을 얻게 되면…." 아바가 계속 말을 이어 갔다.

"그 추진력이 다른 힘들을 이겨 내게 되는 거지." 매트가 깔끔하게 마무리를 지었다.

잠시 침묵이 흘렀다. 마야는 과연 형과 아바가 하는 이야기를 이해했을까? 마야가 그들이 하는 말을 못 알아들었을까 봐서, 아니, 사실은 내가 좀 더 이해를 하기 위해서 다시 질문했다. "그러고 나면?"

매트는 오른손을 내뻗어 손바닥을 왼손에 갖다 대었다. "그러고 나면 우리가 이렇게 물에 닿게 되는 거지."

"그러니까," 마야가 말했다. "간단히 말해서, 우리는 그냥 들고 밀기만 하면 된다는 거지?"

"맞아, 바로 그거야." 아바가 어깨를 한번 으쓱이며 말했다. "들고 밀기."

쳇, 처음부터 그렇게 간단하게 말하면 됐을 것을. 마야가 얼른 내가 있는 쪽으로 왔다. 나는 너무 가슴이 떨렸다. 그러나 바로 깨달았다. 마야는 아바보다 더 허약해 보이는 나를 도와주러 온 것이었다. "나는 괜찮은데…." 내가 말했다. "아바한테 가서 도와줘."

"나도 괜찮아." 아바가 맞은편에서 외쳤다.

마야는 멋쩍은 듯이 어깨를 한번 들썩이고는 매트가 있는 뒤쪽으로 다시 갔다.

"자, 모두 준비됐지? 간다. 출발!" 매트가 말했다.

나는 모래 속에 단단히 발을 묻고 힘을 주어 배를 들어 올렸다. 아바가 끌어올리는 힘보다 내가 더 높이 들어 올린 건가? 아마 그런 것 같다. 확실히는 모르겠지만, 그리고 뭐, 굳이 공식적으로 정확히 재 보고 싶었던 것도 아니었지만 느낌은 아주 좋았다. 니우호가 갑자기 기우뚱 하더니 앞으로 급하게 미끄러져 나가는 바람에 매트는 그만 균형을 잃고 모래밭에 넘어졌다. 배는 다시 멈추었다. 그 모습을 본 마야가 코웃음을 웃었다.

"와, 됐어. 우리가 해냈어!" 아바가 말했다.

"한 번만 더 움직이면 될 것 같아." 매트가 말했다.

니우호가 다시 앞으로 미끄러져 나갔다. 선체의 한쪽을 들어 올린 채 밀고 나가는 것은 쉬운 일이 아니었다. 내가 휘청거리자 배의 한쪽 면이 바닥으로 떨어졌다. 그러나 선미가 물가에 닿았는지 첨벙이는 소리가 들렸다. 매트는 계속 힘을 주고 니우호를 더 멀리 밀었다. 아바도 마야도 매트가 있는 배의 후미에 합세하여 마지막으로 온 힘을 다해서 배를 물속으로 힘껏 밀어붙였다. 나의 형제들은 잽싸게 배 위로 올라탔고, 배가 좌우로 흔들흔들하는 사이, 마야는 허리까지 물이 차는 곳에서 뱃머리에 묶인 밧줄 걸이를 붙들고 있었다.

"너도 우리랑 함께 가는 거지?"

셔츠 아랫단에 묻은 축축한 모래를 털어 내면서 나는 물속으로 첨벙첨벙 걸어 들어갔다. 그런데 찌릿찌릿한 전기가 나의 발을 타고 무릎까지 전해졌다.

"네 운동화에 부착된 전자 장치에 방수 기능은 없는데." 아바가 말했다.

그래. 나도 알고 있거든. "나는 지금 그냥 신발을 한번 시험해 보고 있는 중이야." 나는 거짓말을 했다.

마야가 물 표면을 유심히 쳐다봤다. 나는 물 밖으로 몸을 끌어올려 배 위로 올라갔다. "뭐를 쳐다보고 있는 거야? 상어라도 있니?"

마야는 계속해서 배를 밀다가 물이 그녀의 아랫배까지 닿는 지점에 이르자 서둘러 배 위로 올라왔고, 우리를 태운 니우호는 해변에서 점점 멀어졌다.

마야는 우리가 있는 오른쪽 편의 물을 쳐다보며 고개를 끄덕였다. 그러더니 한 손을 납작하게 펼쳐서 이리저리로 움직였다. "물 표면에 잔물결이 이는 거 보여? 물결이 몇 초 만에 나타났다 사라지고 있어." 마야는 이제 내가 있는 왼쪽을 가리켰다. "봐, 다시 저기에 있어!" 달빛 아래서 작은 파도들이 수면 위로 빠르게 나타났다가 귀신처럼 사라졌다. "우리는 저런 파도를 바람의 신, '파카 신의 숨'이라고 불러."

"저건 그냥 바람이야." 매트가 말했다. "저 바람 뒤에 신 같은 건 없어. 그냥 마찰이 일고 있는 거야. 배가 움직일 때 모랫바닥을 긁는 거랑 비슷하게 수면 위에 공기가 마찰을 일으키는 거야."

마야는 선미로 자리를 옮겼다. 마야는 엔진의 덮개를 벗기고 물 밑으로 내렸다. "그건 단순한 바람이 아니야. 파카 신의 숨이라고 하는 것은 특별한 종류의 바람이야. 아주 강한 바람이 이제 속삭이기 시작한 거지. 그러니까 곧 강력한 폭풍이 밀려온다는 신호야."

그들이 나누는 바람에 관련한 모든 대화를 듣다 보니 애슐리 박사와 함께 잠수정을 타고 내려갔을 때 안에서 풍겼던 그녀의 강한 체취가 떠올랐다. 그런 독한 냄새를 칭하는 하와이 말이 따로 있을까? 아니면 그냥 '악취의 신', 그런 건 없을까? 만약 있다면 그 신을 위한 제물은 억만장자 애슐리 박사가 딱 적합할 것 같다.

"폭풍, 해리엇을 말하는 거니?" 아바가 물었다. "폭풍은 내일 온다고 한 것 같은데, 아니니?"

"응, 그런데 지금 상황으로 봐서는 예정보다 좀 더 일찍 몰려올 것 같아." 마야가 남쪽 방향을 가리키며 한숨을 지었다.

수평선 멀리 보이는 하늘은 검게 보였지만, 우리 머리 위쪽의 하늘은 맑았고 별들도 멀리서 비추는 조명등처럼 빛나고 있었다.

털털거리는 소리와 함께 엔진에 시동이 걸렸다. 엔진에서 까만 연기가 뭉글뭉글 피어올랐다. "이 엔진은 쓰레기 폐기장에서 찾아낸 거야." 마야가 고백을 하듯 말했다. "그래도 작동은 꽤 잘 되는 편이야."

그 배는 한 바퀴를 빙그르 돌더니, 연구실을 향해서 출발했다. 만약 누군가 우리더러 다시 돌아가야 한다고 제안을 한다면 나는 딱히 고집을 피우고 싶은 마음은 없었다. 우리를 태운 배가 해변에서 점점 멀어질수록, 이런 노력이 실효성이 있을지 의구심이 들기 시작했다. 우리끼리 먼저 나오는 대신 행크 박사를 좀 더 기다릴 수도 있었을 텐데. 바닷가에서 기다리고 있다가 킬데어가 돌아올 때 마주쳤어도 됐을 텐데. 그러나 우리는 이미 일을 벌였고, 이제 와서 겁쟁이 취급

을 당할까 두려워서 아무도 먼저 용기를 내어 돌아가자는 말
도 못하고 있었다.

바람은 1분 가량 불어왔다가 밀려가기를 반복하고 있었는
데, 바람의 세기는 점차 강해지고 있었다. 나는 잠시 하와이
신화에 나오는 파카 신이 진짜 존재할지도 모른다는 생각을
했다. 수면에 비치는 모든 그림자와 소용돌이를 보고 있자니
상어 생각이 났다. 그러나 진짜 상어는 한 마리도 눈에 띄지
않았다. 그렇지만 확실히 알아둘 필요가 있었다. "스마트폰
에 깔려 있는 상어 추적 앱 좀 누가 확인해 보겠어?" 내가 물
었다.

"네가 우리더러 스마트폰을 숙소에 두고 오라고 했었잖
아." 매트가 내가 했던 말을 상기시켜 주었다.

맞다, 맞아. 그때는 스마트폰을 두고 오는 게 아주 좋은 생
각 같았었는데.

매트는 옆으로 몸을 기울이더니 손으로 목선의 표면을 쭉
쓸었다. "야, 이거 정말 굉장하다." 매트가 마야에게 말했다.
"이걸 네가 직접 짓다니, 정말 믿을 수가 없다."

"이 배를 짓는 데 거의 1년이 걸렸어." 마야가 말했다. "우
리 부모님은 이 일을 아주 무모하다고 생각하셔. 하지만 내
가 하는 일에 일일이 나서서 간섭하시기에는 너무 바쁘셔,
알잖아." 우리는 그런 사실은 몰랐다. "게다가 우리 부모님

은 물이랑 친하지도 않아. 그리고 엄마 아빠는 할아버지나 삼촌이 정신이 나갔다고 생각해서. 그렇지만, 부모님 두 분 다 언제나 일을 하시느라 바쁘셨어. 그래서 나는 매일 방과 후에 그리고 주말마다 여기에 와서 계속 니우호를 만들었어. 나도 물론 가끔씩은 다른 애들처럼 스포츠를 즐기면 좋겠다는 생각을 하기도 했어. 서핑부에 들어갈 수도 있었고. 아니면 배드민턴부도 있고. 배드민턴은 정말 매력적인 운동이야." 나는 아바를 쳐다봤다. 배드민턴이 그렇게 인기 있는 스포츠인 줄은 몰랐다. "그렇지만 우리 할아버지 말씀이, 내가 자라면 어린아이가 될 수 있는 시간이 아주 많이 있대."

내 머리가 지끈거렸다. 마야가 하는 말이 무슨 뜻일까?

"나는 그래도 이 배에 좀 더 크고, 깨끗한 모터를 달고 GPS를 부착하는 게 더 좋을 것 같은데." 아바가 말했다.

"이 배를 완성하려면 또 뭐가 필요한데?" 내가 옆으로 비스듬히 기대면서 말했다. "내 말은, 이거 뜨기는 하는 거지, 그치? 구멍이나 뭐, 그런 건 없는 거지?"

"몇 가지 더 작업해야 해. 돛은 이미 다 준비됐지만, 그걸 들어 올리고 작동을 시킬 줄이 아직 없어."

"그건 그렇게 어려운 일이 아닐 거야."

"그런데 그 줄은 전통적인 폴리네시아 방식으로 내가 직접 만들어야 하거든."

"어머, 진짜로?" 아바가 거의 소리를 치듯 물었다. "그걸 대체 뭘로 만들 건데?"

"야자수 잎이랑, 삼 그리고 아마(섬유 식물. 기후에 대한 적응력이 높다*)를 이용해서 만드는 거야. 좀, 만만치는 않은 일이 될 수도 있기는 해." 마야가 시인을 했다. "그렇지만, 만드는 과정을 통해서 내가 배울 수 있는 근사한 것도 있어. 오늘날 대부분의 사람들이 이런 기술들을 다 사용하고 있지만 작동 원리나 제작 과정에 관해서는 잘 모르고 있어."

"나는 알고 있어." 아바가 말했다.

"그래, 아바, 너는 다른 사람들과 좀 다르지. 그리고 이건 단순한 작동 원리에 관한 것만은 아니야. 그건 역사야. 나만의 역사 말이야. 너희들은 자신이 물려받은 유산에 대해 더 알고 싶은 적이 없었어? 너희들의 전통이랄까, 뭐, 그런 거 말이야."

"나는 그런 건 몰라." 아바가 똑 부러지는 어투로 쏘아붙였다. "부모들이 누구인지도 모르는걸."

"어, 나는…."

"쉬!" 내가 말했다. 아마 내 행동이 좀 무례하게 비쳤을 수도 있다. 그들의 대화가 무겁게, 아니 너무 진지하게 흘러가는 것 같아서 그랬다. 아바는 부모님과 관련한 이야기를 하는 걸 아주 싫어한다. 아바는 당장이라도 배에서 뛰어내려

헤엄을 쳐서 지구 반대편에 있는 우리의 아파트로 돌아가고 싶어 하는 그런 표정을 짓고 있었다. 마야가 미안한 기분이 들었는지, 아니면, 까칠한 아바의 어투 때문에 화가 났는지 나는 알 수 없었다. 어쨌든, 우리는 선착장에서 얼마 떨어지지 않은 곳에서, 해군 특수 부대 출신 킬데어의 뒤를 몰래 밟고 있는 중이었다. 그러니 모두 조용히 입을 다물고 있는 게 맞는 상황이었다. "엔진을 꺼." 내가 말했다.

루터호와 베이더호 두 척 다 선착장에 묶여 있었다.

일단 우리의 배가 최대한 선착장 가까이로 다가가자, 아바가 배에서 뛰어내렸다. 선착장 바닥에는 밧줄이 똬리를 틀고 있는 뱀처럼 둘둘 말려 있었다. 아바는 그 밧줄의 한쪽 끝을 마야에게 던졌고, 마야는 그것을 받아들어 니우호의 왼쪽에 있는 밧줄 걸이에 묶었다. 형과 나도 배에서 뛰어내렸고, 마야도 우리의 뒤를 따랐다. 아바가 입구 쪽으로 서둘러 갔다. "비밀번호 아는 사람 있어?" 아바가 물었다.

딱 봐도 출입문은 잠겨 있었고, 비밀번호가 설정되어 있었다. "나는 몰라." 내가 말했다.

"그럼 이제 어떻게 해?" 마야가 물었다.

우리 뒤쪽으로 바람이 좀 더 거세게 일고 있었다. 아바와 매트는 내가 어떤 답이라도 내주길 바라는 눈빛으로 나를 쳐다봤다. 나의 천재 형제들의 머리는 이와 같은 이례적인 상황에 특화된 두뇌들이 아니었다. 물론 그건 나도 마찬가지였다. 이건 작은 불법 행위일 수도 있지 않을까? 자물쇠를 따는 그런 능력은 내게 없었다. 그래도 혹시 몰라서 나는 손잡이를 돌려 보려 했다. 그때 뭔가 이상한 냄새가 났다. "이게 무슨 냄새야? 연기가 나는 거야?" 내가 물었다.

마야가 내 발을 가리켰다. 엷은 연기가 문 아래쪽 틈으로 뭉글뭉글 피어오르고 있었다. 멀리서 뭔가가 타다닥 터지는 소리가 들렸고 밝은 노란빛이 문틈으로 새어 나왔다. 이어서 보랏빛과 붉은빛도 터져 나왔다. "저거…."

"불꽃놀이야?" 매트가 내 말을 가로챘다.

이제 불꽃 터지는 속도가 더 빨라졌다. 마치 누군가 로마 폭죽 한 박스에 통째로 불을 붙인 것 같았다.

아바가 뒤로 물러섰다. "실내에서 불꽃놀이를 하고 있는 건가? 그건 별로 좋은 생각이 아닌 것 같은데. 그러다 화재가 날 수도 있잖아."

내가 보기에 아바가 이 상황을 제대로 파악하고 그런 말을 한 것 같지는 않았다. "지금 안에서 킬데어가 바로 그러고 있는 거잖아!" 내가 소리를 질렀다. "스티븐 생일 파티에 쓰려고 준비했던 폭죽을 그가 훔쳐 간 게 틀림없어. 이제 여기에 불을 붙이려는 것 같아!"

마야는 어느새 니우호의 밧줄을 풀고 있었다. "빨리 여기를 빠져나가야 할 것 같아."

"여기를 더 빨리 벗어날 방법이 필요하지 않겠어?" 내가
제안을 했다.

매트가 베이더호로 뛰어올라 타륜이 있는 곳에 잠시 서 있
다가 다시 선착장으로 뛰어내리더니 이번에는 루터호로 올
라섰다. "양쪽 배에 다 열쇠가 없어." 매트가 말했다.

바람이 매서워지고 있었다. 만약 파카 신이 정말 있다면,
이제 화를 내기 시작한 것 같았다. 선착장이 흔들리더니 한
쪽으로 쭉 밀려갔다가 다시 제자리로 오기도 전에 바다 쪽으
로 툭 떨어졌다. 바닷물이 선착장 위를 확 덮치고 올라와서
계단 아래까지 밀려들었다. 갑자기 연기가 끊어지더니 이내
문 아래쪽에서 다시 피어올랐다. 아바는 마야와 함께 이미
니우호에 올라타 있었다. "어서 타!" 아바가 외쳤다.

매트와 나는 선착장에 딛고 있는 발에 힘을 주어 밀면서
니우호에 올라탔다. 배가 움직였다. 선체 외부에 달린 엔진
을 켰지만 시동이 걸리지 않았다.

"노를 저어서 가면 어떨까?" 매트가 외쳤다.

마야는 대답이 없었다. 마야는 오직 시동을 걸고 말겠다는
일념으로 있는 힘껏 엔진의 손잡이를 당겼다. 그러나 시동이
걸리는 소리조차 나지 않았다. "이거 완전히 고장인가 봐."
마야가 말했다.

아바는 서둘러 뒤쪽으로 가서 선미를 살펴보았다. "가스는 안 새는데. 연료 탱크 같은 거 어디 남은 거 없니?"

마야는 고개를 저었다.

"노들은 어디에 있는데?" 매트가 다시 물었다.

"나도 몰라. 알겠어?" 불만이 가득 담긴 목소리로 마야가 말했다. "선착장이 바람 때문에 위아래로 흔들릴 때, 배도 흔들리는 바람에 어딘가로 떨어져 나갔나 봐."

"그럼 우리 해변으로 어떻게 돌아가?"

아바가 섬이 있는 쪽을 뚫어져라 쳐다봤다. "수영을 해서 가야겠어."

아, 아바가 드디어 정신이 나간 건가? 해변은 거의 1킬로미터나 넘게 떨어져 있었다. 그리고 물속에는 상어들도 왔다 갔다 하는데, 어떻게 수영을 해서 간다는 말일까? "나는 헤엄을 쳐서는 아무 데도 안 가." 내가 말했다.

"해변으로 간다는 게 아니야, 잭." 아바가 말했다. "선착장으로 다시 간다는 거야."

우리가 타고 있는 배와 선착장 사이의 거리가 점점 벌어지고 있었다. 만약 다시 선착장으로 돌아가야 한다면 당장 움직여야 했다. 그러나 우리 앞에는 너무 많은 위험 요소들이 있었다. 파도, 해류, 게다가 상어까지. 그리고 선착장도 안전해 보이지 않았다. 수중 연구실 쪽에서는 여전히 연기가 피

273

어나고 있었다. 출입문에 달린 경첩이 떨어져 나갔다. 곧이어 맹렬한 기세로 밀려나오는 불꽃이 마치 성난 용이 계단을 따라 돌아 나오는 것같이 보였다.

"선착장으로 돌아가는 계획은 물 건너갔네." 아바가 말했다. "이제 우리는 노를 저어서 해변으로 가는 거야."

"어떻게 해서 간다고?" 매트가 물었다.

아바는 오른쪽으로 몸을 숙이더니 손을 물속에 넣었다. 나도 아바를 따라 똑같이 했다. 그러나 손으로라도 노를 저어보겠다는 우리의 노력은 소용이 없게 되었다. 맞은편에서 일어난 해류가 우리를 덮치고 넓은 바다로 빠져나갔다. 마야가 소리를 내지르며 물속에 넣었던 손을 빼고는 다시 돛대에 기대고 앉았다. 해류는 마치 컨베이어 벨트처럼 우리를 순식간에 더 멀리 밀려나게 만들었다. 물보라가 내 얼굴에 튀었고, 바람은 말려 있던 돛을 찢었다. 파도가 니우호의 옆면을 때리고 부서졌다. 물에 쓸려가지 않으려 배의 나무 난간을 꼭 붙잡고 있던 내 손은 이미 욱신거리기 시작했다. 그리고 약 6미터 거리의 물 밖으로 드러난 삼각형 모양의 물체는 분명히 다정한 돌고래의 지느러미는 아니었다.

우리는 도움이 필요했고 상황은 긴박했다.

"우리 말이야, 행크 박사님께 전화를 걸어야 할 것 같아!" 내가 큰 소리로 말했다.

나머지 세 명이 약속이나 한 듯 나를 쏘아봤다.

아, 알겠다고.

"이 배가… 이 폭풍을 견딜 수 있을까?" 매트가 물었다.

거세게 몰아치는 바람에 마야의 대답이 묻혔다.

"잠깐, 너 지금 배가 견딜 수 있겠다고 말한 거니?" 아바가
큰소리로 물었다.

마야는 다시 뒤로 물러앉으며 양팔로 난간을 감싸 안았다.
"이제 알게 되겠지."

13
특수 거미줄로 만든 돛

날씨는 생각보다 더 빨리 나빠졌다. 우리는 조약돌처럼 쏟아져 내리는 거센 빗줄기를 밤새 맞았다. 바람은 어찌나 차가운지 따뜻한 코코아도 얼려 버릴 것 같았다. 배의 난간을 꼭 잡고 있는 나의 손은 쥐가 나서 얼얼했고 추위로 윗니 아랫니가 서로 딱딱 부딪쳐 부서질 정도로 덜덜 떨렸다. 아무도 별 말을 하지는 않았지만, 우리는 수시로 서로를 쳐다보며 잘 붙잡고 있는지 확인했다. 매트는 손을 뻗어 몇 번 내 발목을 꼭 쥐었다.

한 달은 된 것같이 시간이 느리게 흘렀고, 바람이 잦아들자 마야는 폭풍이 지나간 것 같다고 했다. 다음 날 아침 하늘이 개기 시작하자, 나는 돌돌 말려 있는 돛 아래에 몸을 밀어 넣고 겨우 눈을 붙였다. 잠이 깼을 때, 바람은 산들바람처럼 잠잠했다. 내 형제들과 마야는 킬데어와 그가 파괴한 수중 연구실에 관한 이야기를 나누고 있었다. 매트는 만약 킬데어가 탈출을 했다면, 어떤 방법을 썼을지 몹시 궁금해했다. 나는 그들의 대화에 귀를 기울이기에는 너무 피곤했고, 몸이 젖어 추웠기 때문에 어떤 생각을 할 힘도 없었다.

내 양말이랑 운동화는 물에 푹 젖어 있었고, 옷은 좀 축축한 정도였다. 뒷주머니에 넣어 두었던 작은 수첩은 잔뜩 물을 먹어서 종이 반죽으로 변해 있었다.

안개 사이로 드러난 햇살은 마치 누군가 밝기 조절기를 낮게 해 놓은 것처럼 희미하게 비치고 있었고, 높은 파도가 규칙적으로 밀려들었다. 폭풍우가 치는 동안 우리는 마치 욕조 속에서 이리저리 부딪히는 플라스틱 배 위에 올라 있는 것 같았다. 지금은 배를 출렁이게 했던 너울도 잔잔해져서 파도의 방향을 가늠해 볼 만했다.

나는 무릎을 세우고 앉아서 우리가 타고 있는 목선을 살펴보았다. 나지막한 나무 난간이 내 침실 크기의 갑판을 두르고 있었다. 매트와 아바는 뱃머리 쪽 구석에 앉아 있었고 마야와 나는 그 반대편에 앉아 있었다. 나는 등을 기대고 기지개를 켰다. 의자와 쿠션이 있으면 더 좋을 것 같았다. 마야의 선조들은 어떻게 몇 주 만에 이런 배를 지을 수 있었는지 나는 참 의아했다.

"일어났구나." 매트가 말했다.

"지금 우리가 있는 곳이 어디야?" 내가 물었다.

"숙소에다 스마트폰을 두고 오지만 않았다면 우리의 위치를 알 수 있을 텐데." 매트가 꼬집어서 말했다.

아바는 고개를 설레설레 저었다. "지금 같을 때, GPS가 있다면 딱 좋은데."

나는 하품을 했다. "에이, 좀 진지하게 대답들을 해 줘. 우리가 있는 곳이 진짜 어딘데?"

"우리는 지금 방향을 잃었어. 표류하고 있는 거야." 마야가 말했다.

내 배에서 꼬르륵 소리가 들리자 나는 프로 레슬링 선수보다도 더 많이 먹을 수 있을 것처럼 급격한 허기를 느꼈다. "먹을 거 좀 가져온 사람 있어?"

"조금 있어. 배에 비축해 둔 걸 먹으면 되겠다." 마야가 답을 했다.

마야는 갑판 가운데로 기어가서는 컴퓨터 화면만 한 크기의 창구의 문을 열었다. 나는 뭐가 있나 보려고 앞으로 조금더 다가갔다. 창구 안쪽, 작은 저장 공간 안에 마야는 여러가지 물품들을 섞어서 넣어 두었던 모양인데, 그녀는 그것들을 하나씩 꺼내서 갑판 위에 펼쳤다. 칼 한 자루, 물고기 뼈를 조각해서 만든 작고 날카로운 고리 하나, 생수 두 병, 초콜릿 바, 야자수 그림이 있는 비치 타월 한 장, 감자칩 한 통, 그리고 맥주 한 캔.

"이 배에 내장된 라디오 같은 건 없니?" 아바가 물었다.

"우리 선조들은 그런 종류의 기술은 안 갖고 있었어." 마야가 말했다.

"그래도 감자칩이랑 초콜릿은 드셨나 보네?" 그리고 중고 모터도 사용하셨나 보다라는 말도 하려다 참았다. 마야가 기름이 없어 작동을 멈춘 모터를 떠올리고 싶어 하지 않을 것 같아서였다.

"아마도 여기 있는 모든 물품들은 우리 할아버지가 숨겨 두셨던 게 틀림없어. 할아버지는 사람들한테 당신이 철저한 채식주의자라고 말씀하시는데, 이제 보니 군것질을 달고 사시는 것 같네. 누구 다른 물건 가지고 있는 사람 있니?"

"형, 그 접이식 낚싯대 혹시 안 가져왔어?" 내가 물었다.

"어." 매트가 빈정대는 말투로 말했다. "바로 여기, 내… 아냐."

마야가 우리의 소지품들을 다 펼쳐 놓았다. "이제 다른 것들은 없는 거야?"

나는 다 엉망이 된 나의 수첩은 내놓지 않았다. 추가적인 어떤 설명을 달고 싶지가 않아서였다. 나비넥타이도 별로 쓸

모가 없어 보이기는 마찬가지여서 갖고 있었다.

그러나 매트는 아무 거리낌 없이 주머니에 있던 것들을 다 내려놓았다. 그의 주머니에서는 기름 묻은 갈색 냅킨 덩어리도 나왔다. 매트가 그 덩어리를 감싸고 있던 냅킨을 풀며 갑판 위에 내려놓자 네 개의 작은 양갈비 조각이 드러났다. 누르스름한 연골 덩어리들이 뼈에 고스란히 붙어 있었다. "지방 덩어리인가?" 매트가 물었다.

나는 고개를 가로저었다. 매트가 그 덩어리들을 갑판 밖으로 던지려 하자, 마야가 말렸다. "있다 보면 그게 먹고 싶어질지도 몰라." 그러고는 마야는 매트와 아바에게 각각 물 한 병씩을 건넸다.

아바가 한 모금을 홀짝 마시고는 나에게 물을 넘겨주었다. "야, 너는 어떻게 그런 상황에서 잠을 잘 수 있냐?" 아바가 물었다. "너는 대체 어떻게 생겨 먹은 애니?"

마야가 내 손에 들린 물병을 가리켰다. "아주 조금만 마셔."

"나는 목이 마른데." 내가 말했다.

"우리들도 다 마찬가지야. 근데 우리가 여기서 얼마나 버텨야 할지 알 수 없잖아." 마야가 내 말에 응수하며 뱃머리 쪽 나무틀에 있는 측면이 천으로 둘러싸인 깔때기 모양의 기계 장치를 가리켰다. "이 배에 집수 장치가 있기는 해. 그렇지만 비가 또 언제 다시 내릴지 모르잖아. 그러니 지금 우리한테 있는 식수는 여기 물 두 병이랑 지난밤 폭풍으로 모아진 물이 다야."

"많은 양은 아니네." 매트가 마야의 말에 공감을 하며, 동시에 미처 묻지도 않은 내 질문에 답까지 했다. "그러니까 입만 대고 홀짝여. 꿀꺽꿀꺽 삼키지 마."

아주 겨우 눈물만큼 입만 축이고 나서 나는 그 물병을 다시 아바에게 건네주었다. 자 이제 나의 낮잠 얘기를 해 보자. 아니 하도 졸려서 눈을 좀 붙인 게 그렇게 잘못된 일인가? 목숨이 왔다 갔다 하는 긴급한 상황에서 잠을 잘 수 있다는 건 능력으로 평가되어야 마땅하다. 타고난 재능 같은 것일 수도 있다.

나는 안개를 유심히 봤다. "이제 폭풍이 지나간 거야?"

"지금은 그래." 마야가 대답을 했다. "그렇지만 그 휴머노이드 로봇이 했던 말 기억나? 날씨가 며칠 동안 계속 나쁠 수도 있다고 했잖아."

수평선은 사방이 텅 비어 있었다. 나는 지난밤에 일어난 일들을 떠올렸다. 사라진 킬데어, 폭죽, 경첩이 떨어져 나가 버린 출입문. 수중 연구실이 무사했을 리가 없다. TOES도 완전히 파괴되었을 것이다.

"지금은 그 일에 대해서는 신경 꺼." 내가 지난 밤 일을 꺼내려 하자 아바가 말했다. "지금 우리는 육지를 발견하는 데 집중해야 해."

"우리가 표류한 곳이 어딘지 아니?" 매트가 물었다.

"남쪽… 아마도?" 마야가 넌지시 답을 했다. "확신은 못 하겠어."

아바가 양손으로 머리카락을 잡고 뒤로 쓸어 올리며 양쪽 이마를 꾹꾹 눌렀다. 아바는 절대로 당황해서 쩔쩔매는 법이 없었다. 그러나 지난밤 폭풍이 아바를 극도의 공황 상태에 빠지게 한 것 같다. 기계 같은 걸 만지작거릴 수 있게라도 하면 도움이 좀 되겠지만, 그렇다고 작동이 멈춘 모터 얘기를 또 끄집어내고 싶지는 않았다.

매트가 자리에서 일어서서 말려 있는 돛―내 이불 역할을 했던―을 손으로 쓸며 말했다. "이걸 좀 이용해 보면 어떨까?"

마야는 고개를 저었다. "그걸 엮어서 세울 만한 줄이 없어. 내가 이 배에서 아직 그 부분은 완성하지 못 했거든."

돛은 두꺼운 끈으로 묶여 있었다. "이 끈을 이용하면?"

"잭, 그건 돛을 엮을 만한 줄이 아니야." 매트가 말했다.

잠시 아무도 말이 없었다. 나는 내 운동화를 물끄러미 쳐다보다 신발 끈을 보고 불현듯 한 가지 생각이 번쩍 떠올랐다. 나는 다급히 운동화 끈을 풀었다. "이 운동화 끈은 어떨까?"

형이 한숨을 쉬었다. "지금 그 끈보다 한 백배쯤 더 긴 뭔가가 있다면 가능할 거야. 잭, 그건 그냥 신발 끈이잖아. 야, 그런 끈으로는 장난감 돛단배도 엮지 못해."

난 가끔, 아주 가끔, 저 잘난 우리 형 매트를 장난감 돛단배에 태우고 싶을 때가 있다.

그때 갑자기 아바가 신발 끈을 가리키며 관심을 보였다.

"잠깐 잭. 너 저 신발 끈 어디서 난 거니? 네 운동화에 계속 끼워져 있던 거니?"

"그렇지는 않아. 원래는 흰색 끈이었어. 그런데 내가 이 끈으로 바꿔 끼웠어. 이 색깔이 더 마음에 들어서. 근데 왜?"

"그럼 너 그거, 혹시 박사님 연구실에 있던 거니?"

내가 고개를 끄덕였다. "클러터벅 상과 관련된 발명품들을 놓은 테이블에서 들고 왔어." 내가 한마디를 더 보태서 답을 했다.

"이게 행크 박사님의 연구실에서 만든 거라고?" 마야가 물었다.

"응." 여기 신발에 붙어 있던 작은 딱지에 뭐라고 쓰여 있었더라? 내가 그걸 뜯어냈었는데. 나는 기억을 되살리려 애를 썼다. 다행히도, 이번만은 바로 생각이 났다. "거미 신발 끈인가 뭐 그런 이름이 붙어 있었어."

"잭, 너 정말 천재다 천재!" 아바가 외쳤다.

"내가 천재라고?"

"아니 뭐 진짜 천재라는 게 아니라," 매트가 불쑥 말을 보탰다. "그래도 너 아주 멋져."

쳇, 고맙다. 고마워!

아바가 쪼르르 내가 있는 쪽으로 기어 와서는 풀어 놓은 한쪽 신발 끈을 잡았다. 신발 끈이 죽죽 늘어났다. 나는 가만히 보고 있다 남은 구멍 몇 개에 아직 끼워져 있던 남은 신발 끈도 서둘러 풀었다. 아바는 밝은 노란색의 그 신발 끈을 희미한 태양 빛 아래에 비추고는 자신의 손가락 사이에서 천천히 이리저리 돌려 보았다. 아바의 한쪽 입꼬리가 살짝 들려 올라갔다(제대로 미소를 짓기에는 아직 좀 더 준비가 필요했나 보다). 아바는 신발 끈의 한쪽 끝을 자신의 주먹에 감고는 다른 한쪽 끝을 나에게 내밀었다. 나도 그걸 받아 들어 그녀가 한 것처럼 내 주먹에 묶었다. 그러고는 우리는 서로 반대 방향으로 끌어당겼다. 그 신발 끈은 더 멀리 늘어났다. 자세히 보니 끈에 은색 물질이 붙어 있었다. "이게 뭐…."

"계속 당겨." 매트가 말했다.

아바와 나는 가운데 쪽으로 손을 움직여 늘어난 부분의 끈을 주먹에 감고는 다시 홱 잡아당겨 늘렸다.

"고무 밴드야, 뭐야?" 마야가 물었다.

우리는 그렇게 계속 당겨서 끈이 팽팽해질 때까지 반복했다. 나는 양손을 이용해서 팽팽하게 더 많이 늘려서 더는 늘어날 수 없을 때까지 당겼다. 거의 15미터 이상 늘어난 끈은 실처럼 가늘어졌지만 그 강도는 놀라울 정도였다. 나는 다시 한번 야무지게 잡아당겨 봤지만 끈은 더 늘어나는 대신 내 살갗을 파고들었다.

마야가 감자칩의 뚜껑을 열었다. 감자칩의 짭조름한 냄새가 공기 중에 풍겼다. "이 끈이 대체 뭐하는 물건인지 누구든 설명을 좀 해 볼래?" 마야가 요청했다.

"이 신발 끈은 인공 거미줄을 이용해서 짠 거야." 아바가 말했다. "그 물질은 바느질하는 실처럼 가늘지만 강철 케이블만큼 튼튼해."

나는 손바닥을 내밀었다. 마야는 세 개의 감자칩을 세어서 나에게 그리고 다른 형제들에게도 건네주었다. 아바는 감자칩에는 별 관심을 보이지 않았다. 그녀는 늘어난 신발 끈을 팔꿈치에서 손으로 둘둘 말아 코일 모양을 만들어 마야에게 건네주었다. "이게 줄 역할을 할 수 있을 것 같은데, 안 그래? 이걸 이용하면 돛을 세워 올릴 수 있을 거야. 좀 얇아서 아주 이상적인 대안이 아닐 수도 있겠지만 그래도….."

마야는 대답이 없었다. 그녀의 얼굴에서 빛이 돌기 시작했는데, 그건 기가 막히게 얄팍한 감자칩에서 묻은 짭짤한 기름 때문은 아니었다.

매트가 내 발에 신겨진 다른 한쪽의 운동화를 가리켰다. "그것 좀 한번 벗어 줘 봐."

내 발은 물먹은 타월처럼 축축하게 젖어 있었다. 발 냄새도 지독하게 풍길 텐데, 그리고 실제 아까 한쪽 운동화를 벗을 때 냄새가 주변에 확 풍겼단 말이다. 나는 그냥 다른 한쪽 운동화도 벗었고 양말도 벗어 버렸다. 매트가 인상을 쓰며 움찔하더니 그의 큰 코에 주름이 가득 잡혔다. 다행스럽게도, 뱃머리에서 선미 방향으로 산들바람이 불어와 주었고, 프링글스 감자칩의 고소한 냄새가 여전히 공기 중에 남아 있었기에 마야는 내 발 냄새를 못 맡은 모양이었다.

"와우!" 마야가 손등으로 코를 막으며 말했다. "잭, 냄새한번 독하다."

그래, 마야. 너의 후각도 상당히 뛰어나구나! 나는 상황을 모면하기 위해 돛대를 가리켰다. "자, 우리가 어떻게 도와주면 되는 거니?"

마야는 혼자서 다 알아서 할 수 있다고 말했고, 실제로 그렇게 했다. 우리 중 아무도 시계를 차고 있지 않았기에 나는 얼마만큼의 시간이 흘렀는지 알지 못했다. 그러나 내 추측으로는 마야가 돛대를 세우는 작업에 매달린 시간은 아마도 오리 탐정 에피소드의 3화를 다 보고도 남을 만큼이 아니었나

288

싶다. 마야는 손으로 깎은 고리를 이용해서 신발 끈으로 만든 줄로 돛을 꿰어 돛대의 길이를 늘려 주는 구멍들에 연결시켰다. 마야가 돛대의 맨 꼭대기 부분을 작업할 수 있도록 매트는 딛고 올라서라며 자신의 어깨를 내주었지만, 마야는 거절하더니 가느다란 나무 돛대 위로 힘들이지 않고 총총 올라갔다. 그러더니 줄을 주먹에 말아든 채 춤을 추듯 내려와 양손을 번갈아 움직여 그 특수 거미줄 신발 끈을 죽죽 잡아당기기 시작했다. 마야를 도와주려고 내가 움직이자 아바가 나를 막아섰다.

"그냥 둬. 저건 마야의 일이야." 아바가 목소리를 낮추며 말했다.

"저게 제대로 된 걸까?" 내가 물었다.

돛이 돛대의 꼭대기까지 올라 붙었다. 때마침 불어온 가벼운 바람이 돛대의 갈색 천을 밀어서 돛대 아래 활대(돛의 맨 밑에 댄 나무*)가 흔들리며 매트의 가슴에 부딪혔다. "나는 괜찮아!" 매트는 그렇게 소리쳤지만, 이미 뱃전에서 밀려나 뒤로 넘어졌다. 철퍼덕 소리와 함께 뒤로 벌러덩 드러누웠다. 나는 다이빙을 하듯 배를 깔고 앞으로 죽 미끄러졌다. 한쪽 팔이 물에 잠겼다. 매트가 내 팔꿈치를 꽉 붙잡았다. 놀라서 커진 그의 눈빛이 이내 분노로 바뀌었다. "야, 너 겁도 없이 어쩌려고…."

웃으라고 한 짓이었는데? 그런 때는 가끔씩 그냥 웃어 줘야 하는 거 아닌가? 그런데 그들은 웃질 않았다. 좀 약했나? 아니면, 좀 더 세게 했어야 했나?

매트는 혼자서 일어나 앉았다.

마야는 배의 방향타 기능을 하는 커다란 노를 들고 서 있었다. 거미줄 신발 끈이 그녀의 오른편에 있는 나무 도르래에 감겨 있었다. "아래 활대를 조심해." 마야가 매트에게 말했다.

"그래, 고마워."

돛이 제대로 한껏 바람을 받았다. 배가 갑작스럽게 흔들리며 앞으로 나아갔다.

"배가 움직인다." 내가 말했다. "잘됐다, 그치?"

"그래. 그런데 우리가 어디로 가고 있는 거지?" 아바가 물었다.

매트는 빛을 품고 있는 안개를 가리켰다. "어디로 가는지 알기는 어려워. 그렇지만 빛이 저쪽에서 가장 강하게 빛나고 있잖아, 그래서 내가 보기에는 저게 태양인 것 같아." 그가 말했다. "그 뜻은 우리가 가고 있는 방향이…."

"북쪽이란 말이네." 아바가 답을 했다.

"그럼 우리가 저 방향으로 그냥 가다 보면 애슐리 박사의 섬에 닿게 되는 거야?" 내가 물었다.

"니호아섬이야." 마야가 내 말을 바로잡아 주었다. "그건 그 여자가 소유한 섬이 아니야. 그리고 미안하지만, 그렇게 쉽게 자기 소유로 만들지는 못할 거야."

난간에 등을 기댄 채 갑판 위에 앉아서 매트가 설명했다. "육지를 찾고 싶으면 우리가 가는 방향만 안다고 다 되는 게 아니야. 지금 현재 우리의 위치가 어딘지 알아야 한단 말이지. 안 그러면 까딱하다간 그 섬을 그냥 지나쳐서 망망대해로 흘러가게 될 수도 있어."

"별이 떴을 때 우리 위치를 좀 더 정확하게 파악해 봐야 할 것 같아." 마야가 말했다.

"그때까지 기다리려면 시간이 한참 걸리겠다." 아바가 언급했다. "그리고 그때쯤엔 저 안개도 좀 걷히면 좋겠다."

"누군가 우리를 찾으러 올 수도 있잖아. 안 그래?" 내가 말했다. 행크 박사는 우리가 망망대해를 표류하도록 절대 내버려 두지 않을 거다. 무슨 수를 써서라도 우리를 도우러 올 거다. "마야, 너희 할아버지가 오실지도 모르잖아? 삼촌이 오실 수도 있지 않니?"

"응, 그분들이 분명 애를 쓰실 거야." 마야가 말했다. "안 그러면 아마 우리 엄마 아빠가 그분들을 가만히 두지 않으실 거야. 애슐리 박사도 분명히 수색 팀을 보낼 거고."

"이렇게 시정이 떨어지면 그분들이 수백 평방 마일을 수

색해야 할 거야." 매트가 말했다. "나는 이러다가 시험도 놓치겠다. 교수님은 나를 떨어뜨리실 거야."

지금은 그런 걸 걱정하고 있을 때가 아니라고 누구도 굳이 나서서 매트에게 말하지 않았다. 스마트폰이 있었더라면 도움이 됐을 거라는 말을 매트도 다시 꺼내지 않았다. 그러나 모두들 그 생각을 하고 있을 것이다. 이 모든 문제가 다 내 잘못 때문에 생긴 것은 아니었다. 그러나 내가 주도적으로 나섰던 것은 사실이다. 나는 텅 빈 바다를 응시했다. "그래도 누군가 우리의 위치를 추적해 볼 수도 있지 않을까, 안 그래?"

한참 뜸을 들이다 매트가 대답을 했다. "물론이야 잭, 가능성은 있지."

그래, 가능성! 나는 그거면 충분했다.

나는 전에도 배를 곯아본 적이 있다. 그리고 이 지구상에서 해마다 수백만 명의 사람들이 기아로 죽어 간다는 사실을 나는 알고 있다. 그건 나의 두 번째 양어머니가 매일 전자레인지에 데운 치킨너겟 세 조각을 저녁 식사로 내주면서 내게 했던 말이다. 내가 조금이라도 더 달라고 하면 치킨너겟을 세 조각이나 먹을 수 있는 내가 얼마나 운이 좋은 아이인지를 납득시키느라 열을 올리곤 했다. 해가 점차 저물어 가는 가운데, 우리를 태운 배는 우리가 기대하는 방향을 향해 가고 있었다. 내 생각은 더 이상 기아로 죽어 가는 그 많은 사람들에 머물러 있지 않았다. 우리에게 남은 식량은 얄팍한 감자칩 여덟 개, 초콜릿 바반쪽이 전부였다. 그래서 우리는 더는 먹지 않기로 합의를 본 상태였지만, 나는 너무 배가 고파서 질척해진 운동화의 가짜 가죽이라도 씹어 먹을 지경이었다.

"육지에 가까워지고 있는 거 맞아?" 내가 물었다.

"잭, 너 그거 한 번만 더 물으면 백 번째거든."

"미안."

"백 번은 아니고 여든일곱 번째야." 아바가 정정해 주었다. "내가 계속 세고 있었거든."

"그러니까 네가 여든일곱 번을 물어봤고, 나는 별이 뜨기 전까지는 우리의 위치를 파악할 수 없어."

"그래. 알아, 안다고. 나는 그냥⋯."

"잭, 지금 우리 모두 다 같은 마음이야."

배고픔이 가장 큰 문제였지만, 다른 문제들도 있었다. 가령 화장실 문제 같은 거 말이다. 신호가 오면 서로 못 본 척하기로 합의해서 나머지 세 사람은 한 명이 볼일을 보는 사이에, 큰 소리로 콧노래를 흥얼거려 주기로 했다. 화장실 휴지는? 우리에게는 칼 한 자루, 그리고 우리 형에게 더 이상 맞지 않는 파란색 콤비 점퍼가 있었다. 더 자세하게 이야기하기는 좀 그래서 여기까지만 하겠다.

해는 계속 기울고 있었고, 나는 지루함을 이기려 운동화 밑창을 갑판에 대고 툭툭 쳤다. 운동화가 말을 시작하자 매트가 나더러 고만 좀 두드리라고 했다. "계속해." 운동화에서 쾌활한 음성이 들렸다. "아주 잘하고 있는 거야!"

"그 소리는 대체 뭐니?" 마야가 물었다.

매트가 설명했다. 그때 나는 아바가 안절부절 가만히 있지 못하는 게 눈에 들어왔다. 나는 아바의 손에 내 운동화를 들려 주었다. "잘 살펴보면, 그 운동화의 작동 원리를 알아낼 수도 있지 않을까?"

아바는 기다렸다는 듯이 운동화를 받아 들더니 안쪽에 내장된 전자 장치들을 확인하기 위해 밑창을 벗겨 내기 시작했다. 매트가 재킷의 툭 튀어나온 주머니를 만지작거리며 말했다. "혹시, 이거 먹고 싶은 사람 있어?"

아바와 마야는 망설이는 눈치였지만, 나는 냉큼 양갈비 한 점을 낚아채서 뼈에 달려 있는 누르스름한 기름 덩어리와 물렁뼈를 싹싹 발라 먹었다. 완전 꿀맛이었다.

물렁뼈는 입에서 살살 녹았다. 아바는 나를 마치 동굴에서 튀어나온 정신 나간 사람 보듯 쳐다보더니, 내 운동화를 갑판 위에 내려놓고 얼른 양갈비 한 점을 집어 들었다. 마야도 아바를 따라 했다. 곧 우리 모두는 너무 행복한 표정으로 양갈비를 뜯어 먹었고, 물도 돌아가며 한 모금씩 홀짝여 입안에 남은 기름기까지 씻어 냈다. 나는 고개를 돌려 우리 배가 지나온 항적을 지켜보다가 멀리서 소용돌이치는 물과 너울거리는 파도를 보았다. 뭔가가 멀리서 첨벙이고 있었다.

날은 점차 어두워지고 있었다. 주황색의 빛이 먼 바다에 걸려 있었다. 그 물체는 다시 한번 첨벙거렸다. 남은 양갈비를 마저 씹으며 내가 물어보았다. "방금, 저거 본 사람 있어?"

아바가 얼른 선미로 갔다. "저거 물고기였니?"

"그런 거 같은데."

아바는 아직 살점이 좀 남아 있는 양갈비를 들어 보였다. "우리가 물고기를 직접 잡으면 어떨까?" 아바가 물었다.

"어떻게 잡아?"

아바는 남은 거미줄 신발 끈을 손에 쥐었다. "우리에게는 끈이 있잖아." 그녀는 들고 있던 양갈빗대를 마야의 눈앞에 내밀었다. "너, 그 고리 갖고 있지?" 마야가 고개를 끄덕였다. "자 그럼 우리는 미끼만 있으면 돼."

"물렁뼈를 이용하면 되겠네." 매트가 말했다. "그런데, 난 물렁뼈까지 다 먹어 치웠는데." 매트는 쥐고 있던 양갈빗대를 들어 보였다. 얼마나 알뜰히 먹었는지 앙상하게 뼈만 남은 갈빗대는 표백한 것처럼 하얗게 보였다.

마야는 먹고 있던 물렁뼈를 아바의 발치로 밀어 두었다. "알아서 해 봐." 움찔하는 몸짓을 보이며 마야가 말했다. "이 불결한 상황이 끝나면, 난 아마 진짜 채식주의자로 거듭날 수 있을 거 같아."

"낚싯대가 필요하지 않아?" 매트가 물었다.

"필요 없어!" 내가 답했다. 확신에 찬 나의 대답에 그들이 놀랐는지, 모두 내 얼굴에 코가 네 개라도 달려 있기라도 한 것 같은 눈빛을 하고 나를 쳐다봤다. 그러나 나는 생각 없이 그런 말을 한 것은 아니었다. 이번 하와이 여행을 떠나기 전에, 행크 박사가 나에게 읽어 보라며 얄팍한 문고판 책, 한 권을 건네주었다. 박사님이 재미나게 읽었던 유일한 소설책이라는 이야기도 함께 해 주셨다. 나는 그 책을 쓴 작가의 이름은 잊어버렸지만, 줄거리는 거대한 청새치와 사투를 벌이는 늙은 어부에 관한 것이었다. 소설 속의 어부는 거대한 청새치를 낚싯줄을 이용해서 잡았다.

"필요 없다고." 나는 다시 말했다. "낚싯대는 안 필요해. 배 뒤에 미끼를 달아 끌고 가다가 뭐라도 걸려들면, 손으로 당기면 되는 거지."

놀랍게도 그들 모두 내 말에 귀를 기울여 주었다. 안개가 서서히 걷히고 희끄무레한 빛을 품고 있던 하늘이 맑고 푸르게 바뀌는 사이, 우리는 손으로 깎아 만든 고리와 그 끝에 걸려 있는 양고기 덩어리가 니우호 뒤에서 엄청나게 기다란 거미줄 신발 끈에 매달린 채 둥둥 끌려 오는 것을 지켜보았다. 나는 개인적으로 낚시하는 사람들을 잘 이해하지 못했다. 내가 생각하기에 낚시는 지나치게 오랜 시간을 기다려야 하면서 그에 대한 보상은 별것 없는 그런 활동이었다. 그건 마치 한 번 하려면 아이패드에 다운로드 받는 데만 몇 시간이 걸리는 그런 게임 같았다. 그러다 막상 게임을 시작하면 레벨 1부터 지고 말아서 다시 시작하려면 또 다시 기다려서 다운로드를 받아야 하는 그런 게임 말이다.

드디어 매트가 줄 끝이 당겨지는 느낌을 받았을 때, 우리 모두는 그야말로 기뻐서 팔짝팔짝 뛰었다. 누군가 소리를 질렀다. "쉬이!" 그러나 형의 손에 들린 것은 미끼는 사라지고 없어져 버린 홀랑 빈 고리뿐이었다. 우리는 물고기에게 보기 좋게 완전히 한 방 먹었다. 솜씨 좋은 어떤 물고기 한 마리가 난생 처음 맛본 양고기를 맛있게 먹어 치웠을 것이다.

"아, 양고기 작전은 실패네." 매트가 말했다.

"남은 고기로 한 세 번 정도 미끼로 달 수 있을 것 같은데," 마야가 알려 주었다. "우리 다시 해 보자."

이번에는 내가 마치 그 소설책 속의 노인처럼 주먹에 줄을 몇 바퀴 말아 쥐고는 낚싯줄을 붙잡았다. 그렇게 기다림의 시간이 흐르고 있는 동안, 아바는 나의 운동화를 붙잡고 씨름을 하고 있었다. 아바는 거의 만신창이가 된 나의 운동화에서 가느다란 전기선을 뽑아 냈다. 아바가 무엇을 하고 있는지 나는 알 수 없었지만, 아바는 무척 행복해 보였다.

드디어 안개가 완전히 걷혔다. 밝은 빛을 내뿜는 별들이 밤하늘에 드러나 반짝였고, 매트와 마야는 별들을 열심히 지켜보고 있었다. 마야의 조상들은 어떻게 저 작은 별빛 무리들을 이용해서 길을 찾고 바다를 건너왔는지 정말 대단하단 생각이 들었다. 그 끝없는 밤하늘의 별빛은 거대한 검은 돔을 뚫고 빛나는 크리스마스 장식 같았다.

우리는 그 아래를 항해했다.

매트는 뱃머리 근처에서 서서 마치 설교하는 전도사처럼 양팔을 활짝 벌렸다. 고개는 뒤로 약간 젖힌 채 눈은 하늘을 쳐다보며 환호하는 관중이 가득한 스타디움에서 마치 터치다운으로 점수 내서 승리한 미식축구 선수마냥 그는 위아래로 팔을 움직이며 천천히 몸을 돌리고 있었다. "바로 이거야!" 그가 말했다. "이게 가장 중요한 거야!"

"매트가 뭘 하고 있는 거니?" 마야가 작은 목소리로 물었다.

나는 아랫입술을 살짝 깨물며 고개를 저었다. "솔직히, 나도 형이 뭘 하고 있는지 모르겠어. 형?" 내가 물었다. "뭘 하고 있는 거야?"

매트는 내 앞에 쭈그리고 앉더니 다시 하늘을 가리켰다. "잭, 이런 게 바로 천문학이라는 거야! 그냥 컴퓨터 앞에 앉아서 벼락치기로 시험공부를 하고, 웹 페이지에 올라온 도표나 데이터만 쳐다보는 그런 게 아니란 말이지."

"참, 시험 본다고 했던 거," 아바가 말했다. "그거 오늘 아니었어?"

"맞아." 매트가 대답했다. "그런데 말이지 그거 아니? 나 이제 관심 없어."

"관심이 없다고?" 내가 물었다.

"응!" 매트는 자신의 말이 진심인지 재차 확인이라도 하려는 듯 잠시 말을 끊었다. "진짜야."

"그렇지만 일주일째 계속 그 공부만 했었잖아." 아바가 말했다.

"그래, 알아 나도. 그치만 시험이든 뭐든 가장 중요한 것은 배운다는 거잖아. 안 그래? 그리고 바로 지금 나는 배우고 있어! 인공 불빛으로 별을 배우고 컴퓨터 앞에 그냥 앉아 있는 그런 공부가 아닌 진짜 공부잖아. 사람 그리고 하늘만 존재하는 이 공간 말이야." 매트는 내가 쳐다보고 있는 걸 느꼈나 보다. 일어나서 별들을 향해 손짓을 했다. "한번 제대로 봐 봐, 잭. 너무 황홀하지 않니?"

그의 말은 옳았다. 별들은 아름다웠다. 행크 박사는 우리들이 수시로 아무 때나 "끝내준다, 대박" 같은 수식어를 쓰는 습관을 고쳐 주었다. 우리 중 누구라도 그 말을 사용할 때면, 움찔움찔하며 경고했다. 그렇지만 밤하늘의 별들은 그야말로 끝내주는… 어쨌든, 너무, 기절할 만큼 멋졌다. 사방에

300

서 빛을 내고 있는 별들은 마치 수십억 개의 우주선들이 지구를 향해 돌며 헤드라이트를 비추고 있는 것처럼 보였다. 나는 고개를 젖히고 좌우로 움직이며 별을 쳐다봤다. 별빛이 가득한 까만 밤하늘은 그야말로 멋지고, 강렬했고, 무서웠고, 그리고 이상하게 추웠다. 행크 박사님은 인간과 같은 고등 생명체의 수가 이 우주에는 너무 터무니없이 적다고 늘 이야기했다. 그렇지만 이렇게 드넓은 밤하늘에 쏟아지는 수많은 별들을 보고 있노라니 내가 고등 생명체이기는커녕, 잘라 낸 발톱보다 작고 한없이 하찮은 존재로 느껴졌다.

그때 마야가 뱃머리 끝에서 뭔가를 가리켰다. "저기 있다!"

"섬이라도 발견했어?" 아바가 물었다.

"아니. 타나 문!"

매트가 눈을 가늘게 뜨고 찡그린 표정으로 물었다. "타나 누구라고?"

"저 별 말이야." 마야가 말했다. 그녀는 정면의 수평선을 가리켰다. "최소한 내 생각으로는 저건 타나 문이 맞아. 저 별은 북동쪽에서 떠오르고 북서쪽으로 져. 그러니까 저게 그 별이 맞다면….." 그녀는 뒤로 돌며 멀리 있는 다른 몇 개의 별들도 가리키며 혼잣말을 했다. "그렇다면, 지금 우리가 얼추 제 방향으로 가고 있는 걸 거야."

내 손에 들고 있던 낚싯줄이 팽팽하게 당겨졌다. 마야는 매트의 파란색 콤비 상의를 기다랗게 줄처럼 몇 가닥으로 잘라서 돛을 내려서 묶었다. 내가 남은 천 가닥 중 한 개를 들고는 내 손바닥에 감쌌다.

"타나 문이라고 했니? 저건 직녀성이야." 매트가 말했다. "북반구에서 두 번째로 밝게 빛나는 별이야. 여기서 25광년밖에 안 떨어져 있어."

아바는 생각에 잠긴 채 하늘에 시선을 고정시켰다. "저건 1조 마일이 넘겠어." 그녀가 언급했다. "그보다 훨씬 멀겠어."

"저건 직녀성이 아니야, 타나 문이야." 마야가 우겼다.

"뭐가 다른데?" 내가 물었다. "우리는 파인애플이라고 말하는데 프랑스 사람들은 그걸….." 안타깝게도 그 과일을 불어로 뭐라고 하는지 생각이 안 났다. 뭔가 재미있는 이름이었다는 사실만 기억 났다.

아바가 지원 사격을 했다. "안나나(Ananas)라고 해. 단어 끝에 있는 에스(s)가 있어도 발음은 안 하는 거야. 불어는 원래 그래."

"맞아, 그러니까 내 말은….." 들고 있던 낚싯줄이 손을 파고들고 있었지만, 아까 손에 감아 둔 천 가닥이 도움이 되었다. "내 말은 파인애플처럼, 사람들이 같은 별에 두 개의 다른 이름을 사용하고 있는 거라고. 지금 중요한 것은 저 별이 우리를 니호아섬으로 다시 돌아가게 도와줄 수 있는가 없는가의 문제라고!" 나는 점점 손을 조여 오는 줄을 다른 한 손으로 잡고 느슨하게 풀어내며 당기고 있었다.

"잭!" 마야가 물을 가리키며 말했다.

희미한 빛을 내는 은빛 물고기가 물 밖으로 튀어 올랐다. 그 물고기는 나의 형만큼이나 컸고 페라리 신차마냥 아름다웠다. 물고기가 낚시 고리에 제대로 완전히 걸려들었다. 나는 입술을 질끈 깨물었다. 이제 어쩌지? 이걸 지금 당겨야 하는 건가? 너무 흥분이 돼서 환호성을 내지를 수도, 뭐라고 말을 할 수도 없었다. 다른 세 명이 내 옆으로 몰려와 번갈아 가며 줄을 잡았다. 갑작스럽게 움직이기라도 하면, 거대한 물고기 입에 물린 고리가 느슨해져 풀려 나가기라도 할까 봐 천천히, 꾸준히 줄을 당겼다. 소설책 속에서는 노인이 잡은 물고기는 몇 번이나 뛰어올랐었는데, 우리의 미끼를 물은 녀석은 그렇게까지 극적이지는 않았다. 물고기는 다시 뛰어오르지 않았고, 배 바로 밑, 검은 바다에서 은색 등을 드러내기 전까지 우리는 그 모습을 제대로 보지도 못했었다.

마야는 뱃전에서 몸을 숙인 채, 양손을 물 위에 대고는 기다리고 또 기다리다가 물고기를 붙잡아 갑판 위로 던졌다. 갑판 위에 던져진 물고기는 꼬리를 펄떡이며 우리들의 발치에서 꿈틀거렸다.

아마도 낚시 대회에서 수상을 할 정도의 거대한 크기의 물고기는 아니었던 모양이다. 물고기는 내 팔뚝만 했고, 나의 가느다란 새다리보다 아주 조금 더 두꺼웠다. 그래도 놀랍기는 했다.

거의 충격에 휩싸인 매트는 물고기를 유심히 내려다보았다. "와, 네가 물고기를 잡았단 말이지."

나도 믿을 수 없었다. "내가 물고기를 잡았다고?"

"아니, 너는 저녁거리를 잡은 거야." 마야가 말했다. 그러더니 그녀는 조심스럽게 물고기의 비늘에 손을 갖다 대 보더니 손가락으로 물고기 등을 쓸며 꼬리를 말아 쥐고는 물고기를 들어 올려 잽싸게 갑판 바닥 위로 내리쳤다.

물고기는 더 이상 꿈틀대지 않았다.

우리 셋은 경의에 찬 눈빛으로 마야를 쳐다봤다. "뭐? 왜?" 마야가 말했다. "너희들, 이거 산 채로 먹을 계획은 아니었잖아, 안 그래?"

마야는 나무 바닥에 물고기를 납작하게 놓고는 칼을 이용해서 비늘을 벗겨 냈다. 물고기 머리 아래쪽을 반달 모양으로 자르고는 칼날을 비스듬히 세워서 꼬리를 잘랐다. 그러고는 반달 모양으로 잘라 낸 머리 밑으로 칼끝을 찔러 넣어 등을 잘랐다. 그녀는 바닥면도 같은 방법으로 잘라 톱질을 하듯 조심스럽게 고기를 손질했다. 나는 최면에라도 걸린 것처럼 얼이 빠져서 숨 쉬는 것조차 잊을 정도였다. 마지막으로 마야는 커다란 하얀 고기 살점을 도려 내서는 네모난 모양으로 썰었다.

평소에 생선회는 내 입맛에는 잘 맞지 않는 음식이었다. 가끔씩 행크 박사는 연구실 근처의 유명한 스시 식당으로 우리를 데려갔는데 나는 그럴 때면 소박한 오이나 아보카도를 넣은 김밥을 먹었다. 참깨도 회도 들어가 있지 않아서 그냥 흰밥과 채소와 간장 소스 맛으로 먹었다. 그런데 난생 처음으로, 그때 베어 먹은 생선회의 맛은 내가 지금껏 먹어 본 것 중 가장 맛있었다.

햄버거보다 더 맛있었다.

피자보다도 더 맛있었다.

선데이 아이스크림보다도 더 맛있었다.

마야가 생선 몇 점을 더 썰었다. 나는 허겁지겁 네 점을 더 먹고는 등을 대고 누워서 내 형제들과 마야가 방금 전 이름을 두고 서로 우겼던 그 별을 바라봤다. 마야가 저 별을 뭐라고 했더라? 타나 뭐였더라? 내가 별을 가리켰다. "마야, 네가 아까 말했던 저 별 말인데… 저 별이 우리가 가고 있는 방향이 맞는지 알려 주는 거야?"

마야가 내 손목을 잡아끌어 하늘의 다른 별빛이 있는 쪽을 가리켰다. 나는 좀 떨렸다. "저거야. 저 별이 내가 말한 타나문이야." 마야가 설명했다. "그리고 나는 지금 우리가 가는 방향이 맞다고 생각해."

매트는 미소를 지을 뿐 아무런 말이 없었다. 마야가 잡고 있던 손목을 풀어 주었다. 나는 참고 있던 숨을 내쉬었다. "잘됐네." 내가 중얼거렸다. "저건… 좋네, 좋아."

우리의 목선이 밤새 항해를 하는 사이, 우리는 돌아가면서 잠을 자고 배의 키를 잡았다. 다음 날 아침, 햇볕에 내 뒷목덜미가 익기 시작하고서야 해가 얼굴을 내밀었다. 다행히도, 산들바람이 구름과 함께 사라져 버리지는 않아서 니우호는 계속 바람을 타고 항해했고 덕분에 우리는 몇 시간을 돛대 아래 그늘 밑에서 옹송그리고 모여 앉아 있을 수 있었다. 우리는 생선회를 깨끗이 먹어 치웠지만, 머리와 내장은 혹시 몰라서 다음번 낚시 미끼로 쓰려고 남겨 두었다.

배 속이 약간 채워지자, 나의 생각은 다시 킬데어에게 흘러갔다. 그 프로젝트를 망가뜨리라고 그에게 돈을 대 준 사람은 누구였을까? 이유는 뭐였을까? 우리가 자신의 뒤를 캐고 있었다는 사실을 킬데어가 안다면, 그는 우리가 사람들 눈에 띄어서 구조되길 바라지 않을 것이다. 설사, 구조 팀을 보낸다 해도 엉뚱한 방향으로 보낼 것이다. 그리고 만약 마야가 별들을 따라 방향을 제대로 잡지 않았다면, 혹은 행크 박사가 우리를 찾아 나섰다면, 우리는 망망대해 한가운데서 시간만 낭비하고 있었을 것이다.

그날 오후쯤 되었을 때, 아바 손에 넘어갔던 나의 운동화는 한 뭉치의 전선과 금속 부속품들로 바뀌어 있었다. 매트는 육지라도 나타날까 기다리며 계속해서 수평선에서 시선을 떼지 못했다. 마야는 이틀 전에 그랬던 것처럼 수면을 유심히 살피고 있었다. "폭풍이 다시 오는 거야? 그래?" 내가 물었다.

"그럴지도 모르겠어." 그녀가 말했다. "그런데 지금 나는 너울의 상태를 살피고 있는 중이야."

고개를 들지도 않고, 아바가 말했다. "파도를 어떻게 알아낸다는 거야?"

"물론 알아낼 수 있지. 우리 조상님들은 단순히 별자리만을 이용한 게 아니었어. 바다의 너울이나 해류 방향의 차이, 파도가 섬에 닿아 굽이치는 정도를 관찰해서 위치를 알아내셨어."

"그런 방법이 제대로 작동을 했니?" 매트가 물었다.

"아마도." 마야가 말했다. "그렇지만 구체적으로 그분들이 어떻게 했는지는 배운 바가 없어."

"야 너, 어젯밤만 해도 별을 이용해서 방향을 잘 찾았잖아." 매트가 말했다. "타나 문인가 하는 별이 우리에게 길을 알려 줬었잖아."

"그래, 네 말이 옳기를 바라."그녀가 말했다.

우리 배가 지나간 항적에 소용돌이가 일었다. 세어 보니 네 가지의 서로 다른 톤의 파란색이 어우러져 있었다. 하얀 물거품 줄기 사이에서 하얀 날개에 새빨간색의 발을 가진 새 한 마리가 우리를 향해 날아오는 게 눈에 들어왔다. "어쩌면 저 새가 우리의 위치를 알려 줄 수도 있겠다."내가 농담을 했다.

매트와 마야가 뒤를 돌아보더니 하늘을 향해 눈을 가늘게 뜨며 올려다보았다. 마야는 손을 들어 이마에 붙이더니 갑자기 흥분한 목소리로 물었다. "어머, 저게 뭐야? 너 저거 보이니?"

"저건 새잖아."내가 다시 말했다.

"내 말은 저 새의 종류가 뭔지 아냐고."매트가 물었다.

천재들이란, 왜 저 천재들은 모든 것에 이름을 붙여 대는 것일까?

"저건 붉은발얼가니새야!"매트가 큰 소리로 말했다.

내가 웃었다. 운동화 해체 작업을 하던 아바가 고개를 들더니 노려봤다. 나는 붙잡힌 포로마냥 양손을 번쩍 들어 올리며 말했다. "뭐? 왜? 형이 먼저 그 단어를 꺼냈는데!"

매트는 손뼉을 치고는 양손을 모았다. "얼가니새는 일종의 바닷새야. 놀라운 다이빙 실력을 갖고 있지. 저 새들은 물 밑에서 먹이를 구하거든." 매트는 자신의 머리와 목을 톡톡 두드리며 말을 했다. "그리고 저 새들의 머릿속에는 작은 공기주머니가 달려 있어서 물고기를 잡으러 물속으로 다이빙을 할 때 보호를 해 줘. 그러니까, 자동차에 장착된 일종의 에어백과 비슷한 거야, 알지? 그래서 물에 맞닿을 때 충격을 흡수하는 역할을 하지."

지금은 그런 과학 이론을 공부하고 있을 시간이 아니지 않나! "그건 알겠고, 어쨌든 우리가 새처럼 날아갈 수 있는 건 아니잖아. 그렇지?" 내가 한마디 했다.

"저 새들은 니호아섬에서 서식해." 매트가 설명을 이어 갔다. "지난번 비행 때, 새들이 날아올랐던 거 봤잖아. 그 새들이 바로 얼가니새들이었어."

"화려한 색깔의 발을 갖고 어설프게 날고 있는 저 새를 말하는 거야?" 아바가 물었다.

"맞아, 정확해!"

내가 중간에 끼어들었다. "그래서 저 녀석을 따라가면…."

"암컷일 수도 있어." 아바가 언급했다. "자연에서는 암컷들이 사냥을 더 잘하는 경우도 많아."

"물론 그렇지." 내가 말했다. "그러니까 우리가 새를 따라가면 그 섬으로 돌아갈 수 있다는 거야?"

"아마도." 마야가 말했다. "그런데 저 새들이 니호아섬에서만 사는 건 아니거든. 다른 지역에서 서식하는 새들도 있더라고."

새는 우리 오른편 앞으로 치솟아 올랐다. 오래된 방식으로 표현해 보자면, 우리는 열두 시 방향을 향해 가고 있었고, 새는 두 시 방향에 더 가깝게 날고 있는 셈이었다. "저 새는 우리랑 같은 방향으로 가고 있지 않는걸." 내가 말했다.

"이런 식으로 도구도 없이 무작정 별을 따라가다가는 원래 방향에서 약 50에서 65킬로미터 정도는 벗어날 수도 있어." 마야도 인정했다.

65킬로미터씩이나? 그 정도면 상당한 오차인데.

심각한 상황 아닌가? 마야는 그런 점을 좀 더 미리 알려 줬어야 했다. "그러면 우리가 저 새를 따라가고 있는 거네."

"맞아." 아바가 말했다.

마야가 노를 돌리자 니우호가 오른쪽으로 방향을 틀어 천천히 시야에서 사라져 가는 바닷새를 따라갔다. 초저녁 무렵까지 우리는 물고기 한 마리를 더 잡아서 게걸스럽게 먹어치웠고, 반 개 남았던 마지막 초콜릿 바도 우적우적 씹어 먹었다. 마지막 남은 감자칩 네 조각까지도 다 해치워 버렸다.

육즙이 자르르 도는 스테이크에 소금을 살살 뿌려 포크로 푹 찍어 먹는 상상을 하고 있었는데, 마야가 벌떡 일어서서 먼 곳을 가리켰다. "저기 좀 봐!" 마야가 탄성을 질렀다. 수평선 가까이에 그림자 같은 것이 걸려 있었다. "저기 니호아 섬이다! 얘들아, 우리가 해낸 것 같아. 해냈어!"

우리 네 명은 펄쩍 뛰어올라 서로 얼싸안고 하이파이브를 하고 환호성을 내질렀다. 나는 형과 아바를 얼싸안고는 이어서 마야도 얼싸안으려 몸을 돌렸지만, 마야는 한쪽 손만 번쩍 들어 올렸다. 그래서 마야가 하이파이브만 하려나 싶어서 나도 그렇게 하려 했는데, 뭔가 일이 조금 꼬였다. 정확히, 어쩌다 일이 그렇게 되었는지는 알 수 없지만, 내 손목이 마야의 이마를 친 것 같았다. 마야가 그걸 그냥 웃음으로 넘길지도 모른다고—물론 내 생각이기는 했지만—기대했는데, 그러나 그녀에게는 그렇게 할 만한 여유가 없었다. 공기를 가르고 날아든 찢어질 듯한 날카로운 괴성이 우리의 축하 분위기에 찬물을 끼얹었다.

하늘에서 갑자기 불어온 돌풍에 돛대가 휘어졌는데 그건 마치 유연성 하나 없는 키 큰 남자가 도저히 불가능한 림보 게임을 할 때처럼 엉거주춤한 모양새로 구부러져 버리고 말았다. 돛대는 산산조각 났다. 돛의 아래 활대 바로 위쪽의 나무도 갑판에서 약 1미터 되는 지점에서 반으로 쫙 쪼개졌다. 돛대와 조심스럽게 짜서 엮었던 돛이 철퍼덕 소리를 내며 우리의 조각난 희망과 함께 바닷물 속으로 쓰러질 때,

매트는 갑판 위로 다이빙하듯 미끄러지며 얼른 그 자리를 피
했다.

15
구조 작전에 투입된 밥

그러니까 그건 정말 위험했다. 심장이 쪼그라 드는 항해였다. 돛은 한쪽 끄트머리가 부러진 돛대와 아래 활대에 묶인 채 바다 위에 둥둥 떠 있었다. 우리 형제들의 두뇌는 정말 명석했지만, 실전에서 그들의 명석한 두뇌가 우리의 배를 다시 항해할 수 있게 만들어 주지는 못했다.

그럼 좋은 소식은? 우리 모두 마야가 수평선에서 보았던 그 까만 반점이 아마도 니호아섬일 거라는 추측에 동의하기 시작했다는 것이다. 그리고 이번에는 우리가 가는 방향으로 해류가 움직여 줘서 섬에 더 가까이 데려다 주었다.

안타깝게도, 물 위에서 배에 매달린 채 끌려오는 돛은 우리의 항해에 도움이 되지 못했다. "아무래도 저걸 제거해야 될 거 같아." 내가 부서진 돛대를 가리키며 말했다.

매트는 엔진에 시동을 걸기 시작했다. 별 다른 기대도 없었지만, 모터에서는 아무런 소리도 나지 않았다. 아바는 신경질적으로 뭔가를 생각해 내려 하는 듯 자신의 묶은 머리를 잡아당겼다. "만약 우리가…."

"잠깐. 잭의 말이 맞아." 마야가 말했다. "무게를 줄여야 할 것 같아."

마야가 아래 활대에서 돛을 풀어내기 시작하자, 매트가 칼을 꺼내서 그걸 싹둑 잘라 냈다. 니우호의 속도가 빨라졌지만, 마야는 부서지고 찢겨진 잔재들이 우리의 항적 위로 둥둥 떠내려가는 것을 말없이 바라보고 있었다. 나는 마야의 어깨를 살짝 잡고 뒤를 돌아보게 하며 섬이 있는 쪽을 가리켰다. 얼마 안 가 톱니처럼 들쑥날쑥 삐죽한 바위들이 수평선 위로 드러나기 시작했다.

우리가 정말, 섬에 다다르게 된 것이었다. 그리고 나는 곧 화장실에도 갈 수 있게 됐다. 내가 기뻐서 환호성을 내지르려는 바로 그때에 매트가 행크 박사처럼 손가락으로 턱뼈를 톡톡 두드리기 시작했다. "우리는 섬에 다다르지 못할 것 같아." 매트가 말했다.

"그렇지만 우리는 제대로 가고…."

"아니야, 매트의 말이 맞아." 마야가 말했다. 마야는 쭈그리고 앉아서 엄지손가락을 쭉 내뻗고 우리 뒤쪽을 한번 힐끔 보고는 정면을 응시했다. "해류가 지금 우리 배를 섬의 서쪽 끝으로 이동시키고 있어. 한 1킬로미터쯤은 벗어나겠다."

"3킬로미터가 넘을 거야." 매트가 말했다.

"행크 박사님이라면 어떻게 하실까?" 내가 물었다.

"우리의 위치를 알릴 수 있는 신호를 보내야겠어." 매트가 제안했다.

마야가 섬 쪽을 뚫어져라 쳐다봤다. "어떻게 알리지?"

아바가 저장고에서 루트 비어 캔을 집어 들었다. "이 안쪽에 알루미늄 말이야." 아바가 말했다. "이걸 개봉해서 뒤집은 다음, 태양빛을 반사시켜서 섬 쪽으로 비추면 어떨까? 아마도 사람들이…." 아바가 미처 말을 끝맺기도 전에 하늘이 어두워지고 태양이 두꺼운 먹구름의 장막 뒤로 사라져 버리고 말았다.

나는 우리의 상황이 더 나빠질 수도 있겠다는 말을 했다. 마야는 상황이 구체적으로 이보다 더 어떻게 악화될 수 있는지 궁금해했다. "이 마당에 스티븐도 여기 함께 있었더라면 어땠겠어?" 내가 생각을 내놓았다.

"걔네 엄마도 여기에 있었다면 어땠겠니?" 매트가 웃음을 터트리며 말했다.

"혹은 상어가 우리의 뒤를 따라붙고 있을 수도 있는 거였네." 마야가 한마디 보탰다.

이제야 마야가 알아들은 것 같았다. "듣고 보니, 진짜 심각하다! 그치? 그런 상황이었다면 정말 끔찍했겠다!"

마야가 내 뒤로 보이는 물속에서 뭔가를 가리켰다. 그녀는 길고도 깊은 숨을 내쉬고는 어깨를 축 늘어뜨렸다.

"어머, 나 지금 농담이 아니라 진짠데. 상어가 우리 뒤를 쫓아오고 있어."

"야, 이거 정말 끝내준다! 환상 그 자체네!" 아바가 탄성을 질렀다.

나는 아바가 빈정대고 있는 거라고 생각했다. 아니면 너무 심한 폭풍우를 만나서 정신이 어떻게 되기라도 한 건가 싶었다. "이게 그렇게 환상적인 상황이야?" 내가 물었다.

"야, 우리 미끼로 쓸 만한 거 안 남았니?"

"우리는 상어 낚시 같은 건 안 한다." 매트가 말했다. "나는 저 녀석을 이 갑판 위로 어떻게 끌어올릴지도 모를 뿐더러, 설령 잡아서 끌어올린다 해도, 아마 저 녀석이 잭의 한쪽 다리를 덥석 물어뜯어 버릴 거야."

나는 매트를 노려봤다. "아니, 왜 하필 내 다리야?"

"아니 아니, 그런 게 아니야." 아바가 말했다. "우리가 상어를 잡는다는 게 아니라, 나는 그저 저 녀석을 가까이 유인해서 추적 장치를 잡아채려고 해."

"그 추적 장치는 왜 잡아채려는 건데?"

아바는 수납공간 속에서 엉망이 되어 버린 내 왼쪽 운동화를 꺼냈다. "이건 단순한 운동화가 아니야, 기억하지?" 아바가 말했다. "내가 이거 작동 원리를 알아내려고 계속 붙들고 있었잖아."

"나는 네가 그냥 손이 심심해서 계속 갖고 만지작거리는 줄 알았는데." 내가 말했다.

아바가 집게손가락을 들어 보였다. "그래, 근데 목적을 갖고 만지작거린 거야."

"그래서?"

"그러니까 이 운동화는 압력 센서를 이용해서 네 걸음 수를 세지." 아바는 우리 모두가 그 의미를 잘 이해할 거라는 듯, 만족스런 미소를 지으며 손을 내밀었다. 신기하게도 매트는 정말 다 알아들었나 보다.

"그런데 이 신발에는 가속도계 같은 것도 없잖아. 그치?" 매트가 물었다.

"응, 없어!" 아바가 말했다. "정말 어이없지, 안 그래?"

그 아이디어가 정확히 뭔지는 모르겠지만, 나의 천재 형제들에게는 가속도계인가 하는 게 없다는 건, 마치 치즈 없는 피자마냥 영 말이 안 되는 그런 건가 보다. 미간을 찌푸린 채 마야가 나를 돌아다보았다. 나는 그녀에게 '질문하지 마'라는 표정을 지어 보였다. 나의 형제들에게 나는 한마디를 더했다. "계속 말해 봐."

"그러니까 우리가 압력 센서를 추적 장치 안에 있는 배터리에 연결하면, 그 장치를 켜고 끌 수가 있어." 아바가 말했다. 그러더니 매트를 보고 다시 계속 말을 이어 갔다. "우리가 그걸 켜고 끌 수 있다는 것은…."

"모스 부호 말이니?" 매트가 물었다.

아바가 손바닥을 위로 하고 어깨를 으쓱해 보였다. "어때? 그 방법이 잘될 것 같아?"

고맙게도, 마야의 두뇌가 달리는 속도는 나와 비슷한 것 같았다─단거리 달리기보다 좀 더 느리고, 땀도 나고 지치는 달리기를 하는 것 같았다. "나는 무슨 소리를 하는지 잘 모르겠어." 마야가 말했다. "이 신발이 어떻게 모스 부호를 사용할 수 있게 해 준다는 거지?"

"자, 네가 지금 스마트폰에서 상어 추적 장치 앱을 쳐다보고 있다고 상상해 봐."

매트가 말했다. "상어의 위치를 보여 주는 그 작은 빨간 점들이 보통은 일정한 상태를 유지하잖아, 그치? 점들이 막 깜빡이거나 번쩍거리지는 않고 말이야."

나는 연구실의 화면과 스티븐이 자신의 스마트폰에서 추

적 장치를 보여 줬을 때 봤던 장면을 그려 보았다.

"아, 맞아." 마야가 말했다.

"그래서 추적 장치의 배터리에 압력 센서를 연결한다면, 우리가 센서를 누르고 추적 장치를 활성화시킬 때만 그 작은 빨간 점들이 화면에 나타나게 되는 거야. 우리가 꺼 버리면…."

매트는 나를 쳐다보며 그 대화의 공을 내게 넘겨주었다. 나는 제발 대화의 맥이라도 끊이지 않기를 바라는 심정으로, 머뭇머뭇 그의 말을 이어 받았다. "빨간색 점들이 안 보이는 건가?"

매트가 내 등을 탁 쳤다. "그렇지, 바로 그거야!"

"우리의 계획대로만 된다면," 아바가 설명을 이어 갔다. "그 빨간 점들이 S-O-S 표시처럼 깜빡이게 될 거야."

"그리고 사람들이 S-O-S 메시지가 이 위치에서 들어오는 걸 보게 되면," 매트가 섬이 있는 쪽을 정면으로 응시하며 말을 이어 갔다. "우리의 위치를 정확히 알게 되겠지."

"그러니까 이제 우리는 제발 누군가 상어 추적 장치를 지켜보고 있기만 간절히 바라면 돼."

"그리고 물론 그들이 모스 부호도 이해할 수 있기를 바라야지."

나는 집게손가락을 들어 올렸다. "한 가지 더 있어. 우리를 구해 줄 누군가가 킬데어보다 먼저 이 신호를 알아봐야만 한다는 거지." 모두가 잠시 말을 잃었다. 아바는 입을 오므리며 숨을 내쉬었다. 갑자기 우리의 계획이 무용지물이 되는 것 같았다. 내가 수면을 가리켰다. "그나저나 상어 지느러미에서 추적 장치를 잡아떼는 것도 문제잖아."

"저 상어가 엘리자베스 맞아?" 매트가 물었다.

"아니야." 아바가 대답했다. "내가 보기에 저 상어는 밥이야."

마야가 내가 궁금해하는 걸 대신 물어봐 주었다. "저 상어가 어떤 상어인지 어떻게 구분할 수 있어?"

아바가 상어의 등지느러미를 가리켰다. "로사 박사님이 저 상어들을 구분할 수 있는 몇 가지 특성들을 알려 주셨거든. 저기 위에 흉터 보이지? 저 녀석이 밥이야."

오, 다행이다. 2학년 때 같은 반에 엘리자베스라는 여자 애가 있었는데, 그 애는 완전히 밉상이었다. 큰 키에 힘이 셌고, 뾰족한 턱에 곱슬머리를 보라색 리본으로 묶고 다녔다. 일부러 다른 아이들이 아끼는 연필을 한 손으로 부러뜨리고는 자기 앞에서 질질 짜는 아이들의 모습을 보고 고소해 하던 애였다. 나는 아직도 가끔 그 애와 관련한 악몽을 꾸곤 한다. 내 악몽 속에 나타난 그 애는 15미터나 넘는 소나무를 맨손으로 부러뜨렸었다.

밥이라는 이름이 붙은 상어는 조금은 덜 위협적이었다.

매트가 아래 활대 쪽에 몸을 지탱하고 섰다. "활대가 아직까지는 힘을 지탱할 수 있을 것 같아. 그러니까 누구 한 사람을 여기에다 묶고, 미끼를 이용해서 저 밥이라는 상어를 유인한 다음, 추적 장치를 잡게 하면 되는 거야."

"상어에게서 떼어 내는 거지." 마야가 한마디 던졌다.

마치 상어는 우리들의 말을 알아듣고 있기라도 하듯, 배의 왼쪽에 와서 부딪혔다. 나는 깜짝 놀라서 거의 매트의 팔에 안길 뻔했다.

"상어는 물 밖으로 안 튀어 올라?" 내가 물었다.

"항상 그런 것 같지는 않아." 매트가 말했다.

왠지 이 상황에서 정신이 온전한 사람은 마야와 나, 둘뿐인 것 같았다.

"그럼 상어에게서 그 장치를 떼어 내는 역할은 누가 맡을 건데?" 마야가 물었다.

모두가 조용해졌다. 매트가 나를 먼저 쳐다봤다. 그러더니 아바도 나를 쳐다봤다. 잠시 후, 마야도 나를 쳐다봤다. 내 형제들은 내가 자진해서 그 역할을 맡기를 기다리는 게 분명했다. 나는 두 눈을 꼭 감았다.

아주 어렸을 때는 내가 눈을 감고 안 보면, 다른 사람들도 나를 못 본다고 생각했다. 세상에 대한 창을 닫아 버리면, 내가 투명 인간이 될 거라고 생각했다. 그런데 어렸을 때도 지금도 투명 인간이 되는 일은 벌어지지 않았다. 천천히 눈을 떴을 때, 나의 형제들은 희망에 찬 눈빛으로 여전히 나를 쳐다보고 있었다.

"잠깐, 잭. 너… 상어라면 완전히 질겁하는 거 아니니?" 마야가 물었다.

맞아, 맞다고. 나는 상어가 너무, 엄청나게 무섭단 말이야. "글쎄, 질겁한다는 말은 좀 너무 과장된 것….""

"걱정할 거 없어. 내가 할 거야." 마야가 제안했다.

오, 좋아. 너무 잘됐다. 걱정 말라고? 아니 마야는 어쩌면 저렇게 태평스러울 수 있는 걸까? 지금 우리가 지하실에서 옹기종기 모여 앉아서 무서운 상상의 괴물에 대한 이야기를 하는 게 아니질 않는가. 지금 바로 이 순간 우리 배 주변을 배회하는 녀석은 선사 시대부터 지구상에 존재해 왔던, 인간을 공격하는 암살범 같은 놈이란 말이다. 마야도 무서워해야 마땅하지 않나. 이 마당에 내가 모양 빠지게 꽁무니를 뺄 수는 없었다. "아니야, 무슨 소리야? 내가 할 거야."

마야는 혀를 날름 내밀며 깊은 숨을 몰아쉬더니 내 등을 탁 쳤다. "휴우! 네가 그렇게 말할 줄 알았어."

매트는 마치 투명한 내장 튜브를 받치고 있는 것마냥 손을 들어 옆구리에 갖다 대고는 인상을 살짝 찌푸렸다. "너도 알

다시피 내가 너보다는 조금 무게가 많이 나가잖아. 그치?"

한쪽 눈을 반쯤 감은 채, 아바가 하늘을 올려다보았다. "이건 음, 내가 제안한 아이디어니까 나는 그냥 패스다. 알겠지?"

몇 분 지나서, 그들은 손수 제작한 돛과 매트의 파란 색 콤비 상의를 잘라 만든 줄을 이용해서 나를 아래 활대에 묶었다. 계획은 나를 묶은 아래 활대를 수면 위로 흔들고, 남은 미끼를 다 긁어모아서 상어를 유인하는 것이었다. 그렇게 해서 내 손이 상어에 닿으면, 추적 장치를 상어의 몸통에서 잡아떼는 것이다.

만약 누군가 처음부터 그렇게 정확한 언어로 내게 상황 설명을 해 주었더라면 나는 자진해서 한다고 하지 않았을 것이다 정말로! 매트가 아래 활대를 밀어 갑판에서 수면 위로 흔들려 할 때, 나는 열두 살 소년이 아니라 상어의 저녁 먹잇감이 되어 버린 것 같았다.

"자, 준비됐니?" 매트가 속삭이듯 물었다.

아니, 나는 전혀 준비가 되지 않았다.

이 모든 계획은 정말 바보 같고, 정신이 나간 짓이며, 터무니없는 일이다.

그러나 저들이 모두 나만 바라보고 있지 않은가. "나 주우운비이… 됐어."

매트가 물고기 대가리를 물속에 던졌다.

밥이 원을 그리며 점점 가까이 왔다. 물살을 가르며 다가오는 흉터가 있는 그의 지느러미는 마치 뾰족한 칼처럼 보였다. 미끼로 던진 물고기 대가리가 바로 내 밑에 떠 있었는데, 노란 뼈에는 분홍빛의 살점과 붉은 핏기가 들러붙어 있었다.

"상어가 뭘 하고 있는 거야?" 아바가 물었다. "미끼를 물 것 같지 않은데."

"저 녀석, 배가 안 고픈가 봐." 마야가 자신의 생각을 내비쳤다.

나는 마야의 생각이 마음에 들었다.

"아니면, 저 정도로는 너무 양이 부족할 수도 있지." 매트가 받아쳤다. 그는 다른 조각을 물속에 첨벙 밀어넣었다. 이번에는 밥이 쏜살같이 달려들어 미끼를 낚아챘다. 그 녀석은 내가 있는 위치에서 팔뚝 하나 정도의 거리밖에 떨어져 있지 않았다. 내가 그 녀석의 코를 문질러 줄 수도 있을 만큼 가까이 왔다. 녀석의 누런 이는 날카로웠고, 그 수는 아주, 아주 많았다.

매트가 '꺅' 하고 비명을 질렀다. 다른 때 같았으면 그런 형을 비웃기라도 했을 것이다. 밥이 던져진 미끼를 낚아채려 할 때, 그 녀석의 지느러미가 바로 내 아래쪽으로 휙 지나갔다. 그러나 나는 그 생명체로부터 가능한 멀리 떨어지려고 양팔을 옆구리에 꼭 끼고 있었다. 나의 배와 다리는 돛의 캔버스 천과 매트의 점퍼를 잘라 만든 줄로 칭칭 동여매어 있었다. 나는 숨을 참고 추적 장치를 붙잡으려고 손을 뻗었다가 미끄러져서 그 녀석의 지느러미를 철썩 치고 말았다. 상어 껍질의 표면은 사포만큼이나 거칠어서 깜짝 놀랐다. 옷이 물에 젖었고 몸이 떨렸다. 추워서 몸을 떨었던 것은 아니었다.

"이렇게는 안 될 것 같아." 아바가 말했다.

"뭔가 다른 방법을 시도해 봐야 해." 마야가 맞장구쳤다.

"아니야, 한 번만 더 해 보자." 내가 말했다. "나 할 수 있어."

매트가 남은 물고기 조각을 배에서 가까운 물속으로 던져 넣었다. 밥이 마치 대형 선박처럼 그쪽으로 헤엄을 치며 천천히 유영을 했다. 이제 정말 배가 부른 것인가? 아니면, 갑자기 주어진 이 먹이를 의심하는 건가?

"왼쪽이야." 내가 속삭였다. "조금 더 왼쪽이야."

상어는 바로 내 밑에서 헤엄을 쳤고, 이때 아래 활대가 움직였다. 내 손이 그 녀석의 지느러미에 닿았을 때, 나를 묶고 있던 매듭이 느슨해졌다.

그때 내 가슴에 묶여 있던 끈이 싹 풀렸다. 허리 아래부터는 그래도 아직 활대에 묶여 있었지만, 나의 상체는 떨어져 있었다. 나의 양손이 철퍼덕 물속에 잠겼다. 상어가 거세게 물을 내리쳤다. 나의 오른쪽 팔꿈치가 밥의 지느러미 바로 옆의 거친 등판에 세게 부딪혔다. 그리고 나는 다음번 상어 밥이 될 것처럼, 물 위에 대롱대롱 매달리고 말았다. 물은 출렁출렁거렸고 파도가 일고 있었다. 밥의 꼬리가 니우호의 선체를 때렸다. 배는 흔들렸고 아래 활대가 수면 가까이로 떨어졌다. 나는 팔로 머리를 감싸 쥐었다. 내가 만약 저 상어의 먹이가 된다면, 제발 저 녀석이 살짝 맛만 보고 내 머리는 절대 건드리지 말기를.

나는 비명을 질렀다.

다른 세 명도 모두 비명을 질렀다.

나를 묶은 아래 활대를 그들이 너무 다급하게 갑판 쪽으로 당기는 바람에 내 팔과 어깨가 뱃전에 부딪혔다. 매트가 손을 뻗어 내 셔츠의 등을 움켜쥐고는 나를 갑판 위로 끌어올렸고 마야와 아바는 나를 묶고 있던 줄을 풀었다. 나는 쿵 소리를 내며 바닥으로 떨어졌고 매트는 나를 마치 박제된 동물을 들어 올리듯 아주 손쉽게 일으켜 세웠다.

참고로, 박제된 동물들에 관해서는 나는 잘 알지 못한다.

목숨은 구했다. 머리는 아프고 어깨는 부어올랐고 몸은 떨려 왔다. 그래도 나는 상어 밥이 되지는 않았다.

아바가 투덜거리는 소리가 들렸다. "가 버렸어. 상어가…"

매트가 뱃전에서 몸을 숙인 채, 물 아래를 가리켰다. "아니야, 밥이 아직 여기에 있어. 약 6미터 아래에 있어."

"기회는 이미 지나갔어." 마야가 말했다.

"아니야, 그렇지 않아." 내가 말했다.

"무슨 의미야?" 매트가 물었다.

자, 나는 그게 아주 엄청난 순간이었다는 것을 알고 있었고, 나머지 세 명은 몹시 조바심을 내고 있었다. 나는 그 상황을 좀 더 연장하고 싶었다.

여러분이 천재들, 그리고 또 다른 영역에서 천재일 수 있는 새로운 친구와 함께 지내다 보면, 조금이라도 잘난 척할 수 있는 순간을 찾아서 누려야 한다. 일상에서는 메달 시상대 같은 건 따로 없기 때문에, 스스로 메달을 줘야 하는 것이다. 내가 막 나의 무용담을 늘어놓으려는 그때에 아바가 마치 종합 격투기 선수처럼 달려들어 놀랍도록 강력한 손가락 힘으로 내 손을 열어 그 안에 들려 있던 추적 장치를 드러내 보였다.

형은 갈비뼈가 으스러질 듯이 나를 꼭 껴안았다. 나는 마야와 하이파이브를 했는데 이번에는 제대로 했다. 최소한 지난번처럼 마야의 이마를 치지는 않았다. 아바가 나에게 대단했다고 칭찬하는 소리를 분명히 들었던 것도 같은데, 정신이 돌아오고 벌새의 날개만큼이나 빠르게 움직이던 나의 심장

박동도 좀 차분해졌을 때는, 그녀는 이미 다른 일에 정신이 팔려 있었다. 그녀는 벌써 압력 센서를 추적 장치에 연결하고 있었다.

섬은 우리 우측에서 한참 먼 곳에 있었다.

하늘은 시시각각으로 어두워지고 있었다.

얼마 지나지 않아, 아바는 작업을 끝냈고 우리는 교대로 모스 부호로 구조 신호를 보냈다. 번갈아 가며 세 번은 짧은 박자로 두드리고, 세 번은 긴 박자로, 그리고 또다시 짧게 세 번을 두드리며 제발 그사이 누군가 이 신호를 지켜보고 있기를 바랐다. 로사 박사라든가, 애슐리 박사, 행크 박사나 그리고 스티븐이라도 좋으니 제발 누구든 좀 보고 있으면 좋겠다는 희망을 안고 계속 메시지를 보냈다.

바람이 거세게 불어 왔고, 하늘은 점점 어두워졌다. 그때 마야가 섬에서 우리가 있는 방향으로 날아드는 뭔가를 발견했다. 그건 붉은발얼가니새가 아니었다.

"언더플레인이다!" 아바가 소리쳤다. "바로 그 언더플레인이라고!"

"언더플레인이라고?" 마야가 물었다. "대체 누가 속옷으로 비행기를 만들어?"

내가 이렇게까지 안도하지 않았다면, 나는 소리 내어 막 웃었을 거다. 마야가 없었다면, 울음을 터뜨렸을지도 모른

328

다. "이제 우리 살았네." 나는 나지막한 목소리로 속삭였다.

매트는 왼쪽 오른쪽으로 고개를 돌리며 이리저리 쳐다봤다. "아직은 아니야." 그가 말했다. "이렇게 파도가 치는 와중에 저 비행기가 제대로 내려앉을 수가 없어. 물결이 너무 거칠게 일고 있어."

"그렇지만 박사님이 우리를 보고 계셔." 내가 말했다.

언더플레인이 가까이 다가왔다. 행크 박사님이 비행기를 조종하고 그 옆에는 에어컨 킹이 동석을 하고 있었다. 그들은 비행기 안에서 하이파이브를 하며 환호성을 지르고 있었고, 우리들은 니우호 위에서 관중들로 가득 들어찬 스타디움 만큼이나 큰 함성을 질러댔다.

마야가 손짓을 해 보였다. 비행기 꽁무니에서 검은 연기가 뿜어져 나오고 있었다.

"저건 뭔가 잘못된 거잖아." 내가 말했다.

"아니야." 매트가 조용히 말했다. "아니야, 그렇지 않아."

"상관없어." 마야가 말했다. "저분들이 어쨌든 우리가 여기 있는 줄 알고 있다는 거잖아." 평소라면 연기를 뿜어 대는 날개 달린 시험 잠수정에 오르는 일은 하지 않을 것이다. 그러나 이틀 동안 바다에서 표류하며 익히지도 않은 물고기를 먹고, 한뎃잠을 자고, 파란색 콤비 상의를 잘라서 용변 처리를 하고 나면 삶의 기준이 바뀌기 마련이다. 그래서 나는 그 비행기에 올라탈 생각이었다.

"그런데 왜 낙하산 발사를 안 하지?" 아바가 물었다.

원을 그리며 날면서 행크 박사는 비행기에서 나는 연기를 분명히 보았을 것이다. 박사가 집게손가락을 들어 보였다. "지금 우리한테 잠깐만 기다리라고 말하는 것 같아." 매트가 짐작을 했다. "아마 누군가 배를 타고 이리로 오고 있는 것 같은데."

언더플레인은 당연히 니호아섬으로 다시 돌아갔고, 잠시 후, 검은 배 한 척이 하얀 물살을 일으키며 빠른 속도로 우리를 향해 다가오는 것이 보였다. 그 배가 루터호인지 아니면 베이더호인지는 구분이 안 갔지만, 그건 우리에게 중요하지 않았다. 나는 주머니에 손을 넣어 여전히 축축한 나비넥타이를 꺼내서 무릎 위에 펼쳐 놓고, 주름지고 구겨진 부분을 열심히 폈다.

"너, 지금 뭐 하고 있는 거니?" 아바가 물었다.

"카메라 앞에 서기 전에 준비를 좀 하려고 그러지."

"카메라라니, 무슨 소리야?"

에휴, 한참 답답한 우리 형이다. 그는 은하계나 행성에 관해서는 잘도 이해하고 있었다. 그러나 사람들에 관해서는 이해도가 한참 떨어졌다. 그는 하늘에 떠 있는 별들이 어떻게 움직이는지 잘 알고 있었지만 유명 스타들에 대해서는 영 알지 못했다. 네 명의 아이들이 이틀 동안 바다에서 표류를 했다. 그중 둘, 아니 어쩌면 세 명은 이미 약간 이름을 얻은 아이들이다. 이건 그야말로 엄청난 뉴스거리이다. 최소한 하와이에서는 아니, 어쩌면 전 세계적인 뉴스가 될 수도 있다. 니호아섬으로 돌아가면, 뉴스 방송사 직원들, 블로거들, 기자들 그리고 우리를 아끼는 팬들이 우리의 인터뷰나 이야기를 듣기 위해 기다리고 있을 거다.

사인을 요청하면? 나는 이미 몇 개의 사인을 만들어 두었다. 나는 몇몇 기자들이 속도를 내며 우리를 향해 달려오는 저 상황을 이야기하고 있는 것이다.

그들은 우리를 향한 질문도 쏟아 낼 것이다. 두렵지는 않았니? 죽게 될 수도 있다는 생각을 했었니? 잭, 그 넥타이는 어디서 산 거니?

나는 미리미리 준비를 하고 싶었다. 그리고 카메라 앞에서 멋지게 보이고 싶었다. 그게 대체 뭐가 이상하다고 내 형제들은 저런 반응을 보이는 걸까? "형, 내 말을 믿어." 내가 손가락으로 머리를 한쪽으로 쓸어 넘기며 말했다. "저기 카메라들이 대기하고 있을 거라고."

배가 다가왔다.

나의 얼굴에서 웃음기가 사라졌다.

기자들은 보이지 않았다.

대신, 한 남자가 타륜 앞에 서 있었다. 그는 검은색 선글라스를 착용하고 있었다. 그의 아래턱에 난 염소 수염은 양모로 만든 털양말만큼이나 두툼했다. 그리고 그는 바로 우리 모두가 가장 보고 싶어 하지 않았던, 바로 그 사람이었다.

16
진짜
공작원

"너희 중에 가라테 할 줄 아는 사람 있니?"마야가 물었다.

쿵푸를 할 줄 안다면 얼마나 좋을까 간절히 바랐다. "숨으면 어떨까?"내가 물었다.

"너, 농담이 나오니 잭?"아바가 말했다.

알았다고. 그건 좋은 생각이 아니었다 치자고.

"저 사람이 지금 우리에게 아무 짓이나 할 수는 없을 거야."매트가 말했다. "행크 박사님이 우리가 여기 있다는 걸 알고 계시잖아."

"그럼 우리 어떻게 해야 하지?"

"지금 체스 게임을 한다고 한번 생각해 보자."매트가 제안을 했다.

"나는 체스 게임 할 줄 모르는데." 내가 형에게 다시 한번 알려 주었다.

"우리가 몇 단계 앞서서 생각을 해야 해."

"그렇지만 우선 저 사람의 움직임부터 봐야 하잖아." 아바가 말했다. "그러고 나서 어떻게 대응할지 생각을 해야지."

그의 첫 동작은 우리의 예상을 빗나갔다.

우리 중 누구도 예상하지 못한 그런 것이었다.

탄탄한 체구에 희끗희끗한 백발을 가진 전직 해군 특수 부대 요원이었던 그 남자는 베이더호의 모터를 끄고 마야에게 줄을 건네주었고, 우리의 목선 위로 펄쩍 뛰어내려서는 아빠 곰처럼 나를 안아 주었다.

처음에 나는 그가 나를 죽이려 하나 생각했고 그다음으로는 이게 일종의 군대식 레슬링인가 싶었다. 짧은 순간에 나는 그를 깨물어 버릴까 하는 생각도 했다(예전 양부모님의 육아 일기에 보면 내가 아장아장 걷는 아기였을 때, 잘 물어 뜯었다고 기록되어 있었다). 게다가, 그에게서 벗어날 다른 방법을 생각해 낼 수가 없었다. 그런데 곧 그가 나랑 대결을 하는 게 아니라는 걸 깨달았다. 대결 같은 그런 것이 전혀 아니었다. 그는 나를 이리저리 돌려 보며 웃었다. 그 순간 잠시, 그의 품에서 내 마음이 따뜻하게 녹았다. 그의 포옹은 정말 너무너무 포근하고 따뜻했다. 그는 동작을 멈추고는 내가 마치 뭔가 잘못이라도 저지른 것 같은 표정을 지어 보이더니 이내 나를 옆으로 밀어내고는 놀라서 어리둥절해하는 두 소녀를 안아서 번쩍 들어 올렸다. 다가서는 킬데어를 보고 매트가 주춤주춤 움찔거리자, 그는 대신 매트의 어깨에 팔을 두르고 남자들 방식으로 포옹을 나누었다.

그는 우리가 어떻게 안전하게 돌아올 수 있었는지 도저히 믿기 어렵다는 말을 몇 번이나 반복했다. "너희 할아버지가 기다리고 계셔." 그가 마야에게 말했다. "지금 너희 할아버지는 기뻐서 어쩔 줄을 몰라 하셔. 내가 한마디 더 하자면, 그분은 너를 아주 전적으로 신뢰하고 계시지."

"그러셨나요?"

"그럼 물론이지." 킬데어가 말했다. "그분께서는 네가 길을 찾아올 거라고 말씀하셨어. 그리고 너희들, 아까 행크 박사님 봤지, 그치?" 우리는 고개를 끄덕였다. "언더플레인에 작은 엔진 결함이 생겼어. 그렇지만 방금 작은 만이 있는 쪽에 안전하게 착륙했다고 무전이 왔어. 해변에 가면 모두 만날 수 있을 거야." 그는 믿을 수 없다는 듯 머리를 흔들며 다시 한번 나를 끌어안았고 매트의 등을 한 대 찰싹 쳤다. "야, 정말 믿을 수가 없다. 놀랍다 놀라워, 대단해!"

매트와 나는 서로 멀뚱히 쳐다봤다. 드디어 매트가 입을 열었다. "우리를 만난 게 왜 그렇게 반가우세요? 저희는 킬데어 씨라는 걸 알고 있었는데요. 그래서 뒤를 쫓아 수중 연구실로 따라갔던 거고요."

"나를 따라왔다고? 무슨 소리를 하는 거지?"

"아저씨가 그 프로젝트에 방해 공작을 했다는 걸 저희가 알고 있어요."아바가 말했다. "그리고 수중 연구실도 파괴하셨잖아요."

나는 제발 좀 텔레파시가 통하길 바라며 나의 형제들을 빤히 쳐다봤다. 우리 사이에 텔레파시가 통한다면, 나는 마음속으로 그들을 향해 대체 무얼 하고 있는 거냐고 소리쳤을 것이다. 다른 증인도 없는데 킬데어와 이런 식으로 느닷없이 맞닥뜨리는 것은 체스 판에서 결코 잘 쓴 말이라고 여기지는 않을 것이다. 손자도 이런 전략은 좋아하지 않았을 것이다.

킬데어가 베이더호에서 줄을 끌어와 들고 니우호의 뱃머리 위로 올라섰다. "끔찍한 화재가 났었어. 수중 연구실 전체가 물에 잠겨서 붕괴되었고, 안에 있던 모든 것이 다 전소됐어."그는 배 앞에 쭈그리고 앉아서 줄의 한쪽 끝을 묶었다. "그런데 나는 그 일이랑 아무 관련이 없단다."

"이틀 전 밤에, 아저씨가 연구실로 몰래 내려가는 걸 저희가 봤는걸요."

"몰래 들어갔다고? 나는 어디든 몰래 숨어들어 간 적이 없어." 킬데어가 수염이 덥수룩한 턱으로 나를 가리켰다. "내가 저 애의 뒤를 따라갔었거든. 모든 사람들이 다 숙소로 돌아가고 난 뒤에, 나중을 위해서 이 배를 여기에 두려고 했어. 그런데 나는 용의자가 아니란다. 모두가 다 네가 수중 연구실을 파괴한 사람이라고 알고 있어, 잭."

"네가 파티장에서 폭죽이 든 상자 주변을 기웃거리는 걸 스티븐이 봤다고 하던데. 게다가 그의 휴머노이드 로봇에도 녹화가 된 모양이야."

"설사 그랬다 해도, 제가…."

"잭은 안 그랬어요." 마야가 말했다. "저희들 넷이서 계속 함께 있었거든요."

킬데어의 눈동자가 몰렸다. "내가 해변까지 내내 너를 쫓아갔었는데."

"아니에요." 아바가 마치 유치원생에게 뭔가를 설명하듯 천천히 말했다. "저희들이 아저씨를 따라갔어요. 아저씨가 바로 그…"

있는 대로 화가 난 전직 해군 특수 부대 출신의 킬데어는 잡고 있던 줄을 갑판 위로 던져 버렸다. "나는 위험을 무릅쓰고 연구실에 난 불을 진압하려 했었단 말이야!" 그가 말했다. "나는 죽을 뻔했단 말이야. 거짓말 좀 그만해라." 그는 두툼한 손가락으로 나를 가리켰다. "잭, 내가 네 신호를 추적했어."

"저의 신호라니요, 무슨 말씀이세요?"

"그 고양이 사진!" 아바가 소리쳤다.

"고양이라니, 무슨 소리야?" 마야가 물었다.

"미스터 팅클이야." 매트가 아주 단호하게 말했다.

"팅클이 아니라, 윙클이지." 킬데어가 고쳐 말했다. "네가 그 추적 장치를 찾아냈니?" 내가 고개를 끄덕였다. 그러자 그는 어깨를 으쓱일 뿐 사과의 말 같은 것은 없었다. "안전상의 이유로, 나는 모두가 어디에 있는지 알아야 했거든. 게다가 나는 너희 셋을 그다지 신뢰하지 않았어." 그는 나를 지목했다. "특히 너는 더 못 믿겠어."

"잭이 좀 신뢰가 안 가는 건 맞아요." 매트가 말했다. "그렇지만 아저씨가 추적한 사람은 잭이 아니에요. 쟤들이 그 장치를 파티 직전에 제거했거든요."

"그럼 파티장에서 슬쩍 빠져나가서, 헤엄을 쳐 수상 선착장까지 간 다음, 폭죽에 불을 붙이고 수중 연구실을 파괴한 사람이 대체 누구란 말이지? 설명을 좀 해 봐."

답은 전혀 예상 밖의 인물이었다. 어떻게 보면 아주 뜬금없고 이치에 맞지도 않았다. "앨버트 찰스 크럼프리히." 내가 말했다. "에어컨 킹!"

해변에는 내가 기대했던 기자들은 보이지 않았다. 카메라

맨들이나 블로거들도 안 보였다. 우리를 태운 베이더호는 파손이 된 니우호를 뒤에 매달고 끌면서 만이 있는 쪽으로 다가갔다. 그곳에 나와 있는 행크 박사를 보자 우리 세 형제는 깊은 안도의 숨을 내쉬었다.

애슐리 박사가 스티븐, 클레멘타인, 로사 박사와 함께 서 있었고, 예닐곱 명의 다른 사람들도 보였다. 마야는 딸이 살아 돌아왔는데도 나와 보지 않는 자신의 부모님을 비꼬면서 투덜거렸다. 그렇지만 할아버지, 벤은 당장 헤엄을 쳐서 마야를 맞으러 올 태세로 물가까지 나와 있었고, 그 옆으로는 오하나호에서 보았던 몇몇 사람들도 함께 기다리고 있었다. 놀랍게도, 에어컨 킹도 해변가에 나와 있었다.

"지금쯤 저 사람은 이미 자리를 피했어야 되는 거 아니야?" 매트가 말했다.

"아니야, 저자는 보통 사람과 달라. 아주 특이한 사람이야." 킬데어가 말했다. "아마 저 사람은 그날 밤 너희들이 그 자리에 있었다는 생각을 전혀 못하고 있을 거야."

"게다가 우리가 이 일의 배후 인물로 본인을 지목하고 있는 것도 모르잖아." 아바가 말했다.

"자, 그럼 당분간 저자가 눈치채지 못하게 행동하자." 킬데어가 말했다. "너희 네 명은 오늘만큼은 다른 거 신경 쓰지 말고 좀 푹 쉬는 게 좋을 것 같다."

좀 더 강한 바람이 뒤에서 불어오면서 우리의 배를 세차게 밀어 주었는데, 그건 마치 다가오는 폭풍이 우리를 서둘러 안전지대로 보내 주는 것 같았다.

배가 미처 해변가에 도착하기도 전에 행크 박사와 벤, 데이비드 세 사람 모두 허리춤까지 물이 차오르는 곳으로 달려 나와서 배 위로 올라와 바닷물에 흠뻑 젖은 채로 우리들을 얼싸안았다. 스티븐은 머리 우측으로 손을 들어 박수를 치더니 이내 머리를 뒤로 쓸어 올리고는 멀리서 우리를 지켜만 보았다.

드디어 우리가 땅에 발을 내디뎠을 때, 나는 양쪽 무릎을 꿇고 감격에 겨워서 모래밭에 입을 맞추었다. 그래도, 그런 행동은 굳이 추천하고 싶지는 않다. 입술에 묻은 모래를 깨끗이 털어 내는 데, 거의 일 분은 걸렸다.

로사 박사가 우리를 한 사람씩 꼭 안아 주고는 아바를 안으려 끌어당겼을 때, 슬쩍 웃는 아바의 표정을 나는 포착했다. 그러나 아바는 몇 초 만에 교묘하게 슬쩍 로사 박사의 포옹을 피했다.

에어컨 킹과 요리사 모자를 쓴 주방장이 우리들을 양팔로 감싸 안았다. 그리고 애슐리 박사가 내 앞에 와 있을 때쯤에는 나는 이미 이 사람 저 사람이 안아 주는 통에 좀 지친 상태였다. 다행히, 애슐리 박사는 애정 표현에는 아바보다 더

알레르기 반응을 일으키는 사람이었다. 아마 여러분은 그런 포옹을 '에어 허그'라고 부를 것이다. 이상할 수도 있겠지만, 나는 어쨌든 그 시늉만 하는 포옹이 마음에 들었다.

마야의 곁을 지키고 있던 할아버지, 벤이 마야에게 스마트폰을 건네주며 부모님께 전화를 하도록 했다. 마야의 부모님은 할아버지를 못마땅해했고, 벤은 계속해서 마야가 무척 자랑스럽다는 말을 했다.

한편, 우리의 천재 형제들은 행크 박사의 관심을 한순간도 놓치지 않으려 했다. 아바는 행크 박사와 로사 박사에게 S-O-S 신호를 보낸 신발을 보여 줬다. 행크 박사는 아주 훌륭한 방법이기는 하지만 편리해 보이지는 않는다고 했다.

매트는 밤하늘에서 봤던 모든 별들에 관한 이야기를 끊임없이 쏟아 냈다. 그러다 어느 순간 행크 박사는 매트가 시험을 치지 못했다는 사실을 알게 되자, 담당 교수한테 연락을 취해 시험 기간 연장에 대해 물어보라고 했다. 나의 형은 별로 신경 안 쓴다고 했고 그 말을 들은 행크 박사는 한순간 얼음이 됐다. 무슨 일인지 설명을 해 보라는 눈빛으로 나를 바라봤다. "바다에서 무슨 일이 있었던 거니?" 행크 박사가 물었다.

나는 어깨를 으쓱거렸다. "수많은 일들이 있었죠."

고맙게도 누군가 뭔가 좀 먹어야 한다는 얘기를 꺼냈고,

그래서 숙소가 있는 언덕 위로 걸어가기 시작했다. 나는 예전에 행크 박사가 한번 들려주었던 우주 비행사에 관한 이야기를 꺼냈다. 그들이 장기간의 우주여행에서 돌아왔을 때, 걸음을 뗄 수도 없을 만큼 몸이 쇠약해져서 실제로 다른 사람들이 그들을 들것에 실어서 우주선 밖으로 데리고 나온 일에 관한 얘기였다.

"아무 관련도 없는 얘기를 왜 하고 있지?" 스티븐이 내뱉듯이 말했다.

"누가 여기 저 좀 숙소까지 날라다 주실 분 안 계세요?"

모두가 웃음을 터뜨렸다.

나는 농담을 하는 게 아니었는데.

느릿느릿, 터덜터덜 한참을 걸었다. 도착하자마자, 나는 갑자기 단거리 달리기 선수처럼 쏜살같이 뛰어 화장실을 다녀온 후 사람들과 함께 음식이 차려진 주방으로 갔다. 식탁은 음식과 음료로 넘쳐 났는데, 주방장은 부지런히 주방을 오가며 계속 음식을 날라 왔다. 나는 단숨에 꿀꺽꿀꺽 물을 들이켰고, 햄치즈 샌드위치와 갓 구운 초콜릿 쿠키를 먹어 치웠다.

누군가가 내 앞에 따끈한 쇠고기 스프 그릇을 내려놓았다. 나는 아무 생각 없이 초콜릿 쿠키를 스프 속에 쏙 담갔다가 얼른 입으로 가져갔다.

스티븐은 스프에 초콜릿 쿠키를 찍어 먹는 나를 보며 역겨운 표정을 숨기지 않았지만, 그의 엄마, 애슐리 박사는 먹고 싶어 하는 게 역력해 보였다. 그녀는 적어도 세 번 이상 초콜릿 쿠키를 집으려 손을 내뻗었다가 다시 접고는 샐러드 접시 위에 올려진 아스파라거스 잎을 움켜쥐었다.

행크 박사는 유난히 다정하게 대해 주었다. 박사는 우리 셋을 돌아가며 안아 주었는데, 아바는 역시 쏙 빠져나갔다. 어쨌든 그때 박사는 주머니에서 스마트폰을 꺼내 들었다. 폰의 화면을 힐끗 보고는 나에게 건네주었다. "자 여기 있다." 그가 말했다. "민 선생님께 이제 안전하게 돌아왔다고 말씀드려라."

민 선생님은 보통 아주 차분하고 이성적이다. 그러나 내가 '여보세요'라고 인사를 하자마자, 그녀는 기뻐서 거의 비명을 질렀다. "다른 애들은?" 그녀가 물었다. "매튜는? 아바는? 다 괜찮은 거니?"

"네, 아주 멀쩡해요." 내가 말했다. "매튜는 현재 이마에 이상한 상처가 하나 생겼고요, 아바는 키가 좀 줄어든 것 같아요. 그거 빼고는 다 괜찮아요." 식탁에 앉아 있던 형이 내 말을 듣고는 거울을 보러 갔고, 전화기 너머로 하와이 전통 음악이 들려왔다. "민 선생님, 하와이 전통 파티라도 열고 계신 건가요? 지금 어디 계세요?" 그녀의 대답을 들은 나는 방금 전까지 케이블에 잘 매달려 있던 엘리베이터가 일시에 뚝 떨어져 버린 기분이 들었다. 보아 하니 행크 박사가 우리가 실종됐다는 소식을 민 선생님에게 알렸고 그래서 민 선생님은 몇 시간 만에 하와이행 비행기에 올라탄 것이다.

"일등석을 탈 수 밖에 없었어. 다른 좌석은 남아 있는 게 없었거든." 그리고 그녀는 드디어 하와이에 도착했다. 그런데 날씨가 안 좋아서 니호아섬까지 오는 길이 막혀 그린 룸 리조트에서 기다리고 있었던 거다.

"거기 24시간 운영하는 아이스크림 바가 있는 곳이지요, 맞지요?" 내가 물었다.

"오, 맞아 맞아. 게다가 여기 토핑 종류가 스물다섯 가지나 있더라고, 알고 있었니?"

물론 나는 알고 있었다. "수영장도 종류 별로 다섯 개나 있는 그 호텔인가요?"

"맞아, 바로 그 호텔이야." 민 선생님이 말했다. "그렇지만, 길이 열리는 대로 내가 바로 너희가 있는 곳으로 갈 거야."

나는 아바에게 전화기를 건네주었다. 아, 나도 다음엔 민 선생님처럼 그런 호텔에 머물렀으면 좋겠다. 나의 형제들은 간단하게 민 선생님과 안부를 주고받았고, 우리는 마치 프로 미식축구 선수들처럼 다시 음식 먹기에 돌입했다.

점점 우리들을 위한 작은 환영 파티에 온 사람들이 하나둘 빠져나가기 시작했다. 클레멘타인도 가 버렸다. 오하나호에 있던 섬 주민들도 잘 자라는 인사를 남기고 만에 있는 그들의 캠프로 돌아갔다. 마야와 그녀의 할아버지 벤은 남아 있었다. 애슐리 박사가 마야더러 자기 집에 머물라고 했고 마야의 할아버지는 마야 옆에 함께 있길 바랐다.

행크 박사와 로사 박사, 벤 할아버지, 그리고 애슐리 박사는 모두 우리가 어떻게 버틸 수 있었는지 너무 궁금해했다. 에어컨 킹도 주변에 함께 있었는데, 그는 음식에 정신이 팔려 있었다. 아바는 로사 박사 옆에 앉아서 내 운동화를 어떻게 해서 구조 요청에 사용했는지 이야기했다.

음식을 먹는 사이사이 우리는 별자리를 보고 방향을 찾았던 일이랑 거미줄 신발 끈을 만든 얘기, 그리고 낚시에 성공했던 얘기까지 쉴 새 없이 늘어놓았다.

행크 박사는 매트가 밤하늘에 타나 문, 별자리를 보며 항해했던 얘기를 하며 동시에 식은 스테이크를 씹어 먹는 매너 없는 행동을 보였는데도 별 다른 지적을 하지 않았다. 질경질경 씹는 소리와 고기 덩어리를 입안에서 이리저리 굴리는 소리가 너무 생생하게 다 들렸다. 옆에 있던 나도 사실은 좀 비위가 상했다.

우리는 많은 이야기를 풀어냈지만, 정작 중요한 이야기는 하지 않았다. 사람들이 우리더러 애초에 무엇 때문에 수중 연구실로 나갔는지 물어볼 때마다 킬데어가 알아서 말을 끊어 주었다. "뭐, 그런 얘기는 아침에 하기로 하죠." 킬데어가 말했다.

내가 초콜릿 쿠키를 여섯 개째 먹으려 할 때, 에어컨 킹이 섬 전체가 흔들릴 정도로 요란스럽게 하품을 해 댔다. "나는 피부 미용을 위해서 좀 쉬어야겠어요." 그가 말했다. "자, 오늘 밤은 이쯤에서 접고 다들 내일 아침에 다시 모이는 게 어때요?"

에어컨 킹이 멀쩡하게 살아 있는 우리의 모습을 보고 자신이 얼마나 안도했는지 다시 한번 강조했다. 그가 자리를 뜰때 보니, 스티븐의 모습이 보이지 않았다. "스티븐은 어디 갔어?" 내가 매트에게 물었다.

"그 애는 지금 자기 연구실에 가 있을 거야." 애슐리 박사가 말했다. 그녀의 표정이 환해졌다. "아인슈타인도 밤에 연구를 즐겨했대."

문이 닫혔다. 매트는 애슐리 박사의 말은 무시하고 킬데어에게 말을 걸었다. "그래서 내일 아침까지 기다릴 셈인가요?"

"꼭 그럴 필요는 없지. 너희들이 확신만 있다면, 지금이 가장 좋은 때일 수도 있어." 전직 해군 특수 부대 요원인 그가 말했다.

"좋은 때라니, 뭐가 가장 좋은 때라는 거니?" 애슐리 박사
가 물었다.

아바가 손가락을 꺾으며 말했다. "저, 사실을 말씀드리면요."

17
드러나는 범죄의 전모

나는 주방을 한번 죽 둘러보았다. 우리 네 명과 행크 박사, 애슐리 박사, 로사 박사, 벤, 그리고 킬데어가 그 자리에 남아 있었다. 아, 휴머노이드 로봇, 해리엇도 함께 있었다. 언제 들어왔는지 나는 미처 못 봤는데, 그 로봇이 안으로 들어와 있었다. 은색 로봇은 출입구 가까이에 자리를 잡고 벽에 등을 댄 채 두 개의 전자 눈으로 우리를 정면에서 바라보고 있었다. 로봇에게는 우리를 겁먹게 만드는 뭔가가 있었다. 나는 굳이 그런 얘기를 아바나 매트에게 하지 않았다. 그들은 나를 놀릴 게 뻔했다. 그들은 암호니 배선이니 하는 알 수 없는 용어들을 이용해서 내가 느끼는 막연한 두려움을 규명하려 들 것이다. 그러나 해리엇에게는 분명히 좀 이상한 무언가가 있었다. 나는 귀신의 존재를 믿지 않지만, 진짜 없는지는 잘 모르겠다. 그런데 그 로봇에는 꼭 귀신 들린 것 같은 그런 느낌이 들었다.

애슐리 박사는 해리엇을 보자 불만스럽게 투덜거렸다. "저 물건은 어디나 따라다니네." 그녀가 불평했다. "내가 우리 아들 생일 선물로 저 로봇을 사 줬는데, 글쎄 저게 20만 달러나 주고 사 준 로봇이야."

아바가 마치 기절할 듯 깜짝 놀라며, 입 모양으로 그 금액을 나에게 말했다. "20만 달러래?"

"자, 그래서?" 행크 박사가 물었다. "무슨 일이 있었던 거니? 설명이 안 되는 이 사건에 숨겨진 진실이 뭐니?"

매트와 아바가 우리가 알고 있는 사실들과 함께 왜 우리가 에어컨 킹을 진짜 공작원이라고 지목을 하는지를 간략하게 설명하자, 듣고 있던 로사 박사가 도저히 화를 참을 수 없었는지, 자신의 볼펜을 집어 던졌다. 애슐리 박사는 같은 말만 반복했다. "진짜니? 정말이니?" 그리고 그녀의 어조는 도저히 못 믿겠다와 정말 궁금하다는 두 가지 반응을 오가며 수시로 바뀌었다.

우리들의 멘토이신 행크 박사는 말없이 손가락으로 자신의 턱을 톡톡 두드리며 테이블 주변을 어슬렁어슬렁 돌았다. 매트가 앉아 있는 의자 뒤에서 걸음을 멈춘 박사는, 오른쪽 새끼손가락으로 허공을 찌르며 질문했다. "이유가 뭐야?"

"그래, 대체 이유가 뭘까?" 애슐리 박사도 같은 말을 반복했다.

"왜?" 행크 박사가 말했다. "무엇 때문에 그 사람이 수중 연구실을 파괴하고 싶어 했냐고?"

로사 박사는 바닥에 떨어진 자신의 볼펜을 집어 들고 개수대로 가서 물에 헹구고는 셔츠 아랫단으로 물기를 닦았다. 그녀는 벽에 붙은 환풍구 바로 아래쪽에 서 있었다. 얼굴을 들고 말 없이 환풍구의 시원한 바람을 맞던 그녀가 깜짝 놀라며 갑자기 말을 토해 냈다. "잠깐, 잠깐만요!"

"잠깐이라니, 뭘요?" 행크 박사가 물었다.

아바가 환풍구를 올려다보더니 로사 박사를 가리키며 흥분을 했다. "저, 알아요!"

나는 행크 박사를 힐끗 쳐다봤다. 아바가 로사 박사를 향해 미소를 지어 보였다. 이제 아바는 로사 박사와 말도 잘한달까?

"그래, 네 생각은 뭔데?" 로사 박사가 다그치듯 물었다.

"어, 그러니까, TOES는 청정 에너지를 만들어 낼 뿐만 아니라, 그 과정에서 시원한 공기도 만들잖아요."

"그리고 차가운 물도 만들죠." 매트도 존재감을 드러내야겠다 싶었는지 한마디 보탰다.

"맞아, 그렇지만 그건 그렇게 중요하지 않고," 아바가 급하게 자신의 생각을 꺼냈다. "그 차가운 공기가 또 다른 에어컨 역할을 할 수도 있잖아요."

"그래. 여기 몇 군데 대형 섬들에, 그 시스템을 시험 설치해 보자고 우리가 이미 몇 번 이야기한 적이 있지." 애슐리 박사가 말했다. "그걸 설치하면 기존의 일반 에어컨은 사실 더 이상 필요 없게 되는 거지."

"그럼 그건 에어컨 킹에게는 그다지 좋은 소식이 아니겠네요." 마야가 말했다.

"그러니까 TOES 자체가 그의 사업을 망칠 수도 있게 되는 거네." 행크 박사가 말했다.

애슐리 박사가 내가 먹던 스프 그릇을 집어 들고는 한 모금을 홀짝 마셨다. "어휴, 이 커피는 맛이 형편없네." 그녀가 말했다.

"그건 쇠고기 수프인데요." 내가 말했다.

그녀는 벌떡 일어서서 싱크대로 달려가 뱉었다.

"그 사람이 손해를 보게 되는 금액이 얼마나 되는데요?" 행크 박사가 물었다.

애슐리 박사가 머리를 앞뒤로 까딱까딱 흔들었다. "가만 보자, 그 사람이 하와이의 모든 대형 호텔들과 사무실, 건물들과 계약을 하고 있거든요." 그녀가 말했다. "만약 TOES의

효과가 입증되면, 여기 사람들은 전부 다 그걸 사용하고 싶어 하겠죠. 청정 에너지에, 값도 싸잖아요. 그러니 마다할 이유가 없잖아요?"

마야는 행크 박사가 했던 질문을 반복해서 물었다. "그래서 그 사람이 얼마나 손실을 보는 건데요?"

"수백만 달러는 될 거 같아."

"수백만 달러라고요?" 내가 물었다. "진짜요?"

애슐리 박사는 어깨를 한번 으쓱해 보였다. "그렇다니까." 그녀가 말했다. "아마 그보다 더 많을 수도 있어."

진심으로 나는 킹이라는 사람이 아주 마음에 안 들었다. 그럼에도 불구하고, 그 사람이 그렇게 많은 금액의 돈을 잃게 된다니, 범죄 여부를 떠나서 아주, 잠시 잠깐 조금 불쌍하다는 생각이 들었다.

애슐리 박사가 행크 박사 앞에 있던 커피 잔을 집어 들고는 호르륵 소리까지 내며 마시고는 다시 행크 박사 앞에 내려놓았다. 행크 박사는 그 커피 잔을 물끄러미 내려다보고, 애슐리 박사는 혼자 묻고 또 혼자 답도 하며 대화를 이어 갔다. 어른들을 향해 그녀가 말했다. "그렇지만 그 사람이 아이들을 위험에 빠뜨릴 의도는 없었잖아요. 안 그래요? 아이들이 그때 수중 연구실 밖에 와 있는 것도 몰랐어요."

그럴 수도 있다. 아마 그는 우리가 뒤따라갔던 것을 몰랐을지도 모른다. 그렇다고 해서 그에 대한 내 감정이 달라지지는 않았다. 행크 박사는 오염된 자신의 커피 잔을 다시 쳐다봤다. "그런데 말이야, 해저에 있는 파이프가 파손된 건, 여전히 풀리지 않는 수수께끼라고. 그걸 대체 어떻게 파손시켰던 걸까?"

해리엇이 바퀴를 밀며 식탁 가까이로 다가왔다. 나는 자리에서 일어나 건너편 자리로 옮겨 앉았다. 새로 앉은 자리에서 보니, 킬데어가 애슐리 박사를 지켜보고 있는 게 눈에 들어왔다. 그는 마치 애슐리 박사의 허락이 떨어지기만을 기다리고 있는 것 같았다. 애슐리 박사는 그를 향해 오른쪽 손가락을 튕겼다.

"그건, 제가 설명할 수 있을 것 같은데요." 킬데어가 말했다. "지난번 사건이 있은 후에, 잠수정 몇 대를 조사해 봤어요. 아마 기억하실 겁니다. 카우아이섬에서 잠수정 여행사를 운영하는 그 사람 말입니다. 일단, 그 사람한테 전과 기록이 있더라고요. 대부분 제과점에서 도둑질을 했는데요, 금액은 얼마 안 됐어요. 설탕 뿌린 도넛을 상당히 좋아하나 봐요. 최근 며칠 동안, 그가 사라졌었는데, 정확히 말하면 해저의 파이프가 파손됐던 그 시점이에요. 처음에는 제 전화도 안 받고 이메일에 답도 없더라고요. 여기 네 명의 아이들이 바다에 나가서 사라진 다음에 연락이 왔고, 그래서 제가 그 사람이 모든 사실을 실토하게 만들었죠."

그에게 자백을 받아 내기 위해 킬데어가 무서운 기술을 썼을 게 분명하다는 생각을 하니 갑자기 서늘한 기운이 내 등줄기를 타고 흘러내렸다. 그가 발톱을 뽑았을까? 아니면, 천천히 고통스럽게 눈썹을 뽑았을까? 그도 아니면, 훨씬 더 고통스러운 방법을 썼을까? 개인적으로 나는 아주 다루기 쉬운 대상일 것이다. 그냥 초콜릿 쿠키를 한 쟁반 가득 구워서, 부드럽고 쫀득쫀득한 쿠키를 내 코앞에 갖다 대기만 하면 나는 바로 넘어갈 것이다. 나는 쿠키 한 조각에 정보를 팔아 치울 거고 그리고 뭐든 다 털어놓을 것이다.

킬데어가 사용한 방법은 어쨌든 썩 유쾌한 방법은 아니었을 것이다. 내 몸이 떨렸다. 전직 해군 특수 부대 출신의 킬데어는 내 생각까지 다 읽고 있었다. 그는 자신의 손을 들어 올렸다. "워워, 잭! 내가 억지로 그 사람의 입을 열게 하려고 무슨 짓을 했거나 그런 건 아니야. 나는 그냥 온라인으로 그 자에게 200달러를 송금하고 경찰에게 알리지 않겠다고 약속 한 게 전부야."

"어머, 그런 방법이라면 저도 넘어갔겠어요." 마야가 말했다.

"만약 아이튠즈 뮤직 스토어 상품권을 준다면, 저도 다 털어놓겠어요." 아바도 한마디 했다.

"그래서 그 사람이 무슨 말을 하던가요?" 행크 박사가 재촉했다.

"그 사람 말이, 누군가 자신에게 보수의 열 배가 넘는 금액을 제안하면서 해저로 내려가서 그 일을 해 달라고 했답니다. 그런데, 그 당사자를 만나 보지는 못했다는군요. 전화 통화도 해 본 적이 없대요."

"그러니까 그 일을 벌인 사람이 에어컨 킹인지, 알 수는 없네요." 내가 말했다.

"알 수 없지요." 로사 박사가 말했다. "그렇지만, 그는 그만한 돈을 쓸 수 있는 사람이잖아요."

해리엇의 머리 부분이 로사 박사가 있는 방향으로 살짝 돌아갔다.

건너편에 앉아 있던 마야가 나에게 속삭였다. "저 로봇 말이야, 좀 오싹한 느낌이 들어, 안 그래?"

"그런데 아직도 이해가 안 가는 점은요, 킹이 과연 이틀 전에 수중 연구실에 어떻게 들어갔을까 하는 겁니다." 킬데어가 말했다. "출입문을 열려면 비밀번호를 알아야 하잖아요."

"저는 알려 준 적이 없어요." 로사 박사가 말했다.

"비밀번호를 어디 다른 데다 적어 두진 않으셨어요?" 아바가 물었다. "예를 들어, 포스트잇 같은 거요."

잠시 잠자코 듣고만 있던 애슐리 박사가 물었다. "그걸 어떻게 알았니?"

아바가 너무 뻔한 답이라는 듯이 어깨를 으쓱이며 말했다. "나이 드신 분들은 항상 비밀번호 같은 걸 포스트잇에다 써 놓으시잖아요."

"어머 얘, 나는 나이 든 사람이 아니야!" 애슐리 박사가 주 장했다.

"그럼 수첩 같은 데다 적어 두셨나요?"

애슐리 박사는 식탁을 내려다보며 고개를 끄덕였다.

"저분도 똑같이 그렇게 하셨어요." 아바가 킬데어를 가리 키며 말했다. 그리고 나를 보며 설명했다. "바로 그 덕분에 제가 상어 추적 앱의 비밀번호를 풀었던 거고, 저분이 어떤 방법으로 우리를 추적하고 있는지도 알았던 거고요."

로사 박사가 대견하다는 듯 등을 두드려 주자 아바는 뿌듯 한 미소를 지어 보였다. 당황하신 우리의 전직 해군 특수 부 대 출신 킬데어는 양손으로 얼굴을 가렸다.

"당신은 이곳의 보안을 책임지는 사람이잖아요." 애슐리 박사가 화가 나서 목소리를 높였다.

킬데어가 민망한 듯 어깨를 으쓱했다. "제가 자꾸 깜빡 잊 어서… 죄송합니다."

로사 박사는 볼펜으로 식탁을 두드렸다. "그럼, 그 사람이 연구실을 어떻게 빠져나왔어요? 킬데어 씨, 그때 분명히 불

358

을 끄려고 했다고 말씀하셨잖아요. 누군가를 봤다고 하셨잖아요, 아닌가요?"

"맞아요." 킬데어가 답을 했다. "눈에 띄지 않고 빠져나올 수 있는 방법은 문풀을 통해서 나오는 방법밖에 없지요. 그런데 거기서부터 수면까지의 거리는 30미터나 되잖아요."

"그러니 문풀을 통해서 빠져나오는 건 불가능했단 거네요." 애슐리 박사가 말했다.

"스쿠버 다이빙 장비 같은 게 없다면 불가능하죠." 행크 박사가 말했다.

"스쿠버 다이빙 장비 같은 걸 착용하고 그럴 만한 시간적 여유가 없었을 텐데요." 킬데어가 응수했다.

몇 초간의 침묵이 흘렀고, 마야가 목소리를 높였다. "잠깐만요, 만약 그 사람이 헤엄을 쳐서 빠져나왔다면요? 할아버지, 할아버지는 그렇게 오랫동안 숨을 참을 수 있으세요?"

벤이 어깨를 으쓱했다. "글쎄다, 약 30미터 정도? 쉽지는 않지, 그래도 가능하지."

아, 맞다. 나는 마야의 할아버지가 전직 스킨 다이빙 선수였다는 사실을 잠시 잊고 있었다.

매트가 대리석 식탁 위에 팔꿈치를 괴며 말했다. "할아버지께선 그렇게 오랜 시간 다이빙을 하실 만한 신체 조건은 아닌 것 같은데요."

행크 박사가 마치 번개라도 맞은 듯이 벌떡 자리에서 일어났다. "아, 그렇지만 바로 그 부분이 잘못된 겁니다!" 행크 박사가 주장을 펼쳤다. 그는 주머니에서 매직펜을 꺼내 들고 걸어가더니 벽에다가 바다코끼리를 그렸다. "그 사람 체형이 다이빙에 아주 적합해요."

"수염을 빠뜨리셨어요." 내가 말했다.

행크 박사는 코웃음을 치면서도 수염을 마저 그렸다. 그러고는 바다코끼리 바로 옆에 에어컨 킹을 만화처럼 그려 놓았는데 실제 모습과 상당히 비슷했다. "자 보세요. 크럼프리치씨의 체형은 상당히 유체 역학적입니다. 바다코끼리 체형과 비슷해요. 머리는 작고, 어깨도 좁고, 그 선이 넓은 허리둘레까지 조금씩 타고 내려오다가 다시 다리로 내려가면서 좁아지고 있거든요. 물이 잘 내려가고 흐르게 되어 있지요."

"그림을 아주 잘 그리시네요." 로사 박사가 한마디 했다.

"아, 그쪽은 화이트보드가 설치된 벽이 아닌데요." 애슐리 박사가 말했다.

행크 박사가 엄지손가락으로 그림을 지우려 했으나 문질러지지 않았다. "오, 이런. 죄송합니다."

애슐리 박사는 재빨리 스마트폰을 꺼내 문자를 보내며 얼굴을 들지도 않은 채 말을 했다. "괜찮아요. 사람을 시켜서 페인트칠을 하면 돼요."

"근데 저는 마야 할아버지의 체형을 두고 말했던 게 아니었는데요."매트가 말했다. "저는 할아버지의 건강 상태를 말하고 있던 건데요. 제가 보기에는 10초 정도 숨을 참는 것도 힘들어하실 것 같아서요."

마야의 할아버지가 손바닥으로 식탁을 내리쳤다. 그 바람에 접시가 약간 흔들리며 초콜릿 쿠키 하나가 식탁에서 굴러떨어졌고 바닥에 닿기 전에 내가 발등으로 받아서 잡았다. 안타깝게도 그 현란한 기술을 아무도 보지 못했다.

"나는 그 사람을 알아!"벤이 말했다.

"오, 할아버지. 그건 광고 문구잖아요."마야가 말했다.

"아니 아니, 그런 게 아니야."벤은 오른손으로 두 눈을 가리고는 작은 탄식 같은 신음 소리를 냈다. "라나이섬이었던가? 아니다. 오하우섬이었다. 거기서 대회가 열렸어. 22년 전인가, 23년 전인가 그랬지. 아마 그보다 더 오래전인 것 같기도 하고. 나는 당시 이미 다이빙 선수로는 은퇴한 이후였는데, 여전히 대회나 행사는 따라다녔었지. 그가 프랑스 챔피언 도마지에 이어서 3등을 차지했었어. 아마도 그때 그 사람이 80미터 정도 다이빙을 했던 것 같아."

아바가 혀를 차는 소리를 내며 한마디를 보냈다. "80미터면, 262피트네요."

"263피트지."애슐리 박사가 말했다. "반올림을 해 줘야지."

"음, 사실은 262.467인데요," 매트가 말했다. "그러니 두 사람 다 맞는 셈이에요."

나는 마야를 보며 미소를 지어 보였다. 마야는 천재들이 싸우는 걸 본 적이 있을까? 딱 지금처럼 천재들이 말다툼을 벌이는 때를 말이다.

"자, 자. 그 정도까지만 하자." 행크 박사가 말했다.

"내 기억이 맞다면, 그리고 그 사람이 한때 그 정도의 깊이까지 다이빙을 했었다면," 벤이 말했다. "아직도 30미터 정도는 너끈히 다이빙을 할 수 있겠지."

"그렇다 해도 보트의 열쇠도 훔쳤어야 했잖아요?" 내가 말했다.

"맞아, 그렇지." 킬데어가 계속 이어 갔다. "그러니까, 그자가 열쇠를 훔치고, 배를 갖고 나가서 연구실에 불을 질렀고, 그때 내가 다가오는 걸 발견했거나 내 목소리를 들었거나 한 거지. 그래서 문풀을 통해서 밖으로 빠져나간 거야."

"그렇지만 그걸 어떻게 증명해 보이죠?" 아바가 물었다. "모든 정황이 다 맞아떨어진다 해도, 증거가 없잖아요."

로사 박사가 공감하며 고개를 끄덕였다. "그렇지, 정확한 데이터가 없다면 이론에 불과하지."

"우리가 그 사람과 정면 대응을 하면 어떨까요?" 내가 제안을 하며 어른들을 향해 몸짓을 해 보였다. "아니면, 여러분들이 뭐든….."

누가 뭐라고 미처 답을 할 틈도 없이 출입문이 밀리며 열렸고, 에어컨 킹, 바로 그 장본인이 저벅저벅 주방 안으로 걸어 들어왔다. 주방 안은 일시에 동굴 안처럼 정적이 흘렀다. 킬데어는 초콜릿 쿠키를 입에 가져가다가 얼음처럼 굳어 버렸다. 행크 박사는 벽으로 슬쩍 비껴 서며 그의 그림을 가렸다. 로사 박사는 하도 이글거리는 분노의 눈빛으로 킹을 노려봐서 그녀의 눈에서 빨간색 레이저가 나가는 것 같았다. 헤리엇도 그의 움직임을 따라 방향을 바꾸었다.

킹은 아무 일 없다는 듯 냉장고를 향해 걸어가서는 스티븐이 아끼는 치즈스틱 두 개를 꺼내 껍질을 벗기더니 한입 베어 물었다. 그는 다시 들어왔던 문으로 향하며 말했다. "계속하세요. 하시던 얘기들 계속 나누세요. 저는 신경 쓰지들 마시고요. 자려고 누우니 배가 좀 출출해서 뭘 좀 먹으러 내려온 겁니다." 아무도 말이 없었다. 그는 치즈를 씹다 말고 멈추었다. "뭐죠? 무슨 일이죠? 뭐가 잘못되기라도 했나요?" 그가 물었다. "왜 다들 저를 그런 눈빛으로 보고 계신 거죠?"

아마도 그 침묵은 의도적이었고 그들은 나중에, 계획을 세우고 난 후에, 그를 고발할 생각이었나 보다. 아니면, 누가 먼저 말을 꺼내야 좋을지 몰랐기 때문이었을 수도 있다. 그래서 내가 총대를 메기로 했다. 나는 혹시 모를 사태를 대비해서 안전을 위해 킬데어 옆으로 가까이 앉았다. "사보타주, 문풀, 에어컨 왕국에 몰아친 위기. 당신이 이 모든 사건의 배후에 있다는 걸 우리들이 이미 다 알고 있어요."

기대도 안 했는데 마야까지 합세를 해 주었다. "자백을 하시는 게 좋을 거예요."

"사실을 말씀해 주세요, 앨버트 씨." 로사 박사가 종용했다.

킹은 출구가 있는 문 쪽으로 물러섰다. 하얗게 질린 얼굴을 하고 눈을 동그랗게 뜬 앨버트 찰스 크럼프리치가 반쯤 베어 먹은 치즈스틱을 들고 애슐리 호킹 박사를 가리키며 소리쳤다. "저 여자가 다 시킨 일이에요!"

18
손자병법

혼돈?

바로 그거다. 그다음 벌어진 상황을 표현하는 데 가장 적합한 단어였다. 그것은 대혼란, 격렬하게 오가는 대화, 완전한 무질서라고 불러도 무방한 상황이었다. 킹은 들고 있던 치즈스틱으로 애슐리 박사를 향해 삿대질을 하며 소리를 질러 댔다. 그 모습은 마치 초등학교 1학년 학생이 운동장에서 일어난 싸움을 두고 서로 잘잘못을 따지는 것 같았다. 억만장자 애슐리 박사는 어느 순간에는 웃음을 터뜨렸다가 또 다음 순간에는 화를 내고 소리를 지르며 본인은 그 방해 공작과는 아무런 관련이 없다고 계속 우겨 댔다. 그러다가 어느 순간 그녀는 배후 인물은 상관하지 않을 테니, 제발 누구든지 진실만을 말해 달라고 외쳤다. 킬데어는 차분하게 그 상황을 진정시켜 보려 애를 썼다. 그의 손에는 아직도 먹지 못한 초콜릿 쿠키가 들려 있었다. 안 먹을 거라면 나에게 줬으면 좋겠다는 생각을 했다. 한편 벤은 그 모든 혼란에 짐짓 놀란 것같이 보였다. 행크 박사는 마치 정글 속에서 살고 있는 고릴라 가족을 관찰하는 동물학자처럼 모두를 지켜보고 있었다.

크럼프리치의 주장은 간단했다. 몇 주 전에 애슐리 박사로부터 이메일을 받았는데, 그 안에는 TOES로 인해 자신의 에어컨 왕국에 제기될 수 있는 위협적인 요인들을 요약한 내용이 들어 있었단다. 애슐리 박사는 자신이 프로젝트에 대한 기금을 마련하는 과정에서 실수를 저질렀고 그래서 그 프로젝트 자체가 실패한 것처럼 보이길 원한다고 했다. 킹은 그 이유를 물었고, 애슐리 박사는 세금과 관련된 문제라고 말했다. 솔직히 말하면, 그 대목에 대해서는 나는 잘 이해가 가지 않았다. 아마 아바는 이해했을 것 같은데, 아바가 우리 형제들과 관련한 모든 세금 문제를 담당하고 있기 때문이다. 그래서 그런지 아바는 알 것 같다는 듯 고개를 끄덕였다.

어쨌든, 크럼프리치는 애슐리 박사가 관광 잠수정 업자를 시켜서 해저의 파이프를 파괴하라는 아이디어를 자신에게 직접 주었다고 했다. "그나저나 당신이 아직도 그 돈을 나한테 지불하지 않았다고요."크럼프리치가 말했다.

"아니 대체 돈이라니, 무슨 말이죠?" 애슐리 박사가 물었다.

"도넛을 좋아한다는 그 사기꾼에게 내 계좌에서 직접 내가 지불했던 그 돈 말입니다!"킹은 한마디 한마디 할 때마다 침을 튀기며 목소리를 높였다. "수중 연구실을 파괴해 준 수수료도 함께 주셔야죠."

"수수료라니요? 나는 진짜 당신이 무슨 소리를 하고 있는지 도대체 알아들을 수가 없다고요!"

나지막한 목소리로 아바가 말했다. "아저씨 때문에 저희들이 하마터면 죽을 뻔했단 말이에요."

킹은 양손을 뻗쳐 들고는 우리에게 고개를 돌렸다. "진심으로, 나는 그럴 의도가 없었어."그는 변명을 늘어놓았다. "그 시간에 너희들이 그곳에 올 줄은 꿈에도 생각하지 못했어. 내가 숙소로 돌아오고 나서야, 너희들이 수중 연구실에 갔다는 사실을 알았거든. 그리고 너희들이 바다에서 조난 당했다는 사실을 알고는 도울 수 있는 모든 방도를 찾아 백방으로 알아보고 했던 사람이 바로 나야."

"그런데, 대체, 왜 그러셨어요?"로사 박사가 물었다. "그 시스템을 갖추느라 제가 얼마나 많은 노력을 들였는지 알기나 하세요?"

"당신이 만들었어요? 대체 얼마나 열심히 만들었는데 그

367

래요? 당신의 그 잘난 발명품 덕분에 내가 지금껏 열심히 만들어 놓은 내 제국이 박살이 날 뻔했다고요!" 킹이 말했다. "나는 전 생애를 쏟아 부어서 에어컨 사업을 성장시켜 왔단 말입니다."

애슐리 박사가 한쪽 눈을 가느다랗게 뜨며 말을 했다. "당신, 그 사업체를 당신 어머니에게서 물려받은 거잖아요."

킹은 파리 떼라도 쫓아내는 것처럼 허공에다가 팔을 내저으며 말했다. "물려받았다는 둥, 내가 키웠다는 둥, 다 중요하지 않은 얘기들이죠! 요지는 나는 그 사업체를 하루아침에 무너지게 할 수는 없었다는 거죠."

로사 박사는 어금니를 앙다문 채 다음 질문을 했다.

"애슐리 박사한테 대체 얼마나 받은 거죠?"

"나는 저 사람한테 돈 같은 거 지불한 적이 없어요!"

"얼마냐고요?" 로사 박사가 다시 물었다.

"애슐리 박사가 20만 달러를 제안했어요." 킹이 말했다. "금액이 많지는 않죠, 그래도 아주 적은 돈도 아니죠. 그리고 아직 그 돈을 못 받아서 기다리고 있고요."

그게 많지 않다고? 나라면 리무진이라도 한 대 살 텐데. 차 안에는 아이스크림 기계를 설치하고, 나 대신 운전을 할 수 있는 로봇도 한 대 사면 좋을 텐데.

"내가 당신한테 그런 제안을 했다는 증거를 대 보세요."

애슐리 박사가 주장을 했다.

킹은 증거를 들이댔다. 아니 어쩌면, 증거를 만들려 애를 썼다는 표현이 옳겠다. 애슐리 박사는 킹에게 그가 받았다고 주장하는 이메일을 스마트폰으로 모두에게 한번 보여 달라고 했다. 이메일을 보고난 애슐리 박사는 그 이메일 주소는 가짜라고 주장했다.

"아니, 대체 누가 요즘 야후를 쓰죠? 아직도 그 계정을 가지고 있는 사람이 있나요?" 그녀가 물었다. "이건 말도 안 되고, 터무니없는 일이에요."

"맞아요." 로사 박사가 말했다. 그녀는 애슐리 박사에게 얼굴을 돌렸다. "맞는 말씀이세요. 이건 그야말로 어처구니없는 일이에요. 그리고 제 생각에는 애슐리 박사 당신이 거짓말을 하고 있는 것 같군요."

"거짓말은 저 사람이 하고 있다고요!" 애슐리 박사가 주장했다.

"네, 누군가는 거짓말을 하고 있는 거죠." 로사 박사가 말했다.

애슐리 박사는 킹을 가리켰다. "진작 당신을 체포했어야 했어"

"체포라고요?" 킹이 소리 내어 웃었다. 그의 늘어진 턱밑 살까지 출렁출렁 흔들렸다.

"정확히, 누가 나를 체포하려 한다는 거죠? 여기에 경찰이 있나요? 게다가, 재산의 주인이 돈까지 주면서 부탁을 했고, 그래서 그 사람의 사유 재산을 파괴했는데도 그게 범죄가 됩니까? 그건 말이죠, 비즈니스인 거죠."

"마지막으로 다시 한번 말하는데, 나는 당신한테 그 어떤 제안도 한 적이 없어!"

그녀의 붉은색 머리끝까지 화가 뻗쳐오르는 걸 지켜보고 있던 마야가 내게 말했다. "봐 봐, 꼭 불의 여신 펠레 같지."

킹이 자리를 뜨려 하자 킬데어가 그를 막아섰다. "얌전히 좀 계시지 그러세요, 사장님." 전직 해군 특수 부대 요원 킬데어가 어떤 명령이라도 떨어지길 기다리며 애슐리 박사의 눈치를 살폈다. "당신들이 나를 여기다 붙잡아 둘 수는 없지." 킹이 완강하게 말했다. "나를 고소하고 싶으면, 마음대로들 하세요. 어쨌든 나는 우리 딸이랑 되는 대로 빨리 이 섬을 떠날 겁니다."

애슐리 박사가 마지못한 표정으로 고개를 끄덕이자 킬데어가 옆으로 비켜섰고 킹은 쏜살같이 주방을 빠져나갔다. 남은 사람들은 놀라고 당혹스러운 표정을 한 채 잠자코 앉아 있었다. 서로에게 퍼부었던 비난과 부정적인 말들이 연기처럼 공중을 맴돌아 아직도 귀에 쟁쟁하게 들리는 것 같았다.

애슐리 박사가 의자에서 일어나자, 로사 박사가 손가락을 흔들어 보였다. "아니, 아니 안 됩니다. 지금 그렇게 슬쩍 빠져나가시면 안 되죠. 저는 진실을 알아야겠어요."

행크 박사가 몸을 숙이며 양쪽 손바닥을 식탁 위에 올리고는 우리들 한 사람씩 차례로 쳐다봤다.

"자, 얘들아, 너희 넷은 말이야." 그가 말을 시작했다. "이제 가서 좀 쉬어야 할 것 같구나."

매트가 자신도 꼭 이 토론에 끼고 싶다고 항변했지만, 이내 입을 쩍 벌리고 하품을 했다. 그의 하품은 전염성이 강했는지 곧이어 아바도, 마야도 하품을 했고 나는 입이 찢어져라 나오는 하품에 눈물까지 찔끔 흘렸다. "아무래도 박사님 말씀대로 해야겠어요." 매트가 인정했다.

우리 네 명은 피곤한 몸을 질질 끌다시피 이끌고 주방을 나와서 계단으로 올라갔다. 마야의 할아버지 벤은 마야 때문에 걱정이 되서 이틀 동안 잠을 한숨도 못 잤다고 했다. 나는 너무 피곤하고 졸려서 걸어가다가도 하품이 나서 몇 번은 멈출 지경이었다. "야, 너 오고 있는 거냐?" 매트가 물었다.

"응, 잠깐만. 간다고, 가고 있어." 내가 말했다.

우리는 서로 잘 자라는 인사를 나누었고, 다른 애들이 복도 모퉁이를 돌아서 각자의 방으로 들어갔을 때, 누군가 뒤에서 내 이름을 불렀다.

나는 뒤를 돌아보았다. 계단 끝에 클레멘타인이 손가락을 입술에 가져다 대고 서 있었다. 그녀는 서둘러 계단을 올라왔다. "아바는 어디 있어?" 그 애가 물었다. "아바한테 말해줄 게 있어."

"자기 방에 들어갔지." 그 애는 나와 눈이 마주치는 걸 애써 피하려는지 동작이 부산했다. 뭔가 숨기고 있는 눈치였다. "무슨 말인데?" 내가 물었다. "나한테 말하면 되잖아."

그 애는 자신의 발을 내려다보며 입을 열었다. "우리 아빠가… 우리 아빠가 한 일은…." 그 애는 마치 놀이공원에서 돌아가는 회전식 관람차를 쳐다보고 있기라도 한 것처럼 고개를 돌렸다. "나는 변명을 하려는 게 아니야."

"아니라고?"

"응, 아니야." 그 애의 목소리가 점점 작아졌다. 뭔가 결심을 한 듯 그 애가 내 눈을 똑바로 쳐다보았다.

"변명이 아니면, 지금 무슨 말을 하려는 건데?"

그 애는 2층 복도를 가리켰다. "너희들이 저기서 그 로봇한테서 좀 이상한 느낌이 든다고 말했던 거…."

"우리 얘기를 듣고 있었니?"

"나는 항상 듣고 있어." 그 애는 어깨를 으쓱이며 대답했다. "아무래도 이제는 너희들이 알아야 할 때가 된 것 같아서. 저기 위에…." 그 애는 계단 위로 고갯짓을 하며 말끝을 흐렸다.

그 애가 가리킨 방향을 힐끗 돌아보고 다시 고개를 돌렸을 때, 클레멘타인은 이미 사라지고 없었다.

사실은, 사라진 것은 아니었다. 그 애는 몇 계단 아래에 있었고, 내가 무슨 말인지 설명을 해 달라고 했지만, 그냥 계속 계단을 내려갔다. 그래서 나는 클레멘타인의 조언을 따르기로 했다. 계단 위쪽에서 희미한 파란 불빛이 스티븐의 연구실 문틈으로 새어 나오고 있었다. 안에서 목소리가 들렸다. 행크 박사의 목소리인가? 맞다. 그리고 애슐리 박사의 목소리도 들렸다. 바닥에 쭈그려 앉아 문틈에 왼쪽 귀를 바짝 갖다 댔다. 아래층 주방에서는 아직도 언쟁이 계속되고 있었다. 그들은 여기 2층 스티븐 방으로 올라오지는 않았다. 스티븐 방으로 가려면 우리를 지나쳐 갔어야 했다. 다른 쪽 문 안에서도 말소리가 들렸다. 그건 실제 그 방 안에 있는 사람들이 떠드는 목소리였다. 나는 매트나 아바 그리고 마야가 옆에 함께 있으면 좋겠다는 생각을 하며 텅 빈 복도를 흘낏 쳐다봤다. 그들 방의 불은 이미 꺼져 있었다. 다시 한번 문 가까이에 귀를 갖다 대 보니, 귀에 익은 목소리들이 들렸다. 두 사람의 목소리였다.

하나는 스티븐 호킹의 목소리였다. "계속 녹음을 해요." 스티븐이 말했다. "아침에 다 확인해 볼 거예요."

그의 가벼운 발걸음이 문 쪽으로 다가왔다.

나는 뒤로 물러서서 계단 모퉁이 뒤로 허겁지겁 몸을 숨겼다. 그의 방문이 열리더니 끽 소리를 내며 닫혔다. 잠시 후, 같은 소리가 들렸다. 스티븐이 자신의 방으로 들어간 건가? 나는 다시 얼른 복도로 가서 연구실 방문을 살짝 두드려 보았다. 안에 있는 사람도 들을 수 있을 만큼의 노크 소리였는데, 답이 없었다. 아무도 없기를 바랐다.

그때 방문이 열렸다. 헝클어진 머리에 각진 안경을 쓴 여자가 이마를 문지르며 나왔다. "너 방을 잊은 거…."

나를 본 그녀의 얼굴이 창백해졌다. 그녀가 문을 닫으려 했지만, 나는 한 발을 문 안으로 들이밀었다. 금속 문에 복사뼈가 부딪혔다. 나는 터져 나오는 비명을 꾹 참았다. 그녀는 놀랐는지 움찔하며 입모양으로 "미안!" 이렇게 말했다. 그러면서도 여전히 나를 밀쳐내고 문을 닫으려 했다. 나는 있는 힘껏 안으로 밀고 들어갔고 내 등 뒤에서 문이 닫혔다.

"너는 여기에 들어오면 안 돼." 그녀가 말했다. 그녀의 목소리는 작았지만 다급했고 자꾸 주변을 살피는 것이 마치 스티븐이 다시 돌아오기를 기대하는 눈치였다.

책이 가득 꽂혀 있는 책장들이 양쪽 벽에 놓여 있었다. 포스터 두 장이 문 바로 맞은편의 넓은 철재 책상 위쪽에 테이프로 붙여 있었다. 한 장의 포스터는 알버트 아이슈타인 박사였고, 다른 한 장은 스타워즈에 나오는 드로이드 중 하나인 C-3PO였다. 그 유명한 황금 드로이드의 포스터는 곧 떨어질 것 같았다. 오른쪽 위 모서리가 벽에 제대로 붙어 있지 않았다. 포스터 아래쪽에는 세 대의 컴퓨터가 말끔하게 치워진 책상 위에 자리 잡고 있었다. 왼쪽에 있는 컴퓨터의 스크린에는 검은색 배경 위에 노란색 숫자들과 글자들이 가득 차 있었다. 오른쪽에 있는 스크린은 지역 날씨의 레이더 영상을 보여 주고 있었다. 가운데에 있는 스크린은 실시간으로 영상을 보여 주는 것 같았는데, 주방 안을 비추고 있었다. 그 화면의 중심에는 로사 박사와 행크 박사가 있었다. 책상에 놓인 얄팍한 직사각형 모양의 스피커를 통해 그들의 목소리가 흘러나오고 있었다. 그들은 여전히 크럼프리치에 관해서 논의를 하고 있었다.

그 여자가 가운데에 있는 스크린 앞으로 막아서며 내 시야를 가렸다. "너는 여기에 들어오면 안 돼." 그녀가 같은 말을 반복했다.

"당신도 들어오면 안 되는 거잖아요."

"아니, 나는 들어와도 돼." 그녀가 말했다. "나는 스티븐의 가정 교사거든."

"스티븐의 선생님이라고요?"

그녀는 뭔가 말을 하려다 말고 책상 의자에 앉았다. "어떻게 보면 그 애의 비서야, 실제로 그래." 그녀가 말했다. "그렇

지만 그런 사실을 인정하기는 정말 싫어. 나는 컴퓨터 과학 분야에 박사 학위까지 갖고 있거든, 알잖니."

나는 그런 사실은 몰랐다. 그리고 나는 그 여자에 대해서는 우스꽝스러운 머리 스타일을 하고 있다는 것 말고는 전혀 아는 바가 없었다. "자, 처음부터 다시 소개를 해 보죠." 내가 말했다. "제 이름은 잭이에요."

"음, 알고 있어." 그녀가 말했다. "나는 마샤라고 해."

우리는 단지 팔 하나만큼의 거리를 두고 있었을 뿐인데 그녀는 손을 내밀고 악수하는 대신 가볍게 손을 흔들었다.

나는 다른 의자 하나를 집어다가 그녀의 맞은편에 자리를 잡고 컴퓨터 스크린을 정면으로 바라보도록 앉았다. 중앙에 위치한 컴퓨터 스크린에는 이제 애슐리 박사와 킬데어의 얼굴이 보였다. 그는 초콜릿 쿠키를 또 집어 먹고 있었다. 아니면 혹시 아까 먹으려고 들고 있던 그 쿠키였나? 나는 스크린을 가리켰다. "카메라는 어디에 숨겨둔 거죠? 저 장면은 어떻게 찍고 있는 거죠?" 그녀는 답을 하지 않았다. 아마 그럴 필요가 없었을 것이다. 주방에 숨겨둔 카메라 같은 건 없었다. 카메라는 처음부터 우리들 바로 앞에 있었던 것이다. "잠깐만요⋯. 혹시 해리엇인가요?"

"해리엇이 누구야?"

"그 로봇이요." 내가 말했다. "그 휴머노이드 로봇이 바로 우리를 죽 지켜보고 있었던 건가요?"

마샤는 손가락으로 안경테를 매만졌다.

"아마도?"

그러니 내가 그 로봇을 볼 때마다 이상한 느낌이 들었던 게 너무 당연했다. "아니, '아마도' 라니, 무슨 의미인가요?"

"음 글쎄, 사실 로봇이 지켜보는 건 아니지." 그녀가 말했다. "엄밀히 말하자면, 지켜보는 사람은 나와 스티븐이지."

스크린에 행크 박사의 모습이 다시 나타났다. "그러니까 저 장면은 그 로봇의 눈을 통해 보는 건가요?"

마샤는 초조하게 손가락 사이에서 연필을 돌렸다. 나는 잠시 최면에 걸린 듯 그녀의 현란한 연필 돌리기 기술을 감상했다. 항상 그런 기술을 배워 보고 싶었다. 그때 그녀가 어깨 너머로 고개를 돌리며 말을 했다. "맞아, 저건 휴머노이드 로봇의 카메라들이 찍어서 보내는 장면이야." 그녀는 엄지손가락으로 스피커를 가리켰다. "우리는 로봇의 마이크를 통해서 그들의 목소리도 듣고 있지."

스크린에는 다시 애슐리 박사가 등장했다. 그녀는 카메라를 똑바로 쳐다보며 절망스러운 한숨을 몰아쉬고 있었다. "내가 물었잖아, '내일부터 사흘 간 일기 예보가 어떻게 되지?'라고." 애슐리 박사가 질문을 했다.

마샤는 황급히 의자를 돌려 앉았다. 그녀는 빠른 속도로 키보드를 쳤다. 새로운 일기 예보표가 오른쪽 스크린에 나타났다. 그녀는 정보를 훑어 보고는 몇 문장을 신속히 타이핑했다. 로봇이 애슐리 박사의 질문에 대한 답을 말하는 소리가 스피커를 통해서 들려왔다. "일요일 아침까지는 시속 70킬로미터의 바람과 시속 95킬로미터의 돌풍을 동반한 폭풍우가 계속될 것입니다."

나는 앞쪽으로 몸을 기울였다. "잠깐만요, 당신이 정보를 직접 입력을 했던 건가요?" 내가 물었다. 마샤는 입술을 깨물었다. "그럼 저건 어떤 방식으로 작동을 하고 있는 거예요?" 내가 물었다. "로봇이 듣고 있는 소리가 지금 우리들 귀에 들리는 거고, 여기에 입력하는 글자를 로봇이 말하는 건가요?"

"아주 비슷해." 그녀가 말했다. "내가 로봇의 두뇌인 셈이지. 로봇을 주변에 돌아다니게 운전을 하는 사람도 나야."

"그럼 스티븐의 생일 파티가 있던 날 밤, 애피타이저가 담긴 쟁반을 나르다 팽개치고는 달아났었던 이유가 다 이 로봇을…."

"그래, 왜냐면 그때 애슐리 박사가 갑자기 대화해 보라고 시킬 줄은 전혀 예상하지 못했거든. 그래서 부리나케 여기로 올라와서 상황 통제를 해야 했어."

"그럼, 스티븐이 프로그램을 처리하고 있는 건 아니군요?"

그녀는 고개를 저었다. "응, 아니야. HR-5 로봇은 자체적인 지능을 갖고 있어. 그것도 다 내가 만든 거야."

"예를 들면 어떤 건데요?"

"음, 스티븐은 항상 다른 사람들이 자기를 두고 무슨 말을 하는지 알고 싶어 하거든. 그래서 내가 작은 프로그램을 하나 만들어서 사람들이 대화하는 동안 스티븐 이름이 언급되면, 로봇이 그들 가까이 다가가게 했어. 스티븐은 나에게 그 기능에 다른 몇 가지 주제들을 더 추가해 달라고 부탁했었어. 로사 박사의 이름이랑 TOES, 그리고 너희들의 이름, 그러니까 아바랑 매트라는 이름만." 그건 좀 놀라웠다. "그러면 스티븐이 여기 연구실에 없어도, 나중에 사람들의 대화를 다시 들을 수도 있겠네요." 그녀가 놀라워하는 나의 반응을 보자 어깨를 으쓱였다. "그래, 진짜 놀랍지?"

"애슐리 박사는 그런 사실을 알고 있나요?"

그녀의 두 눈이 동그래졌다. "아니, 전혀 몰라. 그녀에게는 말도 못 꺼내. 애슐리 박사가 컴퓨터 과학 분야랑 다른 몇몇 과목에서 스티븐을 지도해 주라고 나를 고용했거든. 그런데 스티븐이 비밀을 유지해 달라며 따로 나에게 돈을 더 주고 있어."

나는 의자를 책상으로 좀 더 끌어당겨 주방에 둘러 앉아 있는 사람들의 모습을 지켜보았다. "그런데 왜죠? 왜 스티븐은 다른 사람들이 하는 말을 듣는 거죠?"

"같은 이유지, 스티븐은 자기 엄마나 다른 사람들이 자신을 천재라고 생각하길 바라는 거야. 그는 자신감이 없어. 늘 다른 사람들의 기대에 맞춰서 살고 있는 거지."

그녀의 말을 듣고 보니, 다른 사람들이 자신에 대해 무슨 말을 하는지 궁금해하는 스티븐의 마음을 알 것도 같았다. 어떤 면에서는 깊이 공감이 되기도 했다. 좀 안됐다는 생각이 들기도 했다. "그렇지만 TOES는 왜 궁금해해요? 로사 박사님은 또 왜요?" 내가 물었다.

마샤가 어깨를 으쓱했지만, 나는 그 질문이 내 입에서 나가는 순간 답을 알 것 같았다. 나는 벌떡 일어나서 작은 그 방 안을 빙글빙글 돌았다. 설령 스티븐이 진짜 그렇게 특별한 컴퓨터 프로그램 천재가 아니라 해도, 그는 음모를 꾸며 주변 사람들로 하여금 그런 신화를 믿게 만들 정도의 뛰어난 술책은 가진 셈이다. 그런 능력이 꽤 인상적이었다. 내가 가진 남다른 능력과도 통하는 부분이다.

스티븐은 잠수정 여행 업자를 알고 있었다. 왜냐면 그는 작년 생일 때 그 업자와 함께 잠수정을 타고 해저 여행을 다녀왔다며 자랑을 늘어놓은 적이 있다.

그는 섬에서의 생활을 싫어했다.

그는 로사 박사를 질투했다.

그는 TOES가 실패하기를 원했던 것이다.

"스티븐이 그 일을 저질렀네요." 마샤에게 하는 말이라기보다 거의 나의 혼잣말이었다.

"이 모든 일의 배후에는 스티븐이 있어요!"

"쉬이! 지금 무슨 소리를 하고 있는 거니?"

클레멘타인은 스티븐이 왜 자기를 생일 파티에 초대했는지 이해가 안 간다는 말을 처음부터 했었다. 그들은 서로 한 번밖에 만난 적이 없는 사이였다. 그리고 스티븐은 클레멘타인과 말 한마디 해 본 적이 없었다. 스티븐은 클레멘타인이 파티에 오기를 원했던 것은 아니다. 스티븐이 원했던 사람은 그녀의 아버지, 크럼프리치였다. 크럼프리치를 이리로 오도록 일을 계획한 사람이 바로 스티븐이다. 이 모든 음모를 꾸민 사람이 바로 스티븐이다.

"TOES와 스티븐? 글쎄, 나는 스티븐이 그 일을 도모했을 거란 생각은 들지 않는데…."

복도 밖에서 문이 열리는 소리가 났다. 빠른 발걸음 소리가 이어졌다. 마샤는 내 셔츠를 잡아 나를 의자 뒤로 끌어당기고 문 옆의 벽에 기대 세우고는 조용히 하라는 신호를 주었다.

그때 방문이 열렸고, 나는 벽에 찰싹 붙어 선 채 문 뒤 작은 공간에 끼었다. 문에 붙어 있는 작은 경첩 사이로 스티븐의 옆얼굴이 보였다. 그는 슈퍼맨 잠옷을 입고 서 있었다. 내가 보기에 슈퍼맨보다는 아이언맨이 그에게 더 잘 어울릴 것 같았다.

"다 잘되고 있는 거지?" 마샤가 물었다. 그녀의 목소리는 지나치게 들떠 있어서 어색하게 들렸다.

"녹음이 잘 되고 있는지 확인해 보려고 왔어요." 스티븐이 답했다.

그의 목소리는 낮았지만 그렇다고 작게 속삭이는 것도 아니었다. "이거 아주 중요해요."

"응, 녹음은 하고 있어."

"제대로 되고 있는 거 맞아요?"

"응, 확실해." 마샤가 말했다.

"네, 그러셔야죠, 알아서 잘하셔야죠." 그가 말했다. "안 그러면 제가 언제든 새로운 가정 교사를 고용할 수 있다는 거 알고 있죠?"

방문이 세게 닫혔다. 그 바람에 황금 드로이드 포스터의 한쪽 귀퉁이가 떨어져서 포스터 뒷면이 반쯤 뒤집어졌다. 포스터는 뭔가를 가리려고 붙였던 모양이다. 벽에 붙어 있던 포스터의 남은 부분을 마저 뜯었더니 그 자리에 테이프로 붙여진 TOES의 청사진이 드러났다. 바로 그 옆에는 하와이 신문, 호놀룰루 타임스에 실린 에어컨 킹에 관한 기사가 있었다. 모든 것이 그곳에 있었다. 내가 찾던 모든 것이었다. "가 봐야겠어요." 내가 말했다.

마샤는 나의 어깨를 잡았다. "잠깐." 그녀가 말했다. "너 스티븐한테 내가 말했다고 알리면 절대 안 된다. 나는 저 꼬마 악마랑 여기서 몇 개월은 더 버텨야 한단 말이야. 그래야지 학자금 대출을 갚을 수 있어. 제발, 나를 봐서라도 이 일을 망치지 말아 줘. 알겠지?"

"선생님께 들은 얘기는 한마디도 안 할 거예요." 내가 말했다. "스스로 자백하게 만들 작정이에요."

사실 말은 참 쉽다. 나는 스티븐의 가정 교사를 곤경에 빠뜨리지 않고 그가 모든 일을 자백하도록 할 작정이다. 그런데 다만 문제는 그 일을 과연 어떻게 성사시키는가 하는 점이다. 나는 도움을 청하러 형과 아바에게 갔다. 그러나 형은 축농증 걸린 코뿔소처럼 코를 골며 곯아떨어졌고, 아바는 너무 곤히 잠을 자서 나는 그녀가 숨을 쉬는지 작은 손거울을 가져다 대보기까지 했다. 정신없이 잠에 빠진 그들을 보니 나도 다시 하품이 났다. 스티븐 호킹에 대한 나의 전략은 잠시 뒤로 미루고, 일단 밀려드는 잠부터 해결하기로 했다. 나는 잠시 누워서 눈을 붙이고 난 후, 밤을 새면서 스티븐을 공략할 전략을 좀 더 잘 다듬어야겠다고 생각했다. 아인슈타인도 밤에 연구를 했다고 했지? 좋아, 그렇다면 나도 하면 되지. 나는 어둠 속에서 창가에 기대어 서서 거센 파도가 일렁이는 바다를 바라보며 완벽한 전략을 짜야겠다고 마음먹었다.

나는 이내 잠에 빠져들었다.

열네 시간을 내리 잠을 잤다.

호화스러운 침대에서 겨우 몸을 일으켜 빠져나왔을 즈음에도, 정신은 여전히 혼미했지만, 한 가지 확실한 것은 내가 일각돌고래의 꿈을 꿨다는 것이다. 아니, 코끼리였나? 그도 아니면, 두 가지 동물이 섞인 모습이었나? 어쨌든, 내 머릿속은 여전히 고래코끼리인지 코끼리고래인지, 그 알 수 없는 동물의 잔상으로 가득했다. 나는 가방을 집어 들고 영감을 좀 얻기 위해 '손자병법'을 챙겨 넣고는 복도로 나섰다.

내 형제들은 방에 없었다. 마야와 마야의 할아버지도 이미 방에서 나가고 없었다. 침대도 말끔하게 정리되어 있었다. 아래층에도 다른 사람들은 보이지 않았고, 주방장만 있었다. 아주 늦은 아침 식사가 차려져 있었는데, 팬케이크 위에 올려진 달걀프라이는 살짝 익혔는지 한 입씩 베어 먹을 때마다 노른자가 흘러내려서 버터와 시럽이랑 어우러졌다. 나는 다른 사람들이 어디 있는지 찾으러 밖으로 나섰다. 마야와 매트, 그리고 아바가 섬의 남쪽에서부터 언덕 위로 걸어 올라왔다. 예측할 수 없는 강한 바람이 비정상적으로 불어왔다.

가벼운 빗방울까지 흩뿌리기 시작했다. 느릿느릿 한가로이 걸어오던 그들이 내달리기 시작했다. 숙소에 다다랐을 때, 그들의 옷은 흠뻑 젖어 있었다. 마야는 머리 모양도 달라져 있었다(단순히 비 때문에 달라 보이는 건 아니었다. 뭘까? 머리를 빗어 올렸나?).

"잭?" 아바가 말했다. "잭?"

나는 눈을 몇 번 깜빡이며 비볐다. 아마 그래서 아바는 내가 제대로 안 쳐다보고 있다고 생각을 했나 보다. 나는 그제서야 그들의 걱정 가득한 표정을 보았다. 뭔가에 잔뜩 실망한 눈치였다. 뛰어오느라 가빴던 숨을 고르자 매트의 어깨가 맥없이 축 처졌다. "미안."

내가 말했다. "왜, 무슨 일인데?"

"크럼프리치가 가 버렸어." 매트가 말했다.

"클레멘타인도 함께 사라졌어." 마야가 말했다. "어젯밤 늦게 폭풍이 심해지기 직전에 루터호를 타고 갔대."

"상관없어." 내가 말했다.

"뭐라고? 왜 상관이 없어?" 아바가 물었다.

매트는 나를 지나쳐서 안으로 들어갔다. 아바와 마야도 그의 뒤를 따라갔다. 나는 그들에게 스티븐 호킹에 관해서 내가 알아낸 사실들을 말해 주려 했다. 바로 그때 해리엇이 우리를 향해 몸체를 돌렸다.

"잭, 너 왜 그렇게 히죽거리고 웃어?" 마야가 물었다.

왜일까? 그건 바로 나에게는 다 생각이 있기 때문이지. 그것도 아주 근사한 아이디어 말이야.

"나는 TOES에 관해서 또 다른 사실을 알아냈어." 나는 그 TOES라는 단어를 특히 힘주어 말했다. 로봇이 움직이지 않았다. "내가 무슨 말을 하고 있는지 다들 잘 알지? 해양 에너지 온도 차 시스템." 나는 일부러 다시 한번 힘주어 말했다. "TOES라고 알려진 그 시스템 알지?"

아바는 나를 한심해서 죽겠다는 표정으로 쳐다보았다.

"그래, 잭, TOES가 뭔지 우리도 알고 있어."

이제 로봇이 반응하기 시작했다. 로봇이 바퀴를 굴리며 다가왔다. 그건 아바가 말을 시작했기 때문이다. 지금 스티븐은 본인의 연구실에서 우리들의 대화를 열심히 엿듣고 있겠지. 그렇지만 나는 그가 우리의 모든 대화를 다 듣게 하고 싶지는 않았다. 아직은 때가 아니었다. 나는 마치 낚시를 하듯 첫 미끼를 던지는 중이었다.

"TOES에 진짜 방해 공작을 펼친 사람이 누군지 알 것 같아." 내가 말했다. "그치만 지금 여기서는 말 못해. 사람들이 없는 조용한 곳으로 가자."

로봇이 우리를 따라왔지만, 계단을 오를 때는 다리 아픈 할머니처럼 느릿느릿 올라왔다. 우리들은 매트의 방으로 들어갔고, 나는 방문을 닫자마자 손가락을 입술에 갖다 대고 소리를 내지 말라는 신호를 보냈다.

"이게 다 뭐 하는 거니, 잭?" 매트가 물었다.

나는 아바를 가리켰다. "아바 말이 맞았어. 생일 파티가 열리던 날 밤, 아바가 한 말이다. 스티븐이 내내 '터키쉬 딜라이트'를 끌고 다니고 있었던 거지."

"그게 뭔데?" 마야가 물었다.

"스티븐이 저 로봇을 원격으로 조종하고 있었어. 스티븐과 그의 가정 교사인 마샤가 일을 꾸몄던 거야." 그들은 마치 내가 고래코끼리나 코끼리고래 같은 엉뚱한 이야기를 하고 있다는 듯 어이없는 눈빛으로 나를 쳐다보았다. "알잖아, 그 특이한 머리 스타일에 안경을 쓰고 있던 그 여자?"

이마에 잔뜩 주름을 짓고 있던 아바의 표정이 일순간 짜릿하고도 흡족한 미소로 바뀌었다. 그녀는 양쪽 손으로 주먹을 말아 쥐고는 천천히 흔들었다. 그녀는 마치 축하를 위해 이제 막 불을 붙인 폭죽처럼 당장이라도 행복의 빛을 발산할 것처럼 보였다. 형은 벌써 웃고 있었다. "잭, 그건 '메카니컬 터크'야." 형이 말했다. "터키쉬 딜라이트는 사탕 이름이잖아."

"그건 스웨디쉬 피쉬(물고기 모양 젤리*) 맛이랑 비슷한데 터키에서 만드는 사탕이야."

나는 뒤를 돌아보았다. 행크 박사가 조용히 방 안으로 들어와 있었다. "아니, 어떻게 들어오셨어요?" 내가 물었다. "문이 닫혀 있었는데, 닌자처럼 소리 소문도 없이 들어오셨네요."

"닌자는 아니야, 난 검은 잘 다룰 줄 몰라. 그렇지만 나는 소리를 내지 않고 다니는 건 아주 잘하지. 몇 년 전에 내가 수면 조사 연구실에서 한 일주일을 보낸 적이 있었어. 몇몇 연구원들이 실험 대상자가 됐지. '창의성에 관한 램 수면의 효과'라는 흥미로운 연구였지. 어쨌든 우리는 가능한 많이 자고 또 가능한 소음은 최소한으로 내도록 부탁을 받았지." 박사가 어깨를 으쓱했다. "그렇게 조용했는데도 다른 참가자 한 명이 시끄럽다고 불평을 하더라고. 그때부터 나는 아주 생쥐처럼 조용히 다니게 됐지. 나는 심지어…." 박사는 나부터 마야까지 쓱 한 번씩 쳐다보았다. "아니, 아니야. 신경쓰지 마." 행크 박사는 책상에 기대 서서 미소를 지었다. "이렇게 너희 세 명이, 아니 네 명이 안전하게 돌아온 모습을 보고 있으니 정말 좋다. 그나저나 너희들이 무슨 일을 꾸미고 있는 거니?"

"저희들은 아무 일도 꾸미고 있지 않은데요." 내가 거짓말을 했다.

행크 박사가 앞으로 몸을 기울였다. "그러면 왜들 그렇게 작은 목소리로 속삭이고 있었지?"

"말하자면, 아주 길어요." 내가 말했다.

"그리고, 저희들도 아직 얘기를 다 듣지 못해서 기다리는 중이에요." 마야가 말했다. 그녀의 말투에는 약간의 실망감이 담겨 있었다.

"혹시 그게 너희 방문 앞에서 주둔하고 있는 HR-5 로봇이랑 관련이 있는 거니?"

모두 나를 쳐다봤다. "네, 맞아요."

"스티븐이 로봇으로 거짓 시연을 보여 주고 있어요." 아바가 말했다.

"그뿐이 아니에요." 내가 말했다. "그는 로봇을 이용해서 모든 사람을 염탐하고 또 그들의 대화를 엿듣고 있었어요."

"이유는?" 행크 박사가 물었다.

"왜냐면, 그가 바로 TOES 파괴의 배후에 있는 인물이기 때문이죠."

"잠깐." 매트가 말했다. "뭐라고?"

아바가 믿을 수 없다는 듯 작게 코웃음을 쳤다. "스티븐이? 그 애가 그런 일을 꾸몄다고? 말도 안 돼."

"잭," 행크 박사가 말했다. "엉뚱한 소리 하지 마라. 그건 너무 터무니없다!"

나는 문을 가리키며 그에게 소리를 줄이라는 시늉을 했다.

"제가 다 설명을 드릴게요."

행크 박사는 내 말에 귀를 기울여 주었다. 박사님은 그런 분이다. 그분은 데이터로 말을 하는 분이다. 증거만 충분히 있다면 언제든 기꺼이 생각을 바꿔 준다.

행크 박사의 말에 의하면, 이건 훌륭한 과학자가 꼭 갖추어야 할 중요한 특성이며 보통 사람들에게도 적용되는 것이다. 물론 가끔씩 박사님이 지나치게 데이터의 힘을 믿고 증거를 찾으실 때는 짜증이 날 때도 있다. 예를 들어 박사님이 연구실에 몰래 숨겨 두었던 초콜릿이 없어졌다는 사실을 알게 되면, 박사님은 누구의 입가에 초콜릿 자국이 있는지부터 먼저 본다. 그렇지만, 지금처럼 증거의 힘을 믿어 줄 때는 대환영이다. 나는 그들에게 내가 알고 있는 모든 것을 말해 주었고, 또한 마샤한테 절대 피해를 주지 않겠다는 맹세도 받아 냈다.

내 말을 모두 듣고 난 아바의 기분이 한껏 들뜬 모양이다. "로사 박사에게 다 말해 줘야겠어." 그녀가 말했다.

매트는 곰곰이 생각에 빠졌고, 마야는 응석받이 스티븐이 그런 일을 벌였다는 사실이 믿기 어렵다고 했다. 한편 행크 박사는 마치 무슨 준비라도 하려는 듯, 양손을 입가로 가져갔다. 그는 10초 정도 천장을 뚫어져라 쳐다보더니 속삭이는 목소리로 말했다. "그래, 좋아! 상당히 타당성 있게 들리는구나. 그래서….” 그가 말했다. “증거는 모았니?”

그랬다면 참 좋았겠다. “아, 네, 그게… 제가….”

마야는 손으로 스마트폰 모양을 만들어 보였다. “일단 사진으로 찍어 두기는 했지, 그치?”

“아니, 나는… 나도 생각을 했는데.”

“잭, 야 너….” 실망이 섞인 매트의 목소리가 점차 커졌다. “너, 지금 장난치는 거야?”

고맙게도 행크 박사가 나서서 그를 말렸다. “다른 방법이 있을 거야. 너희들 일단 각자 방으로 돌아가는 게 어떠니?”

나는 어깨를 한번 으쓱했다. “네, 뭐 그럴 수도 있고요.”

“아니면 혹시 스티븐이 자백을 하게 만들 수도 있겠지.” 행크 박사가 제안을 했다. “그렇게 할 수만 있다면 모두에게 최선의 해결책이 될 텐데.”

“그렇지만 저희가 어떻게 해요?” 마야가 물었다.

“로봇에 대해서 자기 엄마한테 알리겠다고 협박을 하면 어떨까요?” 아바가 제안을 했다.

행크 박사는 고개를 저으며, 마치 뭔가 시큼한 걸 맛보기라도 한 듯 입술을 일그러뜨렸다. “협박이라는 말은 너무 무시무시하게 들리는구나. 내가 직접 그의 엄마에게 이야기를 해 볼 수도 있기는 한데….”

우리 네 명은 일시에 약속이라도 한 듯 대답을 했다. “안 돼요!"

"그래, 알았다, 알았어." 행크 박사가 말했다. "그렇지만 나는 지금 여기에 이렇게 앉아서 고작 열두 살짜리 아이를 어떻게 할지 모의를 하고 있다는 이 자체가 좀 불편하네."

나는 다른 사람들을 먼저 쳐다보고, 그리고 행크 박사를 쳐다봤다. "그렇다면 이 시점에서 우리가 할 수 있는 일은 아무것도 없는 건가요?"

"아니, 내 말은 그 뜻이 아니라." 행크 박사가 말했다. "너희들은 청소년이잖아. 그 애도 어리잖니. 음모를 세우고 전략을 짜고 이러는 일련의 일들 말이다. 나는 그런 일들에 공모자가 되고 싶지는 않단다. 그리고 잊지 마라. 그 애도 똑같은 사람이야. 그 애도 심장을 갖고 있어. 물론 내가 말하는 심장은 네 개의 심실로 이루어진 기관을 의미하는 게 아니라는 건 너희들도 알지?"

"저희도 그 애에게 상처를 주고 싶지는 않아요. 다만 그 애가 진실을 말하기를 바랄 뿐이에요." 나는 그 말을 하고 나서야 실제로 나도 그렇게 생각을 하고 있음을 깨달았다.

일단 행크 박사님은 방을 나갔고, 나는 가방에서 '손자병법'을 꺼냈다. 여기저기 뒤적이다 며칠 전 애슐리 박사와 잠수정을 타고 해저로 내려가기 전날 밤 읽었던 문구를 발견했다. "여기 쓰여 있네," 내가 매트에게 그 책을 보여 주며 말했다. "1장에 18절."

형은 손가락을 짚어 가며 그 장을 읽어 내려가며 고개를 끄덕였고, 마야도 아바도 그의 어깨 너머로 함께 읽었다. "'적을 속이는 것이 모든 전쟁의 기본이다.'" 그가 말했다. "그러니까 너는 지금 우리가 그 애를 속여야 한다는 말을 하고 있는 거니?"

마야가 책을 가져가더니 그 장을 훑어보았다. "여기 다른 부분을 보면 '너의 적이 불 같은 성질을 갖고 있다면, 그를 화나게 만들라'고 쓰여 있네. 그 애가 좋아하는 치즈스틱이나 뭐 그런 걸 몰래 가져오면 어떨까?"

아바가 얼굴을 찡그렸다. "이건 정확한 해석이 아니야."

"너, 한자도 읽을 줄 아니?" 마야가 물었다.

"응, 조금은."

"해석 같은 건 중요하지 않아." 내가 말했다. "치즈스틱도 안 중요하고. 다른 사람이 자기 음식 훔쳐가는 거 말고도 그 애가 진짜 아주 싫어하는 게 한 가지 있어."

매트가 한쪽 귀를 좀 더 가까이 갖다 대며 물었다. "그래서 그게 뭔데?"

"그 애는 자기 말고 다른 사람이 인정받고 칭찬받는 걸 아주 싫어해." 내가 말했다. "형이 직접 말했었잖아. 이 일은 전부 로사 박사의 프로젝트를 망치기 위해서 벌인 일 같다고.

그게 상당히 맞는 말이야. 우리가 이 사건의 배후에 킹 말고 다른 누군가를 의심한다는 사실을 그 애는 분명히 알고 있을 거야."

"아, 바로 그래서 네가 아까 아래층에서 그렇게 어색하게 굴었던 거였구나." 아바가 말했다. "너는 그 애가 로봇을 통해서 다 듣고 있는 줄 알고 있었구나."

어색하게라니, 쳇. 그 말보다 더 좋은 표현도 많은데. 영리하게 같은 그런 단어로 표현하면 더 좋겠는데. "맞아, 알고 있었어. 자, 이제부터는 말이야, 그 모든 프로젝트 공정에 대해서 로사 박사 말고 다른 사람을 칭찬하는 방법을 쓰면 어떨까? 자기를 과시하고 자랑하고 떠벌리는 걸 좋아하는 애는 절대 그걸 마다하지 않을 거야."

매트와 아바는 아무런 말이 없었다. 그건 그들도 찬성을 한다는 의미다.

"나는 그 생각 마음에 들어," 마야가 말했다. "그럼 우리가 어떻게 하면 되는 거야?"

"두 사람도 동의하는 거야?" 내가 나의 형제들에게 물었다.

매트와 아바는 앉은 채로 의자의 바퀴를 굴려 앞으로 다가와서 자신들의 오른손을 내뻗었다. 매트의 큼직한 손이 아바의 손등 위에 얹혀졌다. 나도 그들을 따라 했다. 그리고 우

리는 마야를 쳐다봤다. "어머, 우리 진짜 하는 거니?" 그녀가
물었다. "좋아, 그렇다면…." 마야도 얼른 손을 내뻗었다. "같
이 하자, 나도 낄게."

19
택시
딜라이트
작전

우리가 살아서 섬으로 돌아온 지 이틀이 지났다. 토요일 늦은 아침을 맞이할 즈음 모든 것이 제자리를 찾아가고 있었다. 사나운 폭풍우도 지나갔고 하늘도 맑게 갰다. 오하나호를 타고 왔던 원주민들은 다시 배를 타고 그들의 본섬으로 돌아갔지만, 크림프리치가 한밤중에 도망을 가며 대부분의 연료를 가져가고, 언더플레인의 엔진 문제도 여전히 해결이 안 되어서 우리들은 섬에 발이 묶여 있었다. 행크 박사는 우리가 타고 갈 비행기를 알아보고 있었다. 만약 우리가 스티븐의 자백을 받아 낼 생각이라면, 가능한 빨리 그 일을 진행시켜야 했다.

우리들은 점심을 먹기 전에 밖에 모여 앉아 있었는데, 그때 마샤가 팔을 휘젓고 소리를 치며 오솔길을 달려 올라왔다. 그녀의 타이밍은 아주 완벽했다. 스티븐의 오전 연구 시간이 이제 막 시작되었다. 그 억만장자 왕자님은 문을 걸어 잠그고 자기 방에 틀어박혀 있었다.

"저 여자, 좀 오버해서 행동하는 것 같지 않아?" 아바가 나에게 소곤거렸다.

"왜 저러는 거지?" 행크 박사가 물었다.

우리들이 꾸민 은밀한 계획에서 행크 박사님을 제외시켰다는 사실이 왠지 좀 묘한 기분을 들게 했지만, 처음부터 알고 싶지 않다고 했던 분이 행크 박사님 본인이신데 뭐. 나는 어깨를 으쓱했다.

"아니 저 여자 왜 저러지? 무슨 발작이라도 일어났나?" 애슐리 박사가 중얼거렸다. "무슨 말을 하고 있는 거야?"

"제 생각에는 새에 관한 무슨 말을 하는 것 같은데요." 행크 박사가 말했다.

드디어 몇 걸음 떨어진 곳에서 마샤가 멈추어 섰다. 가빠 오는 숨을 몰아쉬며 그녀가 섬의 동쪽 끝을 가리켰다. "저기에 다시… 오래된 서식지에, 새들이…."

"새들이라고요? 어떤 종류의 새들인데요?" 행크 박사가 물었다.

"되새류라면 말도 마요." 애슐리 박사가 중얼거렸다.

마샤는 애슐리 박사를 가리켰는데 그들은 마치 제스처 게임을 하고 있는 것처럼 보였다. "네, 맞아요, 바로 되새류가… 부화를 하고 있어요."

"어머, 정말이에요?" 애슐리 박사가 물었다. 마샤가 고개를 끄덕였다. "좋아요, 가서 눈으로 봐야겠어요."

"오호, 생물의 다양성을 볼 기회군요? 저도 가 보겠어요." 행크 박사가 말했다.

아바는 나를 향해 한쪽 눈을 찡긋했다. 행크 박사가 얼마나 신이 났는지 한번 보라는 눈짓이었다.

벤도 하얀 이를 드러내며 활짝 웃었다. "애슐리 씨, 당신이 알아야 해요. 새로운 새끼 새들이 여기서 부화를 하면, 이 섬을 보존하는 협회 사람들이 당신들을 이 섬에서 몰아낼 겁니다."

"일단 직접 보면 알게 되겠죠." 애슐리 박사가 말했다. "저는 말이죠, 당신들 섬사람들이 별것도 아닌 그냥 새로 온 꿀먹이새 무리를 희귀하고 귀한 종으로 둔갑시키는 건 두고 볼 수 없지요."

로사 박사는 그다지 흥미가 없어 보였는데, 행크 박사의 설득에 넘어갔는지 두 사람은 킬데어, 마샤, 벤 그리고 애슐리 박사와 각각 짝을 이루어 스티븐의 사륜구동차를 탔다. 그들은 뿌연 연기를 내뿜고 흙먼지를 일으키며 니호아섬의 반대편 쪽을 향해 내달렸다.

"마샤 선생님이 아주 그럴듯하게 잘하셨지. 그치?" 마야가 말했다.

나는 아바를 쳐다봤다. "자, 우리 이제 다 준비됐지?"

아바는 바닥에 쭈그리고 앉아서 앞에다 가방을 풀어 놓고는 그녀가 가장 믿고 아끼는 드론 프레드를 꺼냈다. 지난 며칠간 프레드가 눈에 안 보였다. 프레드가 보고 싶고 궁금했다면 이상한가? 그냥 해 본 말이다. 내 질문에 굳이 답을 해 줄 필요는 없다.

아바는 프레드에 시동을 걸고는 우리들 위로 높이 윙윙 날아오르는 것을 지켜보았다. 아바가 스마트폰의 깨진 화면을 손가락으로 작동시켰다.

"그 낡은 걸 아직도 사용하고 있니?" 매트가 물었다.

"정서적인 가치지." 아바가 대답을 했다.

마야가 '흥' 하는 소리를 냈다. "아바가 원래 저렇게 감성적이야?"

"본인이 만든 로봇에 관해서는 무한 애정을 가져." 내가 말했다.

아바는 프레드한테서 눈을 떼지 않은 채 말을 했다. "그런 사람들이 좀 더 있지." 아바는 프레드를 언덕 아래로 내려오게 한 후, 약 축구장 크기만큼 떨어진 위치의 돌출된 바위 위에 착륙시켰다. 그러고는 마야에게 스마트폰 화면을 보여 주었는데, 화면에는 주변 지형이 실시간으로 나타났다. "프레드는 우리의 비밀 카메라나 다름없어. 이렇게 해 놓으면 박사님 일행이 언제 돌아오시는지 우리가 알 수 있지."

매트는 사륜구동차가 남기고 간 흙먼지만 물끄러미 쳐다봤다. "우리한테 시간이 얼마나 있는 거니? 일단 새들이 실제로 부화하지 않았다는 사실을 그분들이 알게 되면, 아마이리로 다시 돌아오시겠지, 그치?"

나는 거기까지는 생각하지 않고 있었다. "응, 그러니까 서둘러야겠네."

나는 '손자병법'에서 영감을 얻어서 전략을 세웠다고 모두에게 큰소리 쳤지만, 그건 부분적으로만 맞는 말이었다. 나는 상대를 속인다는 그 아이디어만 쏙 빼 왔던 것이다. 자백을 받아 내는 전략은 사실 오리 탐정의 마지막 에피소드에서 얻어 온 것이었다. 에피소드에서는 술책이 뛰어난 오리 탐정이 제임스라는 염소에게서 농부 아내의 보석을 훔쳤다는 자백을 받아 내기 위해서 노력한다. 오리 탐정은 증거를 갖고 있었지만, 수염 달린 범인, 염소에게 드러내지는 않는다. 오히려 오리는 처음에 염소를 다정하게 대해 주면서 신뢰를 쌓다가 결정적인 물건─염소의 우리에서 발견한 농부 아내의 목걸이─을 들이밀며 염소를 놀래켰다.

그렇지만, 우리에게는 아직 그 결정적인 순간에 대한 준비가 없었다.

우리는 서둘러 안으로 들어갔다. 아바는 2층으로 올라갔고 우리들은 아래층에 남아 있었다. 우리는 소파로 이동해서 기다렸다. 형과 내가 나란히 앉고 그 맞은편에 마야가 앉았다. 내가 마지막으로 해리엇을 본 장소가 주방이었다. 마샤의 말에 따르면, 해리엇을 불러들이려면, 우리가 스티븐의 이름을 몇 번 말하면 되는 것이다. "스티븐," 내가 말했다. "스티븐."

우리는 기다렸지만 별 다른 일이 일어나지 않았다.

"스티븐." 매트가 조금 목소리를 높여서 말했다.

"쉿." 내가 말했다. "그러다가 스티븐이 자기를 부르는 줄 알고 정말 내려오면 어쩌려고 그래. 아직은 안 돼."

마야가 소파에서 벌떡 일어나서 주방 문 쪽으로 달려가 살짝 열고는 말을 했다. "스티븐은 정말 너무 굉장해."

해리엇의 전자 모터가 돌기 시작하면서 '웡' 하는 소리가 들리자 마야가 쏜살같이 소파로 돌아왔다. 로봇이 바퀴를 굴리며 거실로 들어섰다. 마야는 해리엇의 시야를 피해서 허리춤에서 엄지손가락을 추켜세웠다. 이제 우리의 준비는 모두 끝났다.

"무슨 말을 하려던 거니?" 내가 마야에게 물었다.

"아, 스티븐이 정말 대단하다고."

"그래, 정말 그렇지." 내가 말했다. "그렇지만 나는 마샤도 대단한 것 같아."

"그래, 맞아. 진짜 그렇지?" 매트도 한 마디 거들었다.

"그나저나 마샤는 어떻게 킹을 속여서 이 모든 일을 벌이도록 했을까?"

마야는 귀 뒤로 머리를 쓰다듬으며 얼른 소파 끝으로 옮겨 앉았다. "그래도 스티븐처럼 똑똑하기는 힘들지." 마야가 말을 시작했다. "사람이 어느 정도의… 그, 그런 걸 뭐라고 하더라…."

"노련함? 눈치? 재치?" 매트가 물었다.

"그래, 바로 그런 거!" 내가 말했다. "스티븐은 그냥 책으로 배운 지식이 많을 뿐이야. 그 애는 나처럼 노련하거나 재치가 있는 애는 아니야. 특히 이번 사건에서 보면, 마샤가 그런 면은 아주 대단한 것 같아."

"스티븐에게 그런 영리한 센스는 없지." 마야가 말했다.

"그런데 마샤는 킹이 그런 거에 속아 넘어갈 거라는 걸 어떻게 알았을까?"

2층에서 방문이 쾅 닫히는 소리가 들렸다. 뒤이어 총총대는 발자국 소리를 내며 그 억만장자 왕자님께서 한 번에 세 계단씩 뛰어 내려왔다. 그는 마치 만화에 나오는 빙글빙글 돌아가는 토네이도를 연상시키듯 빠른 속도로 머리칼을 휘날리며 거실로 들어섰다. 그는 양손을 허리춤에 붙이고는 가쁜 숨을 몰아쉬며 서 있었다. 숨을 고르느라 그의 작은 가슴이 들썩거렸다. 그는 안경을 고쳐 쓰며 머리도 매만졌다.

"무슨 일이야?" 마야가 무심한 듯 물었다.

스티븐이 말을 더듬었다. "아, 그냥."

그는 우리들의 말을 엿듣고 있었다고는 말할 수 없었을 것이다. 그러니 딱히 할 말이 없었을 것이다. 나는 눈을 치켜뜨며 걱정스럽다는 듯이 물었다. "왜 그래, 스티븐? 무슨 일이라도 있어?"

자, 이제 아바의 차례였다. 그리고 아바는 정확히 시간에 맞춰서 일을 수행했다.

"실험 번호 77, 준비 완료." 로봇이 말을 했다.

스티븐이 혼잣말을 했다. "77이라고? 뭐? 그건 맞지가 않아." 스티븐이 로봇 옆으로 다가갔다.

스티븐이 로봇 작동을 멈추려는 것일까? 그러면 안 되는데. 나는 순간 긴장을 하면서 매트를 힐끗 쳐다봤다.

"왜? 무슨 문제라도 있니?" 시간을 벌기 위해 매트가 스티븐에게 질문을 했다.

"업그레이드 작업이 진행되었습니다." 로봇이 말했다.

스티븐이 벌떡 일어났다. "뭐? 업그레이드라고?"

"주요 프로그램 업그레이드입니다." 해리엇이 말했다. "무슨 정보가 궁금하십니까?"

스티븐이 매트를 먼저 빤히 쳐다보고는 다음은 마야를 그리고 나를 쳐다봤다. 왜 나를 맨 마지막에 쳐다봤을까? 그는 나의 형을 가리켰다. "네 여동생은 어디 있지? 혹시 그 애가 내 로봇을 어설프게 손을 보기라도 한 거야? 만약 그 애가 내 로봇에 코드를 한 줄이라도 바꿨다면….."

매트가 손을 들어 올렸다. "애, 나는 모르는 일이야. 아바도 자기 생각대로 움직이는 애인데 내가 아바가 어디서 뭘 하는지 어떻게 알겠어?"

"나는 버그를 고치지 않았었는데," 스티븐이 혼잣말을 했다. "대체 누가 업그레이드를 시켰지? 어느 사용자의 짓이지?"

"게스트 사용자입니다." 해리엇이 대답했다. "무슨 이야기를 나누고 싶으십니까? 최근 업그레이드로, 대화 가능한 주제가 늘어났습니다."

스티븐은 땀에 젖어 헝클어진 머리를 뒤로 쓸어 올렸다. "그런데, 아바가 그걸 어떻게….."

"그럼 우리가 여러 가지 주제를 논의해 볼 수도 있겠다. 기후 변화, 열역학, 히그스 입자, 들소의 멸종….."

매트가 번지는 웃음을 참으려는 듯 자신의 주먹으로 입을 가렸다. 그게 그렇게 웃긴 상황이었나? 나는 잘 모르겠다. 천재들은 그들만의 웃음 코드가 따로 있는 모양이다.

스티븐이 매트를 지켜보다가 답을 했다. "진정한 지능 테스트라면 사전에 선택된 주제에 국한될 수는 없지."

"우리한테 하는 말이니?" 마야가 물었다.

"아니." 그가 톡 쏘아붙였다. "저 기계 말이야."

스티븐은 자신감을 되찾은 모습이었다. 전보다 지금 더 자신만만하고 당당해 보였다. 그는 천장을 물끄러미 응시했다. 그러고는 몸을 돌려 로봇을 향해 질문을 했다. "농구 경기는 어떨까? 우리 농구 이야기를 좀 해 볼까?"

이건 예상치 못했던 상황이었다. 아바는 농구에 대해서는 아무것도 알지 못한다. 농구는 나의 전문 분야다. 아마도 아바는 인터넷에서 정보를 찾아볼 수는 있겠지만, 무지하게 빨리 검색을 해야만 할 거다.

"그 주제보다는 기후 변화 같은 걸 이야기해 보면 어떨까?" 매트가 제안을 했다.

"아니," 스티븐이 답을 했다. "농구가 딱 좋을 것 같아." 그는 목에 힘을 주고 턱을 한껏 추켜들었다. "자, 일단 간단한 것부터 시작해 보자. 2015년 NBA 챔피언이 누구였지?"

"나 그거 알아." 내가 말했다. "골딘 스테이트 워리어스 팀이야."

로봇도 나와 같은 답을 내놓았다.

"그 정도는 별거도 아니겠지." 스티븐이 말했다. 그는 잠시 생각을 하다가 입을 열었다. "그렇다면 그 리그의 최고의 선수는 누구야?" 스티븐이 물었다. "잭, 너 이번에는 조용하네."

그 질문은 정확한 답이 있는 질문이 아니다. 사람마다 다른 의견을 가질 수 있기 때문에 개인적 판단에 달린 문제였다. 그러니까 기계는 답을 할 수가 없는 질문이다. 그러나 내가 나서서 뭐라고 이의를 제기하기도 전에 헤리엇이 이미 답을 말하고 있었다. 로봇의 입에서 들려오는 이름은 최근 전미 농구 협회가 수여하는 MVP를 받은 선수의 이름이었다. 스티븐은 획 뒤를 돌아다보고는 곧장 자신의 로봇에게 걸어가서 얼굴을 정면으로 바라보며 조롱 섞인 미소를 지어 보였다. "아바, 너 그거 방금 인터넷에서 검색한 거지?"

그 왕자님은 우리가 미처 어떤 반응을 보일 틈도 없이 그 길로 부리나케 계단을 뛰어 올라갔다. 나는 그 자리에서 얼어붙고 말았다. 나의 계획이 엉망이 된 것이다. "스티븐이 이렇게나 빨리 알아채면 안 되는데." 내가 혼잣말을 했다.

마야와 매트도 소파를 박차고 일어나 스티븐을 따라 올라갔다. 스티븐이 자신의 연구실 문을 밀면서 안으로 들어가는 게 눈에 들어왔다. 아바가 의자를 굴리며 책상에서 물러났다.

"내 의자에서 당장 일어나 줘." 스티븐이 요구했다.

아바는 매트와 나를 쳐다봤다. "답이 틀렸어?"

"결정적으로 그 대답 때문에 다 들킨 셈이야." 스티븐이 말했다. 그는 자신의 의자에 앉더니 우리를 향해 휙 돌아 앉았다. "흠, 너희들이 나의 작은 비밀을 알아냈단 말이지."

나는 그의 뒤쪽 벽에 붙어 있는 C-3PO 포스터를 힐끗 쳐다봤다. 더 이상 시간을 끌고 기다릴 필요가 없었다. "해리엇에 관한 비밀만 알게 된 건 아니야." 나는 그 말을 꺼내는 동시에 얼른 벽으로 가서 그 포스터를 떼어 내며 뒤를 돌아보고는 자만심 덩어리에 버릇없는 그 녀석을 향해 의기양양한 미소를 지어 보였다. "자, 이건 뭐라고 설명할 건데?"

"잭?"

"스티븐, 이제는 인정을 하시지 그래." 내가 말했다. 나는 살짝 웃으면서 다시 한번 어깨에 힘을 주었다. 바로 지금이 오리 탐정 시리즈에서 범인인 염소가 훔쳐간 목걸이를 그의 우리에서 발견하는 결정적인 순간인 것이다. 나도 그 짜릿한 순간을 즐겨 볼 참이었다. "모두 다 네가 벌인 일이잖아. 잠수정 업자를 매수한 것도 너였잖아. 킹을 시켜 수중 연구실을 파괴하게 시킨 사람도 너였잖아."

"증거 있어?"

나는 나의 어깨 너머를 가리켰다. "당연히 증거가 있지."

"잭?" 마야가 내 이름을 반복해서 불렀다. 그녀는 내 뒤에 있는 벽을 가리켰다. 그래서 나는 뒤를 돌아다보았다.

모든 증거는 사라지고 없었다.

"네가 다 없애 버렸지?"

"나는 네가 지금 무슨 말을 하고 있는지 도대체 모르겠거든." 스티븐이 능글맞은 웃음을 지으며 말했다. 그러고는 아바와 매트를 쳐다봤다. "너희들이 방금 썼던 그 속임수 말이야, 마치 내 로봇이 말하는 것처럼 꾸며서, 너희가 내 로봇을 업그레이드했다고 생각하게 만들고 나를 당장 뛰어 올라오게 만든 거. 너희들, 이거 전부 '손자병법'을 이용해 보려고 했던 거지, 맞지? '적을 속이는 것이 모든 전쟁의 기본이다. 그런데 말이야, 너희들이 좀 더 자세히 읽었다면 26절에 주석도 봤을 텐데. 그건 잊어 먹었구나. 그치? 아바, 거기에 어떤 말이 적혀 있는지 네가 다른 애들에게 좀 알려 주지 그래?"

내가 나서서 답을 했다. "전쟁에 앞서서 여러 가지 전략을 세우는 장군이 승리를 이끌 수 있다."

"비슷해." 스티븐이 말했다. "아주 비슷해." 그가 눈을 지그시 감고는 부분 부분을 떠올리며 암송했다. "패배하는 장군은 전투가 일어나기 전에 전투에 대한 계산을 거의 하지 않는다. 그러므로 수많은 전투에 대한 계산을 하는 장군은 승리를 이끌고 계산을 하지 않는 장군은 패배를 불러온다.”
그는 눈을 떴다. “참고로 그건 라이오널 자일스(Lionel Giles)
의 ‘손자병법’ 영역본이야.”

“너 지금 무슨 소리를 하는 거니?” 마야가 물었다. “네가
그랬다는 거 우리가 다 알고 있는데.”

“내가 그랬다는 그 어떤 증거도 없잖아.” 스티븐이 응수했
다. “애슐리 박사는 당연히 내 말 믿어 주시겠지. 왜냐면 나
는 그분의 하나뿐인 아들이니까. 게다가 너희들 중 어느 누
구도 내 잘못을 달리 입증할 방법이 없잖아. 왠지 알아? 내
가 이 싸움에 앞서서 훨씬 더 많은 계산을 해 두었기 때문이
지. 너희들이 지금 상대하고 있는 사람은 얼간이 숙맥이 아
니야. 너희들은 지금 진짜 천재를 상대하고 있다는 사실을
잊지 말았어야지.”

매트가 컴퓨터의 스크린을 가리켰다. “스티븐, 네가 킹에
게 보냈던 이메일을 우리가 찾아냈거든.” 매트가 말했다.

이메일이라니? 매트는 무슨 말을 하고 있는 걸까?

“너희들은 아무것도 찾지 못했어.”

“내가 그 이메일 증거들을 로봇한테서 찾아냈어.” 아바가
말했다. “그래서 너희 어머니께도 그 정보들을 이미 보내 드
렸어.”

아바는 거짓말을 하고 있었다. 형이랑 아바랑 둘 다 이 상

황을 억지로 꾸며 가고 있었다. 그런데 그게 효과가 있었다. 스티븐은 눈을 가늘게 뜨고 마치 당장이라도 우리들에게 달려드는 황소처럼 고개를 앞으로 살짝 기울였다. 그는 이를 앙다물더니 주먹을 쳐들었다. 그러고는 그야말로 박장대소를 터뜨렸다. "야, 너희들은, 너희들이 나보다 더 똑똑하다고 생각하는 거니? 그렇다면 너희들 생각이 틀렸어. 완전히 틀렸다고. 틀렸어! 야, 대체 어떤 멍청이가 자기 컴퓨터를 이용해서 그런 일을 한다니? 아마, 얘같은 애라면 그렇게 할 수도 있겠지." 그가 정확히 나를 가리켰다. "아니면 얘." 그가 마야를 가리키며 말했다. "그치만 나 같은 사람은 절대 안 그래. 그리고 여기서 그 이메일은 절대 찾을 수도 없어. 나는 엄마의 컴퓨터로 로그인을 해서 보냈는데, 어떻게….."

마야가 중얼거리며 끼어들었다. "야, 네가 방금…"

"내가 방금 뭐?"

"너 방금 네 입으로 실토를 했잖아." 아바 말했다.

"아니, 나는 안 그랬어."

"너 그랬어." 매트도 거들고 나섰다. "내가 들었어."

아바가 스마트폰을 켜서 그에게 내밀었다. 타이머가 작동을 하고 있었다. "나는 모든 것을 녹음을 하고 있거든, 스티븐."

"나는 인정 못 해!" 스티븐이 말했다. "하나도 인정 안 해.

애슐리 박사가 누구 말을 믿어 줄 거라고 생각해? 과연, 너희들 말을 믿으실까? 아니면, 소중한 아들 말을 믿으실까? 너희들은 게다가 증거도 하나도 없잖아. 이 멍청한 바보들아!"

마야가 아바의 전화기를 가리켰다. "어쨌든 지금 녹음이 되고 있다면, 우리한테 증거가 생겼네."

스티븐은 제멋대로 화가 나서 폭발을 하는 어린아이의 모습 그 자체였다. "야, 나 지금 참을 만큼 참았어." 그가 소리쳤다. "너네 모두 내 섬에서 당장 나가. 그 우스꽝스러운 뗏목이나 잡아타고 다들 꺼져 버려."

"스티븐, 네가 한 짓이었니?"

스티븐의 얼굴이 하얗게 질렸다. 애슐리 박사가 문 앞에 서 있었다. 일그러진 그녀의 입가에 실망스러운 허탈한 미소가 어렸다. 그녀의 얼굴에 가득했던 기운이 다 빠져나갔다. 그녀의 뒤로 행크 박사가 서 있는 모습이 보였고, 로사 박사가 다른 일행들과 함께 계단을 올라오는 소리가 들렸다. "여기서 지금 무슨 일이 일어나고 있는 거니?" 행크 박사가 물었다. "별일 없는 거니?"

마야가 책상 위에 올려져 있는 아바의 낡은 스마트폰을 가리키며 입 모양으로 물었다. "프레드는?"

우리의 경보 시스템에 문제가 발생했나 보다.

아바가 주춤하며 대답을 했다. "배터리가 바닥이 났나 봐."

"애슐리?" 행크 박사가 물었다.

억만 장자 애슐리 박사의 외동아들은 의자에 털썩 주저앉아서 문 앞에 서 있는 애슐리 박사를 올려다보고 있었다. 그가 훌쩍거릴지 아니면 엉엉 소리를 내고 울지, 나는 예측이 안 되었다. 그러나 그는 더 이상 거짓말을 할 수는 없었다. 최소한 그 일에 관해서는 그랬다. 왜냐면, 자신의 삶에 가장 영향력을 미치는 한 사람에게 딱 걸렸으니 말이다.

"왜 그랬니?" 애슐리 박사가 물었다. "왜 그렇게 애써 만들어 놓은 멋진 모델을 파괴시켰니?"

방 안으로 들어서는 로사 박사의 모습이 보였다. "저 애가 그랬나요? 당신 아들이요?"

스티븐은 로사 박사를 못 본 척 무시했다. "왜냐고요? 정말 저한테 궁금해서 물어보시는 건가요? 저는 이곳이 너무 싫어요. 정말 모르셨어요? 제가 여기를 떠나고 싶다고 천 번쯤 얘기했었잖아요."

"스티븐, 너도 잘 알고 있을 텐데. 나는 그런 건 글로 적어서 제대로 표현하는 걸 선호하잖니." 애슐리 박사가 말했다.

"분명히 글로 적어서 드렸어요! 여기 이 울퉁불퉁 톱니 모양의 섬에 틀어박혀 산 지가 벌써 18개월이 넘었단 말이에요! 여기 제 주변에는 전부 어른들이거나 저능아들뿐이잖아요!" 나는 눈살을 찌푸렸다. 그때 그가 나를 쳐다봤다. "보세요!" 그가 나를 가리키며 말했다. "잭, 참고로 말이야, 저능아는 바보들을 부르는 다른 단어야."

"그래, 그건 나도 아는데, 그런데 나는 바보가 아니라…"

행크 박사가 나의 어깨에 손을 올리고 고개를 숙여 나에게 소곤거렸다. "우리가 알아."

스티븐은 앞으로 몸을 숙이더니 양손으로 머리를 움켜쥐었다. 그는 절망스런 표정으로 바닥을 내려다보며 신음 같은 괴성을 냈다. "애슐리 박사님은 저를 이해 못 하신다고요. 그리고 한 번도 이해해 주신 적도 없어요. 나는 그냥 여느 천재들과는 다르단 말이에요. 저는 훨씬 뛰어나단 말이에요." 마치 누가 지적이라도 한 것처럼 그가 얼른 말을 바꾸었다. "그치만, 그게 다가 아니에요. 저도 다른 애들이 하는 그런 걸 하고 싶어요. 다른 애들이 하는 그런 진짜 생일 파티요. 피아노 공연이나 프로그램 코딩 자랑이나 하는 그런 거 말고, 그냥 평범한 생일 파티 말이에요. 스포츠 팀에도 들어가고 싶다고요. 아니면, 그런 스포츠 팀을 아예 제가 하나 소유하면 더 좋겠고요." 그는 나를 힐끗 쳐다보고 차례로 아바를, 매트를, 그리고 마야를 쳐다봤다. "그리고 저는 친구들도… 갖고 싶다고요…."

"그래, 그러니까 저 애들을 여기로 불러왔잖니."

"애슐리 박사님이 억지로 만들어 준 친구들 말고요. 저는 진짜 친구를 얘기하고 있다고요, 엄마."

"너, 지금 나를 엄마라고 불렀다."

"아, 죄송해요. 저는…."

애슐리 박사는 몸을 떨었다. "아니, 아니다. 엄밀히 말하면 내가 너의 엄마가 맞지. 그래도 그냥 애슐리라고 불러주는 게 나는 더 좋아." 그녀는 자신의 아들을 내려다보면서 깊은 숨을 들이쉬고 코로 내뿜고는 얼른 다가가 팔을 뻗었다. 애슐리 박사를 쳐다보고 있던 스티븐이 미소를 짓더니 애슐리 박사가 내뻗은 손을 잡았고 그 둘은 맞잡은 손을 힘차게 흔들었다. 행크 박사는 두 사람이 더 가까이 서서 진짜 포옹을 하도록 밀었지만 엄마도, 아들도 반사적으로 움찔했다.

아바가 로사 박사를 올려다보았다. "무슨 말씀이라도 안 하세요? 저 애가 완전히…"

로사 박사는 오른손을 들어 올려 두 모자를 향해 손사래를 쳤다. "아니, 지금은 때가 아니야." 그녀가 말했다. "지금은 그들만의 시간이 필요할 것 같아."

"그렇지만, 저 애가 방금 본인이 TOES에 해를 가했다고 자백했잖아요." 매트가 말했다. "저희들이 저 애를 잡았다고요."

"나도 알아." 로사 박사가 말했다. "그리고 애슐리 박사는 이 프로젝트를 굉장히 중요하게 생각하고 있고, 자기 아들의 평판도 당연히 고려하고 있겠지. 그래서 모든 게 엉망이 된 이 상황에서 프로젝트도, 아들도 살려야 하거든." 로사 박사는 나의 형제들에게 윙크를 했고, 내 형제들은 안도감과 기쁨이 뒤섞인 미소로 화답을 했다. 애슐리 박사는 맞잡고 있던 스티븐의 손을 슬그머니 풀었다. 두 모자가 다 어색한지 헛기침을 하며 남은 감정의 잔재를 떨쳐 내려는 듯 머리와 어깨를 털었다. 애슐리 박사는 로사 박사를 향해 고개를 끄덕이며 말했다. "이제 이해가 되네요." 그리고 스티븐에게 시선을 돌렸다. "스티븐, 너는 이 섬을 그토록 싫어하니까 우리가 곧 떠날 거란 소식을 들으면 너무 신이 나겠다, 그치?"

"무슨 말씀이세요?" 내가 물었다. "왜 떠나세요?"

애슐리 박사는 출입문 쪽을 향해 오른 손가락을 튕겼다. "저 멍청한 새들이 부화를 했지 뭐니." 그녀가 말했다.

"저, 사실은요…" 내가 고백을 했다. "그 일은 저희가 꾸민 거예요. 여러분 모두 이 숙소를 벗어나게 할 방법을 생각하다 보니."

그때 마샤가 뛰어오느라 가쁜 숨을 몰아쉬며 복도에 나타났다. "아니야, 얘들아. 새들이 진짜로 부화를 했어." 그녀가 말했다. "내가 두 눈으로 똑똑히 봤어."

그녀는 자신을 노려보는 스티븐의 시선과 마주쳤다. "음…

나도 어쩔 수 없었다고. 그럼 내가 어떻게 했어야 했니?"그녀가 스티븐에게 물었다.

"선생님이 저 애들한테 다 말한 건가요?"

"아니야, 쟤네들이 먼저 다 알아냈던 거야."그녀가 그렇게 말을 하며 나를 가리켰다. "사실, 저 애가 다 알아낸 거야."

스티븐은 더 없이 실망스러운 표정을 지으며 말했다. "네가? 네가 다 알아냈다고?"

"사실 그 애는 아주 똑똑하단다." 행크 박사가 말했다. "다만, 그 애의 명석함은 일상적으로 측정할 수 있는 그런 종류의 똑똑함이 아닐 뿐이지."

매트가 팔꿈치로 나를 툭 쳤다. 나는 갑자기 얼굴이 빨갛게 달아오르는 것 같았다.

"너, 지금 얼굴 빨개진 거니?"스티븐이 물었다.

"로사 박사님, 솔직히 말하면,"마샤가 말을 시작했다. "저는 처음에 스티븐이 TOES에 방해 공작을 하고 있다는 생각은 전혀 상상도 안 했어요. 저는 그저 스티븐이 속이는 것은 그 로봇…."

"쉬이잇!"아바가 말했다.

마샤가 스티븐과 매트, 아바 그리고 나를 번갈아서 쳐다보았다. "왜? 왜들 그래, 갑자기?"마샤가 물었다.

"사실 저희가 아직은 모든 얘기를 다한 게 아니라서요."

매트가 말했다.

가정 교사는 눈을 가늘게 모아 뜨면서 고개를 끄덕였다. 나의 형제들은 스티븐이 당혹스러운 상황을 모면하도록 도왔다. 나는 내 형제들이 왜 그랬는지는 잘 모르겠다. 스티븐이 한 짓을 생각하면 그런 창피를 당해야 마땅한데 말이다. 그리고 왠지 좀 씁쓸한 기분이 들기도 했다. 형과 아빠가 그렇게 사려 깊은 행동을 했다는 사실이… 왠지 좀 그랬다. 그렇다고 그들의 좋은 의도를 방해하고 싶지는 않았다. "저희가 방금 전까지 TOES에 관련한 이야기를 하고 있었잖아요." 나도 한마디를 보탰다.

"그러니까 마샤 선생님, 당신은 스티븐이 그 시스템을 파괴하는 걸 돕지는 않았다는 말씀인가요?" 애슐리 박사가 가정 교사에게 물었다.

"네. 솔직히 말씀드리면, 이 모든 일은 전부 스티븐이 한 일이에요."

나는 또 한번 실망스러운 분위기가 덮쳐 오리라 예상을 했다. 최소한 애슐리 박사의 얼굴에 분노한 기색이 감돌 것이라 기대했다. 그러나 스티븐을 바라보는 애슐리 박사의 표정에서 오히려 자랑스러움이 가득 담긴 미소가 피어올랐다. 그녀는 손을 내뻗어 스티븐의 머리 위로 쓰다듬는 듯한 동작을 취했다. "어머, 스티븐, 나는 정말 깊은 인상을 받았단다. 아무래도 우리가 과학 대신에 비즈니스 쪽으로 나가는 게 어떨까 싶다."

애슐리 박사가 하는 말을 조용히 듣고 있던 로사 박사가 한탄을 쏟아 냈다. "저는 지금 소리를 지르고 싶은 걸 정말 꾹 참고 있는 중이거든요."

"허허, 참 대단하네요." 행크 박사가 두 모자의 얼굴을 살피며 말했다. "정말 대단들해요."

마샤가 마야를 보며 고갯짓을 했다. "너희 할아버지도 새들이 부화하는 걸 보셨어." 마샤가 말했다.

"그게 의미하는 바는," 애슐리 박사가 설명을 했다. "섬 보존 협회가 우리에게 니호아섬을 즉시 비우고 나가라는 명령을 할 거라는 그런 말이야."

"진짜요? 정말인가요?" 스티븐이 말했다.

"그래, 진짜야." 애슐리 박사가 말했다. "이제 네가 바라는 대로 될 거야. 네 생각은 어떠니, 얘야? 그럼 우리 다음은 어디로 가서 살까? 샌프란시스코? 로스앤젤레스? 시애틀?"

"오, 저는 잘 모르겠어요." 스티븐이 말했다. 나는 형과 아바를 빤히 쳐다봤다. 둘 다 눈을 동그랗게 뜨고 놀라는 표정이 역력했다. 내 안에서도 당혹스러운 느낌이 올라오고 있었다. 행크 박사도 스티븐의 입에서 나올 다음 말에 귀를 쫑긋 세웠다. 나는 머릿속에서 마치 마법사의 주문처럼 같은 말을 반복해서 되뇌고 있었다. 뉴욕은 안 돼. 뉴욕은 안 돼. 뉴욕은 안 돼. 뉴욕은 안 돼. 뉴욕은 안 돼.

스티븐이 손가락을 꺾으며 즐거운 한숨을 내쉬었다. "어, 저는요, 동부 쪽을 좀 생각하고 있었거든요. 브루클린은 어떨까요?"

그 즉시, 아바와 매트, 행크 박사님 그리고 나는 동시에 외쳤다. "오, 노우! 안 돼!"

20
완전한 파괴

우리는 그날 밤, 비행기를 타고 니호아섬을 떠나기로 했다. 어스름이 내려앉을 즈음, 행크 박사가 요청했던 수상 비행기가 만이 있는 자리에 착륙을 했다. 호킹 가족에게 작별 인사를 하는 것이 엄청나게 어색했다. 만약 여러분은 누군가의 초대를 받아서 낙원 같은 하와이로 왔다가, 그들로 인해서 거의 생명을 잃을 뻔했다면 그들에게 감사하다는 말이 나오겠는가? 나는 잘 모르겠다. 우리들 중 어느 누구도 뚜렷한 답을 내지는 못했다. 해변으로 내려왔을 때, 애슐리 박사는 우리들에게 화환 레이를 주었는데, 그것은 애정과 우정을 의미한다고 했다. 그 전통은 손님이 도착하거나 떠날 때 선물로 주는 것이다. 레이를 받아 들던 행크 박사가 재채기를 하자 우리 모두는 받기를 거절했다.

마야와 로사 박사가 작별 인사를 하려고 해안까지 나왔고, 벤도 함께 있었다. 호킹 가족은 우리들끼리 하고 싶은 이야기도 하고 인사도 나누라며 먼저 들어갔다. 아바와 행크 박사, 매트 그리고 나, 이렇게 우리 모두는 로사 박사에게 행운을 빌어 드렸다. 아바는 손을 내밀어 악수를 청했고 로사 박사는 애정을 담뿍 담아 아바의 손을 잡아 주었다. "이야기를 하고 싶을 때는 언제든 전화해. 학교, 공학, 인생… 뭐 어떤 주제든 좋아. 알겠지?"

아바는 작별 인사를 할 준비가 아직 안 되었던 모양이다. 그녀가 눈물을 흘리거나 하지는 않았지만, 로사 박사의 손을 쉽게 놓지 못했다. 드디어 아바가 뒤로 물러서며 대답했다. "네, 그럴게요."

나는 로사 박사 쪽으로 살짝 몸을 기울이며 한마디를 더했다. "저희가 정에 있어서는 좀 서툴러요."

파도가 해변에 부딪쳐 부서졌다. 우리는 고개를 돌려 하얀 물거품이 모래사장으로 달려드는 것을 지켜보았다. 매트는 넓은 바다를 뚫어져라 쳐다보았다. "너, 왠지… 조금 달라 보이는구나." 행크 박사가 매트에게 말했다.

매트가 빙그레 미소를 지으며 마야랑 아바, 그리고 나를 쳐다보고는 대답을 했다. "저는요, 두 번 다시는 그런 경험을 하고 싶지 않아요, 절대로요. 바다에서 표류하거나, 뭐 그런 비슷한 일도 겪고 싶지 않아요. 그렇지만 덕분에 바다에 관해서는 아주 많이 배웠어요."

행크 박사가 한 손을 매트의 어깨 위에 얹었다. "나중에 언제 한번 나도 좀 가르쳐 줘라." 박사가 말했다.

스티븐의 생일 파티에서 애초에 계획했던 불꽃놀이를 하지는 못 했지만 지금 매트의 머리 주변으로 형형색색의 행복 폭죽이 타다닥 터져 나오는 게 눈에 보였다. 행크 박사가 형한테서 뭔가를 배우고 싶어 한다? 그건 나의 형, 매트에게 일어날 수 있는 가장 멋진 일 중의 하나다. 그렇지만 물론 형은 별일 아니라는 듯 행동하며, 어깨를 한번 으쓱였다. "네, 저도 그러고 싶어요."

"여러분 아직은 못 떠나십니다!"

벤이 길을 따라 걸어오며 손을 흔들었다. 나는 벤 할아버지가 그렇게 중간에 끼어 들어와 주어서 반가웠다. 이런 작별의 분위기가 조금 무겁게 느껴져서 부담스러웠기 때문이다.

"왜 못 떠나죠?" 행크 박사가 물었다.

"당신 치아요!" 벤이 말했다. "아주 싼값에 해 드릴게요. 일반 치료비의 반만 받고 치아 미백 치료를 해 드릴게요."

마야가 그녀의 할아버지를 향해 손사래를 쳤다. "오, 할아버지, 지금은 아니에요." 그녀가 말했다.

"아니면, 헤엄 잘 치는 비결이라도 알려 드릴까요?" 벤이 말했다.

다른 사람들은 벤의 이야기가 재미있었나 보다. 그런데 나는 마야가 소리 내서 웃지 않아서 다행스러운 마음이 들었다. 그녀는 그냥 살짝 미소만 지었다. 매트가 아주 빠른 속도로 마야에게 작별의 포옹을 하고나자, 마야는 나를 쳐다봤다. 나는 어떻게 작별 인사를 할지 몰랐다. 형처럼 얼른 포옹을 해야 할지 아니면 악수를 청해야 할지, 행크 박사처럼 그냥 포옹하는 시늉만 할지, 아니면 이대로 돌아서서 달려가 버리고 절대 뒤를 돌아다보지 말아야 할지 나는 알 수가 없었다. 마야가 작은 목소리로 나에게 "잭, 너 나한테 편지 써 줄래?"라고 물었을 때, 최종적으로 내가 선택한 방법은 그냥 멋지게 보이는 것이었다.

"이메일을 말하는 거지? 문자 메시지도 보낼 수 있지. 아니면, SNS를⋯."

마야가 접혀진 작은 종이쪽지 한 장을 나에게 건네주었다. "손 편지를 말하는 거야." 그녀가 말했다. "나는 컴퓨터나 스마트폰으로 읽는 건 별로 안 좋아해. 거기에 내 주소가 적혀 있어. 나한테 편지 써 줄 거지?"

나는 입을 반쯤 벌린 채 아무 말도 하지 못했다.

"잭이 너한테 편지할 거야." 매트가 말했다. "쟤, 글을 아주 잘 써."

그러고는 마야가 풀밭에 있던 레이 하나를 집어 들고는 내 목에 걸어 주었다. 이번에는 레이를 받아 걸었다.

우리가 그렇게 니호아섬을 떠나오고 나서 9개월이 흘렀다. 새들의 부화로 애슐리 박사는 그 섬에서 나올 수밖에 없었고, 그녀는 정말로 섬에 있던 집을 헬리콥터로 컨테이너 한 칸씩 날라서 통째로 옮겨 왔다. 그녀와 스티븐은 뉴욕으로 이사를 왔지만, 맨해튼의 커다란 주택가에 정착했는데, 그곳은 대단한 사람들이 모여 사는 또 다른 은하계와 같은 곳이다. 나는 사실 스티븐과는 가끔 연락을 하고 지내고 있다. 그렇다고 특별히 친하게 지내는 건 아니고 일주일에 몇 번씩 온라인에서 만나 함께 치킨 레이스 같은 게임을 하는 정도다. 그리고 마야와는 편지를 주고받고 있으며, 실제로 마야가 한 세 번쯤 답장을 해 주기도 했다.

매트는 어떤 이유 때문에, 전적으로 시에 푹 빠져서 지내고 있으며, 아바는 로사 박사와 항상 메시지를 주고받고 있다. 아바는 로사 박사를 언니처럼 따르고 있다. 로사 박사는 자신이 하는 발명이나 과학 기술의 진행 상황을 우리에게 늘 공유한다. 로사 박사는 애슐리 박사더러 TOES 연구를 재개하고 싶으면 250만 달러는 내놓아야 하고, 그래야 자기가 다시 돌아가서 연구를 하겠다고 말한 모양이다. 제2의 견본을 제작하기에 앞서서 해저에 있는 일부 설비들을 인양하는 데만 수개월의 시간이 걸린다고 한다. 그리고 이번만큼은 애슐리 박사가 직접적으로 개입하지 않고, 아들인 스티븐도 시설물 근처에는 가지 못하게 하겠다는 약속도 받아 냈단다. 그 대신 로사 박사도 이전에 발생한 사보타주에 관련한 이야기는 어느 누구에게도 절대 입 밖으로 꺼내지 않겠다고 애슐리 박사에게 다짐을 했단다.

그리고 이번 일에 관해서도 블로거들과 뉴스 매체들에 익명의 제보가 날아들자 모두들 즉시 나를 지목했다. 마치 우리의 모험에 관한 상세한 부분까지 내가 모두 발설하기라도 한 것처럼 말이다.

한편, 앨버트 찰스 크럼프리치는 모아 둔 모든 재산을 이동식 로봇 에어컨 사업에 투자했는데, 마야가 보낸 편지에 동봉된 호놀룰루 현지 신문에 의하면 그의 프로젝트는 완전히 실패로 끝났다고 한다.

나는 어떻게 지내느냐고? 농구에 다시 열정을 느껴서 연습을 시작해야겠다고 마음먹고 아파트 근처의 코트 주변을 어슬렁거리다 동네 아이들과 어울려서 함께 시합도 했다. 그러다가 그 애들이 내가 앞을 못 보는 아이인 줄 알고 그냥 함께 끼워 줬다는 사실을 알게 되었다. 사실은 내가 손발이 따로 노는 몸치라고 그 애들에게 털어놓기에는 너무 자존심이

상했다. 그래서 며칠 나가다가 더 이상 코트에 안 나갔다. 그 이후, 무술 수업에 등록했다. 나의 쿵후 실력이 조금은 더 나아질 수 있는 기회이기도 했지만, 오래가지는 못했다. 다섯 번의 수업을 나가고 나서 내가 깨달은 것은 나는 얻어맞는 걸 매우 안 좋아한다는 사실이었다.

행크 박사님은, 여름 동안 거의 자주 만나지 못했다. 박사님은 하와이에서 떠올렸던 어떤 새로운 아이디어가 있다고 계속 말했지만, 정작 아직까지 자세한 말은 전혀 없어서, 매트가 제일 안달이 났다. 연구실에서 박사님을 만난 것도 한 번인가, 두 번 정도였고, 몇 주 동안 자리를 비웠다. 그러고는 어느 날 새까맣게 그을린 피부로 돌아왔다.

새 학년을 앞둔 어느 월요일 오전에, 매트와 아바 그리고 나는 행크 박사님의 연구실로 향했다.

한낮의 열기가 아직은 그렇게 뜨겁지 않은 때였지만, 나는 더위를 느껴서 도로 뒤 골목 안쪽의 쓰레기통 아래에 있는 우리의 비밀 통로까지 갔을 때는 벌써 땀을 줄줄 흘리고 있었다. 비록 우리들이 행크 박사의 연구실을 1년 이상 오가고 있지만, 출입구를 찾아 들어가는 일은 아직까지 적응이 안 돼서 매번 셋이 번갈아 가며 버튼을 눌렀다. 그날은 내가 누를 차례였는데, 지하 통로에서 확 올라오는 시원한 냉기가 이마에 맺힌 구슬땀을 얼릴 듯 시원하게 느껴졌다. 여느 때처럼 에스컬레이터를 타고 내려가면서 나는 박사님의 연구실 다이빙 수조에 뛰어들어야겠다는 생각을 하고 있었다. 그래서 행크 박사님이 연구실에 없길 바랐다.

우리는 출입문을 밀고 연구실 안으로 발을 들여놓았다.

연구실은 완전히 엉망진창으로 변해 있었다.

행크 박사의 개인 연구소는 10층 높이의 거대한 하나의 열린 공간이다. 각 층의 벽마다 승강대가 바깥으로 설치되어 나선형으로 뻗어 있는 모양이 마치 거인의 계단 같았다. 그 연구소는 구석구석 흠잡을 데 없는 공간이었다. 모든 것을 제자리에 잘 두고 정돈하는 일이 바로 나의 업무였다. 그러나 지금은 모든 장비들이 뒤집어지거나 부서져 있었다. 로봇들은 일그러진 채 널브러져 있었고 다 짓이겨진 고물 덩어리가 돼 있었다. 화성 시뮬레이션 방의 유리창들도 금이 가 있었다. 바닥 여기저기에 물이 고여 웅덩이가 생겨났는데, 수조가 새고 있었다. 빨간 불빛이 번쩍이고 전기 모터들이 헛돌고 있었다.

아바가 바닥에 금속과 전선들의 뭉치가 있는 쪽으로 달려갔다. 나는 잠시 후 그 뭉치가 바로 행크 박사가 만들었던 비행 로봇의 뭉개진 잔해라는 것을 깨달았다. "아니, 대체 누가 이런 짓을 했을까?" 아바가 물었다.

"그리고, 왜 그랬을까?" 눈앞에 드러난 파괴의 현장을 보고 넋이 나간 채 서 있는 매트가 말했다.

여기서 잠깐 한 가지, 내가 분명히 짚고 가야할 것이 있다. 나도 이 참사로 인해서 매우 기분이 안 좋았다. 그렇지만 나는 거의 모든 일에는 긍정적인 부분도 꼭 있다고 믿고 싶다. 물론, 그 연구실은 폐허가 되었다. 아마도 청소를 하는 데만 두 달은 걸릴 것이다.

그렇지만 우리에게는 풀어야 할 또 하나의 과제가 생긴 것이다.

푸른 바다 밑 세계에 대한 11가지 궁금증

유명한 천문학자이자 한때 빌의 스승이기도 했던 칼 세이건은 지구를 '창백한 푸른 점'이라고 불렀다. 우주에서 바라본 지구의 모습을 그렇게 묘사한 것이다. 그 이름은 벌판이나 사막, 그리고 도시의 빛 때문에 얻어진 것이 아니다. 지구가 푸르게 보이는 것은 푸른 바다가 우리 지구 표면의 71퍼센트를 덮고 있기 때문이다. 그리고 생물권(생물이 서식하는 범위*)의 90퍼센트가 실제 바닷속 안에 존재한다. 그럼에도 깊고 푸른 바다, 그 아래에서 어떤 일들이 일어나고 있는지 우리는 거의 알지 못한다.

예전에 방영되었던 텔레비전 프로그램 스타 트랙에서, 우주선 이름이 '파이널 프런티어'였다. 빌과 나 모두 우주 탐험을 지지하고 있고—특히 빌은 우주 밖 다른 세계에 대한 연구를 위해 행성 협회(The Planetary Society)의 회장직을 맡고 있다. 그러나 우리 지구 안에도 놀랍고 예측할 수 없는 영역이 손재한다. 여러 가지 측면에서 바다는 우리가 탐험해야 할 위대한 차세대 개척지다. 바로 그런 이유에서 우리는 잭과 그의 천재 형제들을 이번 모험에서 바다로 떠나게 한 것이다. 우리는 독자 여러분께 푸른 바다에 관한 정보를 좀 더 제공함으로써, 여러분이 이 멋진 주제에 대해 보다 흥미를 느낄 수 있기를 기대한다. 우리 두 사람은 하와이의 아름다운 섬 자체를 너무 좋아한다. 그래서 잭과 천재 형제들이 모험을 떠난 그 낯설지만 황홀한 세계에 대한 몇 가지 궁금증과 답을 함께 실었다.

1. 바다에 살고 있는 생물의 종은 몇 가지나 될까?

그에 관해 과학자들은 정확한 숫자를 제시하지는 않고 있다. 어떤 과학자들은 해양에서 우리가 발견한 식물과 생물체의 종을 100만 종 정도로 추정하고 있고, 또 다른 과학자들은 우리가 발견하지 못한 종들의 숫자가 800만 혹은 900만 종에 이를 수도 있다고 한다. 그러나 이 숫자들은 이 책에 나오는 상어나 브리슬마우스 같은 물고기만을 말하는 것은 아니다. 여러분이 약간의 바닷물을 떠서 담아 보면 실제 그 안에서 꼬물거리거나 꿈틀대는 그 어떤 것도 안 보일 것이다. 그러나 너무 작아서 우리 눈에는 보이지 않아도 3만 8천 가지가 넘는 서로 다른 미생물들이 바닷물 속에 숨어 있다. 심해에도 생명체들이 가득하다. '해양 생물 센서스(Census of Marine Life)'라는 최근 연구에 의하면, 햇볕이 통과하지 않는 깊은 해저에도 1만 7천 가지 이상의 다른 종들이 살고 있다.

2. 바다의 깊이는 얼마나 될까?

가장 깊은 지점은 태평양의 마리아나 해구로, '챌린저 딥(Challenger Deep)'으로 알려진 곳이다. 그곳의 깊이는 10,668미터 이상이고 비행기가 지상 위로 날아가는 높이와 맞먹는다. 지구상에서 가장 높은 산으로 알려진 에베레스트 산의 높이도 8,839미터밖에 안 된다.

3. 과학자들이 해저로 내려간 적이 있는가?

대답은 YES다. 최초의 해저 모험을 나섰던 사람들은 윌리엄 비비(William Beebe)와 오티스 바톤(Otis Barton)으로, 그들은 1934년 약 922미터까지 내려갔었다(행크 박사가 책에서 비비의 이름을 언급하기도 했다). 그 이후로 다른 과학자들이 마리아나 해구의 더 깊은 곳까지 내려갔다. 영화 감독이자 탐험가인 제임스 카메론(James Cameron)은 '딥씨 챌린저

432

(Deepsea Challenger)'라는 프로젝트로 해수면에서 10,907미터에 이르는 해구의 바닥까지 경이적인 탐사를 수행했다.

4. 챌린저호가 노틸러스호만큼 굉장한가?

첼린저호가 훨씬 대단하다. 첼린저호는 7미터 높이나 됐고, 해구 바닥의 강력한 수압을 이겨 내도록 '신탁틱 폼(syntactic foam)'이라는 신소재로 내장재를 썼다. 그 잠수정에는 과학 연구를 위해 흥미로운 생명체들은 진공 상태로 빨아들이는 소위 '슬럽 건(slurp gun)'이라는 장치도 있다. 게다가 챌린저호는 1분에 152미터의 속도로 내려갔다. 그건 책속에 나오는 잭과 애슐리 박사가 탄 잠수정보다 훨씬 빠른 속도다.

5. 다이버들과 달리 잭과 애슐리가 탄 잠수정은 수면 위로 바로 나와도 되는가?

다이버들은 천천히 수면 위로 올라와야 하는데, 그 이유는 그들이 산소통 속의 압축된 공기로 호흡을 하기 때문이다. 공기 중의 일부 질소는 폐에서 다른 신체 기관으로 흘러들어가기도 한다. 그런데 만약 너무 급하게 수면 위로 올라오면, 주변 수압이 떨어지면서 압축된 공기 방울들이 팽창을 하게 되고, 그것은 매우 고통스럽고 위험한 상황을 초래할 수도 있다. 그러나 잠수정은 공기를 만들고 재생하고 여과하는 장치가 있어서 탑승자가 스쿠버 다이빙 산소통을 통해 호흡할 필요는 없다. 혹시 책 속에서 노틸러스호를 타고 해저로 내려갔을 때 잭이 잠수정 안 공기에 대해서 불평했던 장면을 기억하는가? 그게 바로 잠수정 안의 공기 여과와 재생 장치 때문이었다.

6. 해양 생물도 배변 활동을 하는가?

당연히 그렇다. 바다는 진정한 수중 화장실이다.

7. 책에서 소개된 장치나 발명품 중 현실성이 있는 것은 어떤 것인가?

거미줄로 신발 끈을 만들었다는 얘기는 아직 들은 바가 없다. 그러나 과학자들은 몇 년째 이 놀라운 물질을 인공적으로 생산하기 위한 연구를 계속하고 있는데, 그 물질의 강도는 강철보다 더 튼튼할 수도 있다. 이와 같은 물질을 발명하고자 하는 것을 '생체 모방(biomimicry)'이라고 하는데, 자연으로부터 모방하는 것을 말한다. 잭과 천재들 시리즈 '지구의 끝, 남극에 가다' 편에서 잭이 행크 박사의 연구실 건물에 오를 때, 건물의 외벽에 칠해져 있던 미끄러운 코팅제 같은 물질이 생체 모방의 또 다른 예다. 인공 거미줄도 역시 또 다른 예다.

잭이 신고 있는 체중 감소용 운동화는 확실히 상용화할 수 있을 거다. 핏비트(Fitbit, 운동량을 측정할 수 있는 손목 밴드*)처럼 걸음 수를 재는 계보기는 훨씬 더 현실성이 있다.

그리고 누군가는 해저 잠수정에 관심이 있을 것이다. 좀 믿기 어렵겠지만, 행크 박사의 노틸러스호는 실제 이야기를 바탕으로 하고 있다. 발명가이자 선장인 칼 스탠리(Karl Stanley)는 자신이 만든 잠수정, 이다벨호를 타고 609미터 이상의 깊이까지 해저로 내려갔다.

자, 그렇다면, 어린이가 원자로를 발명한 이야기는 어떤가? 놀랍게도 그것도 사실이다. 나는 2년간 집에서 원자로를 만들었던 십 대 소년을 인터뷰한 적이 있었는데, 그 위험한 기술을 완성한 아이는 그 소년이 처음이 아니었다고 한다. 그러나 우리는 원자로만큼은 여러분에게 직접 만들어 보라고 절대로 권하지 않겠다.

8. TOES(해양 온도 차 에너지 시스템)가 실제 존재하는가?

엄밀히 말하면, 전기를 발생시키는 이 방법은 '해양 온도 차 발전(OTEC: Ocean Thermal Energy Conversion)'으로 알려져 있다. 공학자들은 책 속에 나오는 TOES와 상당히 유사한 방식으로 작동을 하는 소형 모델을 만들어 시험을 성공적으로 마쳤지만, 아직은 아무도 해저에 실제 시설을 세우지는 않고 있다. 아마도 어마어마한 자금을 댈 수 있는 억만장자를 아직 찾지 못해서일 거다.

9. 마야와 매트처럼 정말로 별자리를 이용해서 길을 찾을 수 있는가?

하늘에 난 별들의 길을 따라 위치를 알아내는 천문 항법은 수천 년 동안 사용되어 왔다. 별을 이용해서 선조들이 항해를 했다는 마야의 이야기는 모두 사실이다. 역사가들은 고대 폴리네시아인들이 바로 이런 방법을 통해 처음에 하와이섬을 발견했다고 믿고 있다. GPS가 없었던 그들에게는 별자리가 지도였던 셈이고, 마야가 했던 것처럼 해류를 판단하고, 파도의 방향을 살피고, 수평선에 비치는 빛의 변화를 살펴서 멀리 있는 섬으로 길을 찾아 나섰다.

10. 니호아섬은 실존하는 장소인가?

맞다. 그렇지만 책에서는 몇 가지 세부적인 사항들을 바꾸었다. 한 가지 확실한 사실은 그곳에 억만장자 같은 사람들은 살지 않는다는 점이다. 니호아섬은 하와이 북쪽의 리워드 제도(Leeward Islands) 중 하나이다. 니호아섬에 대한 우리의 관심은 웨이크섬(Wake Island)에 대한 빌의 개인적인 지식에서부터 비롯된 것이다. 빌의 아버지가 2차 세계 대전 중 웨이크섬에 주둔해 계셨고, 그의 아버지는 그곳을 일본으로부터 지켜 냈던 시민 조직의 일원이었다고 한다.

11. 사람들이 콜리플라워 주스를 정말 마시는가?

나는 먹어 본 적이 있다. 책을 쓰기 위해 연구 차원에서 먹어 보기는 했지만, 추천하고 싶지는 않다. 혹시 레시피가 필요하면 나에게 연락을 주시라.

우리의
거대한 바다
STEAM 실험

지구에서 얼마나 넓은 면적이 바닷물로 덮여 있는지 내가
여러분에게 쉽게 말해 줄 수 있다. 혹은 여러분이 기회가 닿
아서 슬쩍 우주선을 얻어 타고 우주로 가 지구를 보게 된다
면, 눈으로 직접 확인할 수도 있다. 그렇지만 집에서 손쉽게
할 수 있는 실험을 통해서 알아보면 어떨까?

준비물
농구공

2.5센티 폭의 접착테이프나 파란색 테이프 한 통

친구 한 명 혹은 다정한 형제

순서

1. 농구공과 테이프를 준비한다. 파란색 테이프가 실험에 더 적합하다. 왜냐면 바다 색과 닮았기 때문이다.

2. 테이프를 517센티까지 계속 풀어낸다. 테이프가 엉키는 것을 막기 위해서는 이 작업을 할 때는 마음에 평정심을 유지하고, 테이프의 끄트머리를 테이블 모서리에 붙여 놓고 시작하면 끊기지 않고 계속할 수 있다.

3. 하다 보면 좀 재미있을 것이다. 풀어낸 테이프를 작게 조각 내서 농구공 원하는 자리 아무 데나 붙인다. 같은 자리에 겹치지만 않으면 된다.

4. 그 작업이 다 끝나면, 공을 손에 들고 돌려 본다. 공에 붙은 테이프 조각은 바다를 나타내고, 공의 가죽 부분은 지구 표면의 마른 땅을 나타낸다. 가죽 부분에 대한 파란색 테이프의 비율은 지구 표면의 땅과 바닷물에 대한 비율과 같다.

5. 테이프를 붙인 자리에 손을 대지 않고 공을 주고받는 게임을 친구와 해 본다. 친구가 스마트폰을 만지작거리고 있다면, 꼭 먼저 알리고 공을 던진다. 준비도 안 된 친구의 얼굴을 향해 지구를 던져 버리면 안되니까 말이다.

옮긴이 남길영

숙명여대 영문과 및 동 대학원을 졸업하였고, 유명 어학원 및 대기업 그리고 정부 기관의 영어 강사로 활동했습니다. 대학에서 강의도 하고 몇 권의 어학 교재도 집필했으며 현재는 전문 번역가의 길을 가고 있습니다. 옮긴 책으로는《교황연대기》《내 이름은 버터》《남자의 고전》《캐릭터의 탄생》《토니 스피어스》시리즈 등이 있습니다.

잭과 천재들 2
깊고 어두운 바다 밑에서

1판 1쇄 인쇄 2018년 11월 5일
1판 1쇄 발행 2018년 11월 15일

빌 나이·그레고리 몬 지음 | 남길영 옮김

발행처 와이즈만 BOOKs **발행인** 임국진 **편집인** 염만숙
출판사업본부장 홍장희 **편집** 이선아 오성임 김영란 서은영
디자인 이인희 **일러스트** 일오군(15kun)
제작 김한석 **마케팅** 김혜원 김서혜 김유진

제조국 대한민국 **출판등록** 1998년 7월 23일 제1998-000170 **사용 연령** 8세 이상

주소 서울특별시 서초구 남부순환로 2219 방배나노빌딩 3층
전화 마케팅 02-2033-8987 **편집** 02-2033-8933 **팩스** 02-3474-1411
전자우편 books@askwhy.co.kr **홈페이지** books.askwhy.co.kr
ISBN 979-11-87513-52-0 44840
       979-11-87513-38-4 (세트)

KC마크는 이 제품이 공통안전기준에 적합하였음을 의미합니다.

※ 이 도서의 국립중앙도서관 출판시도서목록(CIP)은 서지정보유통지원시스템 홈페이지 (http://seoji.ni.go.kr)와 국가자료공동목록시스템(http://www.ni.go.kr/kolisnet) 에서 이용하실 수 있습니다.(CIP제어번호 : CIP2018027583)